Arno Schmidt machte in den 60er Jahren auf eines der »bösesten Werke« der deutschen Literatur aufmerksam: auf den satirischen Roman *Belphegor*, dessen Lektüre er neben *Gullivers Reisen* (it 654) und *Candide* (it 11) empfahl – »das dritte dieser alten Bücher des ehrwürdigsten Gott-, Welt- und Menschenhasses«.
Johann Carl Wezel (1747-1819) sah wohl in Voltaires *Candide* eine Art Muster für den *Belphegor*. Märchenhaftes und Zeitkritisches sind ineinander vermischt, die Welt ist Schauplatz der Lebenserfahrung, die sich wiederum in den verschiedenen Charakteren des Romans spiegelt. Es ist eine kurios-finstere Welt, in der die Häufung des Mißgeschicks als Quelle des Komischen fungiert – das Leitmotiv lautet: das Leben ist ein ständiger Krieg. »Du hast erfahren, Belphegor, daß die Menschen nicht das sind, wofür wir sie uns in dem ersten Rausche der Jugend ausgaben: keine friedlichen Geschöpfe, die vom Verlangen, wohl zu tun, glühen, die in Ruhe und Eintracht nebeneinander leben, die sich über ihr wechselseitiges Glück freuen und heiter, froh, zufrieden den muntern Tanz des Lebens dahinhüpfen. Du hast sie gefunden, wie ich Dir verkündigte – eine Herde Raubtiere, da Eigennutz, Herrschsucht, Neid ewig zusammen hetzet, die sich in Truppen versammelten, um einander desto wirksamer befeinden zu können, durch ihre natürlichen Anlagen, durch die Ökonomie ihres Wesens zum immerwährenden Kriege bestimmt, den sie beständig in roher, grausamer oder minder grausamer oder verkleideter Gestalt fortsetzen ...« *Wezel*
Textgrundlage dieser Taschenbuch-Ausgabe ist die 1965 im Insel Verlag in der Reihe »Bibliothek der Romane« erschienene Edition.

insel taschenbuch 776

Wezel

Belphegor

J. C. WEZEL
BELPHEGOR

oder

Die wahrscheinlichste Geschichte
unter der Sonne

Herausgegeben und mit einem
Nachwort versehen von
Hubert Gersch

INSEL VERLAG

insel taschenbuch 776
Erste Auflage 1984

Vertrieb durch den Suhrkamp Taschenbuch Verlag
Umschlag nach Entwürfen von Willy Fleckhaus
Druck: Nomos Verlagsgesellschaft, Baden-Baden
Printed in Germany

2 3 4 5 6 – 89 88 87 86

Erster Band

»Bellum omnium contra omnes«

So lange ein Mann, dem die Natur gleich viel Feuer in die Einbildungskraft und in die Empfindung gelegt hat, die Erfahrungen zu seinen Begriffen blos aus seinem guten Herzen und dem kleinen Zirkel simpathisirender Freunde hernimmt, so lange wird er sich mit schönen Illusionen hintergehen, der Mensch wird ihm ein Geschöpf höherer Ordnung, geschmückt mit den auserlesensten moralischen Vollkommenheiten, und die Welt der reizende Aufenthalt der Harmonie, der Zufriedenheit, der Glückseligkeit seyn. Man stoße ihn aus seiner idealen Welt in die wirkliche; man lasse ihn die vergangnen Zeiten, die Geschichte der Menschheit und der Völker durchwandern; man werfe ihn in den Wirbel des Eigennutzes, des Neides und der Unterdrückung, in welchem seine Zeitgenossen herumgetrieben werden: wie wird sich die ganze Scene in seinem Kopfe verwandeln! – die blumichten Thäler und lachenden Auen, voll friedsamer, freundlicher Geschöpfe, die ihr Leben in gutherziger Eintracht dahintanzen, werden zurückfahren und statt ihrer Wälder und Gebirge mit zusammengerotteten, auflauernden Haufen hervorspringen, worunter jeder des andern Feind ist und nur durch Besorgniß für sein Interesse abgehalten wird, es öffentlich zu seyn, wo jeder Auftritt das Theater mit Blute besudelt, in jedem eine Grausamkeit begangen wird: – das wird ihm izt die Welt und der Mensch ein listiger oder gewaltthätiger Räuber seyn, der, auf sein Ich eingeschränkt, mit verschiedenen Waffen wider die übrigen ficht, keinen irgend worinne über sich dulden und gern über alle seyn will – eine Maschine des Neides und der Vorzugssucht.

Ist die körperliche Zusammensetzung eines solchen Mannes – er sey Zuschauer oder Mitspieler – brausend und thätig, so wird sich seine Seele einem so außerordentlichen Widerspruche wider ihre bisherigen Begriffe widersetzen, unwillig werden, wie ein Mensch, den man aus einem Feenschlosse in eine Wildniß führt, alles bessern, alles umschaffen wollen und, wenn er zu seinem Herzeleide seine Umschaffung nie zu Stande kommen sieht, auf Welt und Menschen zürnen, sie hassen, daß sie seine gutgemeinte Bildung nicht annehmen wollen, aus den verwirrten Scenen der Welt kein harmonisches, zweckmäßiges Ganze zusammensetzen können, alles daher für ein Chaos erklären, das Verwirrung und Unordnung in ewigem Streite erhalten, und, wenn ihm sein gutes Herz doch hin und wieder anscheinende Spuren einer abgezweckten Anordnung entdecken läßt, sich mit Unruhen und Zweifeln martern: – dieser Mann ist Belphegor.
Hat ihm aber die Natur einen Zusatz von Kälte in die Masse seines Körpers geworfen, mehr Lebhaftigkeit als Feuer verliehen, so wird er durch die Menschen vorsichtig hinwegschlüpfen, alles nehmen, wie es ist, und sich bey dem Schauspiele der Welt nicht anders interessiren als der Zuschauer einer theatralischen Vorstellung, ohne sich drein zu mischen. Er wird vielleicht zuweilen bitter lachen, aber stets Besonnenheit genug behalten, über die Welt mit so vieler Kaltblütigkeit zu räsonniren, als jener mit Wärme deklamirt; der Kontrast zwischen den Begriffen, die ihm die gegenwärtige Erfahrung aufdringt, und den Vorstellungen, die er ehmals hatte, muß ihn nöthigen, einen Ausweg zu suchen. Sein gutes Herz läßt ihn die vielfältigen Unordnungen, Grausamkeiten und Verwirrungen keiner wollenden Vorsicht zuschreiben, er geht einer Ursache nach, und sein Räsonnement führt ihn auf die Nothwendigkeit des Schicksals, welcher er alle Unordnungen aufbürdet, und er kann nach seinem Temperamente Beruhigung darinne finden: – Dieses ist Fromal in der folgenden Geschichte.

Endlich setze man ein leichtes Blut, munter dahingleitende Lebensgeister, ein fröliches, lebhaftes Gemüth, einen Kopf ohne weiten, überschauenden Blick, einen Verstand, der wenig räsonnirt, ein Herz, das gern glücklich seyn will und darum den Verstand desto leichter überredet, alles geradezu oder auf leichte Gründe zu glauben, was zur Ruhe und Zufriedenheit führt, und deswegen leicht über die Unvollkommenheiten der Menschheit hinzuschlüpfen, mit einer guten Dosis ehrlicher Treuherzigkeit zusammen; und so hat man den guten Medardus, *der einen herzhaften Puff von der Widerwärtigkeit geduldig erträgt und fest glaubt, daß es ihm irgend wozu nüzlich seyn könne, nur damit der Unmuth darüber seine Heiterkeit nicht doppelt unterbreche.*

Nach des Verfassers Theorie sind Neid *und* Vorzugssucht *die zu allen Zeiten, an allen Orten, in allen Ständen der Menschheit und Gesellschaft, bey allen Charakteren allgemeinsten Triebfedern der menschlichen Natur und die Urheberinnen alles Guten und Bösen auf unserm Erdballe. Er stellte also in dem Leben jener drey Personen ein Gemählde der Welt auf, in welchem* Neid *und* Unterdrückung *die Hauptzüge sind, wie sie ihm die Geschichte der Menschen und Völker darbot.*

Verschiedene Schriftsteller haben uns die Welt und den Menschen als vortreflich geschildert. Aber entweder betrogen sie sich selbst oder wollten sie die Leser betriegen; entweder kannten sie den Menschen nicht genug, nur von einer Seite, oder wollten sie die Leser bestechen und sie überreden, daß sie die Züge ihres Gemähldes von ihrem eignen Herzen kopirt hätten. Der Verfasser glaubt wenigstens kein schlechter Herz empfangen zu haben als diese Herren, wenn es auch nicht besser ist, und ohne die Welt und den Menschen mehr oder weniger kennen zu wollen als sie, sagt er, was jeder Schriftsteller einzig sagen kann – was ihm scheint, *nichts als das* Resultat seiner *Beobachtungen.*

Nicht eigne Widerwärtigkeiten – denn der Pfad seines Lebens ist bisher mehr eben als holpricht gewesen –, nicht Hypochon-

der oder Milzsucht – denn er war jederzeit Freund der Freude und Feind des Trübsinns –, nicht Mangel an wahren Freunden – denn er besizt deren eine kleine Anzahl und hat auf seinen Wegen immerhin Menschen mit guten, liebreichen Herzen gefunden –, keine von diesen Widrigkeiten hat auf seine Vorstellungen, so viel er sich bewußt ist, einen schwarzen Schleier geworfen: er sah die Welt an, so weit sein Blick in gegenwärtige und vergangne Zeiten reichte, und sagt aufrichtig, was er gesehn hat.

Die übrigens lieber ideale Schilderungen von ganz guten Menschen und ganz glücklichen Welten lesen, denen kann dieses Büchelchen keine taugliche Speise scheinen; und wenn sie lieber solche von ihm verlangten, so könnte er sie damit bedienen; denn er hat Risse zu vollkommnen Republiken und vollkommnen Welten fertig, in denen sichs aber vielleicht, wenn sie durch eine schaffende Kraft zur Wirklichkeit gebracht würden, sehr schlecht wohnen ließe; wenn es seyn soll, kann er auch träumen. Bis hieher hat er aber mehr Beruf gefühlt, zu sagen, was ist, als was er wünschte oder seyn sollte.

Doch fehlt es ihm auch nicht an guten und liebenswürdigen Zügen der menschlichen Natur, und er hat, um ihr Gerechtigkeit widerfahren zu lassen, schon längst eine Idee im Kopfe herumgewälzt, die Idee eines Gemähldes, das alles, was sich mit Wahrheit Gutes vom Menschen und der Welt sagen läßt, in sich schließen soll, und nichts wird ihn von der Ausführung abhalten, es wäre denn Gefühl der Unfähigkeit oder Mangel an Lust und Muße. Dieses wunderbare Kompositum, das wir Menschen nennen, ist im einzelnen und im Ganzen ein wahrer Janus, eine Kreatur mit zwey Gesichtern, eins abscheulich, das andre schön – eine Kreatur, bey deren Zusammensetzung ihr Urheber muß haben beweisen wollen, daß er die streitendsten Elemente vereinigen, Geselligkeit und Ungeselligkeit verknüpfen und auch ein Etwas formen kann, dessen Masse aus lauter Widersprüchen bereitet ist und durch diese Widersprüche besteht.

Denen sein Buch ganz *misfällt – was sollte er diesen weiter sagen? ›Tis too much to write books and to find heads to understand them‹, sagte Sterne und sagte auch* er, *wenn man* ihm *nicht als unbescheidnen Stolz anrechnen würde, was man* Sternen *als Wahrheit gelten läßt.*
Chronologische und geographische Fehler mögen Kenner der Geschichte und Erdkunde berichtigen.

Wezel

Erstes Buch

»Geh zum Fegefeuer mit deinen Predigten, Wahnwitziger!« rief die schöne Akante mit dem jachzornigsten Tone und warf den erstaunten, halb sinnlosen Belphegor nach zween wohlabgezielten Stößen mit dem rechten Fuße zur Thüre hinaus. Der arme Vertriebne schleppte sich mit stummer Betrübniß bis zu einem nahen Hügel an der Landstraße, wo er sich niedersezte, das Gesicht nach dem Hause zugekehrt, aus welchem er eben izt so empfindlich relegirt worden war, daß ihn die Schmerzen des linken Hüftbeins nicht einen Augenblick an der Gewißheit des Unfalls zweifeln ließen, ob ihn gleich seine Verweisung so unvermuthet überraschet hatte, daß ihm die Begebenheit wie im Traume vorgegangen zu seyn schien. Aus Liebe zu der grausamen Akante hätte er gern die Wahrhaftigkeit ihrer harten Begegnung geläugnet, wenn nicht der Schmerz jede Minute sie unwiderlegbarer gemacht hätte. Mit einem tiefen Seufzer gab er sie also zu, ließ eine Thräne fallen und machte seiner Beklemmung durch eine wohlgesezte Klage Luft.

»Ach«, rief er, »so ist auch Akante ungetreu? Auch *sie* thut, was ich sonst als die Beschuldigung eines bösen Herzens verwarf, das mir das edelste, schönste Geschlecht zu verläumden schien – *Sie* widerlegt mich? *Sie* beweist mir, daß diejenigen Recht hatten, die zu meinem großen Aergernisse ihr Geschlecht wankelmüthig, treulos, veränderlich, unbeständig nannten? So empfindlich muß ich überführt werden, daß ich in einer blinden Bezauberung lag, als ich diese verkleideten Ungeheuer ohne Fehler, ohne Laster glaubte? – O Akante! warum *rissest* Du mir die Augen auf, statt sie mir zu *öffnen*? – Nein,

es ist nicht möglich! *Du* warst es nicht; ich habe geträumt. Breite deine Arme aus! ich komme zu dir zurück.«
Er wollte in der Begeisterung aufstehen, um sich an ihren Busen zu werfen, und er konnte sich nicht einen Zoll hoch von der Erde erheben: die gelähmte Hüfte zog ihn wieder zurück, daß er vor Schmerz laut schrie. Zur Vergrößerung seines Kummers mußte die ungetreue Akante ihm gleich gegenüber, von seinem Nebenbuhler umschlungen, am Fenster stehn und mit der ausgelassensten Frölichkeit seiner spotten; wenigstens gab *er* ihrem Lachen diesen Sinn.
»Ja, sie war es«, sagte er endlich leise zu sich, »sie war es, die Tigerinn! Sie hat mir meine Hüfte zerbrochen; sie hat mich zum Krüpel gemacht.« In diesem Tone fuhr er noch lange Zeit fort und sagte sich mancherley von den herzbrechenden Dingen, die meine Leser in jedem Romane oder Trauerspiele nachschlagen können. Mitten in dem Selbstgespräche näherte sich ihm ein Mann auf einem Grauschimmel – zwo Gestalten, die er schon von weitem haßte, weil der Reuter eine so fröliche Mine in seinem Gesichte trug, als wenn die Glücksgöttinn seine leibliche Schwester wäre, und das Pferd in einem so leichten sorglosen Trabe daher tanzte, daß er mit seinem Herrn von Einem frohen Muthe belebt zu seyn schien.
Der Reisende redte ihn an und erhielt lange keine Antwort, bis endlich seine muntre Freundlichkeit Belphegors Herz öffnete, zu dem jede Empfindung leicht und bald den Schlüssel fand. »Ich merke, Freund«, sagte der Fremde, »daß du ein unzufriedner oder ein unglücklicher Mensch bist. In beiden Fällen bist du kein Mann für mich; denn ich kann dir nicht helfen, und mich mit dir zu grämen, habe ich keine Lust. Sey munter und lustig! und ich setze mich zu dir, so schwatzen wir eins zusammen. Willst du? – oder lebe wohl!«
Indem kehrte Belphegor, der ihm bisher den Rücken zugewandt hatte, weil ihm seine Hüftschmerzen die Bewegung des Umdrehens verboten, sich mit dem Gesichte und dem Oberleibe, so viel er konnte, nach jenem um, und – »ach!

Belphegor!« rief der Andre und stieg vom Pferde, »guter Mann! Bist *du* es? – Nein, so muß ich wissen, was dir fehlt.« Mit diesen Worten band er sein Pferd an eine Stange und sezte sich zu Belphegorn nieder. »Wunderlicher Mann! was hast du denn?« sagte er, indem er den rechten Arm um ihn schlang und ihn an seine Seite drückte.

»Ach, Freund Fromal!« war Belphegors seufzende Antwort, wobey er, sich windend, die Arme seines Freundes losmachte; denn er hatte seine geschwollne Hüfte gedrückt.

»Lustig, lustig, Belphegor! Hast du denn gar die Narrheit begangen, ein Misanthrop zu werden? – Mit deinem verdammten philosophiren, spekuliren, meditiren! Ich sagte dirs wohl: alles das Zeug wird deiner Frölichkeit den Hals brechen.«

»Ach, Fromal, wie glücklich, wäre mein ganzes Leben nichts als eiskalte Spekulation gewesen! Hätte nie Eine Empfindung sich darunter gemischt! Aber –«

»Was hast du denn mit deiner Empfindung für Zank? – Sey frölich! und den andern Empfindungen schlage die Thür vor der Nase zu, wie ich!«

»O wüßtest du, bester Fromal! die Treulose –«

»Ey, ey! du hast dich verliebt und bist betrogen worden? – Ja, wer hat dich das geheißen?«

»Meine Empfindung, mein Gefühl, ihre Reize, ihre Anmuth, ihre unaussprechliche Anmuth; alles, alles befahl es mir. So ungewissenhaft sie mich hintergieng, so ist sie mir doch noch der schönste, der reizendste Theil der Schöpfung. Meine ganze Seele ist in ihre Reizungen verwebt; sie kann sich nicht losreißen, ohne sich selbst zu zerreißen. Mein Gehirn –«

»Nimm mirs nicht übel, – mag ein wenig versengt seyn. Glaubst du denn, daß die Natur in ihrem ganzen Leben nur ein einzigmal Luft, Feuer, Wasser, Erde zusammen knetete und nur eine einzige so schöne Wachspuppe daraus bildete wie die Ungetreue, die dich izt lahm geschlagen hat? – Es ist ja alles voll davon! – Was machst du mit der Empfindung in *dieser* Welt? – Das ist eine Last, die dich mit jedem Schritte zu Boden zieht. So viel als nöthig ist, um die Freude zu fühlen! das übrige wirf weg! Ich habe mich in mich selbst zusammengerollt und lasse mich vom Schicksale durch die Welt durchwälzen, ohne daß mich etwas aufhält; stoße ich irgendwo an, so bleibe ich so lange liegen, bis ich wieder einen neuen Stoß bekomme, und dann geht die Reise von neuem fort.«

»Bester Fromal! wärst du an meiner Stelle, du nenntest die Empfindung keine Last –«

»Aber zum Henker! wenn sie dir lahme Hüften macht –«

»Nicht mir, nur Akanten habe ich gelebt –«

»Wen nennst du da? – Akanten? Ey, da bist du schön aufgefallen.«

»Kennst du sie? Ist es nicht das schönste Engelbild, welchem die Natur die herrlichsten Merkmale ihrer Meisterhand eingedrückt hat –«

»Ja, ja, ein hübsches Mädchen ist es; aber so falsch wie eine Tigerkatze –«

»Fromal, sie *kann* es nicht seyn! Sage mir alles, nur nenne sie nicht falsch! Kaum hatt' ich sie ein einzigmal erblickt, so war meine Seele schon ganz in die ihrige gegossen, ihr Bild schon mit meinen innersten Gedanken so ganz zusammen gewachsen, daß eine Trennung sie beide vernichten mußte. Ich trank aus ihren Blicken, von ihren Lippen das reinste, himmlischste Vergnügen. Wochen lang taumelte ich in einer Berauschung herum, Akante hatte den Schlüssel zu meinem Herzen und zu meinem Vermögen: sie gebot mit Einem Winke, und beides – mein Herz und meine kleinen Schätze – thaten sich für sie auf –«

»Und da sich die kleinen Schätze nicht mehr aufthun konnten, jagte dich die englische Akante zum Teufel?«

»Nie hätte ich geglaubt – eine so unschuldige, ungekünstelte Aufrichtigkeit, eine so naife Offenheit, muntre, lebhafte Gefälligkeit, so liebenswürdige Sitten, so ein zartes Gefühl, das jedes Lüftchen bewegte, zu jeder Empfindung gestimmt, so sanfte Minen, ein Gespräch mit den lieblichsten Wohlgerüchen des Witzes und moralischer Güte umduftet – setze daraus ein Bild zusammen und denke –«

»– daß es eine Larve ist! Das hätte ich dir zum voraus sagen wollen. Armer Belphegor! – Bist du mit deinem Gelde ganz auf dem Boden?«

»So geldarm als in Mutterleibe! Ich kaufte ihr Vergnügen über Vergnügen – kleine, unschuldige Vergnügen; daß sie ihr Genuß ergözte, war mein Dank. In den seligsten, vollsten Entzückungen weidete ich mich an dem Gedanken, ein Geschöpf gefunden zu haben, das meine Empfindung ganz ausfüllte. Alle, auch die bewundertsten Schönen hatten vor ihr stets ein trauriges Leere darinne zurückgelassen; nur *sie* nahm mein Herz ganz ein; und hätte ich noch eins gehabt, sie hätte es überfüllt: so ganz war ich von ihren Reizungen überströmt! Und siehe! plötzlich wirft sie sich in die Arme eines Nebenbuhlers –«

»– dessen kleine Schätze sich weiter aufthaten als deine geplünderten! Nicht mehr als billig! Von dir hatte sie weiter kein Vergnügen zu hoffen; sie mußte sich also ihren Mann wieder suchen, der so treuherzig wie du sein Geld für Blicke und Minen hingiebt. Ist er mit seinen kleinen Schätzen am Ende, so schlägt sie ihn lahm, wie dich, oder wohl gar ein Paar Beine entzwey.«

»Soll man es dulden, daß die Häßliche die edelste, empfindungsvollste Klasse der Schöpfung durch ihre Theilnehmung an dem schönsten Geschlechte entweiht?«

»Du machst mich zu lachen, guter Belphegor! – Ich dächte, du thätest eine kleine Reise durch die Welt: die wird dich von deinem Grame und deiner Empfindlichkeit kuriren. Lerne, was für ein Ding der *Mensch* und die *Welt* ist! dann wollen wir sehen, ob deine Empfindung sich ausdehnen oder zusammenschrumpfen wird. – Schäme dich! wer wird um eines hübschen Mädchens willen zum Narren werden? – Fort in die Welt hinein!«

»Oder lieber *aus* ihr! Hier ist mein Daseyn vorüber; ich habe gelebt.«

»Freilich lebt sichs schlecht, wenn man kein Geld mehr hat; um einer Akante willen geh ich dir nicht Einen Schritt näher zum Grabe. Wenns denn nun ja seyn muß – es giebt ihrer mehr!«

»Aber so hinterlistig zu täuschen!«

»Vergiß das nur, und sieh erst, ob du der einzige bist!«

»Die heilige Unschuld zum Deckmantel zu misbrauchen!«

»Ich bitte dich, vergiß das! Alle Menschen betriegen und werden betrogen; einer laurt auf den andern, ihm ein Paar Schritte abzugewinnen oder, wenn er kann, ihn mit Gewalt zurückzustoßen: alles ist im Kriege, und ohne Waffen geschehen alle Tage Niederlagen und Siege.«

»Und der Freche! meiner zu spotten!«

»Natürlich, weil er der Stärkere war! Der Sieger hat allezeit Recht vom Ganges bis zur Spree und bis zum Südmeere.«

»Fromal, so verhülle ich mich in meine Tugend.«

»Das kannst du thun, wenn du fein zu Hause in deiner Stube bleiben willst; aber so bald du dich unter die Menschen mengst, so wird die Hülle in kurzem Löcher bekommen: sie zerfetzen sie dir oder du mußt sie bey Seite legen und dich so lange herumbalgen, bis du dich in Autorität gesezt hast; dann fürchten sie sich, und du kannst dein Hüllchen wieder hervorholen.«

»Himmel! hat mir die Verderbniß auch meinen Fromal geraubt? – Du warst mir sonst so theuer –«

»Weil ich so oft von moralischer Schönheit, von Empfindung, von Liebe in einer Begeisterung mit dir sprach, in welcher damals meine Fantasie taumelte und deine noch herumschwärmt! Ich weis nunmehr, was eine jede von jenen Raritäten in dieser Welt werth ist; der Firniß ist von meiner Fantasie weggewischt. Laß dir Deine auch ausputzen! Du hast alsdann zwar weniger *einsame* Freuden, aber auch weniger Leiden *unter Menschen*; und wenn du ja einmal wider einen recht herzangreifenden Puff das Schicksals eine Stärkung brauchst, so wird eine Fantasie wie die Deinige noch immer brennbar genug seyn, um sie auf ein Paar Stunden zu erhitzen.«

»Du, sonst der edle, der empfindende, der begeisterte Verehrer der Tugend! – Doch die Welt –«

»– hat mich aus meiner Begeisterung gerissen; du wolltest sagen – *verdorben*! – wie man es nimmt! was wir sonst einander vorschwatzten, war der Rausch einer warmen Imagination und eines warmen Herzens; izt bin ich nüchtern; ich sage dir nicht mehr so viel Schönes und Begeisterndes, aber desto mehr Wahres: was kann *ich* dafür, daß dies weniger begeisternd ist. – Ich bin dir doch noch theuer wie sonst?«

»O Akante! O Welt!«

»Laß doch Akanten und die Welt in Ruhe! Verhülle dich in Unempfindlichkeit! das ist der beste Mantel.«

»So lehre mich, Fromal, meinem Herzen gebieten, daß es nicht schlägt, und meine Gedanken, sich selbst umbringen!«

»O die Menschen können die Empfindung gar herrlich abschleifen! Sie reiben an Geduld und Empfindung so lange, bis die Schärfe stumpf ist. – Doch«, sezte er hinzu, indem er das Gespräch abbrach, »hast du gar kein Geld mehr?«

Die Antwort war: »Nein.« – »Nimm!« fuhr Fromal fort, »hier theile ich meinen lezten Rest mit dir. Laß dich heilen, und dann wandre, wohin dich dein Schicksal führt! Nimm dein Herz und deinen Verstand mit, aber deine Empfindung, Akanten und ihr Andenken laß um des Himmels willen hier auf diesem Flecke zurück! Lebe wohl« – und gleich gab er dem stummen Belphegor einen freundschaftlichen Kuß, schwang sich auf sein Pferd und trabte davon. »Vielleicht finden wir einander wieder«, war sein lezter Zuruf, »dann wollen wir sehn!«

Belphegor saß unbeweglich, wie in den Boden gepflanzt, seufzte, weinte mit unter ein Tröpfchen, exklamirte, winselte, schalt, lobte seinen weggegangnen Freund, zählte sein Geschenk, warf es von sich, las es wieder zusammen; und endlich nach zwo Stunden voll solcher unruhigen, ängstlichen Grimassen, da die Dämmerung einbrach, fieng er an zu überlegen, was bey so gestalten Sachen zu thun sey. Die Dämmerung wurde zu pechschwarzer Nacht, und seine Ueberlegung war dem Entschlusse keinen Strohhalm breit näher; er sank vor Mattigkeit nieder, schlief ein und fand bey dem Erwachen für seine Berathschlagung so freyes Feld als Tages vorher.

Die Ruhe hatte indessen seine Lähmung und seinen Schmerz verschlungen; er konnte wieder gehn. Gegen Mittag fand sich eine Menge Gäste bey Akanten ein; Musik, Geräusch, alles verkündigte die Freude eines Bankets, das ihr neuer Liebhaber gab. Welche Menschenseele, der Tages vorher die Besitzerinn eines so frohen Hauses Hüftenschmerz gemacht hatte, konnte einen solchen Anblick ertragen! Augenblicklich fand er die lange gesuchte Entschließung: der Aerger half ihm auf die Beine, er gieng und übergab allen zwey und dreißig Winden des Himmels ein dreymaliges lautes »Akante!«, in eben so viele vernehmliche Seufzer eingepackt.

Er gieng. Kaum hatte er eine kleine Strecke zurückgelegt, als vor seinem Gesichte ein Habicht auf eine Taube herniederschoß und die flatternde Hülflose würgte. Die Scene versezte ihn in eine so tiefe Wehmuth, daß er sich auf einen Rasenrand niedersezte und über die lezten Reden seines Freundes Fromal ernsthaft nachdachte.

Indem er in seinen Gedankentraum versenkt dasaß, näherte sich ihm ein Getöse, das nichts geringers als einen Zank ankündigte. Auf einmal erschienen ein Trupp Knaben und Mädchen, an dessen Spitze ein dickstämmiger achtjähriger Bube einen Schwachen von geringerm Alter an den Haaren siegreich neben sich herschleppte, während daß die ganze Begleitung den Triumphirenden mit einem einstimmigen Jubel erhub und hingegen dem Überwundnen von Zeit zu Zeit Koth oder Schimpfwörter zuwarf. Der Anblick bewegte Belphegorn: seine mitleidige Gutherzigkeit spornte ihn an, dem

unbarmherzigen Sieger seine Beute aus den Händen zu reissen und ihn wegen seiner Grausamkeit zu vernehmen. Auf seine Erkundigung nach der Ursache des Streites erfuhr er von einem unpartheiischen Zuschauer, daß die beiden Streitenden zween Pachterssöhne waren, daß sie beide kleine Gärtchen zu ihrem Vergnügen sich neben einander gemacht hatten, daß der ältre allmählich dem jüngern beinahe die Hälfte von dem seinigen betriegerisch abgezwackt, daß der Beraubte sich darüber beklagt, daß ihn der andre ausgelacht und endlich herausgefodert habe. Darauf hatte er die noch übrige Hälfte von des Jüngern Garten verwüstet, und da dieser das Recht der Selbstvertheidigung seinen Verheerungen entgegen setzen wollte, so übermannte ihn der Stärkre, schlug ihn zu Boden und führte ihn izt im Triumphe auf. Belphegor verwies dem Ungerechten seine Grausamkeit und ermahnte ihn, dem andern das Entwendete wieder zu ersetzen. »Hier bin ich! er mag mirs wieder nehmen!« war die Antwort und blieb es, aller Zureden ungeachtet. Belphegors gutes Herz wurde warm, er nahm den Leidenden in seinen Schutz und wollte den Frechen durch lebhafte Vorstellungen zur Gerechtigkeit nöthigen, wofür er ein Paar Steine an den Kopf, ein hönisches Gelächter und etliche Schimpfreden zum Danke bekam; die ganze übrige Gesellschaft stimmte im Unison mit ihm ein und eilte ihm nach. Jedes darunter gab ihm Recht und vertheidigte ihn, weil er die *stärksten Fäuste* und das *unverschämteste Maul* im ganzen Dorfe hatte.
Um seinen Schutz nicht unkräftig zu sehen, ließ sich Belphegor von dem Zurückgebliebnen zu seinen Eltern führen. Er trug ihnen den statum causae sehr ernsthaft und lebhaft vor und drang in sie, den ungerechten Eroberer mit allem väterlichen Ansehn zur Billigkeit anzuhalten. Man lächelte; Belphegor glühte. Der Junge kam dazu, riß den Zaun zwischen den beiden Gärten nieder, der Vater gab ihm zur Belohnung seiner Tapferkeit noch ein Stückchen Land dazu, der arme Ueberwundne mußte sein Eigenthum mit dem Rücken ansehn

und sich als einen schwachen, elenden Nichtswürdigen oben drein verachten lassen.

Belphegor stuzte, wollte aus diesem Hause der Ungerechtigkeit entfliehn, ließ sich aber doch auf vieles Bitten zum Essen dabehalten. Der Herr des Hauses würgte zwo Tauben: Belphegor bedauerte bey sich die armen Kreaturen und verzehrte sie beide vom Halse bis zu den Beinen ohne das mindeste Mitleiden, als sie gebraten auf dem Tische erschienen. Da er satt war, reiste er fort, that unterwegs einen Seufzer und rief: »O Ungerechtigkeit! Der Habicht würgt die Taube, der stärkre Bruder den schwächern und der Mensch verschlingt die unschuldigen Thiere! Ja, Fromal – alles ist ungerecht wie Akante.«

Die Nacht nöthigte ihn bald zu einer neuen Einkehr. Kaum hatte er sie erreicht, als ihn ein hagrer Kerl, der müßig an einem Baume lehnte, auf die Seite zog und warnte, in diesem Loche nicht zu übernachten. »Es ist das ärgste Diebesnest, das der Mond bescheint.« »Wo soll ich aber bleiben?« »Lieber unter freyem Himmel. Wenn Sie wollten, so könnte ich Sie wohl an einen guten Ort bringen.« Belphegor merkte, worauf es ankam, um dahingebracht zu werden; er gab ihm von dem Wenigen, was ihm sein Freund zurückließ, ein kleines Geschenk und folgte ihm nach. Der Wegweiser führte ihn in einen dichten Wald, faßte ihn in der Mitte desselben bey der Gurgel und schwur, ihn auf der Stelle umzubringen, wenn er nicht seine ganzen Habseligkeiten an ihn auslieferte. »Aber welches Recht habt Ihr Bösewicht dazu?« fragte Belphegor. Der Räuber wies ihm statt der Antwort ein langes Messer, nahm ihm sein Vermögen aus der Tasche, warf ihn zu Boden, kniete ihm auf die Brust und durchsuchte alle Behältnisse an seinem ganzen Leibe, wo sich nur eine Beute vermuthen ließ, gab ihm einen derben Fluch zum Abschiede, als er nichts erhebliches fand, und begab sich auf den Rückweg.

Die ganze Nacht hindurch blieb er in diesem Zustande liegen, ohne wegen der Unbekanntschaft mit dem Walde einen Fuß von der Stelle zu wagen. Gegen Morgen hörte er einen Mann sich ihm leise nähern und bey jedem Schritte still stehn, um sich umzusehn, ohne Belphegorn gewahr zu werden, bis ihn dieser anredete. »Mann«, rief er, »hast du Herz –«

»Nicht viel!« antwortete der Ankommende furchtsam.

»Hast du ein menschliches Herz mit menschlichen Empfindungen«, fuhr Belphegor fort, »so nimm dich meiner an!«

»Ach du lieber Himmel! wenn sich jemand erst meiner annähme!«

»Warum das, mein Freund?«

»Warum? – Ich hätts sehr nöthig. Nur ein wenig leise gesprochen!«

»Was fürchtest du?« fuhr Belphegor hitzig auf.

»Weiter nichts, als ins Zuchthaus zu kommen.«

»Wenn du es verdient hast, so wünsche ich Glück dazu.«

»Ich habe ein Mädchen, das mich in meiner lezten Krankheit gepflegt und gewartet hat wie eine Mutter; ich wollte sie heirathen; aber ich darf nicht. Das arme Mädchen sizt zu Hause und weint sich die Augen aus dem Kopfe. Mein Herr will mich zwingen, ein Gütchen zu bearbeiten, das ein andrer vor mir verdorben hat. Ich kann nicht; es würde mich zu Grunde richten. Im Stocke habe ich schon gelegen; und da ich noch nicht wollte, so drohte er mir mit dem Zuchthause. Mein armes, liebes Mädchen soll ich auch nicht nehmen: wir müssen – ach! das wissen Sie nicht, lieber Herr! – auch von unsrer Liebe eine Abgabe bezahlen. Ja, das Bischen, was wir sauer erarbeiten! – ich bin entsprungen, und – du gutes Mädchen! – wenn sie mich haschen –« *

»Mein Freund, wenn du Recht hast, so geh ich mit dir und spreche für dich.« Er weigerte sich anfangs; doch endlich überließ er sich ihm und führte ihn zu seinem Herrn.

Belphegor war ein lebhafter Advokat und bekam auf seine Anfrage, warum dieser Elende zu seinem Verderben gezwun-

* Alles dieses wird vielleicht nur in gewissen Gegenden verständlich seyn.

gen werden sollte, die lachende Antwort: »Weil ich das Recht dazu habe.« »Und wer gab Ihnen das Recht?« »Das hab' ich gekauft.« »Also kann man Unterdrückung kaufen?« »Blitz! der Herr ist wohl verwirrt. Recht ist keine Unterdrückung; auch nicht, wenn ich den Herrn zum Hause hinausjage!« Und so fiff er eine Kuppel Hunde zusammen, hezte sie auf den armen Belphegor los, der mit Mühe einige Fragmente von seiner Kleidung aus ihren Zähnen rettete und alles anwenden mußte, um nicht einen Theil seiner eignen Person einzubüßen.

»Welche Ungerechtigkeit! welche Unterdrückung!« rief er, als er sich ein wenig gesammelt hatte; und sein Magen sezte hinzu: »welcher Hunger!«

In seinem gegenwärtigen Zustande war ihm nichts übrig, als von der Wohlthätigkeit andrer zu leben; er bat um Almosen, hungerte selten und bekam niemals Ribbenstöße noch Steine an den Kopf.

Eines Tages kam er auf eine Heide, wo etliche Freybeuter einen Mann so unbarmherzig behandelten, als wenn sie willens wären, ihn in Stücken zu zerlegen und auf gut huronisch zu essen. Belphegor glühte, so bald er den Auftritt erblickte, gieng hinzu und erkundigte sich nach der Ursache einer solchen Barbarey. Man würdigte ihn keiner Antwort, doch erfuhr er bey Gelegenheit, daß man ihn strafe, weil der Hund nichts herausgeben wolle. »Aber welches Recht habt Ihr denn, etwas von ihm zu fodern?« Sie schlugen an ihre Degen, und einer darunter gab ihm oben drein einen wohlgemeinten Hieb, der ihm das rechte Schulterblatt in zwey gleiche Stücken zerspaltete. »Aber, ihr Barbaren, welches Recht habt ihr –« ein zweiter Hieb über den Mund hemmte seine Frage mitten im Laufe.

»Alles grausam wie Akante!« dachte er und stopfte sich mit dem Reste seiner Kleidung seine Wunden zu. Er bekam eine Stelle in einem Krankenhause und wurde sehr bald geheilt. Ein Elender, der neben ihm lag und schon ein ganzes Jahr

lang sein Bette nicht verlassen hatte, war während der Kur sein vertrauter Freund geworden. Doch izt wurde er über die schnelle Genesung seines Freundes neidisch und biß ihn des Nachts in den kaum geheilten Arm; die Wunde wurde so gefährlich, daß der Arm beinahe abgelöst werden mußte.
Nach einem langen Kampfe mit Schmerzen und dem Neide seines Freundes wurde er wiederhergestellt und der Willkühr des Schicksals übergeben.
Seine erste Auswanderung machte ihn schon wieder zum Märtyrer seines guten Herzens. Er langte in einem Dorfe an, wo eben das gräßlichste Weiberscharmützel das Publikum belustigte. Ein Mädchen, das der ganze weibliche Theil der Kirchfahrt ärger als den Teufel haßte, weil es von Jugend an sich durch seine Kleidung unterschieden hatte, war in einem saubern Anzuge, einem ehrbaren Geschenke von der Regentinn des Dorfs, in der Kirche erschienen. Jedermann empfand, wie billig, den lebhaftesten Abscheu und Aerger über eine solche Hoffart. Man murmelte die ganze Kirche hindurch, man schimpfte bey dem Herausgehn, und auf einmal stürzte die anwesende weibliche Christenheit mit geschloßnen Gliedern auf die schöngepuzte Nymphe los, um ihren Staat auf das jämmerlichste zu zerfleischen. Sie waren schon wirklich in ihrer Arbeit bis zum Hemde gekommen, das sie ebenfalls, ob es gleich nur aus grober, demüthiger Leinwand geschaffen war und nicht die mindesten Spuren des Stolzes an sich hatte, nicht verschonen wollten, als Belphegor ankam. Er erblickte nicht so bald das Gesichte des leidenden Mädchens, das gewiß eine der besten ländlichen Schönheiten war und izt durch eine verschönernde Mine der Traurigkeit einen doppelt starken Eindruck machte, als seine Stirne glühte, als er mitten in das Gefechte rennte, das Mädchen und ihre Schamhaftigkeit aus den Klauen ihrer Gegner zu befreyen. Weil sein Ueberfall so plözlich geschah und noch ein Nachtrab von Hülfstruppen zu befürchten war, so zerstreuten sich die Feinde anfangs. Da sie aber wahrnahmen,

daß sie ihre Furcht betrogen hatte, so wurden sie desto ergrimmter, ließen das gemishandelte Mädchen liegen und griffen ihren Helfer an, dem sie ein Auge ausschlugen, einen Finger quetschten und die Backen mit ihren Nägeln meisterlich bezeichneten. Oben drein wurde er noch nebst der Grazie, die er beschützen wollte, von den dastehenden Gerechtigkeitspflegern in Verhaft genommen, die um so viel erbitterter auf ihn waren, weil er ihnen eine Lust verdorben hatte, und an die Herrschaft des Mädchens ausgeliefert.
Durch einen glücklichen Zufall war es veranstaltet worden, daß gerade damals zwischen den beiden Monarchen, demjenigen, welchem sie übergeben, und demjenigen, von welchem sie ausgeliefert wurden, eine Zwistigkeit herrschte, die oft in einen Privatkrieg ausbrach – wie er nämlich nach Einführung des Landfriedens Statt findet. Eine von den beiden Damen dieser Herren hatte bey einer Feierlichkeit, die die ganze schöne Welt der dasigen Gegend durch ihre Gegenwart verherrlichte, an der andern, die eine ganze Stufe im Range unter ihr war, einen Halsschmuck wahrgenommen, dessen Anblick ihr sogleich alle Nerven angriff, daß sie nicht anders als die Besitzerinn desselben von ganzem Herzen hassen mußte. Da ihre Männer, weil sie durch die Ehe Ein Fleisch und Ein Blut mit ihnen geworden waren, es für ihre Pflicht hielten, sich gleichfalls deswegen von Herzen zu hassen, so wurde Belphegorn und seiner Mitgefangnen sogleich ohne Verhör Recht gegeben; Belphegor bekam seine Freiheit und war froh, nicht mehr als Ein Auge und Einen Finger eingebüßt zu haben. Die gemeldete Feindschaft brachte ihm sogar eine Mahlzeit und ein kleines Geschenk für die bewiesne Tapferkeit ein. – Das war ein Sporn in die Seite gesezt.
Seine warme Gutherzigkeit fand auch bald eine neue Ursache, das Blut in Feuer zu bringen. Er traf unter einem wilden Apfelbaume ein kleines Männchen an, das mit gesenktem Kopfe und betrübter Mine dasaß. »Lieber Mann, was fehlt dir?« fragte Belphegor, indem er sich zu ihm sezte.

»Alles«, antwortete jener mit einem Seufzer, »denn ich habe gar nichts. Bettelarm bin ich.«
»So bist du nichts reicher als ich«, erwiederte Belphegor.
»Das könnte ein Trost für mich seyn«, sprach der Andre, »wenn ein Trost mir etwas helfen könnte. Aber – es ist umsonst!«
»Sage nur, was dir widerfahren ist!« rief Belphegor hitzig.
»Das kann zu nichts dienen. Willst du mich bedauern? Bedauert hat mich jedermann, aber niemand geholfen.«
»So will *ich* der einzige seyn«, sprach Belphegor glühend.
»Armer Elender! wie könntest du das? Hilf *dir*! dann glaubte ich, daß du Wunder thun und auch mir helfen könntest.«
Belphegor knirschte mit den Zähnen und verstummte vor Aerger und Begierde. »Mann, so sage mir nur deine Geschichte!« sprach er endlich mit halb erstickter Stimme.
»Meine Geschichte? – ist kurz. Der menschliche Neid hat mich zu Grunde gerichtet. Ich hatte ein Vermögen, ein schönes Vermögen – nicht groß, aber hinreichend; es war ein Theil von meinem väterlichen Erbgute. Ich war unermüdet auf die Wirthschaft aufmerksam, und mein Vermögen vermehrte sich zusehends; ich kaufte beinahe mehr an, als ich geerbt hatte. Indessen nahmen die Umstände meines Bruders immer mehr ab; er wurde auf mein Glück neidisch; er gab mir schuld, ich habe ihn bey der Theilung bevortheilt; er verklagte mich. Wir prozessirten, mästeten Richter und Advokaten, er spielte alle möglichen Kabalen, und ich verlor beinahe. Endlich gewann niemand den Prozeß, und ich verlor mein Vermögen. Nun blieb die Sache liegen. Nicht einen Pfennig behielt ich übrig; die Gerechtigkeit nahm alles, weil sie mir Gerechtigkeit hatte wiederfahren lassen *wollen*, wenn ich nicht vor der Zeit verarmt wäre.«
»Komm! wir wollen dem fühllosen Bruder den Kopf zerbrechen; er verdients!« rief Belphegor hastig und ergriff ihn bey dem Arme.
»Guter Mann! ich sehe, du hast Herz – ein gutes und ein

muthiges. Wozu kann das dienen, daß wir ihm den Kopf zerschlagen?«

»Ihn zu bestrafen, den Hartherzigen!«

»Wozu könnte das dienen?«

»Du machst mich rasend, Freund! – Komm!«

»Ja, ich komme – um mit dir betteln zu gehn: das Köpfezerschmeißen ist gefährlich. – Ach! –«

»Was siehst du, daß du so seufzend hinblickst?« fragte Belphegor und war halb zum Aufspringen gefaßt.

»Meinen Bruder!« – Weg war Belphegor, ehe er das Wort noch völlig aussprach oder ihn zurückhalten konnte – gerade auf den Mann zu, den er für den Bruder des Unglücklichen hielt. Er ereilte ihn, faßte ihn bey dem Halse und kündigte ihm seinen Untergang, die Strafe für seine Unbarmherzigkeit und seinen unbrüderlichen Neid an. Der Andre, der während des Prozesses eine reiche Wittwe durch List zu seiner Frau gemacht hatte und sich izt wohlbefand, rief einen Trupp Arbeiter zu Hülfe, die in einem nahen Busche Holz für ihn fällten. Sie kamen mit allen Werkzeugen der Rache, Knitteln, Aexten, Beilen, schlugen den übermannten Belphegor vom Kopf bis auf die Füße blau, die linke Hand morsch und ein großes Loch in den Hirnschädel: so verließen sie ihn.

Der Mann, um dessentwillen er sich allen diesen Schmerzen ausgesezt hatte, wagte sich nicht in die Nähe des Streites, blieb furchtsam in der Ferne stehn, so lange es Schläge sezte, und schlich langsam zu seinem Verfechter hin, als die Gefahr vorüber war. Er beklagte ihn herzlich und versprach mit der gerührtesten Dankbarkeit, sich seiner anzunehmen, sich nie von ihm zu trennen. Er wusch seine Wunden, verband ihn, so gut er konnte, und trug ihn auf seinen Schultern in ein Dorf, wo sie auf vieles Bitten in einer Scheune beherbergt wurden.

Eine Regel hatte sich Belphegor aus seinen bisherigen Unglücksfällen abgezogen, daß er in die Flamme seines guten, empfindungsvollen Herzens eine gute Dosis kühle Vorsicht gießen müsse. Er nahm sich auch in völligem Ernste vor, Neid und Unterdrückung ins künftige als bloßer Zuschauer zu betrachten, eher an dem Feuer des Unwillens zu ersticken, als es hervorbrechen zu lassen, und wenigstens die innerlichen Theile des Leibes unbeschädigt zu erhalten, da kein äußerliches Glied an ihm war, das nicht Denkmale seines Eifers für die Gerechtigkeit, blaue Flecken, Narben oder Beulen bezeichneten.

Der Mitleidige, der ihm einen Plaz bey sich verstattet und auch zuweilen eine Wohlthat mitgetheilt hatte, bot ihm izt, da er wieder geheilt war, wie auch seinem Gefährten eine Stelle unter seinen Arbeitern an. Keiner von beiden schlug das Anerbieten aus, besonders nicht Belphegor, und zwar deswegen, weil er hier weniger Reizungen, sich neue Wunden zu erwerben, zu finden hoffte. Seinen bisherigen Begleiter, Wärter und Freund knüpfte die Dankbarkeit auf das engste mit ihm zusammen, und ihre Freundschaft schien ihnen unzerstörbar, sie war die wärmste, die unverbrüchlichste auf der Welt – weil keiner einen Gran Elend oder Glück mehr oder weniger besaß als der andre.

Belphegor erhielt bald einen merklichen Vorzug in der Gunst seines neuen Herrn, weil er, seiner Leibesschäden ungeachtet, viel mehr Thätigkeit und Arbeitsamkeit als sein Freund bewies. Der Alte erkannte es mit freudigem Danke, daß er sich um seines Nutzens willen zu Tode arbeiten wollte, und gieng damit um, ihm zu Belohnung seiner nützlichen Dienste, nach Labans löblichem Beispiele, seine einzige Tochter in die Arme zu werfen – ein dickes, rundes, wohlbeleibtes Mädchen, das alle Sonntage einen vollwichtigen Doppeldukaten mit Kaiser Karl des sechsten Bildnisse an dem gelben Halse trug, zwey Hemde und einen ungeflickten Rock besaß, da das ganze übrige Dorf Winter und Sommer halbnackt gieng. Ehe Belphegor diese wohlgemeinte Absicht erfuhr, kam sein Freund dahinter. Er fühlte sogleich, als ihm das nahe Glück seines Freundes bekannt wurde, eine so starke Revolution in der Galle, daß er augenblicklich seinen Herrn aufsuchte und ihm hinterbrachte, er habe vor ein Paar Minuten Belphegorn und die tugendreiche Tochter vom Hause hinter einem Heuschober in einer so vertraulichen, inbrünstigen Vereinigung gesehn, daß er dieser seiner Aussage gewiß Glauben beymessen würde, wenn er drey Vierteljahre auf den Beweis warten wollte. Der Alte, dem die Keuschheit seiner Tochter am Herzen lag und der ohne große Noth weder göttliche noch menschliche Gesetze gern brach noch brechen ließ, brannte von Wuth, rennte nach dem Orte zu, wo er Belphegorn zu treffen glaubte, fand ihn bey der Arbeit, ergriff eine Heugabel und rennte ihm von hinten zu alle drey Zinken in das dicke Bein, stach ihm eben so viele Löcher in den Kopf und schlug ihm das linke Bein einmal entzwey. Zwo Stunden darauf ließ er den Bader kommen und ihn vom Kopf bis auf die Füße wieder ausflicken, um nicht von der Gerechtigkeit des Orts dazu angehalten zu werden. Da er wieder ausgebessert war, nahm er eine Peitsche und gab ihm mit fünf und zwanzig wohlgezählten Hieben seine Entlassung und mit einem kräftigen Fluche ein Empfehlungsschreiben an den Teufel auf den Weg. Belphegor nahm von seinem Freunde beweglichen Abschied, und dieser bekam den Tag darauf die dicke Rahel mit allen Pertinentien in rechtmäßigen ehelichen Besiz.

Diesmal konnte sich es Belphegor mit dem größten Eide versichern, daß ihm sein gutes Herz nicht den Kopf zerlöchert hatte; eigentlich wußte er gar nicht und erfuhr auch niemals, warum ihm ein so schmerzhafter Abschied ertheilt wurde. »Demungeachtet«, sagte er, »will ich auf meiner Hut seyn und mich von meiner Hitze nicht hinreißen lassen, wenn man gleich Millionen Menschen vor meinen Augen zerhackte und in Blute kochte.«

Er litt viele Tage Hunger, weil auf dem ganzen Striche, wo er gieng, alle Dörfer verbrannt, die Einwohner niedergesäbelt oder betteln gegangen waren. Der Nachbar des Landes hatte einen Einfall in dasselbe gethan und viertausend Stück Schafe,

die es mehr ernährte als das seinige, aufspeisen lassen. Bey der Gelegenheit hatte man statt des Freudenfeuers über erlangten Sieg ein Dutzend Dörfer angezündet.
Belphegor fand einen von den Kriegsmännern, die bey diesem Treffen sich Heldenlorbern erfochten hatten, an einem kleinen Bache, wo er sich seine Wunden wusch. Er sezte sich zu ihm und machte ihm ein sehr rednerisches Bild von der Verwüstung und dem Elende, das er unterwegs angetroffen hatte, das der andre mit einem stolzen Lächeln anhörte. »Ja, heute sind wir brav gewesen«, sprach er und strich den Bart.
»Aber um des Himmels willen«, rief Belphegor vor Hitze zitternd, »wer gab Euch denn das Recht, so viele Leute unglücklich zu machen?«
»Der Krieg!« brüllte der Soldat.
»Und wer gab Euch denn das Recht zum Kriege?«
»Die Leute leben hier zu Lande wie im Paradiese, schwelgen und schmausen. Wir haben zwölfmalhunderttausend geübte Arme und unsre Feinde kaum sechstausend: wir müssen ihnen die sündliche Lustigkeit vertreiben.«
»Und also, ihr Barbaren, ist eure Uebermacht das Recht, eurem Neide so viele Unschuldige aufzuopfern? – Ist *das* euer Recht?«
»Kerl! du bist nicht richtig im Kopfe; du phantasirst; so ungereimtes Zeug schwatzest du: am besten, mit dir ins Tollhaus!« Und so ergriff ihn der Kriegsmann, band ihn mit einem Riemen an sein Pferd und ließ ihn neben sich her außer Athem laufen, wenn er nicht von dem Pferde geschleppt seyn wollte, das in einem frischen Trabe fortschritt. Zwo Stunden nach ihrer Ankunft in der nächsten Stadt war Belphegor zwar in keinem Tollhause, aber doch im Zuchthause einquartiret, wo er an einen Pfahl gebunden und mit dreißig muntern Peitschenhieben bewillkommt wurde. Darauf schloß man ihn ein und befahl ihm, jeden Tag zwanzig Pfund Wolle zu verspinnen, und da er menschlicher Weise diese Zahl niemals vollmachte, so bekam er

zu Ersparung der Kasse selten etwas zu essen und alle Abende für jedes fehlende Pfund sechs Hiebe.
Seine Gesellen wurden in kurzem seine Freunde; ein gemeinschaftliches, *gleich* trauriges Loos machte sie dazu. Nach langen Bitten erbarmte man sich endlich über den armen Belphegor und erließ ihm täglich zwey Pfund von der vorgeschriebnen Quantität Wolle; er bekam nichtsdestoweniger alle Abende Prügel, weil er auch achtzehn Pfund eben so wenig bestreiten konnte, nur jeden Tag zwölf Schläge weniger als die übrigen. Von Stund an haßten ihn alle seine Kameraden wegen dieses vorzüglichen Glücks und beschlossen, ihn des Nachts im Bette zu verbrennen. Sie führten ihren Anschlag aus, legten brennenden Zunder in das Bettstroh, die Flammen nahmen überhand, Belphegor und die übrigen Züchtlinge entwischten, und das Haus lag nebst einer ganzen Gasse innerhalb etlicher Stunden im Aschenhaufen da. –
»So soll man mir doch die Zunge ausschneiden, wenn ich mich wieder verleiten lasse, Ein Wort über Ungerechtigkeiten zu verlieren!« sagte sich Belphegor, als er in Sicherheit zu seyn glaubte. »O grausame Akante! in alles dieses Unglück hast *du* mich gestürzt! – Akante! Akante!«
Diesen Ausruf that er, nachdem er zwölf Stunden in einem Zuge gelaufen war und sich izt ermattet in einem frischen Birkenbüschchen niederließ, wo er sicher vor allem Nachsetzen auszuruhen gedachte. Er war im Lande der *Lettomanier*. Kaum hatte er Athem geschöpft, als er ein barbarisches Geschrey aus der Ferne hörte, als wenn Pygmäer und Kraniche zusammen kämpften. ›Schon wieder etwas!‹ dachte er; ›aber meinethalben schlagt ihr euch in Millionen Stücken; ich will zusehn.‹
Das Geschrey wurde immer stärker, immer näher und Belphegor immer unruhiger, als sich endlich ein ganzer Haufe Bauern in den Busch hereinstürzte, wo er verborgen saß. »Hier sind wir sicher«, sprachen sie und lagerten sich. »Das

war ein warmer Tag! Andre brachten ein Faß mit einem Triumphgeschrey herzugeschleppt, das die Gelagerten beantworteten, und das Glas gieng munter herum. Ein jeder trank seinem Fürsten und der Freiheit zu Ehren.

»Der Freiheit?« dachte Belphegor, »hui! was müssen das für Leute seyn?« Er horchte und konnte nichts zusammenhängendes erschnappen, als daß hier zu Lande Bauernkrieg war, bis endlich einer in gewissen Angelegenheiten seitwärts schlich und auf seinem Wege Belphegorn im Gesträuche erblickte, den er sogleich hervorzog und seinen Mitbrüdern vorstellte. Man untersuchte ihn genau, ob er vielleicht zu der feindlichen Partey gehörte, und nachdem man ihm, in Ermangelung einer gesezmäßigern Tortur, hundert Prügel auf die Fußsolen gegeben hatte, ohne ein Ja aus ihm herauszwingen zu können, so wurde er feierlich für unschuldig erklärt und zum Glase zugelassen, was ihm aber wenig schmeckte; denn seine Fußsolen brannten wie Feuer.

»Willst du mit für die Freiheit fechten?« fragten ihn einige. »Gebt mir nur die meinige, dann seht, wie ihr die eurige behauptet!« »Was? für die Freiheit willst du nicht fechten? Du bist ein Spion! ein Feind!« Und sogleich sezte man sich in Positur, ihn mit einem Strohseile an eine schöne, schattichte Eiche aufzuhängen. »Sagt mir nur erst, wer eure Freiheit gekränkt hat?« rief Belphegor, als er den Spaß dem Ernste so nahe sah; »sagt mir es, und gern, gern will ich für sie fechten.«

»Siehst du«, nahm sein Nachbar das Wort, der bisher beständig still gesessen hatte, »siehst du! der liebe Gott hat uns nur zwey Hände und zwey Füße gegeben, und doch sollten wir den Leuten, die uns gekauft haben, so viel arbeiten, als wenn wir ihrer ein Paar Dutzend hätten. Sie wollten uns weis machen, wir hätten keinen Magen; wir sollten nur hungern, *sie* wollten schon für uns essen; und ob uns ein Paar Lumpen auf dem Leibe hiengen oder ob wir nackt giengen, wäre auch gleich viel; Adam sey ja in Gottes Paradiese auch nackt gegangen und ein braver Mann, der erste Erzvater gewesen. ›Was wäre denn nun vollends solchen nackten Lumpenkerlen Geld nöthig?‹ meinten sie; wir hätten ja ohnehin keine ganzen Taschen; also wärs doch tausendmal besser, daß wirs *ihnen* gäben, als wenn wirs verlören: das wäre ja jammerschade. Sie wollten uns dafür recht hübsch gepuzte Kerle, Laufer, Lakeyen, Heyducken, schöne Pferde, allerliebste Hunde, hübsche Kutschen zu sehn geben, und alle Sonntage sollten wir ihr Vivat rufen, ihnen langes Leben und Wohlergehn wünschen, und wenn wir etwas in der Tasche aus Versehn zurückgelassen hätten, es auf ihre Gesundheit in ihrem Biere vertrinken. Die Woche über sollten wir nur hübsch fleißig seyn, hübsch viele und gesunde Kinder liefern, die auch bald arbeiten und geben könnten, und dabey Gott mit frölichem und zufriednem Herzen danken, daß er uns so gnädige Herren beschert hat, die uns nicht lebendig schinden, weil sie uns sonst nicht brauchen könnten. Des Lebens wurden wir satt; freyer Tod ist besser als sklavisches Leben; wir schlugen zu. Achtzehn Schlösser haben wir schon bis auf den Grundstein zu Pulver verbrannt, neunzig Grafen und Edelleuten die Bäuche aufgeschnitten und einen ganzen Schwarm Edelfrauen bey Strohwischen gebraten samt den schönen Jungen und Jungfern, Hunden und Pferden, die sie von unserm Gelde gekauft haben. Heisa! Es lebe die Freiheit! Willst du mitfechten? – Komm! wir sind zurückgesprengt worden. Wir wollen dort ans Schloß ansetzen, das im Walde liegt. Dem rothköpfichten Junker dort auf den Hals! Fort, Brüder! du sollst unser Anführer seyn, Freund!« – »Ja, unser Anführer!« riefen sie alle und machten sich marschfertig.

So wenig sich Belphegor diese Ehre wünschte oder auch sein Amt versehen konnte, weil er wegen der zerprügelten Fußsolen kaum ohne Schmerz aufzutreten vermochte, so wollte er doch lieber mit seinem Kommandostabe vor ihnen her hinken, als sich an die schöne, schattichte Eiche aufknüpfen lassen. Er stolperte also vor seiner Armee voran wie ein zweiter Ziska, mit dem gegenwärtig sein ganzer Körper große Aehnlichkeit hatte. Der Marsch gieng unter einem unaufhörlichen Ausrufe der Freiheit auf das Schloß des Junkers los, dem sie ihren Besuch zugedacht hatten. Sie kündigten ihre Ankunft zuerst durch eine volle Ladung Steine den Fenstern an, erbrachen das Wohnhaus und liefen schon herum, um brennbare Materien aufzusuchen. Plözlich war der ganze stürmende Haufe von einem Truppe der Landesarmee umschlossen; man schrie, man fluchte, lief, stund, gieng; man warf Steine, Balken, Dachziegeln; man erschoß, man würgte, man raufte sich bey den Haaren; einige stachen mit Mistgabeln, andre metzelten mit Säbeln die Feinde nieder, und viele schlugen sie mit Knitteln todt; viele suchten den Ausgang zur Flucht, fanden ihn nirgends, öffneten sich ihn mit Gewalt und wurden mitten im Durcharbeiten daniedergetreten; der Vater tödtete unwissend den Sohn, und der Sohn erwürgte den Vater; sterbende Stimmen ächzten: »Freiheit!« und lebende riefen: »Rebell!« Abgerißne Füße, zerfleischte Arme, gequetschte Köpfe, verstümmelte Leiber, Waffen, Beute, Pferde lagen in dem schrecklichsten Chaos neben und über einander. Zweyhundert Bauern wurden auf dem Wahlplatze erschossen, von Pferden zermalmt, im Gedränge erdrückt, zertreten, eine viel größere Anzahl gefangen, und nur wenige entkamen, worunter auch Belphegor war, der in der Begeisterung des Treffens ritterlich gefochten und von einem sich davon stürzenden Schwarme mit fortgerissen worden war. Man sezte ihnen nach, die übrigen entkamen durch die Geschwindigkeit der Füße, doch den unglücklichen Belphegor nöthigten seine wunden Fußsolen zurückzubleiben und in die Hände der Nachsetzenden zu fallen. Eine lange Allee vor dem Stadtthore wurde sogleich mit vierhundert aufgehängten Bauern geschmückt, hundert wurden gerädert, andre lebendig eingemaurt und alle als Rebellen verflucht, ihre Namen in Stein eingehauen und ihr Andenken auf ewig mit der größten Schande gebrandmahlt. Für die Anführer, wor-

unter auch Belphegor sich befand, wollte man bey größerer Muße eine Strafe aussinnen, die alle Strafen der ganzen polizirten Welt an Strenge und Grausamkeit überträfe.
Belphegor, der das gräßliche Schauspiel mit ansehn mußte, gerieth bald in Feuer; stark empfindende Herzen, wenn sie *zu* heftig angegriffen werden, wagen das Aeußerste: er faßte einen von den dastehenden Richtern bey der Knotenperucke. »Welches Recht«, sprach er, »habt ihr, Barbaren, diese Unglücklichen ohne alles Gefühl wie Rebellen niederzumetzeln? Sie wollten das Joch abwerfen, das schändlichste Joch der Unterdrückung, und ihr straft sie, daß sie eine Freiheit zu erkämpfen suchten, die ihnen die Natur so gut als euch gab und die ihr ihnen entrisset! Schande! ewige Schande für die Menschheit, daß sie ihr Wohlseyn auf den Untergang etlicher Schwachen aufbaut.«
Der Richter, der kaltblütigste Mann, der auf einem Richterstuhle gesessen hat, antwortete ihm zur Kurzweile ganz trocken: »Wer hat ihnen denn etwas unrechtes zugemuthet? Es blieb ja alles bey dem Alten.«
»Ja«, unterbrach ihn Belphegor, »bei der alten Unterdrükkung! Unsre Vorfahren in dem unseligsten Stande der Wildheit überwältigten die Väter dieser Elenden und legten ihnen das barbarischste Joch auf; und wir, die wir jene Zeiten mit der stolzesten Verachtung unter uns herabsetzen, wir –« *

* Nichts muß für einen Mann, der denkt und empfindet und also die mannichfaltigen Reste der Barbarey in *unserm* Zeitalter nicht ohne widriges Gefühl betrachten kann, aufrichtender seyn und seinen Blick in die Zukunft froher machen, als daß Monarchen und unter ihnen der größte seine Sorge dahin lenkt, die Unglücklichen, die das Schicksal dem Besten des Ganzen gewisser maßen aufopfert und sie arbeiten läßt, damit andre sich pflegen können, ihrer ursprünglichen Freiheit so nahe zu bringen, als es sich ohne Nachtheil des Staats thun läßt, und daß sogar diejenigen, denen eine verjährte Unterdrückung jene Lastträger unterwarf, großmüthig die Hände bieten, ihnen mit Entsagung ihres eignen Nutzens ihr Joch zu erleichtern, da es nun einmal nicht möglich ist,

»Das ist ja immer so gewesen!« fiel ihm der Richter ein. »Der Stärkere hat von Ewigkeit her den Schwächern zum Sklaven gehabt, ein Mensch hat beständig über den andern herrschen wollen, und wer den andern hat daniederwerfen können, der ist der Herr gewesen. Es war ja immer so, wie wir in Historienbüchern finden, daß der Schwache, wenn er so dumm war, sich von dem Mächtigen nicht alles gefallen lassen zu wollen, gehangen, geköpft, gerädert wurde.«

es ihnen ganz abzunehmen. – Wenn Joseph Millionen Soldaten in der besten Disciplin unterhielt, Taktik, die Künste des Angriffs und Rückzugs in den vollkommensten Stand sezte, Türken, Heiden und Christen überwänd, so wären in meinen Augen alle diese lorberreichen Thaten nicht zur Hälfte so viel werth als die einzige, daß er daran arbeitet, den böhmischen Bauern etliche Grane bürgerlicher Freiheit mehr zu geben, als sie vorder die Verfassung, das heißt, eine verjährte, zum Recht gewordne Unterdrückung genießen ließ; und diejenigen Herren, die ihren eignen Verlust nicht achteten, sondern die Absichten ihres Monarchen unterstüzten, sind meines Bedünkens mehr als Scipione und Türenne: denn sie besiegten den Eigennuz, den hartnäckigsten, schlausten Feind. – Ihr *Dichter* und *Redner!* für solche Handlungen allein solltet ihr Wiz und Beredsamkeit haben! Bis zum Anbeten kann ich den Monarchen lieben, der seinen Blick auf die niedere, verachtete Klasse der Menschheit wirft und ihnen zwar nicht Bequemlichkeiten, Ueberfluß, Verfeinerung geben will – eine schädliche Gabe! –, sondern von den vielen Einschränkungen der Freiheit, die sie zur Arbeit nöthigen, diejenigen hinwegnimmt, die *ohne Revolution* weggenommen werden können, den Herren einen kleinen, zu verschmerzenden Verlust, und dem Unterthan ungleich größern Vortheil verschaffen; wie ich hingegen nie ohne innerliche Erschütterung einen sonst guten Mann – im Durchschnitte genommen! – mit Ernst behaupten hören konnte, daß ein Bauer nichts mehr als gesunde Hände und Füße und zwey Löcher brauche, eins zum essen, das andre zum – d. i. ein instrumentum rusticum sey. Desto erfreulicher ist es, daß das Beyspiel des Oberhauptes es vielleicht noch in unserm Menschenalter dahin bringen wird, daß sich jeder einer solchen vom Eigennutze gestimmten Denkungsart schämt. – Izt, bey einem so guten Anschein solltest du leben, Belphegor! so würde dich die gute Hoffnung vor der Misanthropie bewahren!

»Aber diese Elenden wollten ja gern eure und der übrigen Menschheit Diener seyn, nur als Menschen behandelt werden, die zu *ihrer Glückseligkeit* so wohl als ihr auf diese Kugel gesezt sind.«

»Es ist ja immer so gewesen; was wollen sie denn neues haben? Die Menschen haben ja beständig einander gequält, und wer sich nicht quälen ließ, den schlug der andre todt, wenn er konnte. Es ist ja immer so gewesen; wenn dirs so nicht ansteht, so ändre das! Mache, daß du morgen nicht gehangen wirst; wenn dus kannst, so hast *du* Recht, aber bis hieher haben *wir* es.«

Belphegor, der durch den dehnenden, fühllosen Ton und die eiskalte Frostigkeit des Mannes ganz außer sich selbst gesezt war, biß vor Zorn und Wuth so heftig in seine Ketten, daß ihm zween Zähne blutig aus dem Munde sprangen, und gern hätte er das ganze Tribunal mit den übrigen zerrissen, wenn ihm nicht nach seiner ersten Invasion in die Knotenperucke, zu Verhütung alles Schadens, der Hals vermittelst einer dauerhaften Kette mit den Knieen zusammengeschnürt worden wäre.

Den Tag darauf wurde das Urtheil an ihm vollstreckt, das ihm der kaltherzige Richter prophezeiht hatte: er wurde an einem der ansehnlichsten Plätze der Stadt in Ketten aufgehangen, die man in Ermangelung derselben in Stricke verwandelte. Da man aber seinen Namen erfuhr und aus dem fremden Klange desselben schloß, daß er keines lettomanischen Ursprungs seyn könnte, so wurde beschlossen, ihm, als einem Ausländer, die schuldige Ehre anzuthun und ihn eine Viertelelle höher zu hängen als den Lettomanier, der neben ihm seine Stelle finden sollte, und dieser mußte ihm aus Höflichkeit die rechte Hand lassen. Der Lettomanier, der dies als eine Beleidigung gegen seine einheimische Abstammung und gute Geburt ansah, wurde neidisch auf Belphegorn: er bestach den Scharfrichter, diesen Nebenbuhler der Ehre so schwach zu befestigen, daß ein mäßiger Sturm ihn

entweder in *gleiche* Linie mit ihm bringen oder ganz unter ihn daniederwerfen könnte. Es geschah. Kurz darauf entstund ein Erdbeben, der Himmel überzog sich mit fürchterlichen Wolken, es donnerte und blizte, regnete und stürmte – welches alles die Lettomanier nunmehr, da sie durch den Ausgang belehrt waren, wer Recht hatte, als einen Beitrag der göttlichen Rache zur Bestrafung der umgebrachten Rebellen betrachteten. Der Sturm warf den schlecht befestigten Belphegor herunter, der Blitz traf ein Haus in der Nachbarschaft, das sogleich in hellen Flammen aufloderte, das Feuer verbreitete sich von Haus zu Haus, von Gasse zu Gasse und verheerte fast die halbe Stadt. Während des Tumultes, da alles winselte, schrie, lärmte, lief und rennte, erwachte Belphegor, an dem der Scharfrichter sein Amt überhaupt schlecht verwaltet hatte, von seiner bisherigen Betäubung, da Blut und Lebensgeister wieder ihren ungehinderten Lauf bekommen hatten; er erblickte nicht so bald den Aufruhr und das allgemeine Schrecken, als er ohne Anstand die Entschließung nahm, die Gelegenheit zur Flucht zu nützen. In Eile arbeitete er sich los, so gut er konnte, und floh zur Stadt hinaus; niemand bemerkte ihn, und niemand wollte ihn bemerken.
Die ganze Nacht hindurch lief er, ohne ein einzigesmal auszuruhen, und kam in der Morgendämmerung mit der Angst eines Gehängten, der nicht gern eine zweite Erfahrung machen möchte, wie es sich zwischen Himmel und Erde wohnt, an eine Priesterwohnung, wo er mit so großer Verwunderung als Bereitwilligkeit aufgenommen wurde. Sein Gefährte war nebst Stricken und Galgen verbrannt, und weil man ihn gleichfalls in Asche und Staub verwandelt glaubte, so blieb er vor der Nachstellung desto sichrer.

Zweytes Buch

Der ehrliche, treuherzige Magister *Medardus* war gegenwärtig der Besitzer dieser einsamen, ländlichen Wohnung – ein Mann, der alle Menschen Brüder nennte und als Brüder behandelte, der ärmste und doch der freygebigste, gastfreyeste Seelenhirte des ganzen Landes, der mit Unglück und Gefahren gekämpft hatte und noch täglich von ihnen herausgefodert wurde, sieben lebendige Kinder besaß und eine Vorsehung glaubte.

Zween Unglückliche bedürfen keiner Mittelsperson, in Bekanntschaft oder Vertraulichkeit zu gerathen; bey dem guten Medardus war sie noch viel weniger nöthig. Ein Krug voll Apfelwein, das sein täglicher und liebster Trank war, vertrat die Stelle derselben und wurde häufig unter beiden gewechselt; Belphegor klagte und jammerte dabey über den Neid und die Unterdrückung der Menschen, und Medardus ermahnte ihn, mit der Welt zufrieden zu seyn, so lange es noch Apfelwein und eine Vorsicht gebe.

»Brüderchen, iß und trink heute noch! Morgen ists vorbey; morgen muß ich fort«, sprach er.

»Morgen fort! warum das?«

»Die Leute sind böse darauf, daß mir mein Apfelwein so gut schmeckt. Du weißt, Brüderchen, daß Bauernkrieg ist –«

»Ja, leider weis ichs!« unterbrach ihn sein Gast mit einem tiefen Seufzer. »Ja, Freund, der unglückliche Belphegor –«

»Was? Bist du Belphegor, Brüderchen? der Belphegor, der dem Richter die weiße Knotenperücke schüttelte? – Du bist ein braves Kerlchen! Der brave Belphegor soll leben!« Und dabey that er einen herzhaften Schluck. »Siehst du, Brüder-

chen? die Bauern haben Unrecht behalten, das weißt du! Ich bin einer von ihren Pfarrern; morgen muß ich fort.«
»Aber was hat denn der Pfarrer mit dem Baurenkriege zu schaffen?«
»Je, Närrchen, ich habe ein Wörtchen fallen lassen – nicht viel! gar nicht viel! darüber sind sie böse geworden; und weil sie denken, sie könnens, so plagen sie mich so lange, bis ich fortgehe. Meine Kinder sind versorgt; mein Apfelwein ist diesen Abend alle; und morgen geht die Reise fort. Die Vorsicht ist überall. Meine Frau ist vor Kummer gestorben –« Hier hielt er schluchzend inne. Sogleich heiterte sich sein Gesicht wieder auf: »Aber die Vorsicht lebt noch«, sezte er ruhig hinzu. »Es war eine herzensgute Frau« – er weinte –, »gar ein goldnes Weibchen.« – er weinte noch mehr. – »Da, Brüderchen!« fuhr er auf einmal auf, indem die Thränen noch über sein erheitertes Gesicht herabliefen, »da Brüderchen! Ihr Andenken!« – und brachte ihm den Krug zu.
»Ach, Akante! du grausame Akante!« rief Belphegor, indem er den Krug dem Munde näherte.
»Brüderchen, ist das deine Frau?« rief Medardus.
»Nein! aber – kennst du das grausame Felsenherz?«
»O, Närrchen, mehr als zu wohl! Ich habe als Jesuiterschüler dreyhundert wohlschmeckende Hiebe um ihrentwillen bekommen.«
»Um Akantens willen? Auch da war sie schon eine Wölfinn?«
»O, Kind, sie war schön! tausendmal schöner als meine Frau, aber nicht den hunderttausendmaltausendsten Theil so gut; so gut kann aber auch keine auf der Welt seyn als das liebe Weib.« – Die Thränen stunden schon wieder in den Augen, und der Ton wurde weinerlich. – »Ihr Andenken, Brüderchen!« sagte er frölich und trank. »Hui!« fuhr er fort, »also kennst du Akanten, Brüderchen?«
»Und meine Hüfte noch mehr! die Barbarinn! Sie ist die Urheberinn alles meines Unglücks«, sagte Belphegor.

»Und auch des meinigen!« fiel ihm Medardus ins Wort. »Dreyhundert gute, gesunde Hiebe brachte sie mir zuwege. Sie gefiel mir und ich ihr, und zwar mehr als mein Lehrer, der ihr mit aller Gewalt gefallen wollte. Siehst du, Kind? das machte ihm die Leber warm; weil er der Stärkre war, so durfte ich ihm meinen Rücken nicht verweigern; ich bekam zu Heilung meiner Liebe dreyhundert baare Hiebe und wurde in ein Kloster gesteckt. Wir erhielten darinne zuweilen heimliche Besuche von etlichen artigen Puppen, die uns die Einsamkeit erleichtern sollten. Bey meiner Schlafmütze! ich war so unschuldig wie ein Sechswochenkind: ich hatte nichts Böses im Sinne und konnte auch nicht; purer Naturtrieb! die Kinderchen gefielen mir, es war mir wohl, wenn ich bey ihnen war, und schlimm, wenn ich sie entbehren mußte. Auch mir waren sie herzlich gut, und die übrigen Schlucker bekamen kaum einen Kuß, wenn ich schon sechse zum voraus hatte. Siehst du, Brüderchen? Sie wurden neidisch: Bruder Paskal versteckte sich, und da ich im Dunkeln vor ihm vorbeygehe, faßt er mich bey den Ohren und will mir beide Ohren abschneiden, aber das Messer war zu stumpf; so kam ich mit einem hübschen, langen Schnitte davon, den ich wieder zuheilen ließ. Damit war aber der Groll nicht vorüber: wenn ich nur einen Blick mehr bekam als ein andrer, so mußte ich leiden; und ob ich gleich izt mit ihnen nur in gleichem Schritte gieng, so blieben sie mir doch feind und suchten alle Gelegenheit, mir zu schaden, mich zu verfolgen.

Einige beschlossen, mich zu entmannen, doch Bruder Paolo widersezte sich ihrem Anschlage. Er konnte an sich selbst abnehmen, wie schrecklich ein solcher Zustand seyn müßte. Aus christlichem Mitleiden empfahl er seinen Mitbrüdern in einer zierlichen Rede die Barmherzigkeit als eine der Kardinaltugenden und beredete sie, mir lieber, um ihr Gewissen vor Grausamkeit zu bewahren, im Schlafe alle Flechsen am ganzen Leibe zu zerschneiden. Zum Glücke erfuhr ich diesen

schönen Plan, als er eben geschmiedet wurde, und ehe sie ihn ausführen konnten, war ich unsichtbar.
Ich änderte Land und Religion zugleich und studirte. Siehst du, Brüderchen? nun gieng eine neue Noth an. Der Superintendent *** hatte viel Liebe für mich; er erhielt mich und war auf eine Versorgung für mich bedacht. Indessen bekam auch die Mätresse** eine kleine Liebe für mich; es lag ihr an weiter nichts, als einen Hofprediger zu haben, der *ihr* alles zu danken hätte und ihr darum aus Dankbarkeit das Wort reden müßte; in kurzem war ich Hofprediger, ohne daß vorher jemals einer gewesen war. Nun war alles wider mich; alles was ich sagte, war heterodox, alles Irrlehren, ich war ein dummer, unwissender, unwürdiger Mann, ob sie sich gleich alle vorher über meine Wissenschaft gewundert hatten, meine Sitten, mein Betragen war unanständig, man streute die ärgerlichsten Erzählungen von meinem ehmaligen Wandel aus, ob ich gleich von einem jeden meiner Neider und vormaligen Patrone schriftliche und mündliche Zeugnisse für mich hatte, die mich wegen meiner Aufführung als ein Muster lobten und priesen. Ich wurde von Tage zu Tage verhaßter; die Beschuldigungen von Irrthümern wurden immer häufiger und angreifender, daß ich endlich aufgefodert wurde, mich in einer öffentlichen Unterredung zu rechtfertigen. Ich mußte darein willigen oder mich meinen Feinden überwunden geben. Meine Gegner fochten wie Seeräuber; alles verdrehten sie, sie schrieen auf mich los, um mich aus der Fassung zu bringen, und der Superintendent, der nicht sonderlich frisch Latein reden und auch nicht sonderlich frisch denken konnte, hustete, stotterte, wußte nichts zu sagen und gab mir endlich mit der geläufigsten Zunge von der Welt alle Ketzernamen, die er aus Rechenbergs Kompendium gelernt hatte. ›Quid volumus plus?‹ sagte er; ›ut finiamus controversiam, er ist ein Pelagianer, Samosatenianer, Cerinthianer, Nestorianer, Eunomianer, Arrianer, Socinianer, Eutychianer‹; und alle stimmten in einem Tutti zusammen: ›–aner,

–aner, –aner!‹ Ich versammelte die Kräfte meiner Lunge und bombardirte, da sie erschöpft waren, mit einem solchen Schwalle Jesuitenlatein auf sie los, daß sie schwizten, stammelten und bestürzt sich umsahen. Meine Beförderinn und Beschützerinn, die dem Wettstreite in eigner Person beywohnte, nüzte diesen günstigen Zeitpunkt, erhub ein lautes Gelächter, alle Damen und Herren hinter drein, denen endlich das ganze anwesende Publikum beytrat, meine Gegner wurden ganz außer sich gesezt und konnten kein Wort hervorbringen, weil jedes, das sie versuchten, durch ein neues Gelächter erstickt wurde. Der Sieg war mein; ich hatte bey jedermann Recht. Siehst du, Brüderchen? ich hatte *Recht,* weil ich die *Oberhand* hatte.

Meinen Feinden blieb die Leber lange warm; meine Beschützerinn fiel in Ungnade. Siehst du, Brüderchen? nun kam die Reihe an *mich,* Unrecht zu haben. Sie untergruben mich heimlich auf die listigste Weise, und ehe ichs dachte, ward mein Amt wieder aufgehoben und ich in eine andre Stelle versezt, wo die christliche Gemeine so klein war, daß meine Heterodoxie nicht viele verführen konnte. Siehst du, Brüderchen? izt hatte ich bey jedermann Unrecht, weil ich unten lag. Aber eben deswegen wurden der Superintendent und alle meine vorigen Gegner allmählich meine guten Freunde, und ich war in ihren Augen wieder so orthodox als ein symbolisches Buch.

Bald darauf wurde Krieg und ich Feldprediger. Mein Kollege war mir behülflich dazu und außerordentlich gewogen. Aber wenige hörten ihn gern und alle verlangten mich; wer es Umgang haben konnte, vermied seine Predigten, und in meine kamen sie haufenweise. Siehst du, Brüderchen? die Freundschaft war aus; und er wurde mir gar feind, als ich einen gewissen Fromal zum Tode bereiten mußte –«

»Was?« fuhr Belphegor auf, »einen gewissen Fromal zum Tode bereiten mußte! Ist Fromal todt?«

»Er sollte gehängt werden, aber er kam gelinde davon; er

wurde nur mit nackten Rücken um das ganze Lager, bey Trommeln und Pfeifen, herumgeführt, und bekam alle zehn Schritte sechs Ruthenstreiche.«

»Fromal! mein Freund!« schrie Belphegor, »was hatte er denn gethan? Verdient kann er eine solche schimpfliche Strafe nicht haben.«

»Er wurde für einen Spion gehalten. Aber siehst du, Brüderchen? *ich* kam am schlimmsten dabey an. Fromal hatte mich ausdrücklich verlangt, ob es gleich meinem Kollegen zugekommen wäre; dadurch wurde der alte Haß wieder aufgerührt. Mit der Orthodoxie konnte er nichts ausrichten, wenn er mir gleich alle Ketzereyen auf den Kopf hätte schuld geben wollen. Er machte mich also auf einer andern Seite verdächtig; er klagte mich heimlich bey allen Offizieren eines großen Eifers für die feindliche Parthey an und überredete sie, daß mich nichts als die Furcht vor der Schande abhielt, sonst würde ich zu ihr übergehn und selbst mit ihr fechten. Er machte es ihnen sogar wahrscheinlich, daß ich über einem solchen Anschlage brütete. In kurzem kam es dahin, daß jedermann meine Predigten so ungern hörte als die seinigen; er genoß wegen seiner Entdeckung ein wenig Achtung mehr als ich; und wir waren wieder herzensgute Freunde. – Siehst du, Brüderchen? wird dir die Zeit etwa lang? – Siehst du? wer zu mir kömmt, muß einen Krug Apfelwein mit mir trinken und meine Geschichte hören; sonst laß ich ihn nicht von mir. – Da! Freund Fromal soll leben! –

Die großen Herren machten Friede, und bey mir gieng der Krieg an. Ich sollte zu einer ansehnlichen Stelle erhoben werden, und meine Patrone machten alle Anstalt dazu. Gleich war ich wieder ein Irrgläubiger; alles an mir, bis auf die Schuhschnallen, war heterodox. Ich mußte mich lange herumtummeln und richtete doch nichts aus. Ich behielt Unrecht; denn ich lag unter. Siehst du, Brüderchen? Ich mußte vorlieb nehmen, was sie mir gaben; die mich vorher, als ich *über* sie wollte, haßten und verfolgten, thaten mir izt Gutes – was ich bey meiner Einnahme sehr brauchte –, recht viel Gutes, weil ich *unter* ihnen war.

In diesem Aemtchen nahm ich meine verstorbne Frau.« – Die Thränen standen ihm schon in den Augen, als er sie nur nennte; und er fuhr schluchzend fort: »Ach, Brüderchen, das beste Weibchen unter der Sonne! Ich möchte heute noch sterben, um sie wiederzusehn: sie war so gut! so treuherzig! wahrhaftig, ich bin nur ein Schurke gegen sie. Daß doch die guten Leute so frühzeitig sterben! das herzeliebe Weib!« – Hier brach er in eine Fluth von Thränen aus, die nicht in Tropfen, sondern in Einem Gusse über die Backen herabschossen. Der Strom war noch in vollem Laufe, als der ganze Horizont seines Gesichts sich schon wieder aufklärte. »Ihr ewiges Andenken, Brüderchen!« rief er mit thränenvollen Backen und frölicher Mine und trank.

»O Akante«, murmelte Belphegor, »könnte ich so dein Andenken bey mir erneuern! Aber, du undankbare Schlange –«

»Brüderchen, das Herze springt mir wie ein Lamm, wenn ich nur an einen Buchstaben von ihrem Namen denke.« – Die Thränen ergossen sich von neuem. – »Kein Wunder«, fuhr er nach einer kleinen Pause fort, »daß ich um ihrentwillen so viel ausstehn mußte! Mein benachbarter Amtsbruder hatte schon lange um sie geworben, und nun nahm ich ihm Hoffnung und Frau auf einmal weg. Er wurde neidisch; er schwärzte mich bey unserm Superintendenten an und machte mich abermals zum Ketzer. Meine päbstlichen, jesuitischen Meinungen sollten mir noch anhängen; tausend Ungereimtheiten dichtete er mir an, an die ich niemals gedacht hatte. Siehst du, Brüderchen? ich sollte in Untersuchung kommen; es geschah auch. Ich focht mich ritterlich durch oder vielmehr der Superintendent half mir durch, weil er ein Feind vom Präsidenten war, und meine Gegner diesen auf ihre Seite gebracht hatten, weswegen jener gleich zu meiner übergieng, um nur den Mann zu überstimmen, den er tödtlich haßte, weil er Präsident und eine ganze Stufe *über* ihn war.

Aber, Brüderchen, es war doch nicht zu dulden: ich wurde auch bey meiner Gemeine wegen großer Irrlehren verdächtig gemacht; ich nahm kurz weg meine Partie, bewarb mich um ein ander Amt und kam hieher. Meine gute Frau ließ ich hier begraben; siehst du, Brüderchen? hier in der Ecke starb sie – sieben Kinder –« Er stockte vor Wehmuth. – »Doch die Vorsicht lebt noch«, fuhr er erheitert fort, »meine Kinder sind versorgt; morgen wandre ich fort: meine Möbeln sind voraus. – Siehst du, Brüderchen? wie ich dir sagte, ich ließ ein Wörtchen zu viel fallen; und ich bin geplagt worden! ich bin geplagt worden! Ich dachte, lange sollt ihr mich nicht plagen; ich fand ein andres Aemtchen, und so lebt wohl! Morgen geh ich; aber trink, Brüderchen! der Apfelwein muß heute alle werden. – Ich habe erzählt; nun, Brüderchen, erzähle du! Willst du mit mir, so steht dir mein künftiges Haus offen. Nu, erzähle!«

Belphegor erzählte ihm darauf seine ganze tragische Geschichte von Akantens unbarmherziger Verweisung bis zu seiner Einquartirung zwischen Himmel und Erden. Den Beschluß machte eine klägliche Apostrophe an Akanten, die er ein Demantherz, einen Feuerstein, eine Tigerinn, Löwinn schimpfte, und versprach ihr als ein ehrlicher Mann, sie von Herzen zu hassen und, wenn es seyn könnte, gar zu vergessen.

Des Morgens darauf wanderte Medardus mit Belphegorn aus, um ihre Reise bis an den Ort zusammen zu thun, wo jener sein neues Amt antreten sollte. Belphegor gieng mit schwerem Herzen und traurigen Ahndungen wieder in die offne Welt aus und würde vermuthlich noch tausendmal unmuthiger diese Ausflucht unternommen haben, wenn er nicht einen so wohlmeinenden, gutherzigen Freund an seinem Begleiter gehabt hätte. Medardus nahm von der Wohnung und dem Orte, wo er sein Liebstes zurückließ, mit den weichmüthigsten Thränen Abschied, und ehe er noch ausgeweint hatte, kehrte er sich um, faßte seinen Reisegefährten bey der

Hand und sagte mit lebhafter Frölichkeit zu ihm, als er seine verstörte Mine erblickte: »Brüderchen, sey gutes Muthes! Die Vorsicht ist überall.«

»Aber auch die Welt!« unterbrach ihn Belphegor. »O Fromal! daß du Recht hattest, als du mich lehrtest, überall sey Krieg. Ich Elender trage die traurigsten Beweise, daß du die Wahrheit sagtest. Doch dies sollen die lezten seyn. – Freund«, rief er, indem er den Medardus hastig ergriff, »Freund, wo ich bey den häßlichsten Ungerechtigkeiten mehr als mitleidiger, traurender Zuschauer bin, wo ich nur Ein strafendes Wort über meine Lippen kommen lasse, so löse, reiße, schneide, senge mir meine Zunge von der Wurzel aus, wie du willst! Mag die ganze Erde sich um mich in Faktionen zertheilen und sich um das elendeste Nichts, um Seifenblasen herumschlagen – ich schweige, ich hülle mich nach deinem Rathe, Fromal, in die dickste Unempfindlichkeit und – sehe zu.«

»Ja, Brüderchen«, sagte Medardus, »ich lasse auch gewiß kein Wörtchen wieder fallen, und wenn die Stärkern die Schwächern lebendig äßen.«

Ihr Weg war viele Tagereisen lang, deren Anzahl um so viel stärker wurde, da sie jeden Tag nur langsam ein Paar Meilen fortgiengen. Bey ihrer zweiten Einkehr fanden sie einen heftigen Krieg in dem Wirthshause, der einen großen Trupp Zuschauer herbeygelockt hatte. Ein Mann von ehrbarem Ansehn mishandelte einen Juden auf das härteste, dem er unaufhörliche Vorwürfe machte, aus welchen man schließen konnte, daß ihn der Hebräer betrogen haben mußte.

»Freund«, zischelte Belphegor seinem Gefährten leise ins Ohr, »siehe! wo der Mensch nicht mit Gewalt unterdrücken kann, da unterdrückt er mit List, da betriegt er. Immer Mensch wider Menschen!«

Als der thätlichste Theil des Streits vorüber war, ließ sich der Zorn in Worte aus: man legte die Waffen nieder und kehrte sich zu einem mündlichen Prozesse.

Der Mann, der den Juden mishandelte, war der Statthalter und Justizpfleger des Orts. Nachdem er dem Israeliten, der izt mit den empfangenen Schlägen noch zu viel zu thun hatte, um seine Einreden anders als in den Bart zu murmeln, seine Titel und Macht umständlich explicirt und ihm dabey begreiflich gemacht, daß, obwohln er anbefugter Maßen ihn mit härterer Strafe hätte belegen können, er doch sich nicht entbrochen habe, ihm die Ehre anzuthun und seinen Rücken in eigner, hoher Person den tragenden Richterzepter empfinden zu lassen. Schließlichen sezte er hinzu, daß er aus Christenpflicht schon verbunden gewesen wäre, ihn für seine Betriegerey so kurz weg zu bestrafen, da er ohnehin so bettelarm wäre, daß es nicht die Mühe belohnte, ihn in der gehörigen Form zu bestrafen. – »Du Hund von Juden! Du Betrieger!«

»Was?« rief der Jude mit seinem jüdischen Tone, »hott der Herr nit mich zuerst betrogen? Hott er mir nit ä Pfärdel verkoft, ä Pfärdel, das war blind, das war steif, das hotte ein angeleimt Schwanz, das war nit zwä Thäller werth, und hobe gegäben dem Herrn, hobe gegäben achzig Reichsthäller! achzig Reichsthäller, so wahr ich leb!«

»Nachdem und alldieweiln du ein Jude bist, als kann dir mit einem solchen Traktamente nicht Unrecht geschehen.«

»Nu, wohl! weil der Herr ä Christ ist, so dorf mirs der Herr nit übel nähm, daß ich ihn wieder betrieg: der Herr hott mich betrogen zuerst. Wir sind beede Betrieger.«

Der Andre war wegen der großen Anzahl der Anwesenden etwas betroffen. – »Ihr Christen«, fuhr der Jude, der deswegen Herz schöpfte, in der nämlichen Sprache fort, »ihr seyd saubere Leute; wenn ihr einen armen Juden anführt, so glaubt ihr, ihr habt noch so viel gethan; und wenn wir uns rächen, so bestraft ihr uns als Missethäter. Ihr habt uns doch das Beispiel dazu gegeben. Ihr verachtet uns als die elendesten Kreaturen, und wenn ihr Geld braucht, sind wir doch die liebsten, schönsten Leute. Sind wir nicht Menschen? Wenn ihr immer an uns zapft, so müssen wir euch betriegen, um beständig voll zu seyn, wenn ihr zapfen wollt.«

Da er sahe, daß sein Gegner immer verschämter wurde, so wuchs sein Herz zusehends. Er drohte, ihn bey einem halben Dutzend Excellenzen und ein Paar Durchlauchten zu verklagen, die er insgesamt sehr genau, wie Brüder, kennen wollte und doch weiter nicht als jeder unter den Anwesenden – dem Namen nach – kannte; und da er in der größten Hitze seinen Gegner zur Thür hinausgedonnert hatte, so wandte er sich mit ruhiger Höflichkeit zu Belphegorn: »Hat der Herr nicks zu schackern? zu schackern?« fragte er und nannte ihm eine Menge Materialien her, mit welchen er zu schackern wünschte. Da er aber keine Antwort erhielt, so that er an andre noch etlichemal ähnliche vergebliche Anfragen und begab sich fort.

Belphegor, der eine Heldenstärke gebraucht hatte, um seine Zunge und seinen Unwillen zurückzuhalten, faßte seinen Freund bey dem Arme und bat ihn, mit ihm an die frische Luft zu gehn. – »O«, rief er, als sie in einem kleinen Baumgarten angelangt waren, und schlug mit Bewegung die Hände zusammen, »ist das der Mensch, der edle, freundschaftliche, gesellige Mensch, dies empfindende, denkende, mitleidige Thier, wie ich mir ihn sonst abmahlte? So viel ich ihrer bis hieher gesehn habe, alle waren Raubthiere; alle laurten auf einander, sich mit List oder Gewalt zu schaden: einer war, wo nicht der Feind des andern, doch nur so lange sein Freund, als er *unter* ihm war, und gleich weniger, so bald er *über* ihn stieg. Alles misbrauchte seine Stärke zur Unterdrückung. Bedenke, wie ungerecht war dieser Mann, einen Elenden zu mishandeln, weil er zu einer Nation gehörte, die wir zum Ziele unsrer Verachtung und Eigennützigkeit hingestellt haben, die wir gezwungen haben, Betrieger zu werden, weil wir ihnen alle Mittel abschneiden, ehrlich sich zu erhalten, weil wir sie zu einer Geldquelle bestimmen, aus welcher jedermann schöpfen will, und verlangen, daß sie nie versiegen soll.«

»Siehst du, Brüderchen?« antwortete ihm Medardus, »das ist immer so gewesen. Die Christen, die sich über alle Völker des Erdbodens, über die weisesten Griechen und Römer erhoben haben, weil diese kein Wort von der Nächstenliebe sagen – die barmherzigen, sanftmüthigen Christen, die es bis auf diese Stunde den Heiden vorwerfen, daß sie ihren Feinden nicht, wie Theaterhelden, großmüthig vergaben, sondern Beleidigungen auf der Stelle ahndeten –, diese Christen haben von jeher es für ihre heiligste Pflicht gehalten, die armen Hebräer zu peinigen, zu quälen, auszusaugen, und noch izt, in unserm lichthellen Jahrhunderte, sieht es ein großer Theil als eine Wohlthat an, diesem irrenden Volke *menschlich* zu begegnen.«

»Die Nation hat sich freilich selbst unter die Würde der Menschheit herabgesezt –«

»Siehst du, Brüderchen? durch unsre Schuld! Wir schwatzen an allen Enden und Orten von Mitleid und edlen Empfindungen und hassen die armen Israeliten auf den Tod. *Wir* haben angefangen zu hassen; das kann ich ihnen nicht übel deuten, daß sie ein Geschlecht, das sie haßt, nicht lieben. Weil wir die Mächtigern waren, unterdrückten wir sie. Da sie sich durch die Stärke nicht vertheidigen konnten, führten sie den Krieg mit uns durch Haß und Betrug. Jedes Menschengeschöpf ergreift zu seiner Selbstvertheidigung die Waffen, die es erhaschen kann. Mit Schauern denke ich noch daran, Brüderchen; betrachte nur! Ein König von Frankreich trat einem Juden in höchsteigner Person einstmals seine Zähne aus, um Geld von ihm auszupressen, und ließ sich für die Operation eines jeden Zahns eine ungeheure Summe bezahlen. Man ließ die Juden Geld entrichten, *weil* sie Juden waren, und strafte sie um Geld, wenn sie Christen wurden. – Höre, Brüderchen, wie hieß denn der Graf – bey den Kreuzzügen? – Ach, Graf Emiko! Der Barbar ließ ihnen die Bäuche aufschneiden, ließ die armen Teufel vomiren, purgiren, um zu sehen, ob sie ein Paar elende Goldstücken in sich zurückgelegt hatten. Siehst du, Brüderchen? In Spanien ist kein Auto da Fe Gott angenehm, wenn nicht ein Jude dabey lodert; und am Ende sollen sie gar, wie die Aliden ihnen prophezeihn, auf den Türken, wie auf Eseln, in die Hölle traben. – Siehst du, Brüderchen? Ich liebe zuweilen so etwas aus der Historie; wenn wir nur ein Glas Apfelwein hier hätten, so wollt' ich dir manch Anekdotchen von *der* Art erzählen.«

»Freund, ich habe genug!« sagte Belphegor; »ich habe genug gesehn und gehört, um zu wissen, daß Fromal, daß der kaltherzige Richter Recht hatten: es ist immer so gewesen, daß Menschen Menschen quälten und der Stärkre den Schwächern zermalmte. – O könnte ich dem kalten Schneemanne die Zunge ausreißen und dadurch machen, daß er eine Lüge gesagt hätte! – Traurig, höchsttraurig! wenn unsre hohe, große Idee von dem Menschen mit jedem Tage mehr zusammenschmilzt! und vielleicht zuletzt gar nur ein verächtlicher Haufen Unrath übrig bleibt! Wie wohl war mir, Freund, da in der Einsamkeit meine geschäftige Fantasie und mein Herz aus allen moralischen Vollkommenheiten einen Koloß zusammensezten und ihn den *Menschen* nannten: ich dünkte mir selbst groß und erhaben, weil ich mein Geschlecht dafür hielt. Meine ganze Aussicht war in mich selbst konzentrirt, und – laß michs offenherzig gestehn! – ich sah nichts als Gutes, nichts als Liebenswürdiges. – Ein fantastischer Traum, aber wahrhaftig süß! Wenn ich izt ausgeträumt habe, wenn dies *wachen* heißt, so habe ich unendlich verloren, daß ich nicht mein ganzes Leben in dem Schooße der Einbildung verschlummerte; denn izt scheine ich mir selbst aus einem Kaukasus in einen Ameisenhaufen zusammengeschrumpft, und der Stolz auf die Menschheit liegt darunter begraben. – O Akante! Akante! wehe dir, daß du mich aus diesem engen Gesichtskreise in die weite Aussicht der Welt hinausstießest! – Wenn *du* nicht wärest, Freund, – wo sollte alsdann meine Empfindung etwas finden, um sich anzuhängen; und wie öde ist ein Leben, wo unser Gefühl immer im Finstern herumtappt und nie einen Gegenstand erhascht, den es umarmen kann!« – Er sprach dies mit einer affektvollen Bewegung. – »Siehst du, Brüderchen?« tröstete ihn Medardus mit gutherzigem Ton, »die Vorsicht lebt noch. Unglück ist immer zu etwas gut. Wenn du gleich in Millionen Stücken zerhauen und auf dem Roste geröstet wirst, das kann immer zu etwas gut seyn: *du* weißt es nur nicht. – Wenn ich nur einen Krug Apfelwein hier hätte, so wollte ich dir schon Muth zutrinken. – Komm, Brüderchen, ich möchte doch wissen, was es für ein Mann ist, der den armen Juden um achzig Thaler so schändlich betrogen hat.«

Sie kehrten in die Stube zurück, um darüber Erkundigung einzuziehn. Der Wirth bezeigte sich anfangs sehr zurückhaltend, als er sich aber sorgfältig umgesehn und keinen Belauscher bemerkt hatte, so schüttete er sein Herz gern aus und that ihnen zu wissen, daß dieser Mann der schändlichste Unterdrücker des Erdbodens sey. »Wir armen Leute«, sprach er, »die wir unter seiner Gerichtspflege stehen, wir sind seine Schafe, denen er die Wolle abnimmt, so bald sie nur ein wenig gewachsen ist; und mannichmal fährt uns seine Scheere gar ins Fleisch, daß wir uns verbluten möchten. Er weis jede Kleinigkeit zu einem Verbrechen zu machen; und dann straft er! und wer nicht gar bis auf die Haut ausgezogen seyn will, der legt herzlich gern alle zehn Finger auf den Mund: jedermann giebt gern, so viel er verlangt, und schweigt, damit er nur nicht mehr als andre geben muß. Alle Rechte und Freiheiten, die wir so nach und nach durch die Lange der Zeit erlangt haben, Kleinigkeiten, die den Armen viel und den Reichen wenig helfen, macht er uns streitig, legt uns neue Bürden auf und weis allemal ein altes Recht vorzuschützen. Wenn wir uns beschweren wollten, so hälfe das zu weiter nichts, als daß er uns nun die Wolle ausraufte, da er sie izt abschiert. Er hält ein halbes Dutzend Spione, vor denen man nicht ein Wörtchen entwischen lassen darf, die zuweilen gar durch verfängliche Fragen etwas herauslocken wollen: man muß sich hüten! sonst findet er gleich eine Gelegenheit, daß man unter sein Messer fallen muß. Seine Spione werden immer häufiger; denn jeder denkt, sich das Geben zu erleichtern, wenn er ihm andre zum Plündern schafft. So muß ein ehrlicher Mann den Kummer und Aerger in sich nagen lassen und darf ihn nicht einmal jemandem anvertrauen, aus Furcht, er möchte an einen Falschen kommen und sich ihn nur noch vermehren. Den armen Juden hat er um achzig baare Thaler betrogen, oben drein noch ausgeprügelt, als ihn dieser wieder angeführt hatte. Und mit Klagen richtet niemand etwas gegen ihn aus: er weis sich herauszuschwatzen – ich glaube, wenn er uns alle umbrächte. Wider den Stärkern ist keine Justiz.«

»Hol der Teufel den Schurken!« rief Belphegor und stampfte ergrimmt auf den Tisch. »Komm, Freund! wir wollen ihm das verdammte Schelmenherz aus dem Leibe reißen!«

»Ja, Brüderchen, ich möchte, daß ihm im Leben kein Tropfen Apfelwein mehr schmeckte! dem Bösewicht!« sprach Medardus und warf seinen Hut auf den Tisch.

»Gott! mir glüht meine Stirn bis zum Verbrennen, daß ich einen solchen Unterdrücker mit mir zu Einem Geschlechte rechnen soll. Komm, Freund, wir wollen ihn fühlen lassen.«

»Närrchen, wir sind ja in seiner Gerichtspflege; Unterdrükkern muß man nicht die Spitze bieten, sondern aus dem Wege gehn. Komm, Brüderchen! nicht eine Minute länger wollen wir die Luft hier athmen, sie möchte in seiner Lunge gewesen seyn.«

Belphegor fiel der Gehorsam schwer; aber er erinnerte sich seines Entschlusses und der Verwünschungen, die er auf die Brechung desselben gesezt hatte. Er nahm also seinen Abschied und begnügte sich, seinem Zorne unterwegs durch Ergießungen gegen seinen Begleiter Luft zu machen.

Da die Tage heiß waren, so nüzten sie den kühlen Morgen, um sich mit ihrer Reise desto weniger zu ermüden. Eines Morgens langten sie bey einem Truppe nicht allzu hoher

Erlensträuche an, die ein natürliches Kabinet bildeten, so einladend, daß man ohne Undankbarkeit nicht vorbeygehen zu können schien: sie sezten sich nieder. Kurz nach ihrer Niederlassung zeigte sich ihnen ein Frauenzimmer, das bey ihrer Annäherung einige Verlegenheit in der Mine verrieth, doch sich bald wieder faßte und unerschrocken auf sie zukam. Ohne die geringste Eingangsrede rief sie sogleich: »Belphegor, ich komme nur, dir zu zeigen, daß du gerochen bist, dann will ich wieder in mein Elend zurückwandern. Sieh mich ein einzigesmal an und sage: ›Ich bin gerochen!‹ dann habe ich genug.«

»Ach, um des Himmels willen!« schrie Belphegor, »Akante! Akante! O du Ungetreue! du Schamlose! du Verrätherinn!«

»Ich verdiene diese Namen nicht, wenn du gerecht seyn willst.«

»Verdienst sie nicht? – Du, die mich zur Thüre hinauswarf und meine Hüfte auf zween Tage lähmte? du, die mich dem Hohne preis gab und einem reichern Buhler in die Arme lief.«

»Alles that ich, aber nur auf deines Freundes Befehl. Unglücklich warst du in der Wahl deiner Freunde, aber nicht deiner Geliebten.«

»Welcher Freund, Ungeheuer? – denkst du mich durch eine schöne Fabel zu täuschen?«

»Nein, das brauche ich nicht: die Wahrheit ist meine beste Schuzrede. Dein Freund, Fromal, der Arglistige, hat unsre Liebe zerrissen und mich verleitet, die härteste Ungerechtigkeit an dir zu begehn. *Er* war der reichere Buhler, wie du ihn nennst, der mich aus deinen Armen empfieng.«

»Unsinnige! du lügst! – Er, der mich tröstete, der mir mit der thätigsten Liebe beysprang, der mich mit Rath und Belehrung erquickte, während daß du am Fenster in der Umarmung meines Verdrängers mit der unverzeihlichsten Frechheit meines Elendes spottetest!«

»Ich deiner spottete! Gewiß, dein Groll machte falsche Auslegungen. Mein Herz blutete mir, als ich dich so gewaltsam verabschieden mußte, und Schmerz und Reue nagten in mir, indessen daß mein Mund lächelte.«

»O du Sirene! Hätte sich dein Herz lieber ganz verblutet, daß du mich mit einer solchen Erdichtung nicht hintergehn könntest!«

»Ich schwöre dir, keine Erdichtung! Du warst arm; ich brauchte Geld. Fromal und ein Andrer boten sich mir zu gleicher Zeit an: beide gaben vor, reich zu seyn, oder waren es wirklich. Das schwache, eigennützige Weiberherz! – willst du von *dem* Heldenthaten fodern? – Meine Liebe war leider! auf den Eigennuz gepfropft: sollte die Frucht besser seyn als die Säfte, die ihr der Stamm zuführte? – Ich *mußte* mich von Dir trennen oder voll Treue mit Dir verhungern. Fromal verlangte schlechterdings, dir einen so empfindlichen Abschied zu geben; was konnte ich thun? – Ich mußte mich zwingen, ihm zu gehorchen, oder ihn verlieren. Der Wechsel war schrecklich: der Eigennuz drängte auf mich los, ich ließ mich überreden, ich verübte die Gewaltthätigkeit an dir und wünschte, sie durch Reue ungeschehen machen zu können. Belphegor, in Thränen habe ich geschwommen, in den heißesten Thränen, wenn der Gedanke an meine Ungerechtigkeit in mich zurückkam.«

»O wenn ich dir nur glauben dürfte!«

»Du *mußt*, wenn du nicht die Wahrheit verwerfen willst. – Ich wandte mich von dir zu dem Unglücklichen, der mit Fromaln dich verdrängte und den dieser Barbar seiner Misgunst und Eifersucht aufopferte –«

»Unverschämte! wagst du auch die Ehre meines Freundes zu beschmeißen, Insekt? – Erdichtung! Geh! mein Freund –«

»– Hat ihn in meinem Schooße ermordet! Er, der gewissenlose Fromal, hat ihn ermordet! – Lange wußte er nicht, daß ein Andrer meine Liebe mit ihm theilte: ich wäre auf der Stelle das Opfer seiner blutgierigen Eifersucht geworden, so bald ich ihm den mindesten Verdacht gegeben hätte. Doch endlich überraschte er meine Vorsichtigkeit: er traf ihn in meinen Armen an, und gleich glühte ihm die Stirn, seine Augen wälzten sich wie drohende Kometen; er ergriff ein Messer und durchstach den Unglücklichen, daß er in meinen Schooß sank. Schon holte er aus, um mich gleichfalls seiner Wuth aufzuopfern, als auf mein Rufen zween Leute herbeysprangen, den unbändigen Löwen zu zähmen. Die Furcht gab mir in der Geschwindigkeit den Einfall zu entfliehen, um den Untersuchungen der Justiz zu entgehen. Liebhaber, Geld, Kleider, Möbeln – alles verließ ich und rettete mich glücklich über die Gränzen.«

»Und was wurde aus Fromaln? – Doch was glaube ich denn solche Erdichtungen, die die Leute im Stehen einschläfern können? – Schweig, Betriegerinn! ich will nichts weiter hören.«

»Belphegor, du *mußt* es hören – um zu sehen, wie du gerochen bist.«

»Lügen! so müßte ich mich selbst nicht kennen, wenn ich glauben könnte, daß Fromal mich mit Falschheit getäuscht hätte. Ich schäme mich, das zu denken. – Geh! du möchtest mich zum zweitenmale überreden, daß du keine hinterlistige Betriegerinn bist! – Ist dies nicht genug, selbst untreu zu seyn, mußt du auch der Treue andrer den giftigen, verrätherischen Anstrich der deinigen leihen? Freundschaften trennen wollen, die Natur und Erziehung unauflöslich geknüpft haben? – Ich höre nicht Ein Wort mehr.«

Sie bat, sie flehte, sie beschwor ihn, bis endlich Medardus sich ins Mittel schlug und ihn gleichfalls um geneigtes Gehör für sie ersuchte. »Siehst du, Brüderchen?« sprach er, »du kannst ja glauben, was du willst, aber sie doch wenigstens hören. Ich möchte doch gern wissen, wie wir hier zusammenkommen – hier, gerade hier und nicht anderswo! das ist doch wahrhaftig sonderbar. Warum nur gerade hier? – Ich weis wohl, warum Alexander der Große und Scipio gerade auf *dem* Flecke zusammenkamen, wo sie mit einander redten.

Aber Akanten hätte ich mir hier nicht vermuthet, so wenig als meine gute, verstorbene Frau. – Nu, Kind, erzähle du nun!«

Akante fuhr darauf in ihrem Berichte fort.

»Ein böser Geist trieb mich an, in Gesellschaft eines deutschen jungen Herrn eine Wallfahrt nach Rom zu thun. Er hatte bisher in der Begleitung eines Arlekins, der vom toskanischen Hoftheater abgedankt worden war, die vornehmsten Städte Italiens besehen und wünschte auf seiner zweiten Reise, weil er auf der ersten demungeachtet Langeweile genug gehabt hatte, mehr Gesellschaft mitzunehmen, um desto weniger einsam zu seyn: ich nahm die Partie an. Ob ich gleich nicht um meiner Sünden willen reiste, so war ich doch die ganze Reise über niedergeschlagen: die Possen des Narren, der mit uns reiste, und das Lachen seines Herrn, der den Mund bis an beide Ohren bey jedem Einfalle zu dem unsinnigsten Gelächter aufriß, ermüdeten mich; weswegen ich die meiste Zeit der Reise geschlafen habe, besonders da mein Liebhaber ein so schwerfälliger deutscher Wizling war, daß ich tausendmal lieber den Narren von Profession anhörte. Da ich ihm auf der Reise so wenig Dienste gethan, vornehmlich so wenig über seine Einfälle gelacht hatte, so ward er im höchsten Grade unwillig über mich; und da er eines Tages etwas sagte, das ihm vorzüglich gefiel, und ich ganz ungerührt fortschlief, so stieg sein Aerger über meine Kaltblütigkeit so hoch, daß er mich aus Rachsucht in den rechten Backen biß und wenigstens eine gute Quente Fleisch hinwegnahm, weil nach seiner Meinung jedes seiner Worte den Leuten auch im Schlafe gefallen müßte. ›Zu Hause bey mir‹, sagte er oft, ›sind die Leute wahrhaftig tausendmal klüger als in Frankreich und Italien. Alle Damen haben die Mäuler schon offen, wenn ich nur die Lippen bewege; und über meine Erzählung vom weißen Bäre haben in Einem Nachmittage drey Fräulein hysterische Zufälle bekommen; bey meiner Geschichte vom vogtländischen Pfannkuchen überfiel eine meiner Niecen vor

Lachen ein so heftiger Schlucken, daß sie ihn noch bis diese Stunde nicht verloren hat; eine von meinen Tanten hat sich bey einer andern Erzählung von dem Wolfsmuffe eine Ader an der Lunge gesprengt und ist wahrhaftig daran gestorben; alle meine Leute vom Verwalter bis zum Küchenmensche lachen, wenn sie nur Ein Wort von mir hören. Aber außer meinem Vaterlande sind die Leute wahrhaftig so schwachköpfig, so trocken, daß sie kaum die Lippen verziehen, man mag sich todt und lebendig schwatzen. Wozu verthut man unter den Schurken sein Geld, wenn man nicht einmal *den* Gefallen von ihnen erlangen kann? Das soll aber auch gewiß meine lezte Reise seyn: mein Geld sollen Leute bekommen, die besser dafür zu danken wissen.‹ – Ein solcher niedlicher Ritter war es, den ich izt als meinen Liebhaber behandeln sollte und dem ich kaum die Ehre gegönnt hätte, mein Bedienter zu seyn. Doch der Himmel bescherte mir eine Schlafsucht, die bis vor die Thore von Rom dauerte. Den Tag nach seiner Ankunft wurde ich entlassen und nahm statt der Belohnung eine Wunde auf dem Backen und allenthalben blaue Flecken mit mir hinweg – alles Merkmale seines mörderischen Witzes!

Ich war mir selbst überlassen und hatte zu arbeiten und zu kämpfen, bis ich endlich die Vertraute Pabst Alexanders des sechsten wurde –«

»Pabst Alexanders des sechsten!« rief Medardus. »Brüderchen, das ist wohl wider die Chronologie?«

»Sey es, was es wolle!« sagte Belphegor ungeduldig; »nur weiter!«

»Ich wurde es; doch der Kardinal *Bessarabio* wurde bald sein Nebenbuhler –«

»Der Kardinal Bessarabio!« unterbrach sie Medardus. »Brüderchen, hast du von einem solchen Kardinale etwas in der Geschichte gelesen?«

»Nicht Eine Silbe! aber nur weiter!« rief Belphegor.

»Bessarabio war sein heimlicher Nebenbuhler, und *Grimaldi*

theilte meine Liebe auch mit ihm, auch *Kolombino* und *Saccoccio* und *Samuele Isbenico* –«

»Nur weg mit den Namen!« schrie Belphegor.

»Die er aber alle vergiften ließ –«

»Alle vergiften ließ!« rief Medardus und Belphegor zusammen.

»O wir haben in Einem Jahr dreißig vergiftet, achtzig durch Banditen ermorden lassen und acht und zwanzig zu Tode geärgert, weil sie sich einem gewissen Projekte widersezten oder im Wege waren, das auf nichts weiter als auf die Unterdrückung der ganzen Christenheit abzielte. Mit unsern Vasallen gelang es uns zur Noth, was, wie ich höre, unser Nachfolger vollends zu Stande gebracht hat. Aber wir wollten weiter: unsre geheimen Absichten stiegen bis zur Universalmonarchie. Was Hildebrand nur zur Hälfte gethan hatte, sollte durch uns vollendet werden. Es ist nichts edleres, habe ich gehört, als der Trieb, über Menschen zu herrschen. Sonach sind die Nachfolger Petri gewiß die edelsten Sterblichen auf dem ganzen Erdenkreise; denn sie wollten nicht bloß über den ganzen Erdboden, sondern auch über den Himmel, nicht blos über die Körper, sondern auch über den Verstand herrschen. Auch habe ich gehört – denn ich bin bey dieser Bekanntschaft etwas politisch geworden –, daß nichts erhabner unter den Menschen ist, als alle seines Gleichen unter sich herabzusetzen, sich über alle emporzuschwingen und Menschen durch Mord, Blutvergießen oder andre Mittel – das gilt nun gleich – unter seine Füße zu treten. Wenn der Eroberer, der Sieger, der Held der *größte* Mann ist, so haben unter der Tiare größre Männer gesteckt als unter allen griechischen und römischen Helmen. – Wenn nur mein Liebhaber nicht zu zeitig gestorben wäre: wir hätten die Welt in Erstaunen setzen wollen! – Ich habe auch zuweilen mir sagen lassen, daß der höchste Gipfel der menschlichen Größe sey, den meisten, wo möglich allen, zu befehlen: wer hat mehrern Menschen befohlen als die Vorgänger meines Alexanders –«

»Aber, Brüderchen, lebte denn Alexander nicht vierhundert und –«

»Ich bitte dich, Freund, schweig!« rief Belphegor; »nur weiter! – Ich glühe vor Ungeduld.«

Akante fuhr fort: »*Dschengis-Kan, Alexander* der Große, *Mahomed, Kublai-Kan,* die kurz vor uns* so fürchterliche Reiche erobert und so vielen Menschen befohlen haben, sind nichts, gar nichts gegen uns. Sie mußten die Welt mit den schrecklichsten Beschwerlichkeiten durchlaufen und hatten am Ende nichts als ein Paar wilde Horden Tatarn mit ihren wilden Anführern dahin gebracht, daß sie von ihnen als ihre Ueberwinder erkannt werden mußten. Aber unsre geistlichen Helden saßen ruhig auf ihrem Stule und geboten mit Feder, Dinte und Pergament Kaisern, Königen, Fürsten: ihre Armee war zahlreicher, enthusiastischer, getreuer, thätiger als alle Armeen der ganzen Welt. Die Päbste waren die größten Herrscher, die größten Eroberer, die größten Menschen. *Wir* hätten sie aber alle übertroffen: wir hätten gewiß Asien zu unserm Fußschemel, Afrika und Amerika zum Sessel und Europa zum Paldachin gemacht.«

»Das wollte Alexander der sechste!« fiel ihr Medardus ins Wort. »Da war ja schon das kostnitzer Koncilium gewesen: nein, Brüderchen, in meinem Leben habe ich nicht so etwas von ihm gelesen. – Was war denn aber eigentlich Eure Absicht?«

»Eigentlich? – Es dahinzubringen, daß der chinesische Kaiser sein Reich von uns zur Lehn nehmen sollte: die Mandarinen sollten in Erzbischöffe, Bischöffe, Mönche und der Porzellänthurm in eine Domkirche verwandelt werden. Mit dieser Armee wollten wir nach Japan übergehn, beide Kaiser zwingen, sich der Kirche zu Füßen zu legen, über die japanischen Inselchen nach Ostindien zurückkehren; und da unsre Macht nun-

* Die gute Akante hat freilich eine ganz ärgerliche Chronologie, daß man dem kunsterfahrnen Medardus sein öftres Kopfschütteln nicht übel deuten darf.

mehr stark genug seyn müßte, so wären wir nicht zufrieden, Vasallen zu machen: nein, in Ostindien müßten alle Reiche jenseits und diesseits des Ganges unsre wahren Unterthanen werden. Hier ließe sich auch allenthalben unsre Religion mit vieler Oekonomie einführen: Fetische, Braminen, Derwische, Bonzen, Fakiren dürften nur andre Namen bekommen, und die Leute würden durch ihre Bekehrung in keine neuen Unkosten für die Instrumente ihrer Andacht gesezt. Persien und die Türkey müßten nun schon Sklaven werden; diese sollten in den Kirchenstaat gebracht werden, um Moräste auszutrocknen und die wüsten Felder anzubauen. Bis dahin war unser Plan völlig ausgedacht und alle Maschinen zur Ausführung angelegt: die Schiffe in Civita Vecchia waren sogar schon ausgekehrt und ausgeflickt, als plözlich Alexander starb.«

»Und was hättet Ihr davon gehabt, wenn euer Entwurf reif geworden wäre?« fragte Belphegor.

»Wir wären die größten, die erhabensten Sterblichen geworden; denn ganz Asien hätte unsern Namen gewußt, ganz Asien hätte gesagt: ›Pabst Alexander der sechste hat uns die Köpfe zerschlagen‹, und wir hätten uns eingebildet, Herr aller dieser Länder zu seyn, hätten fleißig Bullen hingeschickt; und ist es nichts großes, nichts glückliches, im Schlafrocke und der Nachtmütze dem Menschenverstande eines ganzen Welttheiles zu befehlen, was er glauben und verwerfen, – *willkührlich* ihm vorzuschreiben, was Wahrheit und Irrthum seyn soll, nicht allein über ihre Seelen, Glauben, Erkenntniß, Einsicht, Beifall, sondern auch über ihre Gaumen und Magen zu regieren und selbst Seligkeit und Verdammniß unter sie nach *Willkühr* auszutheilen? – heißt das nicht der Vorsicht den Zepter aus den Händen reißen und sich ihr zum Mitregenten aufdringen? Wenn herrschen das edelste, das erhabenste ist, so kann wohl keine Herrschaft begehrungswürdiger seyn als diejenige, die man mit niemandem als dem Schicksale theilt: höher läßt sich für Sterbliche nichts denken.

Es kam bey der Ausführung nur darauf an, daß einem Paar Millionen Menschen die Hirnschädel zerschlagen wurden, daß etliche hunderttausend Kinder ihre Eltern, eben so viele Eltern ihre Kinder oder Weiber ihre Männer einbüßten, daß etliche tausend vergiftet, ermordet, erwürgt wurden. Aber was ist alles dieses gegen einen so schönen, großen, herrlichen Plan, der Ueberwinder und Lehnsherr von ganz Asien zu seyn? – Ich habe auch wirklich schon Anstalten dazu machen müssen; den Kardinälen Quirinale, Escuriale, Vatikano, Monte Cassino und andern habe ich, als sie auf meinem Schooße schliefen, giftige Federn in den Hals gesteckt, die sie insgesamt gierig hinunterschlungen und in zwölf Stunden daran starben, weil sie mit dem chinesischen Kaiser in einem heimlichen Verständnisse seyn sollten.«

»Du Barbarinn!« rief Belphegor; »kann ich mich nun noch wundern, daß du grausam genug warest, mir meine Hüften zu lähmen, wenn du so viele Menschen um eines Entwurfs willen tödten konntest, der dir nichts half? – Du Mörderinn!«

»Bester Belphegor! ich bin nicht der einzige Sterbliche, der sein Gewissen und seine Ruhe einem fremden Nutzen aufgeopfert hat. Man dünkt sich schon groß, indem man große Absichten befördert, daran arbeitet; und jener Mann schäzte sich schon glücklich und groß genug, wenn er nur Troßbube bey der Armee des macedonischen Alexanders oder des Dschengis-Kan gewesen wäre.«

»Wenn aber nun euer Projektchen gescheitert wäre?« sagte Medardus. »Je, so hätten wir es gemacht wie die meisten unsrer Vorgänger: die Schwachen und Furchtsamen hätten wir angefahren und sie unter die Füße getreten, und den Starken und Herzhaften wären wir zwischen den Beinen durchgekrochen. List oder Gewalt!«

»Um eines solchen eitlen, leeren Vorzugs willen so viele vernünftige Kreaturen umbringen oder unglücklich machen zu wollen!« seufzte Belphegor.

»Auf das Glück der Menschen ist es niemanden noch angekommen. ›Die Menschen‹, lehrte mich Fra Paolo, ›wollen über einander, das ist der Endzweck ihres Daseyns. Da aber nur wenige *über* die andern seyn können, so müssen die meisten *unter* andern seyn: folglich muß sich jeder bestreben, so sehr als möglich sich der Klasse *»über«* zu nähern, wenn er nicht ganz darein rücken kann. Das gilt nun gleich, *wie* er dahin kömmt und andre *unter* sich bringt; kann er sie nicht bereden, daß sie ihm weichen, so drängt er sich mit Gewalt durch: wer im Gedränge erdrückt wird, wird erdrückt; warum geht er nicht freywillig aus dem Wege? So haben die Menschen von Ewigkeit her gehandelt, und es ist nichts löblicher, als daß man eben so handelt.‹ – So belehrte er mich, als ich noch zu furchtsam war, die Leute mit giftigen Federn zu füttern. Als ich in der Folge die Kirchengeschichte etwas mehr studirte, so fand ich, daß Fra Paolo die reine Wahrheit gesagt hatte. Wenn man nicht weiter kann, fand ich, so muß man die Leute tumm machen: dann läßt sichs ihnen tausendmal leichter befehlen; sie gehorchen auf den Wink. Das war auch großentheils in unserm Plane mit eingeschlossen. Den Chinesern hätten wir ihre ganze weitläuftige Sternkunde untersagt, den *Konfut-see* und *Ment-see* verboten und alle ihre *Kings* verbrannt: so viel albernes und gemeines Zeug sie auch mit unter enthalten, so ist doch nicht zu trauen, ob sich nicht ein Funken gesunder Menschenverstand zu viel darein geschlichen hat. Allen gescheidtern Büchern hätten wir durch unsre Aufpasser den Zugang schon verwehren wollen. In Japan hatten wir besonders gute Hoffnung für unser Kommerz. Da die Japaneser ganz ungeheure Sünder sind, so wäre dort ein herrlicher Absaz von Indulgenzen und andern geistlichen Galanteriewaaren zu erwarten gewesen.«

»O traurige, entehrende Größe«, rief Belphegor aus, »die auf das Verderben und die Erniedrigung der Menschheit gebaut wird! Möchte ich doch lieber im Staube, in der Bettlerhütte, unbekannt, dürftig und elend vermodern, als nur mit

Einem Tropfen Menschenblute, nur mit Einer Unterdrückung der Menschheit befleckt, in Ruhm und Ehre auf einem diamantnen Throne glänzen! – Ihr Unmenschen!«

»Nein, Belphegor, wir haben sehr *menschlich* gehandelt: das ist immer so gewesen, daß Menschen durch Morden, Rauben, Betriegen, Plündern sich Anbetung und Ehrfurcht erkämpft haben. War das nicht ein viel größerer Aufwand von Menschen, als unsre Vorfahren ganz Europa nach dem gelobten Lande zum Aprile schickten, um kahle Berge, steinichte Felder und ungebaute Gegenden zu erobern, die sie zu Hause im Ueberflusse hatten? da sie Kaiser und Könige, die Klopffechter, auf einander loshezten? – Nur Schade, daß Alexander so schnell starb! durch seinen Tod wurde ich außer aller Geschäftigkeit und von meiner Würde herabgesezt. Es kränkte mich; aber Ruhms genug für mich, an der Seite einer Theodora, Marozzia, Mathildis, Olympia zu prangen, die den höchsten Gipfel des menschlichen Ruhms erstiegen, über die fürchterlichsten Weltbezwinger zu herrschen! – Ich entwischte heimlich aus Rom, weil ich alle Ursache hatte zu befürchten, daß man mich in Verwahrung bringen werde, um mich die anvertrauten Geheimnisse nicht ausschwatzen zu lassen. Doch warum entwischte ich? – um den schrecklichsten Bedrängnissen entgegen zu gehn. In Neapel wurde ich vom Pöbel fast zerrissen, weil ich mich zu nahe zum Blute des heil. Januars hinzudrängte und beinahe wahrgenommen hätte, daß man die Leichtgläubigen mit einer Taschenspielerey betrog. Ich kam eben dort an, als man einen Hund zum fürchterlichen Exempel aller Hunde öffentlich enthauptete, weil er die Gottlosigkeit begangen hatte, ein Kind umzubringen. Ob ich gleich viel freyes über diesen Gebrauch sagte, so kam ich doch glücklich durch. Aber meine Gutherzigkeit, den Pöbel klüger zu machen, hätte mich beinahe ums Leben gebracht. Ich entkam voller Löcher und Wunden vom Wirbel bis auf die Fußsolen und gieng nach Venedig, um dort erdrosselt zu werden. Ich sagte einem Nobile, dessen Mätresse ich war, daß ich mich wunderte, wie ein Paar tausend Leute dazu kämen, so viele Menschen unter sich stolz niederzudrücken und ihnen allein, mit Ausschließung aller andern, zu gebieten. Er gab mir zwar ganz gelassen die Ursache an: ›Weil wir die Mächtigern sind.‹ ›Also gesteht ihr doch, daß Euer Recht sich auf Unterdrückung gründet?‹ sezte ich hinzu; aber er schwieg, und morgens darauf sollte ich erdrosselt werden, doch kam ich mit einer leichten Züchtigung von dreyhundert Ruthenstreichen auf den bloßen Rücken davon.«

»Nun sehe ich doch, daß Gerechtigkeit in der Welt ist«, rief Medardus. »Wir sind quitt, Akante; das ist die Wiedererstattung der dreyhundert, die ich um deinetwillen als Jesuitenschüler zugezählt bekam. Waren Sie recht frisch und munter, Schwesterchen?«

»O so frisch, daß ich zween Monate über zweifelte, ob ich jemals wieder einen rechtschaffnen Rücken bekommen würde! Ich wurde darauf die Mätresse des Markgrafen von *Salocca*, der sich ein kleines Serail hielt. Da ich die neueste und folglich die liebste unter seinen Buhlerinnen war, so haßten und verfolgten mich die übrigen als eine Todfeindinn. Sie arbeiteten mit allen Kräften, meine Schönheit, die aller Gefährlichkeiten und Verwundungen ungeachtet noch erträgliche Reizungen hatte, und also die Ursache meines Vorzugs zu vernichten, welches sie um so viel hitziger betrieben, weil sie meistentheils alt, kränklich, häßlich waren und deswegen nur um ihrer vorigen Verdienste willen in Pension stunden. Sie beredeten sich zusammen, mir die besten und zur Schönheit unentbehrlichsten Theile des Gesichts zu nehmen; und eine blasse Vierzigjährige rieth, mit der Nase, als der edelsten Zierde des Gesichts, den Anfang zu machen, – vermuthlich weil sie selbst durch eine Krankheit so viel von der ihrigen eingebüßt hatte, daß ihr nur noch ein nasenähnliches Stümpfchen zwischen Mund und Stirne hervorguckte. Meine Neiderinnen führten den grausamen Vorschlag aus und sezten mich durch Einen wohlabgepaßten Messerschnitt noch *unter* die verhaßte Rathgeberinn; denn sie schleiften mir die Nase vom Grunde weg, machten ihren Plaz dem übrigen Boden des Gesichts gleich und ließen nicht einmal ein Fragment davon übrig. – Sie wundern sich, mein Herr«, sprach sie zu Medardus, der sie steif ansah, »daß ich demungeachtet, wie jedes Geschöpfe Gottes, mit einer Nase prange?« – Hier zog sie die ganze Nasenmaschine herunter und zeigte ihnen, daß es eine von gekautem Papiere, nach dem Leben lackirte Nase war. – »Dieses ist ein Geschenk von meinem Marchese, dessen Gunst mich um meine natürliche gebracht hatte; er schnaubte und drohte mit dem fürchterlichsten italiänischen Zorne; da aber die Unternehmung sehr heimlich von mir unbekannten Leuten geschehen war, so konnte ich seiner Rache nicht zu dem verdienten Gegenstande verhelfen. Kurz darauf fiel es einer andern als sehr anstößig auf, daß ich eine so reine, fleckenlose, weiße Haut hatte und sie doch, wenn sie in den schönsten venetianischen Spiegel sah, auf ihrem Gesichte eine Fläche erblickte, die mit Leberflecken und Sommersprossen, wie eine Landcharte, illuminirt war. – Eine andre von einem zweifelhaften Kolorite zwischen kastanienbraun und schwarzgelb stimmte in ihre Beschwerden über meine schöne, spiegelebne Haut ein und vereinigte sich mit ihr zur Rache. Sie ließen mir durch unbekannte Hände meine Wangen so jämmerlich zersägen, daß nach der Heilung eine Naht, eine Narbe an der andern sich darauf befand und die ganzen Backen einem frisch gepflügten Felde voller Furchen nicht unähnlich sahen. Auch diesen Verlust hat mir ein gewisser spanischer Don mit sechzig Namen durch diese Larve glücklich ersezt. Sie ist von dem feinsten egyptischen Papiere, mit einem feinen Leime auf der Haut befestigt und von dem Ritter *Mengs* nach dem Leben gemahlt –«

»Siehst du, Brüderchen?« unterbrach sie Medardus; »wahrhaftig so natürlich, daß es der liebe Gott nicht natürlicher machen könnte. Der Mann ist ein Tausendkünstler!«

»Vorher wurden alle Erhöhungen und Vertiefungen der Haut

mit einer sehr geistreichen Masse geebnet. Doch diese Wiederherstellung meiner verlornen Schönheit erhielt ich erst nach der Verabschiedung aus dem Hause des Marchese und auch die Nase erst bey dem Abschiede. Er liebte mich indessen bey allen diesen Mängeln nicht weniger feurig als vorher. Da meine Neiderinnen mit ihrem Hauptzwecke, mich außer Gewogenheit zu setzen, noch nicht zu Stande kommen konnten, so fuhren sie fort, wenigstens meine Schönheit unter die ihrige zu erniedrigen. Eine meiner Mitschwestern, die am ganzen Leibe bis auf die Hände eine nicht gemeine Schönheit war, beneidete meine kleinen, runden, niedlichen Engelhändchen, wie du sie sonst nanntest, Belphegor, wenn du sie voll Entzücken an deine Lippen drücktest.«

Belphegor seufzte.

»Als ich eines Tages in einem Bosket sitze und die emporgerichteten Arme mit aufwärts gekehrten Fingerspitzen an zween danebenstehende Bäume gelegt habe, um durch diese Stellung, die ich meinen Armen jeden Tag eine Stunde gab, das Blut zu nöthigen, aus den Händen und Armen sich zurückzuziehn und ihr blendendes Weiß dadurch noch blendender zu machen, so haut mir jemand plözlich von hinten zu die ganze schöne, marmorne Rechte ab, wirft sein Beil hin und stürzt sich in das Gebüsche zurück. Ich ergoß mich in einen Strom von Thränen über den Schmerz, doch am meisten über den Verlust einer meiner vorzüglichsten Schönheiten. Ich habe nie einen unter meinen Freunden finden können, der mich mit einer neuen Hand hätte beschenken wollen, und ob ich gleich verschiedene Künstler selbst darum ersuchte, mir eine zu verfertigen, so waren sie doch alle wegen einer Materie verlegen, die den Vorzug der Leichtigkeit und die Schicklichkeit zur Bearbeitung des Meisels besäße; und einer machte mir sogar das Kompliment, daß ich der florentinischen Venus ihre Rechte wegstehlen müßte, wenn meine natürliche die geborgte nicht sogleich überführen sollte, daß es eine geborgte wäre.« – Hierauf zog sie aus dem Handschuhe oder vielmehr einem Futterale eine Hand – ich mag sie nicht beschreiben! – genug, Medardus und Belphegor hefteten beide, wie versteinert, einen starren Blick auf sie und konnten sich nicht enthalten, ihr unter dem Vorwande, als wenn sie untersuchen wollten, ob es nicht ein angemachter Marmor wäre, mit einem mehr als medicinischen Drucke an den Puls zu fühlen. – »Doch dies war nicht mein lezter Verlust: die Hälfte meines rechten Ohres, das mir mit einem der schönsten Ohrgehenke abgerissen wurde, ist ein Werk der Kunst, bis sie zulezt durch eine der listigsten Maasregeln mich zwangen, das Haus des Marchese zu verlassen, wo ich meine papierne Nase zum Andenken von ihm empfieng. Vom Neide und Eifersucht vertrieben, floh ich in den Kirchenstaat zurück und langte in der illustrissima republica St. Marino gerade zu der Zeit an, als die gesammten Bürger derselben in Furcht und Aengsten waren, daß der päbstliche Legat sie unter das Joch seines Herrn zwingen möchte. Alles, Junge und Alte, Weiber, Kinder und Männer waren in tiefer Trauer um ihre Freiheit und baten den lieben Gott mit Beten und Fasten inständigst, daß er sie in Gnaden vor der Herrschaft seines Vikars bewahren möge. Doch kurz darauf wurde ihr Kummer in die höchste Freude verwandelt, als der Pabst das Unternehmen seines gewissenlosen Legaten misbilligte und der Republik ihre alte Freiheit und also auch ihre Glückseligkeit wiederschenkte – eine Handlung von Menschenliebe und Uneigennützigkeit, die meines Erachtens mehr als eine ganze Ladung Indulgenzen werth ist.«

»Das war ein braver Pabst«, rief Belphegor.

»Dafür wird ihm aber auch sein Apfelwein alle Tage recht herrlich schmecken, und wenn er heirathen dürfte, so wünschte ich ihm oben drein eine Frau wie meine verstorbne. So eine Belohnung könnte schon anreizen, daß man mehrmal so eine gute Handlung thät und von dem System der Unterdrückung abgienge. Der abscheuliche Legat! so ein Häufchen, das sich nicht wehren kann, unterdrücken zu wollen!«

»Der Bösewicht verdiente eher zu hängen«, sprach Belphegor, »daß er ein ungerechtes Joch auflegen wollte, als die Bauern, die mich zugleich an den Strang brachten, daß sie unwillig ein drückendes Joch abwerfen wollten. O wer nur mehr Macht hätte!«

»Ich hielt mich kurze Zeit«, fuhr Akante fort, »bey einem Landmanne des päbstlichen Gebiets auf, der mich von Armuth, Auflagen, Aussaugen, Beschwerungen und verwandten Materien unterhielt, worauf ich meinen Weg nach Genua nahm. Ich fand daselbst jedermann mit Anstalten zu einem Kriege wider die Korsikaner beschäftigt, die jedermann verfluchte, daß sie keine Narren seyn und sich das Bischen Freiheit nehmen lassen wollten, worauf sie doch nicht den mindesten Anspruch machen könnten, da diese Genueser Lust hätten, ihre Herren zu seyn. Ich verließ die fühllose Stadt und gieng in einer Verkleidung durch die Schweiz und Deutschland hieher, wo ich dich, edler Belphegor, unvermuthet fand, wo ich Vergebung von dir für eine Beleidigung erwarte, zu welcher mich mein Schicksal und dein arglistiger, treuloser Freund zwangen, wo ich diese Vergebung erlangen muß, sollte ich sie auch durch den Verlust meines halben Ichs erkaufen müssen. Belphegor! könntest du unerbittlich, könntest du unversöhnlich seyn? – Du, dessen Herz nur von Edelmuthe schlägt? – Belphegor!« – und so fiel sie vor ihm auf die Kniee.

»Siehst du, Brüderchen? Die Hüfte ist ja wieder heil: vergieb ihr doch! Du hast ja gehört, daß ihr das Herz weh genug that, als sie dich zur Thür heraus warf. Aber der gottlose Fromal! wenn er nur damals gehängt worden wäre, als ich ihn zum Tode bereiten sollte: der Galgen wäre ihm doch nur pränumerirt worden. – Nu, Brüderchen, vergieb ihr! dann, Akante, komm und trinke in meinem neuen Hause einen Krug Apfelwein mit mir!«

»O du Listige!« rief Belphegor; »daß du so glatt ins Herz schlüpfen und ein Ja auch wider meinen Willen wegstehlen kannst! Gern vergeb' ich dir: nur rechtfertige meinen Fromal! Beweise mir, daß er nicht ungetreu ist, und du hast mehr als meine Vergebung – meine Liebe!«

»Wenn die Wahrheit mir deine Liebe raubt, so muß ich mein trauriges Schicksal tragen – rechtfertigen kann ich ihn nicht: ich löge, um mich selber zu hassen.«

Drittes Buch

Die Gesellschaft trat ihren Marsch an: Belphegor beschenkte seine Gefährten unterwegs mit öftern Klagen über Akantens Untreue und die neuen Beispiele von dem Neide und der Unterdrückung der Menschen, die er aus ihrem Munde empfangen hatte; und Medardus ermahnte sie zur Zufriedenheit und Frölichkeit, indem er sie oft einen guten Krug Apfelwein in seinem neuen Hause erwarten hieß, oft über seine liebe Frau weinte und oft ein Anekdotchen aus der Historie erzählte.

Eben war er bey einem Geschichtchen von der unkeuschen Messaline, als sie von fern sich etwas nähern sahen, das sie nach aller Wahrscheinlichkeit für den aufgeregten Staub einer marschirenden Armee hielten. – »Himmel!« rief Belphegor, »hast du mich bestimmt, abermals Zeuge von der Grausamkeit und Ungerechtigkeit der Menschen gegen Menschen zu seyn. Kommt! laßt uns fliehen, das nahe, schreckliche Blutbad nicht anzusehn! Mein Herz bricht mir schon.« – »Wir können nicht fliehen, Brüderchen«, sagte Medardus; »es rückt so schnell näher, daß wir kaum den nächsten Hügel erreichen werden, ehe uns schon der Staub auf dem Nakken liegt.«

Sie eilten zwar, aber wurden schon eingeholt, als sie noch nicht am Fuße des Hügels hinangiengen. Die vermeinte Staubwolke war eins der fürchterlichsten Phänomene der Natur – eine sogenannte Wasserhose*, dergleichen zwar bisher

* Eine ungeheure Menge gesammelter Dünste, die die im Texte beschriebenen Wirkungen, nach dem Berichte der Zeitungsschreiber, thun soll.

nur in Holland und andern wasserreichen Gegenden wahrgenommen worden sind; da aber in der Gegend, wo unsre Gesellschaft gegenwärtig vor Erwartung zittert und zagt und die ich meinen Lesern mit gutem Vorbedachte nicht genannt habe, das Meer in der Nähe war, so sehe ich keinen Grund, warum man mir die wahrscheinliche Existenz derselben läugnen wollte. Diese Wasserhose war eine der größten, so lange Zeitungsschreiber eine Presse beschäftigt haben; und ein gewisser Gelehrter, Namens † † †, demonstrirte mit ABXYZ, daß besagte Wasserhose, die er zwar nicht gesehen, aber doch in seiner Studierstube sehr natürlich nach dem verjüngten Maasstabe auf französischem Papiere abgebildet hatte, nur noch 3 ℔ Kraft gebraucht habe, um ein preußisches Regiment von der Ostsee zum mittelländischen Meere zu transportiren. Izt that sie weiter nichts, so viel wenigstens unsre Geschichte angeht, als daß sie sich von einem starken Winde herbeyrollen ließ, unsre Reisenden mitten in ihren Schooß faßte, mit ihnen sich in die Höhe zog, sie in der Luft forttrug, zerplazte und sie in einer Gegend niedersezte, wohin sie ihre Beine in vielen Wochen nicht gebracht haben würden.

Belphegor und Medardus, die sich während des Transportes unablässig umarmt hatten, befanden sich izo an den Donaustrom in die Walachey versezt; doch Akante war von ihnen getrennt. Sie schöpften Athem und konnten vor Verwunderung und Erstaunen kaum zum Worte kommen; besonders schien es ihnen ganz unbegreiflich, wie sie von einer solchen Höhe ohne die mindeste Verletzung herabstürzen konnten. Nichts an ihnen hatte bey dieser Luftfahrt eine Veränderung gelitten als ihre Kleidung, die durchaus naß war, welches aber keiner andern Ursache als der gewaltigen Ergießung von Regen zugeschrieben werden mußte, die bey ihrer Niedersetzung herabströmte; und weil sie in Schlamm fielen, den eine Ueberschwemmung der Donau zurückgelassen hatte, so diente ihnen dieser statt eines weichen Bettes, das ihre Gebeine vor aller Beschädigung bewahrte. Doch der Strom ergoß sich von dem übermäßigen Plazregen von neuem und nöthigte die beiden Ankommenden, sich unverzüglich auf eine Anhöhe zu retten, wo sie ihre Kleider an der Sonne trockneten, ein jeder sich auf ein Ohr legte und beide einschliefen.

Nach ihrem Erwachen rieth ihnen Klugheit, Hunger und Selbsterhaltung, ihren Weg zu einer menschlichen Wohnung fortzusetzen, bis sie an eine Hütte kamen, wo sie anklopften. Man ließ sie lange warten, bis endlich ein altes Weibchen sie aus dem Fenster in verschiedenen europäischen Sprachen weiter gehn hieß. Da sie unter den vielen eine getroffen hatte, die die beiden Reisenden verstunden, so thaten sie ihr in der nämlichen ihre Bedürfnisse zu wissen und versicherten sie, daß sie höchstdringend wären. Als die Alte merkte, daß Bitten nichts vermochten, sie wegzukomplimentiren, und die Fremden schon nach dem Thürriegel griffen, in dessen Widerstand sie kein sonderliches Vertrauen setzen konnte – und vielleicht auch aus wirklichem Mitleid –, kam sie ihren Gästen entgegen und bewillkommte sie sehr höflich. Das ganze Gebäude hatte nur Ein Zimmer, und sie fanden also gleich ohne besondre Anweisung den Plaz, wo sie leben und weben sollten. Bey genauerer Erkundigung zeigte sich es, daß ihre Wirthinn eine Christinn, eine geborne Französinn war, welches sie auch vor ihrem eignen Geständnisse schon aus zween Gründen schlossen: weil sie französisch hurtig und alle übrige Sprachen stotternd sprach und weil sie sich einmal über das andre aus dem Fenster entschuldigte, daß sie nicht im Stande wäre, les honneurs de la Turquie zu machen, so gern sie wollte.

Sie verschwendete den ganzen Rest ihrer vaterländischen Politesse, den ihr die Walachey übrig gelassen, um ihren Gästen begreiflich zu machen, daß sie ihre baldige Abreise sehnlich wünschte; sie sezte ihnen einen Tisch voll Teller und etwas weniges Essen auf, das man unter der Menge Teller kaum finden konnte, und ließ mit einer schüchternen Behutsamkeit die Fremden niemals aus den Augen, die ihres Appetites ungeachtet aufmerksam darauf wurden und ein Geheimniß argwohnten. Der Argwohn gieng in ihre Mine über, und dies vermehrte die Behutsamkeit der Dame bis zur sichtbarsten, ängstlichsten Besorgniß. Um sie nicht wahrnehmen zu lassen, schwazte sie ihnen in einem unaufhörlichen Strome vieles von der schönsten Stadt de l'Univers, von den diners und soupers, assemblées, bals und festins vor, die sie mit Pairs, Herzogen, Markis und schönen Geistern in Paris genossen haben wollte. Doch ihre Sprache war wegen ihres innerlichen Aufruhrs izt nicht halb so fließend mehr, als sie es ehedem über dergleichen Materien in Paris gewesen seyn mochte. Medardus brach endlich die Rückhaltung durch und offenbarte ihr aufrichtig, was er von ihrer Mine und Stimme argwohnte; sie erschrak bis zur Ohnmacht. Man suchte sie zu beruhigen, als man aus einem Winkel der Stube eine schnelle Bewegung und darauf das Röcheln eines Sterbenden vernehmlich hörte.

Belphegor rennte sogleich nach dem Orte zu, indessen daß Medardus sich mit der Beruhigung der Wirthinn beschäftigte. Jener eröffnete ein nicht allzugroßes Gefäß, aus welchem ihm der Schall zu dringen schien, und entdeckte voller Entsetzen darinne einen Knaben, der in seinem Blute schwamm und mit dem Tode rang. Er wußte vor Bestürzung nicht, was er zuerst thun sollte, bald griff er nach dem sterbenden Knaben, ihn herauszuziehn, bald sezte er sich in Positur, zur Französinn zu laufen, bald wollte er jenem helfen, bald diese zur Rechenschaft ziehn. Unter dem Gewühle eines so vielfachen Wollens und der höchsten Unentschlossenheit, faßte er endlich plözlich die kürzeste Partie und zog den von Blute triefenden Jüngling heraus, der unter fürchterlichen Konvulsionen in seinen Händen das Leben ausbließ. Die Rettung war also unmöglich, und Belphegor, der die Französinn völlig im Verdachte des Mordes hatte, sprang mit seinem gewöhnlichen Feuer auf sie los, um ihr – was weis ich? – die Kehle zuzudrücken, wenigstens den vermeinten Mord empfindlich zu rächen. Doch Medardus schüzte sie wider den Eifer seiner strafenden Gerechtigkeit. »Brüderchen«, sprach er und hielt ihn von ihr zurück, »erst wollen wir hören, was sie zu sagen hat.« – Darauf fieng er das Verhör an, und sie versprach ihm, jede seiner Fragen zu beantworten, so bald ihre Ruhe wiederhergestellt seyn würde.

»Ach«, fieng sie darauf an, »der Unglückliche, den Sie hier im seinem Blute erblicken, wollte dem unseligsten Tode entfliehen und mußte sich ihn mit eigner Hand anthun. Es ist der jüngste Bruder des itzigen Sultans, Prinz Amurat.« – Ihre Zuhörer erstaunten. – »Sie wissen, daß der Despotismus eine grausame Vorsicht erfodert, die jeden Thronbesteiger nöthigt, allen Empfindungen der Bruderliebe, des Blutes zu entsagen und unbarmherzig jeden Verwandten niederzumetzeln, den ein unglücklicher Einfall verleiten könnte, dem Despoten seine Macht streitig zu machen. Kaum hatte der gegenwärtige Tirann den ersten Schritt zu der Herrschaft über die Ottomanen gethan, als er um seiner Sicherheit willen seine ein und zwanzig Brüder, Vettern und andre Anverwandten ermorden ließ. Alle erlagen unter ihrem Schicksale, nur dieser Prinz, der sich durch sein Naturell über seine Erziehung erhoben hatte, rührte durch seine einnehmenden Bitten den abgeschickten Mörder, der schon den Dolch auf ihn gekehrt hielt, daß er einen Sklaven an seiner Stelle umbrachte und ihm im Sklavenkleide auf die Flucht verhalf. Er kam in dem kläglichsten Zustande vor drey Tagen an meine Thür, bat mich, ihn einzunehmen, und hatte den edlen Muth, sich mir geradezu zu entdecken mit der Erklärung, daß er einen Dolch bey sich trage, den er sich augenblicklich ins Herz stoßen wolle, so bald er in Gefahr gerathen werde, in die Hände seiner Feinde zu fallen. Sie wissen, daß eine Französinn zu schwach ist, den Bitten einer schönen Mannsperson zu widerstehn – Mitleid und Liebe sind die Elemente unsers Wesens –, ich nahm ihn auf; ich habe ihn erhalten, verborgen, so bald

die mindeste Gefahr drohte: ich verbarg ihn bey Ihrer Ankunft in diesem Fasse. Vermuthlich glaubte er, als er uns so lange in einer für ihn unverständlichen Sprache reden hörte, daß Sie Ausspäher wären, daß ich ihn verriethe und hinterlistig in Ihre Gewalt liefern wollte; vermuthlich durchbohrte er sich darum mit dem schon längst bereiteten Dolche, den er nie von seiner Seite ließ. Darum zitterte ich für ihn, und mögen Sie Kundschafter seyn oder nicht, Sie haben meine That entdeckt: sind Sie ausgeschickt ihn auszuforschen – eh bien! hier ist mein Kopf: ich that eine Pflicht der Menschlichkeit, begehn Sie an mir eine That der Unmenschlichkeit.« – Mit dieser witzigen Antithese fiel sie auf die Kniee und legte ihren Kopf in Bereitschaft zum Abhauen auf einen Sessel.
Da sie bey dieser Gelegenheit ein sehr hübsches, witziges Ende hätte nehmen können, was einem Franzosen gerade das ist, was wir Deutsche ein erbauliches nennen, so war sie beinahe unzufrieden, daß sie von den beiden Fremden in der Erwartung des Todes getäuscht und ihres Lebens theuer versichert wurde. Beide huben sie auf und vereinigten sich mit ihr, den todten Körper bey Seite zu schaffen, den sie in möglichster Eile verscharrten und die blutigen Spuren seines Todes auf dem Boden auftrockneten.
Nach Endigung dieser tragischen Begebenheit war die Französinn ganz frey und ungehindert, den Fremden les honneurs de la Turquie zu machen, welches sie auch mit vielem Eifer that, woran sie vorhin die Gegenwart des Prinzen verhindert hatte, den sie durch ihre Mine zu verrathen fürchtete. »Denn«, sagte sie, »einem Franzosen liegt sein Leben weniger am Herzen als Wort und Ehre.« Sie bot ihnen sogar freiwillig ein Nachtlager an, welches sie mit der erkenntlichsten Freude annahmen.
Des Abends wurde sie ersucht, ihnen zu melden, wie sie ein Land der Menschlichkeit und feiner Sitten wie ihr Vaterland mit diesem Wohnhause der Barbarey und der Grausamkeit

habe vertauschen können. »Schreckliche Schicksale mußten Sie hieher verschlagen haben, Madam«, sagte Belphegor. »Ja, schreckliche Schicksale!« war ihre Antwort. »Ich bin die bekannte Markisinn von E., die den großen Kriminalprozeß verlor, die überführt wurde, ihren Mann vergiftet zu haben, und doch vor Gott und ihrem Gewissen unschuldig war; und davon wissen Sie nichts? – Wie ist es möglich, daß Sie auf der Welt sind und eine Sache nicht wissen können, die in Frankreich vorgieng? – Mein Mann starb plözlich, und alle Merkmale der Vergiftung machten die Art seines Todes unzweifelhaft. Ich hatte nicht allzu wohl mit ihm gelebt: er war ein mürrischer, eigensinniger, harter Ehemann, so unfreundlich und tükisch, daß er mich mit seinem Vorwissen keine Freude genießen ließ und sie zu hindern oder doch zu verbittern suchte, wenn mir der Zufall eine ohne sein Zuthun zuwarf. Sein finstres, menschenfeindliches Gemüth konnte unmöglich jemanden froh, zufrieden und glücklich sehn, ohne sich selbst für minder glücklich zu halten, und weil er keines Vergnügens fähig war, so war ihm alles verhaßt, was ihn hierinne übertraf: die Munterkeit eines Thiers gab ihm schon schlimme Laune. Da ich ein beträchtliches Vermögen zu ihm gebracht hatte, so trennte ich mich auf eine Zeit lang von ihm; und er war untröstlich und arbeitete mit allen Kräften, mich wieder zu einer Aussöhnung zu bringen: – vermuthlich war es ihm unerträglich, niemanden zu haben, an dem er seine böse Laune befriedigen konnte. Das Herz einer Dame vergiebt schon, indem es über die Beleidigung zürnt: die dringenden Bitten seiner Anverwandtinnen beredeten mich, wieder zu ihm zurückzukehren. Im Anfange war er, wenigstens so sehr er es seyn konnte, ein erträglicher und beinahe gütiger Gemahl. Doch in vier Wochen war er durch diesen Zwang erschöpft; er warf ihn ab: seine Gütigkeiten waren nur, so zu sagen, pattes de velours gewesen, und er zog izt seine ganzen Krallen hervor. Mitten unter unsern Unzufriedenheiten starb er plözlich an einer Vergiftung, die durch die gültigsten

Beweise gerichtlich dargethan wurde. Ich hatte keine sonderliche Ursache, betrübt zu seyn, ich war es nicht und fand auch keine, es mehr zu seyn, als ichs war. Ich wollte mein Vermögen zurückziehn und seinen Erben das seinige überlassen, denen es gebührte, weil wir keine Schenkung errichtet hatten. Doch dieses war mit jenem in den lezten Jahren so verwebt worden, daß eine Absonderung ohne weitläufige Streitigkeiten nicht geschehen konnte. Eine Dame ist für die Kämpfe der Liebe, aber nicht für die Kämpfe der Gerechtigkeit gemacht: ich ließ von meinem Rechte bis zu einer beträchtlichen Schmälerung meines Vermögens nach, um zur Ruhe zu gelangen. Umsonst schmeichelte ich mir mit dieser Hoffnung: seine Erben machten auf einmal, schon einige Zeit nach dem Tode meines Mannes, einen Prozeß wider mich anhängig, worinne sie *mir* die Vergiftung meines Mannes schuld gaben. So rein ich mein Gewissen fühlte, so wenig fürchtete ich von dem Ausgange etwas mehr als einen Verlust meines Vermögens. Doch die Sache bekam die unglücklichste Wendung wider mich. Advokaten, Schreiber, Richter parlirten, schmierten, referirten, dekretirten so lange, bis ich für schuldig erkannt und mir Vermögen, Leben und Ehre abgesprochen wurden. Ich Unglückliche! um dem traurigsten Schicksale zu entgehn, floh ich aus meinem Vaterlande und ließ die Schande auf meinem Namen zurück, die ich nicht selbst tragen wollte. Ich wurde von einigen Kaufleuten, die meinem Vater große Verbindlichkeiten schuldig waren, nebst einem kleinen Reste meines Vermögens hieher gerettet. Ich kaufte diese elende Hütte und eine Sklavinn, mit welcher ich hier in der Einsamkeit lebte und noch lebe. Vor einem Jahre besuchte mich einer von diesen edelmüthigen Männern, der mir die angenehme Nachricht brachte, daß mein Name von der Schande des Mordes befreyt sey und daß ich ungehindert und ohne Gefahr in mein Vaterland zurückkehren könne. Durch die Aussage eines Mädchens, das unter neun Vergiftungen auch diese bekannt hatte, waren einige meiner Freunde veranlaßt worden, die Sache von neuem in Bewegung zu bringen. Nachdem mein Name zwanzig Jahre lang unter der entehrendsten Schande gelegen hatte, nachdem ich meines Vermögens, meiner Freunde, meines Vaterlandes, meiner Ruhe, meiner Glückseligkeit beraubt war, nachdem ich meine besten Tage in der Einsamkeit, dem Kummer, der Verachtung, der Dürftigkeit verseufzt hatte, ließ man mir die Gerechtigkeit widerfahren, mich für unschuldig zu erklären, fand man, daß einer meiner ehemaligen Richter, der einen von mir wenig geachteten Anspruch auf mich machte, den ich mit einiger Verachtung von mir wies, der Anstifter der Vergiftung war, daß er durch tausend listige Kunstgriffe der Sache eine solche Wendung zu geben gewußt hatte, wodurch der Verdacht wider mich bis zur höchsten Wahrscheinlichkeit erhöht und dadurch von ihm desto weiter entfernt wurde, welches um so viel leichter geschehn konnte, weil niemand als das Mädchen und Er um den Mord wußten und jenes mit einem Offiziere außer Landes geflüchtet war. Die Treulose war, wie ich mich nachher besonnen habe, zu der Zeit, als mein Mann starb, mein Kammermädchen und entfloh denselben Abend, als die Vergiftung bekannt wurde – ein Umstand, den man wider mich nüzte und mich beschuldigte, mit Bestechungen das Mädchen vermocht zu haben, durch ihre Flucht meine Schuld auf sich zu nehmen. – Gütiger Gott! Meine Ehre, meine Unschuld, mein Name ist gerettet; aber zwanzig Jahre lang unter dem drückenden Joche der Schande zu schmachten, das, meine Herren, das nagt das Herz. Kann eine so spät, so zufällig erlangte Gerechtigkeit den langen Kummer, Schmerz, Schande wieder ersetzen? kann sie mir zwanzig unglückselige Jahre wiedergeben und glücklich machen? – Nein! – Wehe dem Unterdrückten, dem Unrecht leidenden! Seichter Trost, daß man ohne Verschuldung leidet! Er erhält das Leben, daß es der Schmerz nicht gleich zerfrißt, um desto länger daran zu nagen.«

Belphegor konnte von seinem Erstaunen nicht zurückkommen, daß man in einem Lande, welches die Gesezgebung der Manieren, der Moden und Ergözlichkeiten in ganz Europa an sich gerissen hat, die Gesetze, welche das Eigenthum, die Ehre und das Leben des Einwohners sichern sollen, in einer Verfassung läßt, die eine solche Unterdrückung, eine solche Uebersehung der Unschuld möglich macht. »Die Gesetze, die Art des gerichtlichen Verfahrens, die Verfassung muß doch die einzige Quelle seyn, aus welchem Ihr Unglück herfloß«, sagte er. »Leicht bleibt der Schuldige ungestraft: tausend Umstände, ohne die menschliche Schwachheit, machen es möglich! aber wehe, wehe! wenn es möglich ist, daß der völlig Unschuldige mit dem Schuldigen verwechselt und an seiner Stelle gestraft wird!«

»In Deutschland würde das nicht geschehn«, sprach Medardus; »das ist gar ein braves Ländchen, Madam. Wenn mich nur der unglückliche Sturm nicht so weit von meiner Heimath verschlagen hätte! – Sie sollten wahrhaftig bey mir wohnen und allen meinen Apfelwein mit mir theilen. Wenn Sie wollen, noch ist es Zeit: in dem Lande hier könnte ich so nicht bleiben; es geht ja so barbarisch wie unter den Menschenfressern zu.«

»O mein Herr«, erwiederte die Markisin, »hier hat die Unterdrückung ihre natürliche, grause, wilde Mine. Doch anderswo trägt sie tausend betriegerische Larven, wovon einige das Ungeheuer ganz unkenntlich machen, nicht eher darunter vermuthen lassen, als bis man von seinen Zähnen gewürgt wird. Einer meiner Brüder ist exilirt, der andre verbrannt worden.« Beide Gäste exklamirten laut vor Erstaunen.

»Der eine war ein Hugenott«, fuhr sie fort, »der andre ein Feind der Geistlichkeit und besonders der Jesuiten. Dieser, der jüngste von beiden, ließ sich von jugendlichem Feuer und dem noch ungestümern Eifer der Rechtschaffenheit hinreißen, etlichen ihrer unverantwortlichen, schädlichen Meinungen zu widersprechen. Er glaubte aus Mangel an Erfahrung, daß es genug sey, Recht zu *haben*, um Recht zu *be-*

halten, und daß man, um unsinnige Meinungen zu verdrängen, nichts brauche als den Schuz der Vernunft und Wahrheit. Man begnügte sich anfangs, seine Meinungen als ketzerisch und schädlich zu verdammen, dem Urheber derselben etwas von der Verdammniß mitzutheilen und ihn in die Flammen zu wünschen, die sein Buch verheerten. Man lärmte, man schrie, man verfolgte ihn mit Verläumdungen, man machte seinen Namen bey jedermann beinahe infam und behielt den Groll im Herzen, um ihn bey der ersten günstigen Gelegenheit zu seinem Verderben auszulassen. Sie zeigte sich: die Boshaften, die kein andres Interesse hatten, ihn zu Grunde zu richten, als daß er sich Vorurtheilen widersezte, die sie blos vertheidigten, weil es *verjährte* Vorurtheile waren, stürmten mit einer Wuth auf ihn los, die nicht heftiger hätte seyn können, wenn er die Grundstützen der Religion mit verwägener Hand niedergestürzt hätte. Man streute eben damals Erzählungen von Wundern aus, die ein neu entdecktes Haar von den Augenwimpern des heil. Ignatius gethan haben sollte. So lächerlich und ungereimt die Erdichtungen waren, so sehr ihre Falschheit in die Augen sprang, so leicht ließen sich vornehme und geringe Laien von ihrer Wahrhaftigkeit überzeugen. Die Absicht war eigentlich, einem ungestifteten Kloster Gönner, Bewunderer und Beiträge zu verschaffen. Der Franzose, der alle Nationen über die Schultern ansieht und vielleicht in vielen Stücken ein Recht dazu hat, glaubte übel ersonnene Mährchen, die mit Mutter Gans in einem Range standen, und opferte reichlich. Mein Bruder, vielleicht halb von Rache, aber gewiß auch halb vom Eifer der Wahrheit angefeuert, trat zum zweitenmale auf den Kampfplaz; aber zu seinem Unglücke. Man beschuldigte ihn der schwärzesten Verbrechen, man brauchte die niederträchtigsten Kunstgriffe, falsche Zeugen, untergeschobne Briefe, um ihn der Gotteslästerung und Irreligion zu überführen. Man gelangte zu seinem Zwecke; der unwissende Pöbel ist jederzeit auf der Seite des Betriegers: er verlangte die Verurtheilung meines Bruders. Der Mann, der sie aus den Ketten der Unwissenheit und dem Despotismus fanatischer Mönche reißen wollte, wurde auf Begehr Hoher und Niedriger öffentlich verbrannt.«

»Himmel!« schrie Belphegor, »öffentlich verbrannt! So sind ja die Banden der türkischen Sklaverey tausendmal leichter als die Tiranney eines unerleuchteten Klerus!«

»Tausendmal leichter, mein Herr! Hier stirbt der Sklave mit Einem Dolchstiche, ohne Schande; der Despot, dessen Eigenthum er ist, wirft ihn weg wie ein abgenuztes Kleid; sein Loos befremdet ihn nicht, weil er auf kein andres Anspruch machen kann. Allein wo der Bürger eines Staats den mächtigen Gedanken der Freiheit im Kopfe hat, da ist es ihm unendlich schwer, etwas zu dulden, das nicht mit ihr besteht. Unter dem despotischen Himmel tödtet man mit Einem Hiebe, unter vielen andern quält man mit hunderttausend Stichen langsam zu Tode; denn alle kann man nicht verbrennen, wie meinen Bruder.«

»O«, seufzte Belphegor, »welch Unthier ist der Mensch! Immer ein Unterdrücker, hier des Eigenthums, dort des Menschenverstandes, hier des Rechtschaffnen, dort des Armen!«

»Ja«, faßte Medardus die Rede auf, »daß die Menschen doch so einfältige Kreaturen sind! In Ruhe und Friede könnten sie bey einander sitzen, ein Glas Apfelwein trinken und sich einander ihr Leben erzählen; aber nein! da schlagen, schmeißen, balgen sie sich wie das liebe Vieh; und noch ärger machen sies; denn die Thiere verschlingen sich doch nur aus Hunger, aber die Menschen, wenn sie der Hunger nicht dazu zwingt, suchen ein Sylbchen, ein Wörtchen und verbrennen, hängen, köpfen und sengen sich darüber.«

»Ja, leider«, sprach die Dame, »sonst wäre mein ältester Bruder nicht aus dem Schooße des Vaterlandes, seiner Güter, seiner Familie vertrieben worden, weil er ein heimlicher Hugenott war. Ein Elender, dem er einen kleinen Dienst versagt hatte, weil er ihn desselben unwürdig hielt, gab ihn an; er mußte, um sich nicht der Verfolgung preis zu geben, mit Schiffbruch sein Vermögen retten und den Weg wandern, den viele tausend seiner Brüder gegangen sind, in Länder, wo Vernunft und Freiheit herrschen und vernünftig denken und wahr denken eins ist, noch glücklich, daß er nicht zu jenen Zeiten der höchsten Unmenschlichkeit lebte, wo Frankreich seine Felder mit dem Blute seiner Einwohner düngen wollte! – O du schändlichster, verderblichster unter allen Despotismen! Despotismus des Aberglaubens, der Scheinheiligkeit, der Habsucht im schwarzen Mantel, der heiligen Dummheit, der Vorurtheile! verheere nicht länger mein Vaterland, dessen milder Himmel nur Menschlichkeit und gesunde Vernunft einflößen sollte! verheere kein Land dieser Erde mehr! und die ihr es vermögt, tilgt, sengt, schneidet, würgt, reutet ihn von der Wurzel aus, wo ihr ihn findet, wenn ihr euch und euer Volk liebt!«

Belphegor, der nur ein Fünkchen brauchte, um in die Flamme der Begeisterung aufzulodern, fiel auf seine Kniee und rief mit entzückter Stimme: »O du göttliches Geschenk! Freiheit zu *denken*, Freiheit zu *reden*! komm auf alle Länder herab, die der Glückseligkeit einer allgemeinern Erleuchtung immer näher rücken! Komm! würge den schändlichsten Götzen, den Aberglauben, und reiße so viele Provinzen, die die blühendsten seyn könnten, aus den Ketten des gräulichsten Despotismus, des Despotismus über den Menschenverstand. – Kommt!« – wobey er aufsprang – »wir wollen allen den scheußlichen Tirannen die Kehle zudrücken, die ihre Größe auf die Unterdrückung der Vernunft, auf die Sklaverey der Unwissenheit und Dummheit baun! die den Keim der Menschenliebe ersticken und feindselige Rotten aus Menschen machen, die sich wie Brüder lieben würden und izt sich hassen, weil man ihnen den Haß befiehlt! Kommt!«

»Närrchen, Närrchen! wohin denn?« sprach Medardus und faßte ihn bey der Hand. »Der Herr Markis ist ja in Frankreich verbrannt worden, und wir sind in der Türkey. Ach, wir werden genug zu kämpfen und zu streiten finden, ohne daß wir erst so weit laufen, um Feinde aufzusuchen. Da ist mir doch Deutschland ein ander Ländchen, Madam: da sitzen sie so still und ruhig beysammen wie die Lämmchen; wenn sie einander gleich nicht gut sind, so lassen sies doch wenigstens dabey bewenden, daß sie einander nicht lieb haben. Mannichmal fuschen wohl ein Paar wunderliche Köpfe auch ins Verfolgungshandwerk, aber sie müssen doch nur im Kleinen arbeiten; und wenn sie zu laut werden, so stehn auf allen Ecken Aufpasser, die sie öffentlich auszischen und auslachen; auf diesem Wege giebts dort wahrhaftig nicht viel rechtes mehr zu verdienen. Den ersten Krug Apfelwein, den ich in meinem Leben wieder an meine Lippen setze, trinke ich auf die Gesundheit des deutschen Menschenverstandes aus. Nicht, Brüderchen? du bist dabey?«

Belphegor bejahte es wohl; aber sein Herz war nicht bey der Bejahung. Er dachte noch etlichemal an die Welt und an Akanten, die sich ihm izt wieder sehr wichtig gemacht hatte, legte sich nieder und schlief ein.

Sie hatten nicht lange die Ruhe genossen, als ein Trupp türkischer Soldaten mit Tumult zum Hause hineinstürzte und mit Gewalt den Prinzen Amurat darinne finden wollte. Die Markisinn glaubte, diese Barbaren durch die Nachricht von seinem Tode zu gewinnen, und versicherte sie, daß er auf ihrer Schwelle sich ermordet habe, zeigte ihnen seinen blutigen Dolch, wies ihnen sein Grab und ließ sie seinen Leichnam ausgraben und besichtigen. Wider so deutliche Beweise hatten sie freilich nicht Lust, etwas einzuwenden; allein da sie einmal zum Morden ausgeschickt waren und in der Türkey ein Menschenleben die wohlfeilste Waare ist, so spalteten sie, um der Absicht ihrer Sendung ein Genüge zu thun, die alte Markisinn nebst ihrer Sklavinn jede in zwey Stücken, und die beiden Fremden, weil sie noch jung waren und also etwas gelten mußten, beschlossen sie mitzunehmen und an den ersten Liebhaber als Sklaven zu verkaufen, wovon aber weder Belphegor noch Medardus etwas wußten, weil sie die Sprache ihrer Ueberwältiger nicht verstanden; ehe sie es vermuthen konnten, waren sie das rechtmäßige Eigenthum eines Mannes, der sie zu den niedrigsten Beschäftigungen bestimmte. – »Siehst du, Brüderchen?« sagte Medardus, als er zum erstenmale seine elende Kost genoß, »nun ist es mit dem Apfelweine vorbey! der ganze schöne Vorrath, den ich mir in meine Wohnung habe schaffen lassen, wird verderben; denn so bald werden wir aus dem Raubneste nicht wieder hinauskommen, das merke ich wohl. – Wenn das meine liebe Frau wüßte – du gutes Kind! wie wohl ist dir!« – mit Thränen sagte er das. – »Wie wohl! und dein Männchen ist gar ein Sklave, ein elender Hund! – Doch muthig, Brüderchen! die Vorsicht lebt noch; da trink die elende Pfütze und denke, es ist Apfelwein! da! Glückliche Rückkunft nach Hause!« – und so trank er ihm einen Topf voll schmuziges Wasser zu, wovon Belphegor einen kleinen Schluck mit verzerrtem Gesichte nahm. Unterdessen war die Entfliehung des Prinzen Amurat ruchbar geworden, und ein unbekannter, niedriger Mann ließ sich es einfallen, diesen Ruf zu nützen und sein natürliches Recht auf den Thron des Despoten durchzusetzen; denn wo Unterdrückung und Gewalt die *einzige* Stütze des Throns ist, da hat jedermann ein gegründetes Recht, ihn zu besteigen, wer den Besitzer herunterwerfen, sich hinaufschwingen und seinen Siz mit jenen beiden Stützen befestigen kann. Jedermann, der sich zu ihm schlug, war sicher und gewiß, daß er, wenn die Unternehmung gelang, blos die Person des Despoten veränderte. Niemand hatte einen Begriff von einer andern Regierungsform, noch Begierde dazu: man stritt höchstens für die Ehre, sich seinen Unterdrücker selbst gewählt zu haben. Dieses geringen Vortheils ungeachtet, verschafte ihm doch die angeborne Neigung des Menschen zum Kriege und eine gewisse neidische Freude, den Tirannen, den man, wenn er mächtig ist, fürchten muß, zu stürzen und sich dadurch gleichsam für die bisherige Furcht zu rächen – diese

beiden Antriebe verschaften dem Anführer einen so zahlreichen Anhang, daß er allenthalben die schrecklichste Verwüstung verbreitete und jedermann entweder für ihn fechten oder niedergehauen werden mußte.
Bey einer so nahen und fürchterlichen Gefahr hielt es der Herr des Belphegors und Medardus für die beste Partie, mit seinen Effekten, so viel er davon fortbringen konnte, und seinen Sklaven sich durch die Flucht zu retten und den ganzen zurückgelaßnen Rest seinem Leben und der Wuth der Rebellen aufzuopfern. Ein Trupp hatte sich in einen Distrikt geworfen, durch welchen die Entflohnen schlechterdings wandern mußten. Sie fanden ringsum die entsezlichsten Spuren der Verheerung und der unsinnigsten Grausamkeit: zitternde Glieder ermordeter Säuglinge, die im Blute ihrer Mütter schwammen, verstümmelte, halblebende Greise, Gewimmer von Sterbenden, fliehende, verfolgende, in der Ferne flammende Dörfer, dampfende Brandstellen, das Lärm der Mordenden, das Geschrey der Ermordeten, das Aechzen der Zertretnen, das Wiehern verwundeter Rosse, blutbedeckte Felder, deren Furchen von Bächen strömten, Verwirrung, Angst, Todesschmerz und der Tod selbst in den grauenvollsten Gestalten – dies war das Bild, das sie eine lange Strecke neben sich auf einer weiten Ebne sahen. Da sie aber mit ihrem Gepäcke von dünnem Busche bedeckt waren, so entgiengen sie der ohnehin beschäftigten Aufmerksamkeit der Barbaren.
Belphegor zitterte vor Entsetzen und Zorn bey der Erblickung eines so unmenschlichen Schlachtfeldes, und Medardus war ganz versteinert. – »Brüderchen«, sprach er endlich leise zu jenem, »das geht dir hier zu wie in der Hölle: die Schlacht zwischen dem Hannibal und Scipio kann nicht so blutig ausgesehn haben. – Mich friert vor Grausen; was machst *du* denn, Brüderchen?«
»Ich verbrenne!« rief Belphegor. »Gott! Geschöpfe von Einem Geschlechte, aus Einem geistigen und körperlichen Samen gezeugt, Geschöpfe, die sich einer Vernunft rühmen, erwür-

gen sich? erwürgen sich im tummen, trunknen Taumel der Mordsucht, ohne daß eine einzige, für ihre Wohlfahrt wichtige Ursache ihr Blut fodert! um ein Nichts, aus bloßer, toller Begierde, sich die Köpfe zu zerschmeißen! – O Freund, den ersten besten Dolch möchte ich mir in die Brust stoßen, um nicht mehr zu einer rasenden Gattung von Geschöpfen zu gehören, die nicht verdienen, daß eine Sonne über ihnen aufgeht oder ihnen ein Mond leuchtet. Thiere führen doch nur den allgemeinen Krieg mit Thieren anderer Art und scheuen unwissend die heiligen Bande, die sie zu Einem Geschlechte verknüpfen. Aber der Mensch – ist das ärgste Ungeheuer der Hölle. Ich bin mir selbst gram, ein Mensch zu seyn.«

»Ja, Brüderchen, es geht wahrhaftig bunt her: wenn *wir* nur erst glücklich durch wären, dann möchten sie sich schlachten, wenns ihnen nun ja so beliebt.«

»O möchten sie uns lieber zerfleischen und unter dem allgemeinen Ruine begraben! Was nüzt uns der elende Lebenshauch, als nur um die Grausamkeit der Menschen zu leiden und leiden zu sehn. Komm! ich stürze mich mitten unter die Barbaren, und wohl mir, wenn ich erliege!«

»Närrchen, Närrchen!« rief Medardus und zog ihn aus allen Kräften zurück. »Die Vorsicht lebt noch: wer weis, wozu das gut ist, daß sich die Leute hier die Kehlen abschneiden? Auf dem Felde hier wird folgendes Jahr das schönste Getreide wachsen. Wer weis, ob uns das Metzeln hier nicht desto eher wieder zu meinem Apfelweine verhilft? – Zu etwas muß es doch gut seyn. Wenn sie *uns* nur die Kehlen ganz lassen; sonst ist es mit der Hoffnung aus.«

Belphegor wurde unwillig über die Gelassenheit seines Freundes und schoß einen verächtlichen Blick auf ihn, der aber noch nicht völlig bis zum Medardus gekommen war, als die Rebellen das Gepäcke hinter ihnen anfielen, Führer und Lastthiere niedermachten, die aufgepackten Effekten zerhieben, zertraten und nur etliche tragbare Kleinigkeiten nahmen, den Sklaventrupp gleichfalls angriffen und unbarmherzig niederhieben: alle, auch Belphegor und Medardus, lagen in Einem Haufen zusammen. Da die Heldenthat verübt war, giengen die Krieger zu dem Hauptchore mit ihren Lorbern zurück. Belphegor und Medardus waren nur verwundet und in dem Wirbel des Scharmützels unter die Todten mit niedergerissen worden. So bald die erste Betäubung des Schreckens verschwunden war, so arbeiteten sie sich unter den Erschlagnen allmählich hervor, einer lieh dem andern seine Kräfte, und es gelang ihnen hervorzukommen. Doch ermattet von Arbeit und Verblutung sanken sie auf die oberste Reihe wieder zurück. Mit der Kleidung der Getödeten stopften und verbanden sie endlich ihre Wunden und schleppten sich nach dem Orte zu, wo die Plünderung des Gepäckes vorgegangen war, aus einer sehr weisen Vorsicht, ihrem gänzlichen Mangel durch eine Kostbarkeit abzuhelfen, die vielleicht ihre Mörder in der Hitze der Verwüstung zurückgelassen haben möchten. Unter vielen verderbten vortreflichen Sachen fanden sie ein Schächtelchen, von dem sie sich viel Gutes versprachen. Auch betrog sie ihre Hoffnung nicht; sie öffneten es hurtig und fanden einen einzigen Diamant von ungeheurer Größe darinne. Ihr Appetit wurde durch den Fund rege gemacht, und sie suchten weiter; sie entdeckten noch etliche kleinere und andre tragbare Sachen von Werthe, die sie sorgfältig in die abgelegensten Winkel ihres Körpers versteckten. Darauf machten sie sich gefaßt, diesen Ort des Entsetzens so schnell als möglich zu verlassen. Sie warfen noch einen mitleidigen Blick auf ihre daliegenden Mitbrüder, obgleich aller Vermuthung gemäß kein einziger Christ darunter seyn mochte, als sie eine Bewegung an einem Haufen wahrnahmen. Da sie erwarteten, daß es gleichfalls ein Verwundeter seyn werde, der sich, wie sie, zum Leben emporarbeiten wolle, so vereinigten sie ihre Hülfe, die todten Körper abzuwälzen. Kaum hatten sie sechs oder achte abgeworfen, als einer seine Hände nach ihnen ausstreckte, mit welchen sie ihm aufhalfen. Er war wenig oder gar nicht verwundet und durch die Drückung der übrigen nur erschöpft. Er stieg von ihnen geführt herunter, und da sie auf ebnem Boden waren, so schlug der Errettete und die Erretter zum erstenmal ihre Augen gegen einander auf, um Dank zu geben und zu empfangen, stutzten insgesamt, waren verlegen, ungewiß, konnten sich nicht besinnen, bis sichs nach drey Fragen und drey Ausrüfen fand, daß hier auf diesem Flecke Belphegor, Medardus und – Fromal beysammen stunden, sich umarmten, nicht wußten und vor großen Freuden nicht wissen wollten, wie sie zusammengekommen waren.

Am lebhaftesten war die Freude über diese plözliche Zusammenkunft auf Belphegors Seite; er wurde so ganz freundschaftliches Gefühl, daß er nicht einen Augenblick an die Nachrichten dachte, die ihm Akante von der Untreue seines Freundes hinterbracht hatte. Es war nur eine kurze Unterredung nöthig, um zu erfahren, daß Fromal der Herr der niedergesäbelten Sklaven und des geplünderten Gepäckes gewesen war; da er seine beiden Freunde hatte kaufen lassen, ohne sie selbst zu sehen, und sie auch kein Verlangen noch Gelegenheit gehabt hatten, ihren Gebieter kennen zu lernen, so war es um so viel leichter, daß ihre Erkennung bis auf den gegenwärtigen Augenblick verschoben bleiben konnte.

Nachdem sie noch eine neue Durchsuchung mit den Resten der Plünderung vorgenommen und nichts entdeckt hatten, so beschlossen sie einmüthig, dies Land der Barbarey und der Unterdrückung zu verlassen und sich mit den großen und kleinen Diamanten nach dem humanisirtern Theil von Europa zurückzubegeben, um dort mit dem Herrn Magister Medardus einen Krug Apfelwein auszuleeren.

Da die Pest eben in Konstantinopel wütete, und der Aufruhr sich sehr schnell nach dieser Stadt hinzog, so nahmen sie ihren Weg nach der mittäglichen Meerseite, um dort eine Gelegenheit zum Rückmarsche zu suchen. Unterwegs erst führte sie das Gespräch auf Akanten und Belphegorn auf den Verdacht, den sie ihm wider Fromals Freundschaft hatte beybringen wollen; allein da die Länge der Zeit und die gegenwärtige Freude über sein Wiedersehn die Stärke desselben ungemein gemildert hatte, so berührte er ihn nicht als einen Vorwurf, sondern vielmehr als eine Erzählung, welcher er nicht sonderlichen Glauben beymaß. Fromal rechtfertigte sich nicht, sondern ohne große Betheurungen berichtete er ihm in planem historischem Stile, daß er allerdings Belphegorn von Akanten zu entfernen gesucht habe, doch ohne die schmerzliche Begegnung, welche seinem Befehle und seiner Absicht zuwider gewesen wäre.

»Ich wußte«, sprach er, »daß du auf der Neige deines Geldes warst, daß deine zu feurige Liebe dir keine eigne Rückkehr erlauben würde: du warst von dem gänzlichen Verderben nur einen Strohhalm breit entfernt; ich beschloß, dir eine schimpfliche Verabschiedung zu ersparen, und bot mich Akanten an deine Stelle an. Ich bot mich ihr blos an, damit sie desto leichter in deine Trennung willigen sollte; denn den Ruin deines Vermögens wußte sie noch nicht. Damit sie mich desto williger annähme, stellte ich mich reich, ob ich gleich nicht mehr in der Tasche hatte als eben so viel, wie ich dir gab. Hätte ich gewußt, daß sie einen andern viel reichern Liebhaber schon an der Seite hätte, so wäre mein Weg nicht einmal eine so weite Strecke mit ihr gegangen. Daß sie dich so empfindlich behandelte, das war gewiß eine Wirkung ihres eignen rachsüchtigen Herzens, das das Häßlichste auf dem Erdboden ist. Dich hat sie mit Ribbenstößen verjagt und mich wollte sie gar vergiften.«

»Vergiften?« rief Belphegor. »Davon hat sie mir kein Wort gesagt; aber wohl, daß du deinen Nebenbuhler in ihren Armen durchbohrtest.«

»Sie wird keine Verrätherinn ihrer eignen Bosheit werden. Aber ihre Vergiftung war eben die Ursache meines Mordes. Sie merkte bald, daß mein Reichthum nur Großsprecherey gewesen war; und weil ich zu gleicher Zeit meinen Nebenbuhler ausgekundschaftet hatte, so war mein Plan schon gemacht, mich unter einem anständigen Vorwande von ihr loszureißen. Weil sie wieder und zwar gut versorgt war, so befürchtete ich nichts von ihrer Rache. Doch ich betrog mich. Sie verrieth mich an ihren Nebenbuhler, sie beredete ihn, daß ich mich durch den Tod von ihm befreyen wollte, daß sie mich im Grunde haßte und meiner gern entübrigt wäre. Genug, sie kützelte ihn so lange, bis der Leichtgläubige sich übertäuben und zu dem Anschlage meiner Vergiftung hinziehn ließ. Zum Glücke behorchte ich sie, als sie den Entwurf zu der schändlichsten That schmiedeten, ich erbrach in der Wuth die Thüre und rennte mit bloßem Degen auf den Bösewicht los, der unter dem ersten Stoße erlag; Akante entsprang. Was konnte ich anders thun? Krieg gegen Krieg! Mein Leben oder das Leben des Angreifers! – Sie stellte dir mein ganzes Verhalten vermuthlich in einem Lichte dar, das den häßlichsten Verdacht der Treulosigkeit gegen dich darauf werfen mußte?«

»O mit den gehässigsten, schwärzesten Farben!«

»Sie hintergieng dich, Freund! Meine Absicht war die redlichste: du *mußtest* von ihr entfernt oder, wenn sie deine Verarmung gewahr wurde, am Ende das traurigste Opfer ihrer Rache werden. Ich mußte dich retten oder nicht dein Freund seyn – ich *mußte,* sollte ich auch gleich der Gefahr mich aussetzen, einige Zeit von dir nicht dafür gehalten zu werden. Ich sahe keinen andern Weg vor mir, als den ich wählte: unglücklich, daß die Boshafte meinen Befehl überschritt! wofür sie bereits gebüßt hat, gleich als ich dich verließ, und noch büßen soll, wenn sie das Schicksal wieder in meine Hände liefert.«

Belphegor wußte nicht, wohin er sich mit seinem Glauben lenken sollte, zu Fromals oder Akantens ganz entgegenlaufenden Erzählungen: sein Verstand sprach für Fromaln und sein Herz für beide. Endlich neigte er sich bey einer solchen Unentschiedenheit auf Fromals Seite und glaubte der *lezten* Erzählung – der gewöhnliche Gang, den der Glaube der Menschen nimmt! Einmal wurde er auf alle Fälle betrogen und konnte nie ausmachen, von wem eigentlich; und bey dieser Bewandniß war es gewiß das Beste, dem Anwesenden Recht zu geben und sich mit ihm in gutem Verständnisse zu erhalten: die Klugheit rieth ihm dies schon, wenn auch sein Herz und seine Freundschaft für Fromaln nichts dabey hätten thun wollen. Er dankte ihm freundschaftlich für seine aufrichtige Vorsorge und die Errettung aus den Klauen eines solchen Ungeheuers, that noch ein Paar verliebte Ausrüfe an Akanten und verfluchte ihr Andenken auf ewig.

»Ja, wenn alle Akanten wie meine Frau wären«, sprach Medardus mit Rührung, »so brauchte man ihr Andenken nicht zu verfluchen. Brüderchen«, – wobey er Fromals Hand ergriff, – »das war dir eine Frau! – Ein solches Weibchen und einen Krug Apfelwein! – und wahrhaftig, ich wollte es in der Türkey alsdann mit ansehn. Siehst du, Brüderchen? das war dir ein Weibchen!«

»Guter Mann! wenn du einen Engel zum Weibe hättest, du wärst doch in diesem Lande unglücklich, du müßtest denn die Menschheit zur Hälfte ausziehn. Ich habe viele Länder durchschweift und allenthalben in dem Menschen einen Unterdrücker gefunden. Doch nirgends ist mir noch die Unterdrückung mit so offner, unverstellter Mine entgegengekommen. Leute, die nie einen höhern Grad von Freiheit gekostet haben, sind auch hier glücklich wie der Arme bey der Verachtung, wenn er nie die Süßigkeiten der Ehre geschmeckt hat; aber wir unter einem mildern politischen Himmel erzogne, wir kränkeln mit unsrer Glückseligkeit unter dem hiesigen beständig. Ich war der gefürchtete Herr vieler Sklaven, Besitzer von Reichthümern, und doch fehlte mir stets etwas, so sehr ich alles zu haben schien.«

»Du, Fromal? der du so verarmt warest, als du mit mir theiltest, du hattest dies alles?«

»Ja! und kam auf eine sonderbare Weise dazu. Ich mußte entfliehn, als ich meinen boshaften Nebenbuhler ermordet hatte, um Akantens und der Gerechtigkeit Rache zu entkommen. Ich begab mich nach Frankreich und fand Paris bey meiner Ankunft in der heftigsten Bewegung. Du weißt, Belphegor, daß ich in der Welt selten mitspiele, sondern mich vom Schicksale, vom Strome der Begebenheiten fortreißen lasse: auch hier blieb ich meinen Grundsätzen getreu und war müßiger Zuschauer. Man hatte ein neues Schauspiel aufgeführt, das vielen Beifall aus den Logen erhielt: das Parterr überstimmte sie mit seinem Misfallen. Der Streit war der allgemeine Gegenstand des Gesprächs, aller Wünsche und Neigungen. Man haßte und liebte sich blos um der Parthey willen, zu welcher man gehörte: wie Gelfen und Gibellinen, wie die grüne und blaue Faktion stritt man, nur mit andern Waffen als diese, wider einander. Wo ich einen schönen Geist, einen witzigen Kopf, einen Kunstrichter erblickte, der war wider den Autor aufgebracht: man schwur ihm allgemein den Untergang. Ich nahm mir die Freiheit, mich bey einem nach der Ursache dieses Hasses zu erkundigen, und erfuhr, daß der Verfasser ein junger Mann, daß dies sein erstes Stück sey und daß ein ältrer von ihm beleidigter Dichter, der einen so schnellen Beifall ahnden müßte, den Aufstand veranlaßt habe. – ›Aber wie machte er das?‹ fragte ich. – ›Eine Schauspielerinn, die er liebte, wurde von ihm angestiftet, eine Schmeicheley an das Parterr im dritten Akte in die bitterste Satire zu verwandeln. Sie opferte ihren eignen Ruhm der Liebe auf; und das lezte Wort von diesem herben Komplimente war auch das lezte, das im ganzen Stücke gesprochen wurde: weiter ließ man sie nicht. Der Mann muß nieder‹, sezte er hinzu, ›er mag sich noch so sehr sträuben: man ist in Zorn wider ihn, und nie wird er durch die feinsten Schmeicheleyen sich eine Handvoll Beifall erkaufen können. Er soll nicht, er muß nieder.‹ – Ich gieng nach meinem Abschiede von ihm über einen Plaz, wo eine Menge Gaukler die Aufmerksamkeit des anwesenden Publikums an sich ziehen wollten. Ein jeder sagte dem Theile, der bey ihm stand, alles Böse von seinen übrigen Mitbewerbern und denen, die sie begünstigten, die sogleich die besten, klügsten Sterblichen wurden, so bald sie zu *ihm* übertraten. Einer darunter, dem die ausgelassensten Spöttereyen keine Zuhörer verschaffen wollten, hatte die Bosheit, einen von seinen Leuten abzuschicken, der unter die Zuschauer der nächsten Buden brennende Schwärmer werfen mußte: das Volk sprengte aus einander, war allen den Gauklern gram, wo sie mit diesem Feuerwerke begrüßt worden waren, und liefen dem Haufenweise zu, der sie damit hatte begrüssen lassen; die übrigen wurden beinahe gestürmt. Sein Nachbar, der am meisten dabey gelitten hatte, dachte auf Ränke, sich zu rächen: er ließ heimlich ein Paar Kerle die Nägel an den Hauptbefestigungen von der Bude seines Feindes ausziehen, alsdann einen guten Stoß daran thun, und die Bude stürzte über dem Kopfe ihres Besitzers zusammen, quetschte ihn mit Lebensgefahr; die Menge lachte und gieng zu dem andern über. Kaum hatte er sich seiner gelungenen List zu erfreuen angefangen, als seine Bude in lichten Flammen stund: sein Nachbar hatte sie ihm angezündet, als er den Strom zu ihm kommen sah. So suchte einer dem andern durch List oder Gewalt den Beifall abzujagen; und der einfältige Pöbel ließ sich von einem zum andern herumschicken, bis sie ihm alle misfielen. Da der ganze Plaz leer, einer beschunden, der andre versengt, fast keine Bude mehr unbeschädigt und alle gleich verachtet waren, so traten sie zusammen, kondolirten einander herzlich und giengen in Gesellschaft zum Weine. – Einige Tage darauf fand ich meinen Mann wieder, den ich um die gegenwärtige Lage des theatralischen Streites befragte. – ›Es ist vorbey‹, antwortete er, ›der Mann hat durch seine Freunde bekannt machen lassen, daß er nicht Einen Vers von seiner Arbeit mehr auf das Theater kommen lassen will; und er hat heute mit seinem Rivale in Einem Speisehause gegessen; sie sind gute Freunde; und weil jener gestern ein Nachspiel aufführen ließ, worinne er das ganze Komödienhaus für sich und wider den jungen

Schriftsteller zu interessiren wußte, so ist auch das Publikum wieder einig und hat die ganze Sache schon vergessen. Mir selbst ist das Ding so alt, als wenn es unter dem Meroväus vorgegangen wäre.‹ – Indem wir so mit einander sprachen, hörten wir einen Tumult, der einen lebhaften Zank ankündigte; als wir darnach forschten, so erfuhren wir, daß es zween Bediente von einer gewissen Herzoginn waren, wovon der eine Tages vorher die unvermuthete Ehre gehabt hatte, die schöne Hand seiner gebietenden Frau mit der seinigen zu berühren, als sie über den zu starken Duft eines parfumirten Herrchen in Ohnmacht sank und er allein in der Nähe war, sie aufzufangen. Ein andrer, der nicht weit davon stund, aber zu diesem Glücke zu spät kam, wurde neidisch darüber, und als sie gegenwärtig zusammenspeisten, überfiel ihn sein beleidigter Ehrgeiz von neuem, daß er das Messer ergriff und dem andern zwo große und etliche kleine Adern an der beneideten Hand entzweyschnitt.« – »Welch ein feiner Ehrgeiz muß in diesem Lande herrschen!« rief Belphegor.
»Mich beschäftigte die Begebenheit nicht länger, als ich darüber lachte: ich bin dergleichen Wettstreite um die Ehre gewohnt. Das ist der Krieg der Hofhaltungen, der aber nirgends so hitzig geführt wird als an der Hofstatt des Apolls. Jedermann buhlt da um die Gunst des eigensinnigsten Geschöpfes – des öffentlichen Beifalls. – Belphegor! dein gutes, menschenliebendes Herz würde Kapriolen machen, wenn du die Künste, die Kabalen sähest und hörtest, die sich die Leute, jenem wankelmüthigen, leeren Dinge zu Gefallen, spielen, wie sie sich hassen, mit Satire, Pasquillen, Verläumdungen verfolgen, unterdrücken, ihr und andrer Leben verbittern, fast unglücklich machen, um einander ein Bröckchen Beifall abzujagen, dessen Genuß ihnen doch wahrhaftig die Hälfte der erlittnen Unannehmlichkeiten nicht wieder vergütet. Aber keiner unter diesem kriegerischen Dichtervolk hat doch gewiß seit der Schöpfung so weitaussehende Absichten gehabt als *Nikanor:* der Mann war ein geborner Eroberer; er strebte

nach der Universalmonarchie in dem Reiche des Beifalls so stark als Alexander in der politischen. Alle Mädchen, mit welchem ein Dichter nur zu thun hatte, wäre er gleich von der untersten Klasse gewesen, mußte er zu seinen Freundinnen machen; und jeden Poeten, jeden, von dem er nur erfuhr, daß er in seinem Leben zwo Zeilen zusammen gereimt hatte, betrachtete und behandelte er als seinen Nebenbuhler. Ihre Mädchen, Freundinnen und Gönnerinnen waren seine Spione: sie mußten ihm von jedem verfertigten Verse ihrer Liebhaber Nachricht geben, das neue Produkt in Abschrift ausliefern und ihre skandalöse Geschichte zu wissen thun. Aus diesen drey Materialien machte er sein Pulver, und sein Wiz diente ihm zur Kanone. Wenn er die Ueberlegenheit eines Mannes fühlte, so ließ er ihm sein Manuskript wegstehlen und verbrennen oder Stellen heimlich einschieben, die es zum Beifalle schlechterdings unfähig machten; die Buchdrucker führte er deswegen insgesamt an seinem Seile. So bald er die Geringfügigkeit, das Mittelmäßige eines neuen Werkes merkte, so arbeitete er, durch versteckte Wege die Bekanntmachung desselben zu beschleunigen, und gleich darauf erfolgte ein ganzes Packet Schmähschriften, Parodieen, die es so lächerlich machten, daß es niemanden nicht einmal mittelmäßig schien. Alle waren seine Arbeit, und seine Kreaturen mußten sie ausstreuen oder drucken lassen: oft ließ er im Manuskripte Satiren auf Werke herumlaufen, die noch unter der Presse brüteten. Wenn ein neues, gutes Werk ohne sein Vorwissen oder ohne daß seine List es hindern konnte, an das Licht gelangte, so war *er* der erste, der es unter dem Namen eines schlechten Mannes von übelm Kredite so ausgelassen lobte, daß es einem großen Theile schon dadurch verdächtig und allemal der Eindruck desselben geschwächt wurde. Einmal widerfuhr ihm das Unglück, daß ein muthiger Mann seiner List und seiner Unverschämtheit trozte: er ließ sich mit Fleis sein Manuskript stehlen, indessen daß er an einem entfernten Orte eine andre Abschrift davon drucken ließ, die schon in den Händen des Publikums war und allgemein gelobt wurde, als der betrogne Nikanor noch ruhig über seinen Raub triumphirte. Plözlich erfuhr er, wie man ihn hintergangen hatte; er wütete wie ein Löwe, besonders da *er* darinne die lächerlichste Hauptrolle spielte und jedermann sich schon auf seine Unkosten belustigte, ehe er es nur vermuthen konnte. Sein Gegner hatte sich zwar versteckt, aber es gelang Nikanorn doch, ihn auszuforschen: nun fieng der drollichste Krieg an. Man focht von beiden Seiten mit den schärfsten Waffen des komischen Witzes; und am Ende hatten sie den Nutzen, daß beide lächerlich gemacht waren. Doch eignete sich Nikanor den Sieg zu, weil er das *lezte* Pasquill drucken ließ. Durch diesen Krieg sank er in den Augen des Publikums; doch blieb er noch immer der gefürchtete Tirann in dem Reiche des Witzes, dem jeder huldigte und den ersten Rang zugestehn mußte, wenn er den zweiten nach ihm haben wollte. Er unterhielt eine Menge Lobredner, die für ein kleines Lob, das er ihnen aus Gnaden zuweilen zuwarf, sich für seine Verdienste zur Posaune der Fama gebrauchen ließen: wenn sie weiter nichts thun konnten, so mußten sie wenigstens seinen Namen in dem Andenken des Publikums durch die öftre Wiederholung desselben erhalten; und man hat mich versichert, daß er selbst einen Haufen Broschüren unter fremden Namen schrieb, worinne sein eigner werther Name, nebst Citaten aus seinen Schriften, auf allen Seiten zu finden war; auch bestach er die Setzer, daß sie in andrer Werken, wo seiner gedacht wurde, seinen Namen jederzeit mit großen, hervorleuchtenden Lettern drucken mußten. Nach einem sechzigjährigen Leben voll immerwährender Scharmützel und Kämpfe hatte er endlich das Glück errungen, daß er sich einige dreißig Jahre für den Diktator perpetuus in der Republik der schönen Wissenschaften gehalten hatte und nun, da seine komischen Waffen stumpf, sein Arm zur Lanze des Wizes zu matt war, da er nicht mehr morden und würgen konnte, jeder Esel, jeder Hase dem alten, kraftlosen

Löwen einen derben Stoß gab, bis endlich nicht einmal auf diese Weise mehr sein Andenken erneuert wurde und den großen Universalmonarchen der Tod im Stillen vor den Kopf schlug.«

»Der Narr!« unterbrach ihn Medardus; »so bin ich doch wahrhaftig bey meinem Kruge Apfelweine neben meinem Weibchen tausendmal glücklicher gewesen als er mit seinem großthuenden Ruhm und will es gewiß auch wieder werden, wenn ich nur erst aus dem barbarischen Lande wieder weg wäre. – Sage mir nur, Brüderchen, wie du in so ein Land hast gehen können?«

»Der Zufall schleuderte mich hin. Ich gieng von Paris nach London auf ein ungewisses Glück aus. Was für einen Lärm, was für Unruhen traf ich dort an! Nicht blos heimlicher, schleichender Haß, nicht Faktionen, die blos in Gesellschaften über den Werth eines Schauspiels sich theilen! oder Dichter, die sich ihren guten Namen mit unblutigen Waffen zerreißen! Nein, öffentlicher, lauter Tumult! Tumult der Großen und des Pöbels! – Ein unbekannter Mann, der seine Niedrigkeit nicht ertragen mochte, schreiben und lesen konnte und unverschämt dreist war, hatte sichs einkommen lassen, eine Schrift auszustreuen, worinne er von Gefahren für die Freiheit, von der Usurpation der Regierung, von Unterdrückung schwazte: ohne Zusammenhang, ohne Gründe machte er alles verdächtig und ermunterte zur Vertheidigung der Freiheit. Sogleich rotteten sich seine Leser zusammen; wer sie oder ihren Autor aufs Gewissen gefragt hätte, worinne ihre Freiheit gekränkt worden wäre, würde keine Antwort darauf erhalten haben; dennoch sezte das einzige Wörtchen *›Freiheit‹* das ganze Volk in Feuer. Man schlug Pasquille an, man warf Fenster ein, man verfolgte diejenigen, die der Autor verhaßt gemacht hatte, auf allen Gassen, hielt ihre Kutschen an, sie konnten sich beinahe nicht ohne Lebensgefahr sehen lassen, man erdrückte, man zerquetschte sich, rief dem Autor ein Vivat, bis alle Kehlen durstig wurden, und dann zerstreute man sich in die Bierhäuser, um für die Freiheit zu saufen. Dem Manne, der sie losgehezt hatte, kam es wenig auf die Freiheit an, von der er vielleicht selbst keinen Begriff hatte: er wollte sich aus der Dunkelheit reißen, und war ihm der entgegengesezte Weg dienlicher dazu, so schrieb er wider die Freiheit so gut als izt dafür. Doch in England bringt nun einmal der Eifer für die Freiheit empor wie in verschiednen andern Reichen der Eifer für die Unterdrückung: ein jeder, der empor will, wählt sich *den* Weg, der ihn unter *seinem* Himmel am nächsten dahin führt; schlachtet, wenn er kann, dort die Großen und hier die Kleinen. Wenn er nur durch ein Wörtchen Leute anlocken kann, sich zu seinem Endzwecke Arme und Beine entzweyzuschlagen und für sein Interesse zu arbeiten, indem er ihnen weis macht, daß sie es für das ihrige thun: wohl ihm alsdann! sein Verlangen ist befriedigt. Die Kunst der Illusion! – das ist die einzige probate Kunst des Erdbodens. In England ist sie leicht und gelang meinem Autor sehr wohl. Der Aufstand vergrößerte sich täglich; Glaser und Glasfabriken wurden mit jedem Tage mehr mit Arbeit versorgt; man illuminirte der Freiheit zu Ehren, man baute ihr Ehrenpforten, man verbrannte, hieng, köpfte die vermeinten Unterdrücker im Bildnisse, man höhnte und schimpfte sie in Schriften, der wilde Haufe gerieth selbst in Uneinigkeit, sie trennten sich in Faktionen, steinigten, prügelten sich wund und lahm, und da ihr Aufhetzer seine Absichten so ziemlich befriedigt, sich bekannt, angesehen und erhoben sah, so zerstreute er ihren Unwillen, besänftigte die Verfechter der Freiheit und bezahlte niemanden seine Versäumniß, seine Wunden und sein verschwärmtes Geld: es blieb wie sonst, und die Freiheit war nichts besser und nichts gekränkter.«

»Wohl einem Volke«, sagte Belphegor, »das für die Freiheit fechten kann! Keine Illusion ist glücklicher als die Illusion der Freiheit, wenn man ihr gleich jährlich etliche hundert Hirnschädel opfern müßte. Mein Blut schwillt in allen Adern empor und zersprengt fast mein Herz vor übereilter, zuströmender Bewegung, wenn ich nur den begeisternden Klang *›Freiheit‹* tönen höre. Komm! wir kehren zurück nach England: das einzige Land der Erde, wo ich von nun an wohnen will! Die Sonne muß dort erfreulicher wärmen, der Schatten viel erfrischender laben, weil er ein *freyes* Haupt erquickt. Freunde! wenn mein Leben nur noch in Einem Tropfen Blutes bestünde, gern wollte ich mir selbst die Ader zerschneiden und ihn herauströpfeln lassen, könnte ich durch diesen Tod eine Menge Menschen in die Illusion versetzen, sich für freyer als den Rest der Menschheit zu halten und dadurch glücklicher zu werden. – Meinst du nicht, Freund?« redte er den Medardus an.

»Ja, Brüderchen«, war seine Antwort, »ich dächte selber, daß in einem freyen Lande ein Krug Apfelwein tausendmal schöner schmecken müßte, weil er über eine *freye* Zunge geht. Aber wenn nicht solche Weiberchen zu haben sind wie meine verstorbne – ey! Schade für die Freiheit!«

Fromal lächelte und fuhr in seiner Erzählung fort. »In London machte ich die Bekanntschaft einer ziemlich reichen Kaufmannswittwe, die wegen einer empfindlichen Beschimpfung, die sie erlitten hatte, den festen Entschluß faßte, ihr Vaterland zu verlassen. Ich bot ihr meine Begleitung und meine Person an; wir heiratheten einander und zogen zusammen in die Türkey, wo sie einen Vetter beerbte. Ich theilte den Genuß ihres Vermögens und dünkte mir glücklich. Das Schicksal kollerte mich aufwärts, izt wieder unterwärts; wer kann sich dem Schicksale widersetzen? das wäre der tollste Krieg. Es mag mich weiter fortschleudern. Seine Hand hat die Elemente sich zu dem Dinge, das ihr Fromal nennt, zusammenballen und aufwachsen lassen, sie wird es schon durch die Welt transportiren, und weis sie es nicht mehr fortzubringen, so wirft sie es wider die Erde, daß es aus einander fällt; und aus den Fragmenten wird der Zufall wieder etwas anders brüten: es geht nichts verloren. – Frisch! munter!

meine Freunde! Getrost wollen wir uns von dem Stoße des Schicksales fortrollen lassen, wohin uns auch seine Richtung treibt: wir bleiben immer auf der Erde, finden allenthalben Menschen, allenthalben Krieg in verschiedener Gestalt, allenthalben Kampf, wenn wir uns unter ihr Spiel mischen, und werden vermuthlich ganz wohl davon kommen, wenn wir stillschweigend neben ihnen wegschleichen.«

»O Fromal, hätte ich diese Regel früher befolgt!« sprach Belphegor; »vielleicht wäre ich izt weniger Krüpel. Die unbändige Hitze, die mich dahinreißt!«

»Brüderchen«, sprach Medardus, »sey du gutes Muthes! die Vorsicht lebt noch. Wer weis, wozu es gut ist, daß du ein Krüpel bist? der Apfelwein würde dir immer noch wohl schmecken, wenn du einen Krug voll hier hättest. Laß das Grämen und Härmen! wer weis, wozu dirs gut ist?«

»Wozu?« unterbrach ihn Fromal lächelnd; »zu nichts! In der langen Kette von Ursachen und Wirkungen in dieser Welt war es schon längst vorbereitet, daß er ein Krüpel seyn sollte: wer kann der Nothwendigkeit widerstreben, die die sterblichen Begebenheiten aus einander hervorwachsen läßt? Wer kann den Bliz aufhalten, daß er nicht mein Haus trift? Wäre die Lage und Wirkung der Theilchen der Atmosphäre von Anbeginn durch den Zufall anders geordnet worden, so träfe er vielleicht meinen Nachbar. Aber nein! er *soll*, er *muß* mich treffen. Gut ist mirs wahrhaftig nicht, wenn er mich bettelarm macht, aber meine Armuth kann mir in der Folge vielleicht durch den Zufall irgend wozu nüzlich werden: ich *bilde* es mir *ein*, ich suche den Nutzen; wohl mir, wenn ichs zu einer solchen glücklichen Illusion bringe! – Wohlan! wie leichte Späne schwimmen wir auf dem Strome der Nothwendigkeit und des Zufalls fort: sinken wir unter – gute Nacht! wir *haben* geschwommen!«

Viertes Buch

Das Gespräch, das sie über diesen Gegenstand noch einige Zeit fortsezten, hatte sie unvermerkt zum Strande kommen lassen, wo sie ein Schiff zu erwarten gedachten, das sie nach England führen sollte, wohin Belphegor mit brennender Begierde verlangte. Durch eine höchstglückliche Verknüpfung von Ursachen und Wirkungen – nach Fromals Ausdrucke – mußte gerade damals ein Fahrzeug in Bereitschaft liegen, das der Großvezier, der bey veränderter Regierung aus gegründeten Ursachen für seinen Kopf fürchtete, heimlich zu seiner Flucht bestellt hatte. Es wurde nur von drey Leuten bewacht, die mit ihm an einem versteckten, zum Einsteigen bequemen, verborgnen Winkel lauschten. Die Reisenden näherten sich ihnen und erkundigten sich nach der Ursache, die sie hier zu halten bewegte, wovon ihnen aber, wie zu vermuthen, eine falsche angegeben wurde. Da die Schiffer sich aber umständlich und etwas ängstlich nach der Beschaffenheit des Tumultes und besonders nach der Lage des Großveziers erkundigten, so drang Fromal, der gut Türkisch sprach, in sie, ihm ihr Geheimniß zu entdecken, und versicherte sie mit dem höchsten Schwure, sie nicht zu verrathen. Die Muselmänner weigerten sich und sezten sich in Positur wider Gewalt, als plözlich von hinten zu aus einem Walde her ein wilder, kriegerischer Lärm gehört wurde, der sie insgesamt aufmerksam und besorgt machte. Die nächste Vermuthung war, es für die Annäherung eines tumultuirenden Truppes zu halten, von dem alle ihren Tod gewiß erwarten mußten, schuldige und unschuldige. Die Schiffer wollten vom Lande stoßen, doch Fromal kam ihnen zuvor, sprang in das Boot und nöthigte seine Gefährten, seinem Beispiele zu folgen. Die Schiffer, die dies für Verrätherey hielten, wollten Fromaln hinauswerfen, doch kaum sah er einen auf sich zukommen, als er ihn in der Mitte faßte und hinausschleuderte. Die übrigen fiengen an zu rudern, er riß einem die Stange aus der Hand, und dem andern gab er einen Hieb mit seinem Säbel, daß er sie selbst sinken ließ und zum Boote hinausfiel. Fromal trieb das Boot dem Ufer wieder um vieles näher, um seine Freunde einzunehmen, als ihn der lezte von hinten zu anfiel, zu Boden warf und vom Ufer wegruderte. Fromal rafte sich auf und sendete ihn vermittelst seines Säbels mit gespaltnem Kopfe den nämlichen Weg, den seine Brüder genommen hatten; darauf fuhr er zum Ufer zurück. Der erste, der ohne Wunde ins Meer gestürzt war, schwamm indessen herzu und stieß aus Rache und Neid das Fahrzeug mit aller Gewalt vom Lande zurück, daß Fromal kaum ihm widerstehen konnte; es war einen kleinen Raum noch von dem Einsteigeplatze entfernt; seine zween Freunde stunden zitternd und rufend am Ufer; schon schoß ein Schwarm Rebellen mit verhängtem Zügel auf sie herzu, und die Säbel schwebten beinahe schon über ihren Häuptern; Tod im Meere oder von den Händen der Barbaren war ihre Wahl. Schnell zog der friedliche Medardus einen Säbel, den er um der Seltenheit willen einem Erschlagnen vom Wahlplatze genommen hatte; hieb dem Kerle, der das Boot zurückstoßen wollte, die auf dem Rande desselben liegenden Hände ab, daß er herabstürzte, und Belphegor gab ihm mit einem Knittel, da er ihr Einsteigen noch immer verhindern wollte, einen Schlag auf den Kopf, Fromal trieb das Schiff näher, sie sprangen beide hinein und ruderten eilig fort. Die Nachsetzenden schossen nach ihnen, trafen aber keinen. Da man kurz darauf den entflohnen Großvezier erhascht hatte, so gab man sich weiter keine Mühe, sie zu verfolgen.

Belphegor hatte seit seinem Eintritte in den Kahn in einer todtenähnlichen Betäubung dagelegen, indessen daß seine beiden Freunde unermüdet vom Lande wegruderten. »Izt sind wir in Sicherheit«, rief endlich Fromal; sie ruderten langsamer, und Belphegor sammelte sich wieder.

»Gott! was haben wir gethan!« rufte er mit zusammengeschlagnen Händen aus. »Menschen, unsre Brüder, Wesen unsrer Art, Verwandten unsers Geistes und unsers Blutes ermordet! von ihrer Selbsterhaltung verdrängt! in den Abgrund hinabgestoßen! – Gott! welch ein Gedanke, ein Menschenmörder zu seyn! – Fromal! ich zittre, ich schaudre vor ihm«; – und so umfaßte er bebend seinen Freund.

»Belphegor! was ist dir?« erwiederte dieser. »Verfolgt dich dein feuriges Blut noch immer mit Gespenstern? – Was haben wir gethan? Menschen von ihrer Selbsterhaltung verdrängt, die uns von der unsrigen verdrängen wollten. Jedes Geschöpf ist sich selbst die ganze Welt; ohne andre Rücksicht kämpft jedes für sich und seinen Wohlstand: wen der Zufall gewinnen läßt, wohl ihm! Er hat *uns* begünstigt; hätte er unsern Gegnern wohlgewollt, so lägen *wir* izt an ihrer Stelle, vom Meere verschlungen, so nährten *wir* die Ungeheuer der See.«

»Aber, bester Fromal, woher waren sie denn unsre Gegner?«

»Weil sie unsrer Rettung, unserm Wohl im Wege stunden.«

»Hatten *sie* nicht einen größern Anspruch auf dieses Boot, *sie*, denen wir es entrissen?«

»Und konnten ihn ungekränkt haben, wenn sie uns verstatteten, uns mit ihnen zu erhalten.«

»Aber welches Recht hatten wir, uns ohne sie zu erhalten, da sie uns nicht vergönnten, es mit ihnen zu thun?«

»Die Obermacht, das Glück!«

»Geben diese ein Recht?«

»Sie verschaffen es, sie sind es. Jedes Recht ist eine verjährte Unterdrückung, ein verjährter Raub; nichts weiter. Den Flekken Erde, den ich izt zum rechtmäßigen Eigenthume erkaufe, raubte, riß der *erste* Besitzer an sich. Alle Menschen hatten vor ihm gleich gegründetes Recht darauf: er raubte ihn dem Menschengeschlechte und behauptete ihn durch die Obermacht; diese vollendete sein Recht. Zu den Diensten, die ich izt von gewissen Personen vermöge eines erkauften Rechtes fodre, zwang der erste, der sie sich leisten ließ, ihre Vorfahren, oder Furcht und Elend zwangen diese, sie ihm anzubieten: allemal Unterdrückung! – Mein Leben ist das Eigenthum meiner Natur; wer es mir nimmt, dem giebt die Obergewalt ein Recht darauf.«

»Fromal, du erschreckst mich! Ist es möglich, daß *du* so denkst? – Eine unmenschliche Behauptung!«

»Sie ist so menschlich, daß dies die Maxime aller Zeiten gewesen ist. Warum fodert der Despot, warum der Monarch, warum die Republik mein Leben? – Nicht um meinetwillen; blos um ihrentwillen. Aber sie können es fodern, weil sie mich zwingen können; die Obermacht ist ihr Recht.«

»Aber das Leben dieser Unglücklichen war doch so sehr ihr Eigenthum, ihr *ohne Unterdrückung* erlangtes Eigenthum –«

»Keineswegs! Auf die Materialien ihres Wesens, auf die Theile ihres Bluts, ihrer Lebensgeister hatte ich, hatte jeder andre einen gleichen Anspruch mit ihnen: die Natur streute die Elemente zu unser aller Leben aus. Der Zufall theilte einem jeden das mit, was er izt besizt. Indem *er* es bekam, nahm er es einem andern weg. Nimmt es ihm dieser wieder und der Zufall begünstigt ihn –«

»Rede noch so subtil! mein Herz wirft alle deine Spizfindigkeiten zu Boden. Meine Empfindung macht mir den Vorwurf, daß ich eine Grausamkeit mit dir begangen habe; in meinen Augen bleibt es eine, wenn es gleich dein Räsonnement für keine erklärt –« »Allerdings ist es eine, auch nach meinem Gefühle, so gut als nach dem deinen. Aber was kann *ich* dafür, daß die Natur die Erhaltung des einen Wesen auf die Zerstörung des andern gebaut hat; daß sie uns auf dieses Erdenrund gesezt hat, mit einander um Länder, Leben, Ehre, Geld, Vortheil zu fechten. Warum entzündete sie diesen allgemeinen Krieg und drückte mir ein Gefühl ein, das mich treibt, mich allen andern vorzuziehen, und mich quält, wenn ich es gethan habe? warum stellte sie mich an den engen Isthmus, entweder mir schaden zu lassen oder andern zu schaden? – Ey! ey! gewiß ein Seeräuber, den ich dort sehe! Gleich wirst du einen traurigen Beweis bekommen, daß in dieser Welt stäter Krieg und Obergewalt Recht ist. Er schifft verzweifelt hastig auf uns zu: tummer Teufel! dürftige Leute wirst du zu ernähren finden, aber nicht einen Flitter, der dir den Weg bezahlte.«

»Himmel!« schrie Belphegor, »Seeräuber! Was sollen wir thun?« – »Uns ihnen ergeben«, sprach Fromal, »weil sie die Stärkern sind! Geschwind unsre Diamanten verborgen! versteckt, wo sie niemand finden kann, daß sie den Weg umsonst thun!«

Sie folgten seinem Rathe, und wegen der Eilfertigkeit, mit welcher sich ihnen das Schiff näherte, schien es ihnen ungezweifelt, daß es ein Korsar sey. Medardus und Belphegor zitterten von Angst und Erwartung! doch Fromal ruderte ihnen unerschrocken entgegen. – »Es ist izt eine Wohlthat für uns«, sagte er, »in ihre Hände zu fallen: sie müssen uns füttern, da wir ohnedies hier zwischen Wasser und Himmel verhungern würden. Wir werden freilich ihre Sklaven. Aber wenn nun in der Reihe menschlicher Begebenheiten alles sich so geordnet hat, daß wir Sklaven in Algier oder in Tunis seyn *müssen*, wer will sich der Nothwendigkeit des Schicksals widersetzen? – Muth oder Gelassenheit! das lezte muß izt *unsre* Partie sein.«

Medardus raffte seine Entschlossenheit wieder zusammen. »Getrost, Brüderchen!« sprach er. »Die Vorsicht lebt noch. Wer weis, wozu das gut ist, daß wir izt Sklaven werden?«

»O Freiheit!« rief Belphegor, »du göttliches Geschenk der Erde! so lebe zum zweitenmale wohl! Ich soll von neuem Zeuge der Unterdrückung, der Grausamkeit der Menschen werden: wohlan! ich küsse die Sklavenkette, wenn sie mich nur mit euch, Freunde, untrennbar vereint.«

Kaum hatte er seinen Schwanengesang an die Freiheit geendet, als die Räuber schon an ihr Fahrzeug heranrückten; da sie nichts als ein beuteleeres Boot mit drey Menschen erblickten, so schienen sie unschlüssig zu seyn, was sie mit ihnen anfangen wollten. Doch endlich erinnerten sie sich, daß sie das Boot brauchen könnten, und nahmen es also ein. Man untersuchte alle Winkel ihres Leibes, um verborgne Schätze zu entdecken. Doch man entdeckte nichts. Sie wurden ins Sklavenbehältniß gebracht, und nach langem, vergeblichen Herumkreuzen fanden sie eine Prise, von der sie sich gute Hoffnung machten. Es war das alte Lied des menschlichen Lebens: ein Trupp Menschen wurde des andern Herr, nachdem sich etliche von ihnen ermordet, ersäuft, erschossen hatten. Die Räuber kehrten voller Lust und Freude über ihre Eroberung nach Algier, wo sie ihre Abgabe von ihrer Beute entrichteten, auf neues Glück ausreisten und unsre drey Europäer in einer zweyjährigen Sklaverey zurückließen, ohne daß einer den Aufenthalt des andern wußte.

Fromal machte während dieser Zeit verschiedene Versuche, sich und seine Freunde aus einem für Freygeborne so traurigen Zustande zu reißen. Doch keiner gelang ihm, bis er es endlich dahinbrachte, unter einen Trupp von tausend Sklaven den Samen des Aufruhrs auszustreuen, der sich schnell ausbreitete. Große Armeen von Sklaven brachen sich los, befreyeten andre, und Fromal war ihr Anführer. Man stürmte, raßte, wütete: das ganze Land war Ein Gemählde des Aufruhrs. Die erbitterten, verwilderten Sklaven würgten und verheerten, wohin sie geriethen: die Reichen starben in den Flammen ihrer Reichthümer; man wollte alles ausrotten, was nicht Sklave war. Die Truppen der Republik sezten den Verwüstern zu, tödteten und wurden getödtet. Als alle Ebnen mit dem Blute und den Leichnamen der Aufrührer und ihrer Sieger besät waren, beschloß man das schreckliche Schauspiel mit den fürchterlichsten Scenen einer barbarischen Justiz.

Ehe es bis dahin kam, waren unsre Europäer insgesamt gerettet. Fromal hatte keine Absicht, als sich und seine Freunde zu befreyen, und ließ daher bey Erbrechung eines jeden Sklavenbehältnisses die Namen Medardus und Belphegor ausrufen. Nicht eher wollte er vom Aufstande ablassen, als bis ihm entweder der Tod das Leben genommen oder das Glück seine Freunde wiedergegeben hätte. Sein Wunsch wurde bald befriedigt: er fand sie in den ersten zween Tagen, begab sich mit ihnen heimlich auf die Flucht und ließ seine Armee für Freiheit und Leben fechten und sterben, so lange sie wollte.

Nach einer langen, ermüdenden Wanderschaft sahen sie sich an den Gränzen von *Bilidulgerid.* Hier glaubten sie sich sicher genug, lagerten sich unter einem Palmbaume an einem kleinen Flusse und waren unschlüssig, ob sie Schläfrigkeit oder Hunger zuerst besänftigen sollten. Sie griffen zuerst nach den Datteln, die über ihnen hiengen, und schliefen bey dem Mahle alle drey ein.

Bey ihrem Erwachen blickten sie einander zum erstenmale wieder frey und ruhig an, erzählten ihre Drangseligkeiten, und Belphegor beschloß jede Erzählung mit einem herben Klageliede über die Grausamkeit der Menschen; und da die Reihe herum war, brach er in melancholischem Tone, mit Thränen in den Augen aus: »O Fromal! was ist die Welt? du riethest mir, dies barbarische Schlachthaus kennen zu lernen. Der Zufall erfüllte deinen Rath: ich hasse dich dafür; du hast mich unglücklich gemacht – Freund! in den engen Kreis der Unwissenheit eingezäunt, als ich nie über mich, meine kleinen Bedürfnisse und zwey oder drey Freunde hinausblickte, da ich mich vom Strome der Zeit hinwegreißen ließ, ohne mit Einer Minute Nachdenken bey einer Scene außer mir zu verweilen, da ich mit meinen Empfindungen über die kleinen, einzelnen Anhöhen auf meinem Wege hinabgleitete, da ich aß, trank, schlief und empfand, ohne mich zu kümmern, wer in Norden oder Süden würgte, vergiftete, unterdrückte; wie wohl war mir da! und izt wie düster, mitternächtlich schwarz um die ganze Seele! Sonst schien mir die Erde eine Blumenwiese, wo die Menschen zwischen rieselnden, einladenden Bächen, Hand in Hand, mit verschlungnen Armen herumwandelten, schwerbeladne Obstbäume ihrer lachenden Früchte entladeten, die Beute friedlich mit einander theilten und zur Sättigung der Muße Blumen pflückten, wo sie den anmuthvollen, muntern Reihen des Lebens in einsamer Stille oder lauter Frölichkeit hinabtanzten: dies war das goldne Zeitalter meines Lebens, die glücklichste Blindheit, der seligste Traum der Unwissenheit. Izt habe ich die Augen geöffnet, ich übersehe einen weiten Raum der vergangnen und gegenwärtigen Zeiten, von dem großen Zirkel der Erde den meisten Theil, den Umfang der Menschheit, Sitten, Staaten, Verhältnisse, und – die Weite der Aussicht macht mich unglücklich! höchstunglücklich! – der Mensch, der Mensch ist in meinen Augen gesunken und ich mit ihm. Ich übersehe ein ungeheures Schlachtfeld, wenn ich über die Erde hinschaue –«

»Belphegor!« unterbrach ihn Fromal, »laß *mich* das Bild mahlen! Du möchtest *zu* dunkle Farben dazu nehmen; meine gute Laune, merke ich wohl, hat unter uns dreyen am längsten ausgehalten. Hier, Freunde! schmaust Datteln und seyd gutes Muthes! Zum Zeitvertreibe zeichne ich Euch die Geschichte der Erde im Kleinen; wenn ich kann, so will ich über mein Gemählde lachen, und darf ich rathen – lacht mit mir! Wenns auch ein *bittres* Lachen ist – es ist doch besser als bittres Klagen.«

Er machte sich die Kehle mit einer Dattel geschmeidig und fieng an: »Habt ihr nie von den lustigen Affen etwas gehört, denen man einen Korb mit Früchten und eben so viele Prügel hinlegt als ihrer versammlet sind, wovon alsdann ein jeder einen ergreift und sich nebst seinem Gefährten so lange herumprügelt, bis ein Paar die Oberhand behalten, die alsdann mit den nämlichen Waffen ausmachen, wer von ihnen beiden den Korb *allein* besitzen und den übrigen allen nach seinem Gefallen davon austheilen soll, was und wie viel ihm beliebt. Der Sieger wirft von Zeit zu Zeit Früchte unter sie, um welche ein neuer Krieg geführt wird; jeder Ueberwinder wiederholt mit seinem Antheile dasselbe Spiel, und so dauert der Krieg fort, bis alle außer einem etwas besitzen, der sich mit den Schalen und schlechtern Bissen begnügen muß, die ihm die übrigen zuwerfen. – Wenn das Mährchen nicht wahr ist, so hat es jemand zum Sinnbilde für die Geschichte unsers Erdenrundes ersonnen. Kann etwas ähnlicher seyn? – Die Natur baute einmal ein eyförmiges oder pomeranzenförmiges Ding und sezte unter andern Geschöpfen eines darauf, das sich dadurch von allen übrigen unterschied, daß es weniger tumm als jene war und sich für vernünftig ausgab. Jedem von diesen Wesen hieng sie, wie den römischen Rennpferden, zwo stachlichte Kugeln an, die sie bey jeder Bewegung in die Seite stechen und anspornen – Neid und Vorzugssucht. ›Hier‹, sprach sie, ›Kinderchen, habt ihr einen hübschen, geräumigen Plaz, der euch und eure Nachkommen nähren soll. Darauf gebe ich euch vier Stücke, die euch Gelegenheit geben sollen, eure Kräfte zu brauchen: – Weiber, Reichthum, Gewalt, Ehre. Balgt, prügelt, würgt, mordet euch darum, so sehr ihr könnt! Ich habe euch etwas Mitleid ins Herz gegeben, daß ihr einander nicht vertilgt; weiter kann ich nichts für euch thun.‹ – So sprach sie und übergab dem Schicksale die Aufsicht über ihre Söhnchen. Da das Häufchen klein war, fand wohl ein jeder sein Pläzchen: man nahm, wo es beliebte. Bald wurde ihre Zahl größer; der Raum jener wenigen reichte für diese mehrern nicht zu: die Stärkern jagten die Schwächern fort. Die Vertriebnen ärgerten sich über das Glück ihrer Vertreiber. Sie kamen verstärkt nach einigen Zeiten wieder, schlugen jene todt und sezten sich auf ihren Fleck. Die Nachbarn wurden besorgt, daß ihnen dasselbe widerfahren möchte, andre, die in ihrem Distrikte ein Paar Eicheln weniger zu essen hatten, beneideten diese glücklichen Eroberer; beide thaten zusammen, schlugen sie todt und theilten ihr Stückchen Erde, ihre Eichelbäume, ihre Hütten unter sich. Da die tummen Teufel nichts von der stereographischen Projektion

wußten und folglich keine Theilungskarte machen, vielleicht nicht einmal bis auf drey zählen konnten, so mußte die Theilung nach einem ungewissen Augenmaaße geschehen. Eine Rotte wurde in der Folge, da sie im Rechnen etwas weiter gekommen war, inne, daß die andre sechs oder acht Bäume mehr besaß; sie nahm sie weg. Jene wurde böse, daß man ihr ihr heiliges, theuer erworbnes Recht kränkte, schlug zu, und wer übrig blieb, hatte ein völliges, erlangtes Recht dazu. Die kleinen Rotten verschlangen einander, schmolzen zusammen und wurden zu größern Rotten, die sich um ein Stückchen von dem schmuzigen Erdenkloße weidlich herumzankten, bald um nicht zu verhungern, bald weil andre weniger hungerten, sich die Hälse zerbrachen, sich trennten, sich vereinigten, sich alle von Herzen haßten, einander alles Herzeleid wünschten und anthaten, wenn sichs thun ließ, sich zulezt als Fremde betrachteten und nicht mehr daran dachten, daß sie von Einer Mutter Natur ausgebrütet wären und zu Einem Geschlechte gehörten, und – das Schauspiel interessanter zu machen – sich gar nach huronischem und kannibalischem Völkerrechte fraßen. Was ist der ganze Lauf der Welt vom Anbeginn als eine Prügeley um den elenden Erdenkloß, der gewiß alle ohne Kopfzerschmeißen ernähren würde, wenn sie nur gut einzutheilen gewußt hätten?
Kaum hatten sich die zusammengerotteten Schwärme auf verschiedenen Plätzen gelagert – siehe! da fährt einem wunderlichen Manne der Hochmuth in den Kopf; er will mehr als andre seyn; kurz, er machte es so listig und grob, daß die andern von seiner Rotte ihn für ihren Herrn erkannten oder erkennen mußten. Geschwind überfiel mehrere der nämliche Hochmuth; sie thaten es ihm nach. Nun gieng ein neuer Zank an; einer wollte herrschen, der andre auch, der dritte desgleichen und noch mehrere: sie schlugen sich abermals herum, und die Leutchen, die zum Gehorchen gemacht waren, gaben ihre Köpfe dazu her. Bisweilen theilten sich zwey in die Gewalt, und bey der nächsten Gelegenheit verdrängte

einer den andern; oder einer riß gleich die ganze Macht an sich; ein Theil *wollte*, der andre *mußte* gehorchen.
Da diese Gelegenheit zum Zanke so ziemlich abgenuzt war und alle Rotten ihre Herrscher hatten, so wandelte diese ein noch artigerer Hochmuth an; einer wollte des andern Herr seyn. Sie machten ihren Rotten etwas weis, daß sie mit ihnen giengen und die andern Nebenmenschen so lange und herzhaft plagten, was diese nicht zu erwiedern vergaßen, bis einer oder der andre den Hals zum Joche darbot und den andern seinen Herrn nannte. Die Rotten hatten meistens nicht den mindesten Vortheil dabey; aber da ihnen doch der liebe Gott zwey Arme gegeben hatte, so wußten sie dieses Geschenk nicht besser anzuwenden, als sich damit herumzuschlagen; und daher ermangelten sie niemals, wenn ihnen gepfiffen wurde, auf einander loszugehn. Das Spiel gieng nun ins unendliche fort; es kam mit der Zeit so weit, daß sich der Herrscher alles und seine Rotte nur ein Nebending ward, das um seines Interesse willen ohne Bedenken geschlachtet und gewürgt wurde. Einem gefiel der Fleck, den der andre mit seiner Rotte besaß; er nahm ihn weg, und wer ihm den Besiz streitig machte, wurde niedergesäbelt. Dieser sah, daß die Menschenkinder in der andern Rotte hübsche Töchter hatten; er nahm ihnen eine gute Ladung weg, und der Stärkre besaß sie.
Der Menschenverstand wurde von Tage zu Tage feiner und also auch die Begierden. Lange Zeit waren den Sterblichen Weiber, Felder, Hütten, Berge, Thäler, Gewalt, Herrschaft gut genug, sich deswegen die Kehlen abzuschneiden: sie zankten sich um ein grobes *Etwas*, doch izt prügelten sie sich um ein feines *Nichts*, um eine Idee, um – die Ehre. War das nicht eine Verfeinerung, eine Erhebung ihrer Kräfte? – sie konnten sich izt schon umbringen, ohne etwas anders dabey zur Absicht zu haben als die Ehre – sich umgebracht zu haben. Die Herrscher dünkten sich die größten, die vortreflichsten, deren Rotten am unbarmherzigsten gemordet und

fremde Distrikte am geschicktesten zur Wüste gemacht hatten. Indessen war die Dosis Mitleid, die die Natur ursprünglich mitgetheilet hatte, in Bewegung gesezt worden, diese brachte etliche Ideen von Unmenschlichkeit, Grausamkeit, Barbarey und dergleichen in die Köpfe; man schämte sich des Mordens ein wenig: man gab ihm einen *Namen,* der sich mit jenem Gefühle vertrug, und die Rotten mordeten mit ruhigem Gewissen fort, weil das Ding einen hübschen Namen führte, um dessentwillen sie oft gar etwas verdienstliches zu thun glaubten.

Wenn doch jemand den Ninus, Sesostris, Nebukadnezar, Cyrus, Xerxes, Alexander und ihre Nachfolger wohlmeinend zu Asche verbrannt hätte, ehe sie ihre blutigen Eroberungsprojekte ausführen konnten!«

Med.: »Ich hätte selbst ein Scheitchen Holz mit hinzutragen wollen.«

Fr.: »Das Blut so vieler zu vergießen, um der übrigen Herr zu seyn!«

Med.: »Die Königinn Tomiris machte es recht; wenn sie doch lieber den blutdürstigen Cyrus vorher, ehe er auszog, so mit seinem Blute ersäuft hätte! – Siehst du, Brüderchen? wahrhaftig, wenn ich Alexander wäre, ich könnte keine Nacht ruhig schlafen; alle die Leute, die um meinetwillen ermordet wären, stünden des Nachts um mein Bette und heulten und röchelten um mein Kopfküssen*; mit jedem Schlucke Apfelwein dächte ich einen Todtenkopf hinunterzuschlingen; bey jedem Bissen Brodte fiel mir bey, das mag wohl den Leuten aus dem Leibe gewachsen seyn, die ich habe erwürgen lassen. Bey meiner Schlafmütze! ich vertauschte hier das Fleckchen leidigen Koth, auf dem ich sitze, nicht gegen Alexanders ganze Monarchie, wenn ich sein Gewissen mitnehmen müßte: das Herz muß ihm doch geschlagen haben, so hoch wie die Wellen auf der See.«

Fr.: »Guter Medardus! dafür weis man schon Mittel. Wenn

* »We Shall sit heavy on thy Soul to-morrow.« *Shakesp.*

Alexander sich und seinem Heere die reine Wahrheit hätte sagen wollen, so würde er ohngefähr so gesprochen haben: ›Lieben Kinder! ich will schlechterdings, daß die Leute auf der Erde, so weit sichs nur thun läßt, meinen Namen wissen. Wenn ich ihnen die größten Wohlthaten erzeigte, so dankten sie mir vielleicht, und in einem Jahre wäre ich samt meinen Wohlthaten wieder vergessen; und das müßte schon etwas sehr Großes seyn, wenn es noch so lange dauern sollte: wie lange würde ich mit meinem Winkel, Macedonien, zureichen? – Drum ist es am besten, ich quäle, würge, morde und verheere so lange, daß es die Leute so bald nicht wieder verschmerzen können. So denken sie doch gewiß allemal an mich, wenns ihnen übel geht: die Spuren meiner Verwüstung werden wenigstens auch ein Jahrhundert und länger übrig bleiben. Man denkt allemal an mich, wenn man sie sieht. Kommt! wir wollen die Perser, Asien und Europa so lange herumprügeln, bis mich jeder kleine Junge für einen großen Mann erkennt. Außerdem giebts in Asien Gold und Silber die Menge; und bey mir zu Hause ist mehr Sand als Gold: davon möcht' ich auch etwas, und wo es möglich wäre, alles. Ich kann es ohnehin nicht verdauen, daß der König von Persien sich den großen König nennt, so viele Länder und Leute hat und ich hier in dem engen Kerker so einsam sitzen soll. Die griechischen Republiken thun so groß auf ihre Freiheit und brüsten sich, daß man in Persien ihren Namen weis: sie müssen *unter* mich. Alles das kann ich mir und andern Leuten aber nicht so geradezu sagen: wir müssen also das Ding ein wenig übertünchen. Zu *mir* will ich sagen: das allgemeine Vorurtheil hat es zu dem wahrsten Grundsatze gemacht, daß nichts so groß, so edel ist, so sehr Ruhm erwirbt als Tapferkeit und Muth; der Krieg ist die Laufbahn großer Seelen. Ich will sie betreten und Lorbern erndten, mein Haus und mein Vaterland bis zum Ende der Welt verherrlichen. Ich habe die gerechteste Gelegenheit dazu: ich muß die Sache Griechenlands wider die Perser vertheidigen, ich muß das Blut ihrer

Vorväter an diesen stolzen Königen rächen. – Ihr tapfern Gefährten sollt für eure Begleitung Reichthum und Ehre gewinnen, die Ehre, tausende von euern Nebenmenschen umgebracht zu haben. Im Grunde sind wir freilich nichts als eine Bande Räuber, die sich mit einer andern Bande herumschmeißen, und ich ihr Anführer. Aber im menschlichen Leben kömmt alles aufs *Wort* und die *Vorstellungsart* an. Im Grunde ist unsre Größe wohl auf den Untergang andrer gebaut, und ihr habt im Grunde nichts davon als Gefahren, Schmerz, Strapatzen, Hunger, Wunden, Tod, ihr könntet zu Hause wohl essen, trinken und ruhig schlafen, könntet euch mit eurer Arbeit nähren und nüzlich werden, euer Vaterland anbaun, glücklich seyn und glücklich machen, ihr seyd im Grunde recht herzliche Narren, wenn ihr um meinetwillen nur Einen gefährlichen Schritt thut, denn ihr habt wenig oder gar nichts davon. Aber wer wird sich alles das sagen? ich will Euch und mir schon ein Blendwerk von Worten, eine Verbrämung vormachen, daß ihr Eure Köpfe nicht zu lieb haben sollt. Man muß überhaupt nicht zu viel von der Sache sprechen, sonst möchte das Bischen natürliches Mitleid aufwachen; und so wäre es um die ganze Heldengröße gethan. Wohlan denn! schlagt zu und ersiegt die Lorbern der Unsterblichkeit!‹ – Mit dieser Illusion zog er und seine Soldaten aus und erhielt sich darinne, bis er sich zu Tode trank. Guter Medardus! wenn du es zu einer solchen Illusion bringen und die itzigen Macedonier in eine ähnliche versetzen könntest, so würdest du sie heute noch wider die Türken anführen. Die Illusion! das ist die ganze Kunst eines Alexanders; und wenn du nicht philosophische Gewissensbisse hinter drein leiden wolltest, so müßtest du dich in der Illusion bis an dein Ende erhalten. Vermuthlich trank und schwelgte Alexander deswegen, um nicht zur Vernunft zu kommen und das Kleine seiner Größe zu fühlen.«

»Elende Größe, die einer *solchen* Stütze bedarf!« rief Belphegor.

Fr.: »Und doch ist sie zu allen Zeiten die höchste gewesen, die traurige Größe, an dem Tode vieler Ursache gewesen zu seyn! Wer eine Rechnung über den Abgang der Menschheit anstellen wollte, würde vielleicht unter hunderttausend Millionen achzig finden, die der Herrschsucht, dem Neide, dem Geize, dem Aberglauben von Menschen aufgeopfert worden sind, und zwanzig, die die Natur selbst gewürgt hat. Gewiß, die Natur *muß* die Menschen deswegen auf den Erdboden gesezt haben, daß sie sich in Rotten sammeln und einander von einem Flecke der Erde zur andern herumtreiben sollen –«

»Unmöglich!« rief Belphegor.

Fr.: »Aber was haben sie bisher gethan als dieses? – Die Tatarn drängen sich aus dem innersten Winkel Asiens hervor, diese verdrängen die sarmatischen Völker, die Sarmaten verdrängen die Deutschen, die Deutschen machen sich unter Galliern, Spaniern, den Einwohnern Italiens Plaz: die Mohren verdrängen Vandaler, Alanen, Sueven, Gothen, die Christen verdrängen die Mohren; Dänen verjagen die Britten, Angelsachsen die Dänen, Dänen die Angelsachsen, Normänner die Dänen; und wenn es auch oft nichts als eine Verwechselung des Regenten, nichts als eine Vermischung der Völker war, so mußte doch beides mit Menschenblut bewerkstelligt werden. Was thaten die Menschen anders, als daß sie sich in Rotten sammelten und einander wechselsweise zu unterdrücken suchten? Was war es als Unterdrückungssucht, die den Dschengis-Khan durch beinahe ganz Asien herumjagte? Was brachte seine Tatarn nach der Eroberung von China auf die menschenfreundliche Berathschlagung, ob sie nicht lieber alle Einwohner tödten und das ganze Land in Weiden für ihre Bestien verwandeln sollten? Waren seine Kriege gleich weniger blutig, mochten sie gleich hinter drein einen *zufälligen* Nutzen wirken, so war doch dieser nicht seine *Absicht*, so sind sie doch ein Beweis von der Neigung der Menschen zum Unterdrücken. Was anders trieb den Kublai nach China?

Was anders hezt die kleinen afrikanischen und ostindischen Könige ewig zusammen, sich beständig einander zum Herrn aufzudringen, obgleich keiner mehr zum Vortheile hat als den stolzen Gedanken, von einem Paar elenden Geschöpfen für ihren Obern erkannt zu werden? Was Huronen, Irokesen, Algonquinen, Plattköpfe und Kugelköpfe, sich ohne sonderliches Interesse auf die Eingebung eines wilden Traums anzufallen, einzuschränken, aufzureiben, zu vertilgen und gar aufzufressen? – In allen Ständen der *Gesellschaft* und der *Menschheit* ist der Mensch Krieger, Unterdrücker, Räuber, Mörder gewesen. Ein Theil unsers Planetens ist endlich dahin gelangt, daß die Menschen sich einander ruhig unterwarfen, die Obergewalt, die der Zufall begünstigte, für Recht gelten ließen, dem Stärkern wichen, der Nothwendigkeit der Inferiorität nachgaben, in die Verhältnisse geduldig sich bequemten, die der Zufall angeordnet hat. Aber das Spiel der Welt ist im Ganzen immer noch das alte, nur in regelmäßigere Form gebracht und mit weniger grausen und unmenschlichen Scenen überhäuft*. Wenn die Entschuldigungen der Kriege, die einige Gelehrte ausgesonnen haben, etwas mehr als erbettelte Ausflüchte heißen können, oder wenn sie deswegen zulässig sind, weil sie *unvermeidlich nothwendig*, bisher wenigstens, gewesen sind – welches unter allen Beschönigungen die einzige geltende ist –, so muß die Bestimmung der Menschheit auf diesem Planeten im Ganzen diejenige seyn, die ich vorhin angab, oder kein Geschlecht von Geschöpfen hat bisher seiner Bestimmung so sehr zuwider gelebt als die Menschen.«

Belph.: »Ich bitte, ich beschwöre dich, Fromal, mache den verhaßten Schluß nicht! laß mich ihn nicht wissen, wenn er gleich Wahrheit ist! – Und wenn ja der Mensch *im Ganzen* das war, wie du ihn schilderst, so sagt mir doch mein Herz, daß, den Menschen *im einzelnen* betrachtet, – daß du da lügst.«

* »If it be cruelty, yet there's method in't –« könnte man vielleicht von den heutigen Kriegen sagen.

Fr.: »Lügst? – Das möchte ich bewiesen sehn! Hast du nicht durchgängig *Neid* und *Vorzugssucht*, als zwey der stärksten Gewichte, in jedem Menschenherze gefunden? Ich dächte, du hättest zu deinem Herzeleide Beispiele genug davon erlebt. Dein eignes menschenfreundliches Herz ist, offenherzig gesprochen, nicht davon leer. Aber wohl dir, daß die Natur mit deiner sanften, liebenden Empfindung dir ein Gegengewicht einhieng, das jenem die Wage hält! Laß deinen izt nur glimmenden Neid, deine izt nur lauschende Vorzugssucht Zunder finden – ich prophezeihe dir, sie lodern beide zur Flamme auf –«
Belph.: »So viel ich mich kenne, nimmermehr!«
Fr.: »Und so weit *ich* den Menschen kenne, gewiß! Du würdest nie ein grausamer, fühlloser Würger werden, dein Neid, deine Vorzugssucht würde immer noch die Menschlichkeit mehr als bey jedem andern zur Begleiterinn haben; aber sie würden gewiß beide hervorbrechen, sey es in welcher Gestalt es wolle.«
Belph.: »Ich schwöre dir: eher wollt ich mein Herz aus dem Leibe reißen, eher —«
Fr.: »Schwöre nicht! Das Schicksal hat oft wunderliche Grillen; es könnte dich in Umstände versetzen, wo du an deinem Schwure meineidig werden müßtest.«
Med.: »Brüderchen, den Schwur wollte ich auch thun.«
Fr.: »Der Himmel wird euch vermuthlich den Meineid ersparen; aber, aber... *Neid* und *Vorzugssucht* sind die zween allgemeinen Hauptzüge aller menschlichen Charaktere; so viel ich ihrer aus der Geschichte, aus der Erzählung, aus dem Umgange kenne – alle, alle hatten stärkre oder schwächre Schattirungen davon; oft waren sie freilich mit den übrigen Farben des Charakters so verschmelzt, daß ein feines Auge dazu gehörte, sie zu erkennen. Aber *vorhanden* waren sie. Wenn die menschliche Thätigkeit von zwo *solchen* Federn in Bewegung gesezt wird, so ist allgemeiner Krieg in jedem Verstande eine unvermeidliche Folge: jeder will über den andern, und jeder beneidet den andern, wenn er über ihn ist, es sey,

worinne es wolle. Dies ist ein unläugbares Faktum seit der ersten Existenz der Menschen. Allzeit bricht dies freilich nicht in hellen, flammenden Krieg aus, weil tausend andre Rücksichten, ganz unzähliche Neigungen und Rücksichten jenem Bestreben, jenem Neide das Gleichgewicht halten und ihre fürchterlichen Ueberströmungen hindern. Oft reißt aber der Strom nicht den Damm durch, sondern gräbt sich einen Weg an einem weniger festen Orte unter dem Boden, ergießt sich durch, und Niemand weis es, als bis er die Ueberschwemmung fühlt. Von diesen beiden Trieben sind die meisten unsrer Laster und Tugenden Abkömmlinge oder Masken; die Eigenliebe ist die Mutter – oder wenn ich hier in Bilidulgerid unter einem Palmbaume eine in Europa erfundne Allegorie wiederholen darf, so will ich sie euch mittheilen. – Die *Eigenliebe* und das *Mitleid* wurden dem neugeschaffnen Menschen zu Begleitern gegeben, ihn durch den mannichfaltigen Kampf dieses Lebens hindurchzuführen. Jene sollte seine Thätigkeit anspornen, ihm den nöthigen Stoß geben, um sich selbst, wie um seinen Mittelpunkt, zu bewegen, dieses ihm Einhalt thun, wenn ihm in dem Kreise seines Umlaufs eins seiner Geschöpfe im Wege stünde, daß er es nicht unbarmherzig in seinen Wirbel hinriß. Jene sollte überhaupt ihn antreiben, dieses zurückhalten, jene thätig, wirksam, dieses gerecht, gütig machen. Nach einer kurzen Bekanntschaft mit den Menschen entsprungen aus dem Kopfe der ersten zwey Kinder – *Neid* und *Vorzugssucht*, die das Amt der Mutter übernahmen und von nun an die Führerinnen der Menschen wurden. Sie entzündeten einen ewigen Krieg unter dem Menschengeschlechte, verdrängten die Gefährtinn ihrer Mutter, das Mitleid, von ihrem Geschäfte und machten die Menschen zu grimmigen, grausamen Tigern, worunter der Stärkre den Schwächern fühllos zerfleischte. Endlich zog das Schicksal das vertriebne Mitleid aus seiner Verweisung zurück und suchte es zu seiner Würde wieder zu erheben. Jene Vertreiber willigten nach langem Widerstande in einen Vertrag: sie blieben die Regierer der Menschen, wie vorhin, und ließen es auf einen Kampf ankommen, wer von den beiden Partheien der einzige oberste Herrscher und wem die andre unterworfen seyn sollte. Der Kampf ist noch nicht geendet, noch nicht entschieden, der Mensch noch immer der Fechtplatz, wo diese beiden Gegner um die Obergewalt ringen, abwechselnd bald die eine, bald die andre Parthey auf kurze Zeit einen Vortheil erjagt, den oft der nächste Augenblick wieder zernichtet. Doch ist es dem Mitleide so weit geglückt, daß es dem Neide und seinem Gesellschafter die Verbindlichkeit aufgezwungen hat, nie anders als unter einer von *ihm* geborgten Maske zu erscheinen; und diese Masken sind – unsre Tugenden. Der Neid hatte indessen eine zahlreiche Nachkommenschaft, die Laster, geboren, und auch diese mußten sich unter jene Verbindlichkeit schmiegen. – Europa liegt unter dem Himmel, wo dieser glückliche Vertrag zuerst errichtet wurde: man führt dort den Krieg der Natur *klüger*, daß ich so sagen mag, man führt ihn unter der Aufsicht des Mitleides; aber geführt wird er, nur mit andern Waffen und auf andre Art als ehmals.«

Belph.: »Aber, Fromal, so wären ja die verschiedenen Stufen, die die Menschheit durchwandert hat, nichts als verschiedene Formen von Kriege, die nur die Veränderung der Waffen und des Manövre unterschiede?«

Fr.: »Nicht anders! wenigstens bis hieher, nicht anders! – So gar Menschen, die nicht –«

Med.: »Brüderchen, da ich studierte, hörte ich viel von Grundtrieben und abgeleiteten Trieben: die beiden häßlichen, die du da nennst, sollen doch wohl nicht die Grundtriebe des Menschen seyn?«

Fr.: »Freund, nichts ist schwerer und willkührlicher als die Genealogie von den Trieben der menschlichen Seele. Ich weis, welche in ihr liegen, aber welche die Natur gepflanzt hat und welche aus diesen aufgewachsen sind, das ist mir völlig unbekannt. Ich denke aber, daß zu allen, was in der Seele ist, die Natur eine Anlage mitgetheilt haben muß. So viel weis ich auch, welche unter diesen Trieben die zu allen Zeiten, unter allen Völkern, unter allen Menschen *allgemeinen* gewesen sind; diese, schließe ich, müssen ihm eben so wesentlich als Augen, Nasen, Ohren seyn; wie aber nie zwey Nasen, zwey Augen einander völlig gleich sehn, so hat der Neid, die Vorzugssucht bey verschiedenen Nationen, bey verschiedenen Menschen, in verschiedenen Ständen der Menschheit und der Gesellschaft eine verschiedene Mine; die Grundzüge aber sind bey allem eins. – Diese Allgemeinheit derselben leuchtet am drollichsten bey denen hervor, die das Schicksal in eine solche Lage sezte, daß sie nicht herrschen oder mit ihren Mitbrüdern um Sklaverey, Länder und Völker die Lanze brechen konnten. Um bey der allgemeinen Thätigkeit nicht müßig zu seyn, ersannen sie sich ein andres Etwas, ihre Tapferkeit daran zu üben: sie wählten unblutige Waffen, wie sie ihre Umstände erlaubten, und wenn sie einen Kitzel bekamen, das Schauspiel etwas interessanter zu machen, so zogen sie Leute mit hinein, denen Würgen und Morden verstattet war. Die Philosophen erfanden sich ein Ding, das sie *Wahrheit* nennten; um dieses hinkten sie herum wie die Götzendiener des Baals. Sie erfanden eine Kriegskunst*, Regeln des Angriffs und des Rückzugs, Trenscheen, Stratageme, Laufgräben, grobes und kleines Geschütze; und die edlen Ritter der Wahrheit sind jederzeit die treflichsten Kanonirer gewesen. Das schnurrichste bey dem ganzen Kriege war, daß das bestrittne Ding gar nirgends existirte, sondern erst aufgesucht werden sollte. Folglich war ihr Krieg ohngefähr auf den Schlag, als wenn die europäischen Mächte einen um die terra australis incognita, die unentdeckten Länder des Süderpols führen wollten. Was müßten sie thun, um ihrem Streite doch einem leidlichen Anstrich zu geben? – Spanien würde sagen: ›Ich *supponire,* daß mein Alt- und Neukastilien diese Länder vorstellt‹; England *supponirte,* daß Schottland oder Irrland, Frankreich, daß Languedoc oder Provence es *unter-*

* Die Dialektik oder Disputirkunst.

dessen seyn sollten; und eine ähnliche Supposition machte jede andre Macht, die an dem komischen Kriege einen rühmlichen Antheil zu nehmen gedächte; und nun frisch losgeschlagen! zerhauen und zerschossen! – Sonach könnten diese Mächte einen ewigen Krieg um die eigentliche terra australis incognita mit einander führen, bey jeder Eroberung der unterdessen dafür angenommenen Länder einen Frieden schließen und sich die Eroberungen wieder herausgeben. Hätten sie nicht unendlich vortheilhafter und vielleicht auch klüger gehandelt, wenn sie in Ruhe und Frieden auf die Entdeckung dieser Länder ausgegangen wären? und dann – omnis res cedit primo occupanti. So ein Froschmäusekrieg war der Krieg der Philosophen um die Wahrheit; jeder *supponirte* nicht, sondern *behauptete*: ›Das was mir Wahrheit *scheint*, *ist* Wahrheit, und das Glück der Waffen soll entscheiden, wer im Punkte der Wahrheit herrschen und dem Glauben und dem Beifalle der übrigen Gesetze vorschreiben soll.‹ Man sonderte sich auch hier in Rotten und Faktionen, auch hier waren Neid und Vorzugssucht die Waffenträger, auch hier galt es Unterdrückung und Herrschsucht. Es ist alles eins: nur andre Gegenstände, andre Waffen.

Durch eine lange Reihe der Begebenheiten bildeten sich in der Gesellschaft verschiedene Stände, wurden verschiedene Lebensarten nöthig. Und gleich entstund daher der große Krieg der *Verachtung*, dieser possirlichste und doch allgemeinste Krieg, da jeder Stand den andern herabsezt, jeder höhere den niedern verachtet und der niedere sich durch Spott an dem höhern rächt, – dieser Verachtung, die nicht blos innerhalb der Gränzen der Verachtung bleibt, sondern aus den Menschen Faktionen macht, worunter jede ein einzelnes Interesse von den übrigen absondert. Der Mensch ist ein geselliges Thier; wenn er es ist, so ist er es nur, um sich in Rotten zu theilen, sich zu würgen, sich zu verfolgen, sich zu verachten; die Menschen mußten sich *vereinigen*, um sich zu *trennen*, um sich unter dem Namen der Nationen, der Stände zu hassen, zu verachten, zu verfolgen. – Was sind Städte anders als Fechtplätze, wo man mit Verläumdungen streitet? – Alles, alles nüzten die Menschen, um den Naturkrieg fortzusetzen, von dem unsre Kultur nichts als eine veränderte, gemilderte Form ist, wie ich vorhin sagte.

Es wurden Monarchen; man kämpfte um ihre Gunst. Es wurden Ehren, Titel und Würden; man kämpfte darum. Doch unter den vielen possierlichen Kriegen hat mir keiner mehr Laune gegeben als der Kampf um öffentlichen Beifall. Wenn ein Dichter über alle seine werthen Zunftgenossen sich bitter satirisch lustig macht, ist das etwas anders als zu dem Publikum sagen: ›Ihr lieben Leute, ich will euch zwingen, daß ihr *mich* alle für den größten Geist erkennen sollt‹; und hat er sich in den Besiz seines gesuchten Ruhms hineingedrängt, so hat er nichts gethan, als die Leute *beredet*, daß sie ihm den Gefallen erzeigt und ihn für etwas Großes gehalten haben. – Was sind Spiele, gesellschaftliche Ergötzungen anders als Kriege im Grunde? Auch wenn er sich die Zeit verkürzen soll, muß der Mensch streiten, mit der Karte, dem Würfel, der Kugel. – Selbst das sanfte, unkriegerische Geschlecht, dem alle Waffen versagt zu seyn scheinen, wählte, um nicht allein in Muße zu leben, zu ihrem Kriege Blicke, Worte und Kleider und führte ihn mit Perlen, Juwelen, Stoffen und der – Zunge. Nur Erzbischöffen, Päbsten und Bischöffen war es vorbehalten, das ehrwürdigste, erhabenste unter Menschen, die Religion, zum Gegenstande ihrer Kriege zu misbrauchen; und unter allen Religionen genoß die christliche zuerst diese Ehre. Man zankte sich um den Episkopus oekumenikus, um das Wörtlein Filioque, um Orthodoxie und Ketzerey, verbannte, verfluchte, exkommunicirte, verfolgte, trennte sich, alles in Gottes Namen und eigentlich auf Antrieb und Begehr des Neides und der Vorzugssucht.

Wenn zu allen Zeiten vom Anbeginn, in allen Theilen der Welt, unter allen Völkern, in allen Ständen der Menschheit und der Gesellschaft der Krieg unter Menschen dauerte, noch fortdauert und die verschiedenen Gattungen desselben nur die Waffen und die Führungsart unterscheiden; wenn am Hofe und in der Stadt, der Gelehrte und der Handwerksmann, Mannspersonen und Frauenzimmer – wenn jedes, der größte und der geringste, nur *für sich* kämpft, *über* alle will und alle *unter* sich haben will und omnes malunt *sibi* melius esse quam alteri; wenn dieser allgemeine Streit das ewige Gaukelspiel der Welt gewesen ist: was sollen wir alsdann denken? – Daß die Natur Affen auf diese Erdkugel sezte, die sich um goldne Aepfel und saure Feldbirnen, die das Schicksal von Zeit zu Zeit unter sie wirft, herumprügeln, und jeder Preis mit der Aufschrift *›dem Stärksten!‹* bezeichnet ist.«

Belph.: »Fromal, du bist ein unglücklicher Mann mit deinen Schlüssen. Warum willst du nun vollends den Rest von Traume verscheuchen, mit welchem mich mein Herz täuschte? – Gewiß, du suchtest nur die gehässigsten Züge zu deinem Bilde zusammen und warfest alle zurück, die dir die Menschenliebe darbot.«

Fr.: »Die Menschenliebe? – Die Menschenliebe der Spanier meinst du wohl, als sie Millionen ihrer vielgeliebten Nebenmenschen zur Ehre Gottes und seiner apostolischen Majestät erwürgten? oder die Menschenliebe der Römer, die um der vortreflichen Einbildung willen, Herren der Welt zu seyn, dem halben damals bekannten Erdboden die Freundschaft erzeigten, sie nach einem kleinen Blutbade zu ihren Unterthanen zu machen? oder –«

Belph.: »Kein *oder* mehr! ich bitte dich. – Warum nimmst du deine Originale nicht lieber aus dem sanften, häuslichen, niedrigen gesellschaftlichen Leben, aus deinem, aus dem Herze deiner Freunde, aus dem friedsamen Alter der Kindheit, dem offnen Gemüthe der Jugend –«

Fr.: »Warum räthst du nicht lieber, aus dem Theokrit oder Geßner? – Soll ich, um eine Truppe Gladiatoren zu charakterisiren, die Zuschauer schildern? weil diese friedlich und

nur in ihrem Beifalle uneinig dasitzen, ohne sich Leides zuzufügen, diese Züge in ein Gemählde von den Fechtern hineinzwingen? – Noch ist nicht einmal jenes Alter von allen Spuren des allgemeinen Naturkriegs leer: selbst Kinder trennen sich bey ihren uninteressirten Spielen in Parteyen, ihre liebste Ergötzung ist balgen, das kleinste Mädchen ficht mit ihren ersten goldnen Ohrringen wider das zierdelose Ohr des Jüngern, aus Vorzugssucht verdrängt der vornehmere Knabe den geringern von seinem Spiele oder erniedrigt ihn zu seinem Aufwärter, man kämpft um die Gunst der Eltern, der Lehrer, oft der Bedienten, das Kind beneidet schon das andre, wenn es nach seiner Meinung schönere Pompons erhalten hat, es will der aufgewartete Monarch in seinem Wirkungskreise seyn. – Und wir, bester Belphegor, ungern sage ichs! wir lieben uns, so lange wir keine Ursache haben, uns zu hassen. Alle Menschen lieben sich, so lange sie in *gleicher* Linie stehen, sind mitleidig, wohlthätig, ohne alle Grausamkeit gegen einander. Rückt einer über die Linie, dann gute Nacht, Freundschaft! So bald der Zufall unsre Liebe auf eine Probe stellte, uns Materialien des Hasses und des Streites zuwürfe – Belphegor! Belphegor! fühle an dein Herz und forsche!«
Belphegor und Medardus schwuren beide, daß Himmel und Erde in ein Chaos zusammenstürzen könnten, ehe Zufall, Schicksal, Glück, Macht und Reichthum ihnen die mindeste Regung des Neides oder der Grausamkeit einflößen würden.
Fr.: »Nicht den leichtesten Schwur thue ich für mein Herz. Wenn alle Menschen bisher, so bald ihr Neid, ihre Vorzugssucht Zunder bekam, entglommen und wenn nicht andre Rücksichten und Triebe sie abhielten, in Krieg, ein jeder auf *seine* Art, ausbrachen, warum sollte *ich* so stolz seyn, mich für die einzige glückliche Ausnahme zu achten? – Kommt, Brüder! wir wollen uns lieben, so lange wir können, so lange nur Datteln uns entzweyen müßten; – und so standhaft wird doch wenigstens unsre Freundschaft seyn, daß sie sich wider

eine Dattel vertheidigen kann? – Hier in Wüsten, in der Einsamkeit, wo kein Neid, kein Interesse, kein Vorzug uns aufwiegeln kann, hier laßt uns unser trauriges Schicksal verbessern und den Nutzen für unsre Freundschaft daraus ziehn, den die Dürftigkeit uns anbeut!«
Belphegor und Fromal umarmten sich freundschaftlich, indessen daß dieser versicherte, wie sehr er aller falschen Anmaßung feind sey und darum frey gestehe, daß nach seiner Erfahrung der Schwur einer *immerwährenden* Freundschaft nur in Romanen, in der Einsamkeit oder beständigem Elende statt finde. Während daß diese Umarmung beide beschäftigte, rief Medardus voller Schrecken: »Jesus, Maria! siehst du, Brüderchen?« – Der Schrecken hatte ihn ganz vergessend gemacht, daß er ein Protestant war, und er wiederholte zu verschiedenen malen sein altes, angewöhntes »Jesus, Maria!« – Als sich Fromal nach ihm umsah, erblickte er einen Löwen, der seine beiden Vorderklauen auf die Schultern des Medardus gelegt hatte und keuchend den aufgesperrten Rachen über seinem Kopfe hielt, daß es nur noch nöthig war zuzuschnappen, um ihn mit Einem Bisse vom Rumpfe abzureißen. Die ganze Gesellschaft war in der höchsten Bestürzung und sahe das Ungeheuer wie versteinert an. Fromal bemerkte zuerst, daß das Thier von Zeit zu Zeit einen schmerzhaften Blick auf die linke Klaue und dann einen bittenden auf ihn warf, aus welcher Gestikulation er schloß, daß es von einem Uebel befreyt zu seyn wünschte. Weil dies eine so bequeme Gelegenheit war, sich in die Gunst dieses gefürchteten Gesellschafters zu setzen, so nuzte sie Fromal, faßte seinen Muth zusammen und näherte sich ihm, um den Schaden zu besichtigen. Der Löwe brüllte ihm einen freudigen Dank entgegen, daß der arme Medardus, dem diese Dankbarkeit wegen der Nähe in ihrer ganzen Stärke in die Ohren fuhr, vor Erschrecken vorwärts niederstürzte und eine Zeitlang glaubte, daß er wahrhaftig in dem Magen des Löwen schon verdaut würde. Das Thier warf sich auf die rechte Seite und reichte

Fromaln die kranke Klaue dar. Die Kur war höchstgefährlich; denn er hatte sich einen scharfen Feuerstein so tief in das Fleisch eingetreten, daß kaum genug hervorragte, um ihn anzufassen; überdieß machte die Furcht die Hand des Wundarztes zitternd und jeden Handgriff unsicher. Doch er sezte muthig an und zog ihn glücklich heraus, nahm etliche Palmblätter, band sie ihm mit einem Reste von europäischem Bindfaden, den er eben in der Tasche fand, darauf und zog sich demüthig in eine bescheidne Ferne zurück. Der Patient riß die Verbindung ab und leckte die blutende Klaue, bis das Blut gestillt war. Alsdann sprang er auf, lehnte sich an Fromaln hinan, der jeden Augenblick statt des Honorariums seinen Tod erwartete, und leckte dankbar sein Gesicht mit der breiten Zunge, daß es von Geifer triefte. Diese großmüthige Gesinnung erwarb ihm das Zutrauen der ganzen Gesellschaft so sehr, daß sie ihm ihre Hochachtung und aufrichtige Ergebenheit durch Liebkosungen von jeder Art an den Tag legten, die er mit erhabner Majestät in Gnaden anzunehmen geruhte. Da man aber befürchtete, daß bey längerer Gesellschaft der Hunger endlich in nahrungslosen Zeiten die Dankbarkeit des Monarchen ersticken und er seine eifrigen Verehrer alsdann aufspeisen möchte, so dachte man auf eine heimliche Entfliehung von ihm. Doch jeden Schritt, den Fromal that, begleitete er; er war sein Busenfreund.

Mitten unter diesen Ueberlegungen und Bemühungen, seiner Freundschaft zu entwischen, kam ein Trupp von schwarzen Einwohnern des Landes, die kaum den Löwen erblickten, als sie sich ihm mit den ehrerbietigsten Konvulsionen und feierlichsten Geberden auf den Knieen näherten. Das majestätische Thier blieb ernsthaft an der Seite seines geliebten Fromals liegen und bewegte sich nicht Einen Fuß, so sehr die Schwarzen ihn auch darum ersuchten.

Dieses Thier war, wie sich nachher zeigte, ein wichtiges Mitglied des dasigen Staats. Die Einwohner leben mit den Löwen im beständigen Streite, um dessentwillen man Schanzen und Kastele angelegt hat, die jene Feinde so regelmäßig angreifen und bestürmen, als wenn sie die Kriegskunst des Königs von Preussen gelesen hätten. Wenn bey einer solchen Belagerung sich der Vortheil auf die Seite der Belagerer zu neigen scheint, so wird ein gezähmter Löwe, den man in jeder Festung zu diesem Endzwecke unterhält, als Bevollmächtigter zu seinem Geschlechte abgesendet, sie durch glimpfliche Vorstellungen von ihren ruchlosen Feindseligkeiten abzubringen und billige Friedensbedingungen zu erbitten. Diese Vermittelung ist, wie man es ihr ansieht, eine Erfindung der Priester, die einen solchen Abgesandten, statt des Beglaubigungsschreibens, mit geweihten Palmblättern behängen – eine Zierde, die er gemeiniglich bey dem ersten Ausgange von sich wirft. Ein Dorf hatte eben izt eine solche harte Belagerung auszustehn, und da man sich auf das Aeußerste gebracht sah, so griff man zu dem lezten Rettungsmittel und sendete den geheiligten Löwen ab. Doch kaum war der Treulose herausgelassen, als er die Wichtigkeit seiner Sendung und seinen ganzen Auftrag vergaß, sein Kreditiv von sich warf, davon rennte und belagern und bestürmen ließ, so lange man beliebte. Auf diesem Wege hatte er sich die Wunde zugezogen, die Fromal kurirte und wofür er izt ihm die Freundschaft erwies und sich nicht von seiner Seite trennte, ohne den Bitten seiner Aufsucher nachzugeben.

Da die Priester diese Vertraulichkeit merkten, so winkten sie den drey Europäern, ihnen zu folgen, welches sie thaten, worauf der Löwe gleichfalls sich aufmachte und neben seinem Befreyer herhinkte. Als sie an die Festung gelangten, fanden sie die Besatzung in Bereitschaft, an dem noch freyen Orte auszuziehen und alles, was sie von ihren Vorräthen hineingerettet hatten, der Raubbegierde ihrer Angreifer zu überlassen. Die höchste Gefahr drohte: die Löwen kletterten in dichter Schlachtordnung den Wall hinauf, der aus Sand und Holze verfertigt war, und ein Wagehals unter ihnen hatte seine Klauen schon kaum etliche Zolle von dem obersten

Rande des Walles entfernt, als Fromal mit seinen Begleitern ankam. Er stieg hinauf, das Schlachtfeld zu besehen, und fand die Klauen jenes Verwägnen schon oben, um durch einen Schwung den Bösewicht vollends herauf zu bringen. Schnell hieb er mit seinem türkischen Säbel sie beide ab, daß das Thier rückwärts über seine nachfolgende Armee wegstürzte und den ganzen Wall hinunterrollte. Darauf verlangte Fromal Feuer, erfuhr aber durch Zeichen, daß keines mehr vorhanden war; sie hatten schon oft mit brennenden Baumzweigen auf ihre Feinde kanonirt, die nach einem kleinen Rückzuge sogleich wieder anrückten. Endlich war ein starker Regen dazwischen gekommen, hatte alle ihre brennenden Materialien ausgelöscht, und neues anzumachen, hatten sie weder Zeit noch Gegenwart des Geistes genug, besonders da ihre Methode, Feuer zu bekommen, ungemein langsam von statten gieng. Fromal schlug mit einem europäischen Messer an den afrikanischen Feuerstein, den er dem Löwen aus dem Fuße gezogen hatte, fieng das Feuer mit trocknen Palmblättern auf, hielt sie an eine resinöse Materie, die leicht Feuer fängt und von den Einwohnern zu diesem Endzwecke herbeygeschaft war, brachte es glücklich zur Flamme, zündete vorräthige Baumzweige an, befahl auch andern, seinem Beispiele zu folgen, und so rennte er nebst einem Truppe Einwohner mit flammenden Fackeln den Wall hinauf, fuhr mit ihnen auf die kletternden Feinde zu, die sich anzuhalten hatten und deswegen nicht vertheidigen konnten, sengte ihnen Rachen, Mähne und Ohren; sie stürzten brüllend herunter, andre wollten dem Feuer trotzen, ließen sich aber doch vertreiben, die sämtliche Belagerer geriethen in Verwirrung, stürzten, rollten, wälzten sich hinunter und nahmen mit versengten Nasen und Ohren ihren Abzug, indessen daß ihnen Fromal mit seinem siegreichen Truppe unaufhörlich lodernde Aeste nachschickte, so weit man sie schleudern konnte. Da der Sieg ungezweifelt war, erhub Fromal ein lautes Triumphgeschrey, welches die Einwohner nachahmten, worauf sie ihn auf ihren Schultern ins Dorf nebst seinen beiden Gefährten zurücktrugen.

»Siehst du, Brüderchen?« sagte Medardus zu Belphegorn, als sie auf einem öffentlichen Platze niedergesezt wurden, »sagte ich dir nicht: ›Wer weis, wozu das gut ist, daß Prinz Amurat sich erstach, daß die Markisinn gespaltet, alle unsre Mitsklaven niedergehauen und die Schiffer von uns ersäuft wurden? – Siehst du nun? Wir sollten hier die Löwen verjagen und vielleicht gar –«

»Viel Anstalt zu einem kleinen Nutzen!« sagte Belphegor, »wenn er dies ganz seyn soll!«

»Nur Geduld, Brüderchen! Wer weis, wer weis!«

Es war die hergebrachte Gewohnheit des Landes, daß die heiligen Löwen nach einem glücklich abgelaufnen Löwenkriege mit einem Menschen beschenkt wurden, dessen Aufopferung sie wegen des Schadens wieder versöhnen sollte, den man ihrem Geschlechte zugefügt hatte. Aus einer ökonomischen Absicht, die Eingebornen des Dorfs zu schonen, kamen die Priester diesmal auf den sinnreichen Einfall, einen von den drey angelangten Weißen dazu anzuwenden, die ihnen ohnehin verdächtig worden waren, weil sie die Ueberwindung der Feinde bewerkstelligt und dadurch ihre priesterliche Wunderkunst beschämt hatten. Aus tückischem, priesterlichen Neide thaten sie den unseligen Vorschlag und bestunden darauf, so sehr auch das Volk aus Dankbarkeit sich demselben widersezte; und konnte ein christlicher Pabst, blos um eine angenommene Grille geltend zu machen, versichern, daß es ihm und Gotte angenehmer wäre, wenn die Priester Schwärme Konkubinen hielten und Millionen unehliche Kinder umbrächten, als daß ein Priester Eine rechtmäßige Frau nähme und Ein rechtmäßiges Kind zeugte, so darf man es einem afrikanischen Priester um so viel weniger verargen, wenn er aus Neid einen häßlichen Weißen den Löwen vorsetzen und lieber undankbar seyn, als eine hergebrachte Gewohnheit übertreten will. Sie beharrten hartnäckig darauf und lasen, ich weis nicht warum, den armen Medardus zum Schlachtopfer aus, während daß er sich bemühte, seinem Freunde die weise Anordnung der menschlichen Begebenheiten und ihre Abzweckung zum Guten zu beweisen.

Fromal merkte bald, daß eine außerordentliche Bewegung unter seinen neuen Freunden vorgieng, er erkundigte sich bey seinem Nachbar, der ihm durch seine Pantomime zur Noth errathen ließ, daß seinem Gefährten eine Gefahr bevorstünde, ob er gleich die eigentliche Beschaffenheit derselben nicht zu erfahren vermochte. Ehe er sie ausstudieren konnte, sah er seinen armen Freund schon von den Priestern umringt, die ihn mit den heiligen Binden von Palmblättern behiengen und zur Speise der Löwen einweihten. Fromal errieth zwar ihre Absicht nicht, allein aus dem vorhergehenden Winke eines Schwarzen schloß er doch nichts Gutes; er zischelte dem Belphegor seinen Argwohn ins Ohr, der ihn nicht so bald vernahm, als er mit seiner gewohnten Heftigkeit auf die Priester losgehn wollte. Doch Fromal stieß ihn zurück und übernahm es, für ihn zu sprechen: er drohte mit seinem Säbel, riß dem Medardus den ganzen Opferschmuck vom Leibe und stellte sich zu seiner Beschützung neben ihn, welches auch Belphegor that. Mit gezognen Säbeln erwarteten sie alle drey in geschloßner Reihe den Angriff; niemand wagte es. Doch plözlich, schneller als sie sehen konnten, war Medardus mitten aus ihnen verschwunden, mit Leib und Seele verschwunden. Sie staunten, sie drohten nochmals, foderten ihn wieder: nichts antwortete ihnen als eine traurige Geberde, mit welcher sich die Umstehenden an die Brust schlugen. Belphegor schäumte vor Wuth und Zorn; er hieb einen dastehenden Priester in die Schulter und holte nach einem andern aus, als der ganze Haufe sie beide auf die Schultern faßte und laut rief: »Nazib! Nazib!« Unter diesem Geschrey wurden sie fortgetragen und langten in kurzer Zeit in einer mit Bergen umschloßnen Ebne an, wo sie ein Gebäude, einer deutschen Gauklerbude ähnlich, und um dasselbe etliche kleinere von gleicher Architektur antrafen. Sie merkten aus allen Umständen, daß sie sich in der königlichen Residenz befanden, um der schwarzgelben Majestät vorgestellt zu werden, welches nach einem langen Aufenthalte außer dem Palaste wirklich geschehen sollte, während dessen alles innerhalb des Gebäudes in Bewegung war und sie vermuthen ließ, daß man entweder das Audienzzimmer zu ihrem Empfange in Ordnung bringe oder ein Schafott für sie baue.

Fünftes Buch

Die Zurüstungen zu dem Empfange der Europäer, so lange sie auch dauerten, konnten noch denselben Tag nicht völlig geendigt werden; man quartirte sie also indessen in eine Hütte ein, die sie für ein Gefängniß hielten, ob es gleich das schönste Gasthaus der Residenz war, wo sie die königliche Milde mit Datteln, ein Paar Straußeneyern und etlichen Schlucken Branntewein bedienen und die Versichrung geben ließ, daß sie morgen gewiß das Glück genießen sollten, das Antliz Seiner Majestät zu beschauen.

In der Nacht fand sich ein Europäer bey ihnen ein, der sich einige Zeit an dem Hofe des Königs aufgehalten hatte, ein Franzose von Geburt und ein Herumstreifer von Profession war. Sein Besuch hatte zur Absicht, sie in dem Cerimonielle des Hofs zu unterrichten, zu dessen Erlernung, nach seinem Ausdrucke, Ein Menschenkopf nicht zureichend wäre. Fromal und Belphegor baten zwar inständigst, sie mit einer so schweren Wissenschaft zu verschonen; allein er bestund darauf, daß sie wenigstens in den zu ihrer Aufnahme nöthigen Gebräuchen seinen Unterricht annehmen mußten. Sie brachten drey ganze Stunden damit zu und waren so ermüdet, daß sie endlich um die Endigung der Lehrstunden flehentlich anhalten mußten, welches sie aber nicht eher erlangten, als bis sie noch erfahren hatten, daß ihr Lehrmeister, wo nicht der Erfinder, doch der Verbesserer dieser Wissenschaft sey. »Und von wem als einem Franzosen«, sezte er hinzu, »war dieses Licht zu erwarten? Die Franzosen tragen allenthalben Geschmack und gute Lebensart hin.«

Da ihre Progressen in dieser ersten Stunde nicht sonderlich

waren, so meldete ihnen ihr Lehrer den Tag darauf, daß sie à l'allemande etwas schwer begriffen und eben darum wenigstens noch acht Tage in der Unterweisung bleiben müßten, ehe sie würdig vor dem Throne seiner Majestät erscheinen könnten. Sie unterwarfen sich um der Sonderbarkeit der Sache willen seinem Verlangen und verdarben sich mit Kameelmilch und Datteln indessen Appetit und Magen, womit man sie sehr sparsam bewirthete. Da der Tag ihrer Vorstellung erschienen war, that ihnen ihr Lehrmeister mit betrübtem Herzen zu wissen, daß sie wegen der Verwundung des Priesters das Angesicht des Königs nicht schauen könnten, wenn sie nicht vorher durch gewisse heilige Gebräuche und Büßungen von ihrer Sünde gereinigt wären; Medardus, berichtete er ihnen ferner, sey zwar noch am Leben, würde aber niemals wieder aus dem Reiche kommen; denn er sey unter die Zahl der heiligen Thiere versezt worden. Zugleich ließ ihnen der König seine Vermittelung bey den Priestern anbieten, die er vermögen wollte, ihnen wenigstens drey Wochen von der nöthigen Reinigung zu erlassen, da sie eigentlich vier ganze Wochen dauern sollte, aber unter dem Bedinge, daß sie ihm gleichfalls einen Dienst erzeigten. Sie stünden herzlich gern zu Befehl und erfuhren darauf, daß der König zur Verherrlichung seines Reichs eine Gesandschaft aus Europa zu bekommen wünschte und daher sie ersuchte, diese Gesandten vorzustellen. Da es bey einem so elenden Duodezmonarchen keine Gefahr haben konnte, eine solche Komödie zu spielen, und sie vielleicht die Loslassung ihres Freundes durch ihre Einwilligung zu erlangen hoften, so verstunden sie sich dazu, und zween ganze Monate wurden erfodert, sie theils in den schweren Wissenschaften des dasigen Hofs festzusetzen, theils Anstalten zum Empfange der vorgegebnen Gesandschaft zu machen.

Der Monarch, der seine Größe auf diese Art glänzen lassen wollte, war der gefürchtete Beherrscher von etlichen hundert schwarzen, schmutzigen Kreaturen, die er in verschiedene

Königreiche zertheilt und sie mit Regenten versehen hatte, die ihm Tribut bezahlen und ihn als Vasallen ehren mußten. Er für seine hohe Person war der Tribular des großen Monarchen von *Segelmesse*, den sich Marocco zu dem seinigen gemacht hatte. Da er nicht im Stande war, sich von den Potentaten seiner Klasse zu unterscheiden, unter welchen er in Ansehung der Macht die kleinste Rolle spielte, so rieth ihm sein Ehrgeiz, ihnen auf eine einleuchtende Weise zu zeigen, daß er zwar der kleinste an Macht, aber der größte an Ruhm sey: niemand von denen, die er durch die Taschenspielerey hintergehn wollte, noch er selbst hatte eine homanische Karte vor Augen gehabt, und er ließ es also dabey bewenden, seine Gesandschaft dem großen Könige aus Norden beyzulegen.
Aus Besorgniß, daß seine Herrlichkeit nicht ausgebreitet genug werden möchte, ließ er acht Tage vor der Audienz auf allen Gassen und an allen Orten, so gar Löwen und Straußen, kund und zu wissen thun, daß sich jedermann versammeln solle, die Gesandschaft des großen Königs aus dem Norden zu beschauen. Die Feierlichkeit gieng mit allem Glanze vor sich, den nur seine königlichen Schätze zuließen; seine sämtlichen Unterthanen vom Greise bis zu dem Kinde, das kaum gehen gelernt hatte, mußten paradiren. Der Zug gieng unter der lärmendsten, beschwerlichsten Musik einen Tag lang seine ganzen Länder hindurch: Kameele, Strauße, heilige Löwen, alle vierfüßige und befiederte Kreaturen, deren er nur habhaft werden konnte, mußten die Prozession verlängern helfen; alle Produkte seines Landes, die königliche Garderobe, die königlichen Schätze und Kleinodien, die in Datteln, Palmblättern, großen Schläuchen voll Kameelmilch und ähnlicher Kostbarkeiten bestunden, wurden öffentlich vorgetragen. Nach dieser mühseligen Reise durch warme, sandigte, wasserlose Gegenden gelangten sie endlich zum königlichen Palaste, einer viereckichten, großen Hütte, von Palmbäumen aufgeführt, dessen Dach man gegenwärtig, wie bey allen vorzüglichen Feierlichkeiten, über dem Haupte des

großen Königs weggerissen hatte, weil nach seiner eignen Versichrung ein so großer Monarch nichts als den Himmel Gottes über seinem Haupte dulden könne; die innern Wände waren mit Palmblättern austapeziert. Der mächtige *Nazib* saß in halbnackter Majestät auf zween Klötzen, erhaben über alle die schmutzigen Vasallen, die, wie Sphynxe, um seinen Thron herum demüthigst auf den Bäuchen lagen und die Köpfe auf den untergestüzten Armen in die Höhe richteten. Zween langausgestreckte Vasallen genossen die Ehre, ihm zum Fußschemel zu dienen, auf die er von Zeit zu Zeit seinen erhabnen Speichel herabzuwerfen würdigte, sie ihrer Niedrigkeit und seiner Größe zu erinnern. Plözlich blies er die Backen auf und ließ sie mit einem lauten Ausblasen des Athems wieder zusammenfallen, welches ein Befehl an alle Fürsten des Erdbodens seyn sollte, vor ihm niederzufallen. Nachdem die lächerlichste Pantomime auf allen Seiten gespielt war, wobey Fromal kaum seine Muskeln zu der nöthigen Ernsthaftigkeit zwingen konnte und Belphegor vor Erstaunen über den unsinnigen Grad, zu welchem er die kindischste Vorzugssucht hier gestiegen sah, nicht zu sich kam, sprang endlich der König auf, gab jedem seiner Vasallen eine Ohrfeige und ließ sich von ihnen vor den Palast tragen, wo er der Sonne, die eben untergehen wollte, den Auftrag gab, dem großen Könige des Nordens, zu welchem sie nun bald kommen würde, großgünstig zu melden, daß er, der mächtige Nazib, sein Gebet erhört, ihn zum ersten seiner Vasallen, zum Sessel seines Hintern erhoben habe und ihm verspreche, ihm alle Huld und Schuz in Gnaden angedeihn zu lassen. Da die Gesandten aus vielen wichtigen Ursachen die zugedachte Ehre verbeten hatten, das ertheilte Erbamt ihres Principals in eigner Person zu verrichten und dem großen Nazib zum Sessel des Hintern zu dienen, wie es anfangs veranstaltet war, so mußte sich der oberste von den Vasallen dazu bequemen, der über dieses Glück so stolz wurde, daß er Tages darauf einem seiner Mitvasallen ein Auge vor Uebermuth ausschlug. Als der Nazib seinen Siz auf ihm mit einem expressiven Stoße genommen hatte, so wiederholte er die obige Grimasse mit dem Backen, um allen Fürsten des Erdbodens anzudeuten, daß er ihnen nunmehr die Erlaubniß gebe, von dem anbefohlnen Kniefalle wieder aufzustehn. Zuletzt wollte er den Gesandten noch zumuthen, seine Füße, die es ungemein nöthig hatten, in Kameelmilch zu waschen, welches sie mit einem Bündel Palmblätter obenhin thaten, dann lagerten sich die Vasallen in einer Reihe vor ihm hin, und er goß ihnen mit erhabnem Stolze den Rest seines Fußbades ins Gesicht.

Darauf nahm die Mahlzeit ihren Anfang, die überhaupt aus sechs Ingredienzen bestund, wovon ein jedes unzählichemal aufgetragen wurde: man saß vom Untergange der Sonne bis zum Anbruche des Tags, und die sämtlichen Unterthanen des Reichs standen in Parade um die Tafel; die untersten Vasallen bedienten ihn, und die übrigen lagen neben ihm am Tische. Nach aufgehobner Tafel wünschten Fromal und Belphegor sehnlich, von ihrer hohen Rolle befreyt zu seyn, allein nun fiengen erst die Lustbarkeiten an; sie mußten aushalten.

Sogleich traten zween Truppe schwarze Kerle hervor, die auf ein gegebnes Zeichen auf einander losgiengen und sich mit Knitteln unbarmherzig prügelten, daß gleich bey dem ersten Angriffe drey todt auf der Stelle niedersanken. Belphegor und Fromal ließen durch ihren Dollmetscher, den Franzosen, flehentlichst bitten, eine so unmenschliche Lustbarkeit zu endigen; allein sie bekamen die lachende Antwort: »Es sind ja nur meine Unterthanen.« Belphegor ergrimmte über diese entsezliche Antwort so heftig, daß er ohne Fromals Zurückhaltung dem großen Nazib den Hirnschädel gespaltet hätte. Die Streiter schlugen einander todt bis auf einen, der die Ehre des Siegs und zur Belohnung die Erlaubniß bekam, den Staub von den Füßen des Nazib zu lecken. Belphegor ließ noch einmal alle dergleichen barbarische Ergözlichkeiten verbitten; allein die Antwort blieb beständig dieselbe: »Es sind ja nur schlechte Kerle, meine Unterthanen, meine Sklaven.« Als die beiden Europäer in ihre Hütte ermüdet zurückkamen, so konnte sie die Ermattung von einer so beschwerlichen Rolle nicht abhalten, über den lächerlichen Ehrgeiz des großen Nazib zu lachen. »So eine Karrikatur ist der Mensch«, sprach Fromal, »unter allen Zonen; die komischste Zusammensetzung von kindischem Stolze und läppischen Einbildungen. Aber glaube nicht, daß er unter dem afrikanischen Himmel allein dies possierliche Ding ist! Unter allen neunzig Graden südlicher und nördlicher Breite, vom ersten Mittagszirkel bis zum lezten ist er das nämliche burleske Geschöpf, nur in dem *Ausdrucke* seiner Narrheit verschieden, allenthalben in sich selbst verliebt, allenthalben sich selbst der größte, der wichtigste und der Verächter andrer: sollte er gleich nur Strohkörbe machen können, so verachtet er doch gewiß, den Brodneid abgerechnet, aus bloßer Selbstgefälligkeit alle Körbe, die *er* nicht verfertigt hat. Wir lachen über diesen Mückenmonarchen, daß er seine Vasallen seine Obergewalt so empfindlich fühlen läßt: allein wo nicht die Furcht vor dem Spotte und dem Gelächter viele Menschen in poliziertern Himmelsstrichen zurückzöge, so würden sie alle diesem jämmerlichen Nazib gleichen: wer nicht in der *That* unterdrücken kann, unterdrückt in der *Einbildung;* wer im Staube liegt, steigt wenigstens mit seinen Gedanken empor und *glaubt,* der höchste zu seyn, weil er sich der höchste zu seyn *dünkt.* Das einzige Mittel, das die Europäer vor solchen ausschweifenden Ausbrüchen des Stolzes bewahrt, ist meiner Meinung nach – die Politesse, Furcht vor dem Spotte und die vielfältige Verwickelung des Interesse; wo diese zurückhaltenden Schranken fehlten, da habe ich den Stolz Farcen aufführen sehn oder von ihm erzählen hören, die unserm afrikanischen Lustspiele nicht viel zum voraus ließen. Kennst du den deutschen Ehrenmann noch, von dem ich dir lezthin erzählte, daß er sich täglich dem beschwerlichsten Zwange,

der langweiligsten Etikette unterwarf, sich und seiner Familie durch einförmige, abgezirkelte Cerimonien und Komplimente das Leben schleppend, lästig, freudelos machte, blos um seinem Hause das Ansehn eines Hofs zu geben?«
Fromal wollte abbrechen, allein Belphegor ersuchte ihn fortzufahren.
»Oft«, sezte er seine Gedanken fort, »habe ich gleichsam an dem Fuße der menschlichen Größe gesessen und dem Eifer zugesehn, mit welchem eins über das andre hinwegklettern wollte, wie man rang, wie man kämpfte, wenn weiter nichts möglich war, wenigstens das Recht zu erlangen, über dem andern zu sitzen, zu stehen, vor ihm hineinzugehn und herauszugehn, eher als er den Teller und das Glas präsentirt, eher die Verbeugung zu bekommen, wie man sich beleidigt fand, wenn aus Versehen dieses Recht gekränkt wurde. Anfangs that es mir wahrhaftig weh; du weißt, wir hatten beide in Einem Traume der Fantasie geschlummert: der erhabenste Mensch war uns der weiseste, der verständigste, der geistreichste, der empfindungsvollste – kurz, wir maßen seine Größe nach seinem Geiste. Aber wie bald fand ich, daß dieser Maasstab dem Maasstabe einer kleinen Provinz glich, der nur in ihr und sonst nirgends gebraucht wird; mein Maas traf nie mit dem Maase eines andern überein: ich warf es weg und richtete mich nur bey mir selbst darnach. Ich hatte weder Lust noch Kräfte, mich in den allgemeinen Wettstreit zu mischen; ich blieb Zuschauer. Ich sahe, daß der Mensch *sich selbst* mit seinem ganzen Zubehör von Vorurtheilen zum Muster hinstellte, nach dem er tadelte und lobte, billigte und verwarf; ich sah sie alle nach dem Ringe des Vergnügens und des Vorzugs rennen, ich sah, daß sie nach jedem Vorzuge gierig griffen, wenn er in meinen Augen gleich nicht Eines Schrittes werth war, sollte er auch in einer Schuhschnalle bestehn; ich sahe, daß dem Vortheile alles weichen mußte, daß man nur in Rücksicht auf *ihn* handelte, daß man sich wechselsweise Lob und Bewundrung *abkaufte,*

daß man gab, um zu empfangen, daß das ganze Leben nur ein Kommerz von Schmeicheleyen war und daß man sich bey dem Besitze eines solchen Beifalls glücklich dünken konnte, ohne einen Augenblick daran zu denken, daß er nur eingetauscht war, daß er nicht dem Manne, sondern seinem Kleide, seinem Pferde, seinem Titel, seinem Gelde gehörte; ich sah bey meinem ersten Eintritte unter die Menschen die freundliche Stirn, die dienstfertigen Füße, die gefälligen Hände, die ehrerbietigen Verbeugungen, die liebkosenden, schmeichelnden, glatten Worte für die Dollmetscher des Herzens an und freute mich! – Und schalt alle wahnwitzig, die dem Menschen weniger zutrauten, als ich damals an ihm zu finden glaubte: ich sah die Menschen einzeln, ich warf einen eindringenden Blick in ihr Herz, ich belauschte sie, und – Tiger entdeckte ich, die einander zerreißen möchten, Falsche, die das verspotteten, was sie vorhin bewunderten, die das beneideten, wozu sie vorhin Glück wünschten, die den haßten, den sie vorhin gebückt ehrten; Herzen entdeckte ich mit dem verächtlichsten Unrathe kleiner Begierden, elender Wünsche, niedriger Verlangen angefüllt; Köpfe, mit leeren, nichtswürdigen Anschlägen, unterdrückenden Listen, Projekten einer Seifenblasengröße beladen: ›Nein‹, dachte ich, ›mit euch, Leutchen, kann mein Weg nicht lange auf Einem Fußsteige fortgehn; ich müßte mich ganz umschmelzen oder mich mit einem gar zu starken Firnisse der Heucheley übermahlen, wenn ich nicht in ewigem Widerspruche mit euch seyn wollte.‹ Ich Narr, ich grämte mich, ich tadelte mich darüber, ich warf mir Unvollkommenheit, Unthätigkeit vor, daß ich meine Zunge nicht zur Bewundrung zwingen konnte, daß meine trägen Hände sich nach keiner der geschäzten Hoheiten, nach keiner dieser goldschimmernden Früchte ausstreckten, daß mein Herz, wie erstarrt, keinen einzigen Pulsschlag um ihrentwillen schneller that: man schalt mich sogar einen Fühllosen, einen Duns ohne Lebenskraft: – ey, wozu das? – Ich ersparte mir meine Unruhe; ich ließ sie schwatzen: warum sollte ich meinen Gaum zu einem Bissen *zwingen*, der ihm widerstund und den mein Magen also sicher nicht ohne Schmerzen verdaut hätte? – Weg, weg mit ihm! ich ließ die Leute darnach schnappen, darnach laufen und rennen, sich freuen und betrüben, sich liebkosen und hassen, sich erheben und unterdrücken, stolz und klein seyn und – lachte; freilich bisweilen etwas bitter, mit einer guten Quantität schlimmer Laune! aber wer kann sich helfen? – Wie könnte mir ein so aufgeblasner Ritter wie unser Nazib Herzbeschwerungen machen wie dir? – Lieber Lungenbeschwerungen von vielem Lachen!«

Belph.: »Aber, bester Fromal, muß das Herz nicht zum höchsten Aufruhre emporsteigen, wenn dieser lächerliche Götze seinem Wahne sogar Menschen opfert?«

Fr.: »Unempfindlichkeit! Kälte! Eiskalter Frost wie in Spizbergen! – und dann zugesehn! – Du hast ja so keinen Flecken am Leibe mehr, den du dir noch entzweyschlagen lassen könntest: schlaf gesund in deiner Haut und sieh zu, wenn du wachst! Die Menschen sind gar wunderliche Spizköpfe: hättest du dem Nazib seinen aufgedunsnen Schädel für seine Grausamkeit gespalten, so hätten dir alle, die du von seinem Unsinne befreyen wolltest, ein gleiches gethan; selbst die Todten, wenn sie wieder lebendig hätten werden können, würden dich niedergehauen haben, weil du ihrer Nachkommenschaft die Ehre benahmst, wie sie für die Größe und zum Zeitvertreibe des mächtigen Nazib sich todt zu prügeln.«

Belph.: »Fromal, schaffe mir Eis, schaffe mir die Kunst zu lachen und unsern Medardus! – dann wollen wir sehn. – die verdammte Hitze! Hier hast du meinen Säbel; wo ich in Zukunft nicht so frostig wie ein Eiszapfen bin, so haue zu! spalte mich vom Wirbel bis zur Fußzehe!«

Fromal verbat den Auftrag, versprach ihm gelindere Mittel und schlief mit ihm ein.

Unterdessen hatte der Franzose, ihr Lehrmeister in dem Hofcerimoniell, mit Hülfe seines Ehrgeizes einen wichtigen

Grund entdeckt, seine beiden Schüler von Herzensgrunde zu hassen. Die Ehre und Herrlichkeit dieser hohen Gesandschaft, die er sich vorher nicht so groß vorgestellt hatte, leuchtete ihm izt, da er so müßig in der Ferne zusehn mußte, so stark in das Gesicht, daß er weder Fromaln noch Belphegorn mit offnen Augen anschauen konnte. Er gieng um sie herum, machte ihnen steife, frostige Komplimente, stichelte mit unter ein wenig auf ihre genoßne Ehre, versicherte mit etwas bittrer Großmuth, daß er sie von sich selbst abgelehnt habe, ob es gleich in seiner Macht gestanden hätte, sie vor allen andern zu erlangen, und gab dabey zu verstehn, daß sie *ihm* die ganze Verbindlichkeit dafür schuldig wären. Fromal und Belphegor gaben ihm gleichfalls zu verstehn, daß sie ihm zwar Verbindlichkeit für seinen guten Willen, aber nicht für die Sache hätten, die das beschwerlichste Possenspiel der Welt wäre. Sie lachten und scherzten; und in drey Tagen war der Franzose unsichtbar.

Der Ruf von der Gesandschaft des großen Königs aus dem Norden war bis zu allen umliegenden *Nazibs* durchgedrungen; der sie empfangen hatte und also wohl wußte, daß sie seine eigne Veranstaltung war, wurde doch auf den bloßen Gedanken daran so stolz, daß er schon willens war, dem Könige von *Segelmesse* Gehorsam und Tribut aufzukündigen; ob er gleich wußte, daß seine Macht nicht um ein Haarbreit durch diese vermeinte Ehre gewachsen war, so kam er doch im Ernst auf den Einfall, sich zu einem Kriege wider ihn zu rüsten, wenn er sich seiner Aufkündigung widersetzen sollte. Er hatte nicht nöthig, sich mit langem Nachsinnen über einen Operationsplan das Gehirn zu beschweren, als ihn schon die Noth zwang, einen für seine Rettung auszudenken. Alle Könige von seiner Klasse hatte die Ehre der empfangnen Gesandschaft wider ihn aufgebracht: sie wollten den Mann demüthigen, der ihnen an Ruhm so überlegen war. Sie verbanden sich zu einem fürchterlichen Kriege wider ihn, und mitten in dem Genusse seiner Größe überfielen sie ihn wie ein Donnerschlag. Der erste Einfall in sein Reich war schon eine Eroberung desselben und der Nazib in der Gefangenschaft, ehe er vermuthen konnte, darein zu gerathen. Der ganze Sieg war wohlfeil; er kostete nur dreyer Menschen Leben. Die einzige Bedingung des Friedens war, neben der Oberherrschaft ihres gemeinschaftlichen Oberherrn von *Segelmesse* auch die Gewalt seiner verbundnen Feinde über sich zu erkennen. Für ihn war nichts als ein demüthiges Ja übrig, das er sogleich mit schwerem Herze von sich gab, und über seine Demüthigung tröstete er sich mit seinem ausgebreiteten Ruhme und der Gesandschaft aus dem Norden.

Jeder von den Siegern verlangte alsdann von den beiden Europäern, daß sie ihnen eine Gesandschaft aus dem Norden bringen sollten; da sie keine Vollmacht dazu hatten, so weigerten sie sich. Allein sie wurden gezwungen, entweder zu sterben oder Gesandten des großen Königs aus dem Norden zu seyn. Sie willigten bey einer so mißlichen Wahl in das Lezte; doch nun erhub sich ein neuer Wettstreit unter den Monarchen, wem zuerst diese Ehre zu Theil werden sollte. Gründe und Gegengründe gegen einander abzuwägen, war ihnen zu langweilig: sie griffen zu den Waffen, nicht für ihre Personen, sondern sie ließen ihre Unterthanen auf einander los; und die guten Narren zausten und mordeten sich, um auszumachen, welcher von ihren Herren zuerst eine erdichtete Gesandschaft aus dem Norden erhalten sollte. Der Zufall erklärte sich für einen Nazib, der den übrigen an Macht überlegen war; man mußte ihm den Vorrang lassen. Fromal und Belphegor waren indessen in enger Verwahrung gehalten worden und sollten nun abgeholt werden, dem Ueberwinder weis zu machen, daß er ein berühmter Herrscher sey. Als sie mitten auf dem Wege waren, thaten die Zurückgesezten zusammen und raubten die Gesandten, verwahrten sie von neuem und schlugen sich von neuem um sie.

Unterdessen hatte sich der Franzose, dessen vorhin gedacht worden ist, mit Haß und Groll wider Fromaln und Belphegorn an den Hof des Nazibs begeben, der zuerst das Vorrecht auf die Gesandschaft erkämpft hatte. Er war von dem ersten Nazib in der Absicht weggegangen, um bey einem andern die Ehre zu genießen, die er Belphegorn und Fromaln misgönnte. Um so viel mehr nüzte er die böse Laune dieses Königs, bey dem er izt sich aufhielt, über den Raub seiner Gegner. Es gelang ihm, zu seinem Zwecke zu kommen, beide, der Nazib und der Franzose, waren befriedigt und ließen die übrigen sich um Belphegorn und Fromaln herumbalgen, so lange sie wollten.

Inzwischen gelangte das Gerücht von diesem komischen Kriege und seiner Bewegursache zu den Ohren des Monarchen von *Segelmesse*, ihres gemeinschaftlichen Oberherrn, der sich mit den gültigsten Gründen von der Welt bewies, daß er vor allen seinen Vasallen das Recht auf eine Gesandschaft aus dem Norden besitze, gebot allen seinen Tributaren, von ihrem Anspruche darauf abzustehen und ihm allein diese Ehre zu überlassen. Sie waren zu sehr in ihren Wunsch verliebt, um ihn sogleich aufzugeben; sie widersezten sich. Der Monarch ergrimmte, schlug zu, bis sie alle demüthig zu seinen Füßen um Verzeihung baten. Er ertheilte ihnen gnädigst Vergebung, ließ ihnen huldreichst die Bäuche mit einem Feuersteine aufschneiden und sie so insgesamt an Einem Baume aufhängen. Fromal und Belphegor mußten noch einmal ihre Komödie zu Segelmesse spielen und bekamen zu ihrer Belohnung zwey von den offnen Königreichen, die sie im Namen des Königs vom Norden von ihm zur Lehn nehmen mußten, und ihr Lehnsherr freute sich ungemein, einen so großen Monarchen zum Vasallen zu haben, von dem er nicht einmal wußte, ob er existirte.

Belphegor war mehr zum friedlichen, einsamen Betrachter der Welt als zum wirksamen Mitspieler gemacht, wenigstens nicht zur Rolle eines Monarchen; Fromal paßte mehr dazu. Sie suchten beide einen Grad von europäischer Kultur in ihren Reichen einzuführen, ihre Völker von dem Kriege abzulenken und zu den Künsten des Friedens zu leiten. Das Projekt war etwas weitläufig und ungemein schwer; auch blieb es nur bey dem Entwurfe.

Der Franzose, der Neider der neuen Monarchen, war izt nicht mehr über ihr Glück neidisch, sondern rachsüchtig: er wollte es ihnen schlechterdings verbittern oder gar rauben. Er wollte seinen Nazib zum Kriege wider sie reizen; allein der Schuz, den sie ihr Oberherr genießen ließ, schreckte ihn ab, so gern er einen Gang mit ihnen versucht hätte. Da diese Mine nicht springen wollte, so grub er eine andre; er suchte die beiden Könige zu entzweyn und sie durch sich selbst zu Grunde zu richten. In einer solchen Absicht begab er sich zu Fromaln und machte ihm Belphegorn verdächtig, besonders beschuldigte er ihn eines Bündnisses zu seinem Untergange; seine Beschuldigungen fruchteten nichts. Er machte bey Belphegorn den nämlichen Versuch und richtete nichts mehr aus. Doch hatte er beide dahingebracht, daß sie sich beobachteten und mehr als vorsichtig gegen einander handelten.

Sich beobachten und argwöhnisch seyn ist beinahe eins, wenigstens giebt das erste unendliche Gelegenheit, das lezte zu werden. Sie lauerten bald auf einander und bemerkten oft vieles, worüber man sich bey weniger Freundschaft hätte zanken können. Doch blieb es ohne Bruch.

Belphegor hatte einen Extrakt von tummen Geschöpfen zu regieren bekommen, die sich nicht im mindesten in seine Anstalten zu ihrer Verfeinerung fügen wollten, zumal da ihm seine natürliche Hastigkeit nicht erlaubte, anders als sprungweise zu verfahren. Durch Einen mächtigen Zauberschlag sollten seine afrikanischen Thiere in europäische Menschen verwandelt sein. Sie lehnten sich gegen seine schnelle Umschaffung auf, blieben, was sie waren, und ihr Regent ward misvergnügt, überdrüßig, an ihrer Polirung zu arbeiten. Fromal hingegen war glücklicher: entweder waren seine Untergebnen von besserm Stoffe oder durch zufällige Ursachen schon vorher in der Kultur weiter fortgerückt oder

hatte ihr Beherrscher bessere Maasregeln ergriffen – genug, sein Reich war polirter und mit bessern Menschen angefüllt als Belphegors Gebiet. Fromals Bemühungen waren freilich durch etliche günstige Zufälle unterstüzt worden, die jenem fehlten, allein er gieng auch mit kälterer Bedachtsamkeit und mehr anhaltender Geduld zu Werke als jener. Genug, die beiden Distrikte schienen zwo Nationen von verschiedenem Geschlechte zu seyn, so auffallend war ihr Unterschied; und Belphegor konnte sich nicht enthalten, den Unterschied mit scheelem Blicke zu bemerken, Fromals Geschicklichkeit dabey zu verringern und die Ursache dem Zufalle zuzuschreiben.
Sie hatten einen kleinen Handel unter sich und den benachbarten Distrikten eingeführt, wovon nur unbeträchtliche Anfänge vorhanden waren. Auch hierinne war Fromal glücklicher: seine Unterthanen waren gesittet, bis zu einem gewissen Grade freundlich, arbeitsam, keine Mühe eines ehrlichen Gewinstes zu scheuen, und erfindsam, die Gelegenheiten dazu zu entdecken. Belphegors Horde war grob, tumm, träge, wollte ohne Mühe durch Betrug gewinnen, nahm den Vortheil, wo sie ihn fand, ohne ihn jemals aufzusuchen. Mit ihnen wollte niemand zu thun haben, indessen daß jene überflüßig beschäftigt waren. Die meisten in Belphegors Gebiete giengen zu dem alten Gewerbe des Raubens und der Jagd zurück, und der gute Mann war im Grunde der Regierer einer Bande Spizbuben, die den Handel und das Verkehr der umliegenden Gegenden auf alle Art zu hindern suchten, woraus beständige Privatkriege entstunden.
Belphegor war seiner Hoheit so satt, daß er sich ihrer gern entladen hätte, wenn der Geschmack des Herrschens nicht zu süß wäre, um ihn ohne Reue zu entbehren. Er war außer sich gesezt und wünschte, seine ganze unselige Rotte mit Einem Schwertstreiche vernichten zu können. Unter diesem Unwillen dachte er an Fromals Fortgang, der geliebt und bekannt, wie er hingegen vergessen oder verachtet war; und er konnte sich nicht enthalten, mit einem Zähneknirschen

sich von einer solchen Vorstellung wegzuwenden. Er argwohnte gar, daß ihn Fromal durch listige Ränke in der Ausübung seiner Absichten verhindert habe; er wußte sich keinen Beweis davon anzugeben, aber der Argwohn grub sich doch bey ihm ein und unterminirte von Tag zu Tag seine Freundschaft und gute Meinung von ihm, die ohnehin schon geschwächt war.

Die Gährung war vorhanden; nur noch eine Gelegenheit zum Ausbruche! – und die größten Freunde sind die größten Feinde. Sie kam. Ihr Oberherr, der König von *Segelmesse*, sahe mit Erstaunen und Unwillen die Schritte, die Fromals Gebiet in der Polizierung gethan hatte, daß seiner Hauptstadt ein Theil ihres ehemaligen Handels entzogen wurde; und da er überhaupt es nicht verdauen konnte, daß seine Tributaren sich mit ihm in gleiche Linie setzen und vielleicht gar eine Macht erlangen wollten, die der seinigen das Gleichgewicht hielt, so beschloß er, sich von einer so ängstlichen Besorgniß zu befreyen. Gleichwohl konnte er nicht die Stärke der Waffen ohne Gefahr gebrauchen, weil sie, insgesamt vereinigt, ihm das Gleichgewicht hielten. Der Franzose, der sich izt an seinem Hofe aufhielt, merkte kaum seinen Wunsch, als er ihm mit seinem Rathe beystund. Er beredete ihn, Belphegors gährende Eifersucht so lange anzufeuern, bis sie zu offenbarer Feindseligkeit aufbrauste, und nahm das Geschäfte über sich.

Er that weiter nichts, als daß er Belphegorn die guten, herrlichen Anstalten seines Freundes, den Fortgang derselben, den blühenden Zustand seines kleinen Staats, seine Macht, seinen Reichthum, seinen Ruhm, den Zuwachs seiner Unterthanen pries und dagegen das kontrastirende Bild seines Gebietes hielt, das mit einer Handvoll Jäger und Räuber besezt war, die hartnäckig von ihrer alten Lebensart nicht abgehn oder ihren Regenten ermorden wollten, wenn er sie zu einer andern zu zwingen versuchte. Belphegor seufzte anfangs, biß sich vor Aerger in die Lippen, verringerte die Größe seines

Freundes; doch der Abgeschickte, ein Adept in der Kunst der Intrigue, wiederholte jene Vorstellungen täglich so oft und wußte ein so verhaßtes Licht darüber zu verbreiten, daß Belphegor voll Zorn und Aerger ihn von sich gehen hieß und ihm drohte, ihn mit Gewalt von sich zu entfernen, wenn er ihn mit einem so widrigen Vortrage unterhalten wollte. Der Franzose sagte ihm ganz gelassen, daß er ein Mittel wüßte, ihn von einer so schaudernden Inferiorität zu befreyen. Er bot ihm den Schuz und große Versprechen von Seiten des segelmessischen Königs an, wenn er sich mit ihm wider seine Mitvasallen, besonders wider Fromaln, vereinigen wollte, um ihn wegen einer Grausamkeit zu strafen, die er an etlichen Unterthanen seines Lehnherrn begangen haben sollte. Belphegor fühlte einen gewissen Zug zur Einwilligung in sich und gleichwohl zu gleicher Zeit ein Etwas, das ihn davon zuruckriß. Er blieb wankend zwischen Ja und Nein stehen.
Da der Abgeordnete gewahr wurde, daß er nur noch einen starken Stoß brauchte, um sich auf die Seite zu lenken, wohin er ihn zu bringen suchte, so veranstaltete er heimlich, daß etliche von Belphegors Räubern eine ungleich stärkre Anzahl Handelsleute aus Fromals Gebiete anfallen und von diesen umgebracht werden mußten. Kaum war der Vorfall geschehn, als er zu Belphegorn eilte, ihn davon benachrichtigte, seinen Bericht mit den schwärzesten Farben zeichnete, Neid, Eifersucht, Zorn, Ehrbegierde, Rechtschaffenheit in ihm aufwiegelte und ihn zum Kriege wider Fromaln antrieb. Belphegors Gerechtigkeit ließ es aber doch nicht anders zu, als daß er erst Genugthuung von Fromaln verlangte; ob ihm gleich an den schwarzen Kreaturen im Grunde wenig lag, so war ihm doch ihr Leben izt, da andre Leidenschaften sich ins Spiel mischten, so wichtig, so theuer, daß er schwur, ihren Tod unablässig zu rächen. Fromal stellte ihm mit der größten Billigkeit vor, wie viele Ursachen *er* habe, Genugthuung zu fodern, und daß seine Untergebnen das Recht der Selbstvertheidigung wider Räuber und keine Ungerechtigkeit aus-

geübt hätten. Der Franzose machte Belphegorn so verwirrt, daß er die Billigkeit dieser Vorstellung verkannte, der Neid, sein vorgefaßter Groll gegen Fromaln machten ihn noch verwirrter, und alles mahlte ihm in seinem Kopfe das Verfahren seines vorigen Freundes als eine verweigerte Gerechtigkeit ab; er folgte den Einblasungen des Abgeordneten und glaubte mit völliger Ueberzeugung, daß er ein auf natürliche und willkührliche Gesetze gegründetes Recht habe, die von Gott verliehene Macht der Waffen wider seinen Freund anzuwenden und ihn mit Gewalt zur Gerechtigkeit zu nöthigen.

Das Bündniß mit dem Könige von *Segelmesse* wurde errichtet und der Krieg angefangen. Der Franzose vermochte durch seine politische Geschicklichkeit noch einige andre von den kleinen Potentaten, zu dem Bündnisse zu treten; und kaum hatten diejenigen, die durch Fromaln in Flor und Wohlstand gesezt waren, die Nachricht erhalten, was man wider ihn unternehme, als sie alle, um ihren geheimen Neid über seine Vorzüge zu befriedigen, auf die Seite des segelmessischen Königs traten. Fromal sah sich ganz allein wider so viele, deren Misgunst ihm den Untergang geschworen hatte. Nicht lange hielt er einen so ungleichen Kampf aus; er wurde geschlagen, gefangen genommen und zum Tode bestimmt.

So sehr es ihn schmerzte, seinen ehmaligen wärmsten Freund an der Spitze seiner Widersacher zu erblicken, so kam ihm doch dieses und die erstaunliche Revolution seines Glücks so wenig unerwartet, daß er muthig seinem Tode entgegengieng. »Die von Ewigkeit her geknüpfte Reihe der Begebenheiten«, sprach er zu sich, »ist durch den Zufall so geordnet, daß dies alles so und nicht anders erfolgen mußte. Ebendieselbe unwiderstehliche Nothwendigkeit riß auch meinen vorigen Freund zur Feindschaft gegen mich hin; alle Ursachen und Wirkungen vereinigten sich in ihm und außer ihm so, daß dies die einzige mögliche Folge war. Wir haben gekämpft, das Schicksal hat entschieden, wer Recht haben soll: das eingeführte Recht verlangt meinen Tod. Wohlan! ich sterbe, weil ich nicht länger leben *kann*, weil ich *muß*.«

Kaum wurde Belphegor inne, zu welcher äußersten Gefahr sein Freund durch seine Mitwirkung sich getrieben fand, als plözlich alles in ihm aufwachte – Mitleid, Freundschaft, Reue, Betrübniß, Schrecken, die sein Herz mit den schärfsten Stacheln zerrissen. Er arbeitete mit allen Kräften seiner Beredsamkeit und seiner Macht daran, ihn wenigstens vom Tode zu erretten. Er bot dem Könige von Segelmesse alles, sein eignes Leben, für das Leben des Gefangnen an; er war unerbittlich. Er drohte ihm in der äußersten Verzweiflung mit Krieg und der Aufwiegelung aller seiner Vasallen, er wütete, er raste, er schrieb *sich* die Veranlassung zu Fromals Tode einzig zu, er wollte sich neben ihm mit dem nämlichen Werkzeuge umbringen, das das Leben seines Freundes zerschneiden würde. Endlich verstand sich der König dazu, ihm das Leben zu schenken mit der Bedingung, daß er mit der nächsten Karavane nach Nigritien gebracht werden sollte, um dort als Sklave verhandelt zu werden; und von dieser Bedingung sollte ihn sein eigner Untergang nicht abbringen.

Belphegor sahe sich genöthigt einzuwilligen, obgleich mit schwerem Herzen, und in wenigen Tagen wurde er mit der gewöhnlichen Karavane nach Nigritien geschaft, um dort von dem weisesten und menschlichsten Volke des Erdbodens, den Engländern, als Sklave eingehandelt zu werden.

Keine Seuche auf unserm Planeten kann eine so ansteckende Kraft haben als die Leidenschaft: hat sich eine in unser Herz geschlichen, so können wir sicher seyn, daß bald ein ganzes Heer daraus aufwachsen wird wie aus den Drachenzähnen des Kadmus, das sich auf dem Grunde, wo es aufschoß, ewig herumtummelt, kämpft, haut und sticht, bis alle außer einer niedergemacht sind. Belphegor war von seiner Unruhe über das Unglück seines Freundes noch nicht völlig wiederhergestellt, er machte sich noch täglich Vorwürfe über seinen

Antheil an der Veranlassung desselben und nahm Besiz von seinem entledigten Reiche; weder er noch ein andrer seiner Mitvasallen hatten Anspruch darauf, und doch war *er* der erste, der einen darauf machte. Der König von Segelmesse war keineswegs gesonnen, einem andern als sich selbst ein Gebiet zu gönnen, dessen Besitzer er in kurzem wieder zu fürchten hätte; er erklärte *sich* ohne Umstände für den rechtmäßigen Herrn davon und ließ Belphegorn die Wahl, ob er aus seiner Eroberung gehn oder herausgeworfen seyn wollte. Belphegor foderte sie als eine Belohnung seiner geleisteten Hülfe und bekam eine zweite Drohung zur Antwort.

Unterdessen hatten einige andre Nachbarn gleichfalls Lust zu Fromals Hinterlassenschaft bekommen; ohne ihr Recht darauf vorher zu beweisen, erwarben sie sich es mit den Waffen und vertrieben Belphegorn, zankten sich unter einander selbst, gaben ihren schwarzen Unterthanen den Auftrag, sich an ihrer Stelle herumzuschlagen, bis der König von Segelmesse der Komödie ein Ende machte, alle Akteurs hängen ließ und das Theater in Besiz nahm.

Belphegor wurde über diese Ungerechtigkeit, wie er es sich selbst nannte, oder, wenn er aufrichtig hätte sprechen wollen, über das widrige Schicksal, daß er ganz leer ausgieng, äußerst aufgebracht und beschloß, sein verschmähtes Recht geltend zu machen, was es ihm auch kosten würde. Er errichtete ein Bündniß und sezte sich von neuem ein, ward vertrieben und vertrieb – kurz, er spielte das ganze langweilige Lied der politischen Geschichte, das sich aber seiner Seits mit dem *vertrieben werden* endigte. Der Monarch von Segelmesse bekam ihn gefangen und verurtheilte ihn kraft aller göttlichen und menschlichen Gesetze, das heißt kraft der hergebrachten Gewohnheit zum Tode.

Da er nichts gewisser als den Scharfrichter erwartete, der Leib und Seele trennen sollte, so wurde ihm seine Befreyung angekündigt, die er einem von den heiligen Thieren zu danken hätte: es fiel ihm ein, daß Medardus zu der Ehre eines

Platzes unter dem heiligen Vieh gelangt seyn sollte, und überließ sich der angenehmen Einbildung, daß seine Rettung von *ihm* herrühre. Er verlangte, seinem Versprecher in eigner Person zu danken; allein da kein profaner Blick auf ein heiliges Thier fallen darf, so mußte er seinen Dank einem Bevollmächtigten anvertrauen, der ihn an Ort und Stelle überlieferte. Demungeachtet wurde er aus dem Reiche verbannet und ihm auf ewig untersagt, sich in den Gränzen des segelmessischen Monarchen blicken zu lassen, wenn er nicht die Vögel des Himmels und die Würmer der Erde mit seinen Gebeinen füttern wollte. Er wurde gleichfalls nach Nigritien mit der Karavane von Segelmesse gebracht, die unterwegs, um sie nicht unbeschäftigt zu lassen, die ganze Natur, Wind, Sand, Hitze, Durst, Räuber und Löwen, auf manchen mühseligen Kampf herausfoderten, doch langten sie wenigstens mit dem Leben an.

Eigentlich war es wohl der ausdrückliche Wille des Königs, der ihm diese Marschrute vorschrieb, nicht gewesen, daß er, wie Fromal, verkauft werden sollte. Allein der Kaufmann, dem er übergeben war, urtheilte sehr vernünftig, daß ein Mensch umsonst Leib und Seele vom lieben Gotte empfangen hätte, wenn er keinen Nutzen damit schafte, und wollte Belphegorn, der bisher nur ein todtes Kapital für ihn gewesen war, in Geld verwandeln. Er wurde zwar einem von der erleuchteten englischen Nation zum Verkauf vorgestellt, allein aus vaterländischer Menschenliebe machte er sich, als er seinen krüplichten, nicht sonderlich viel Arbeit versprechenden Körper erblickte, ein Gewissen daraus, wider alle Christenpflicht einen *weißen* Nebenmenschen in den Handel zu bringen. »God damn me! Gott verdamme mich«, sprach er, »wenn ich jemals den angebornen Edelmuth meiner Nation so sehr verläugne, daß ich mit weißen Christen handle!« »Aber«, fiel ihm Belphegor ins Wort, »sind schwarze Heiden nicht auch Menschen?« »The ordures, das Auskehricht der Menschheit!« rief jener. »Aber –«, wollte ihm Belphegor antworten, doch der Mann schien kein Liebhaber vom Disputiren zu seyn, sondern kehrte sich hastig um, ein Paar schwarze Mütter zu bezahlen, die aus Dürftigkeit ihrer mütterlichen Empfindung auf einige Zeit den Abschied gaben und ihre Kinder dem großdenkenden Engländer überließen, um sie aufzufüttern, bis sie geschickt wären, in Amerika unter Hunger, Elend und Blöße den Europäern den Kaffe süß zu machen.

Belphegor wünschte sich nur einmal noch so viele Macht, als ihm genommen war, um eine die Menschheit entehrende Unterdrückung, den schändlichsten Handel zu vernichten, wovon er izt ein Augenzeuge war. Sein bisheriger Patron, der nach zwo andern Proben deutlich abnahm, daß Belphegor eine verlegne Waare ohne Werth war, gab ihm den wohlmeinenden Rath, sich von ihm zu entfernen, wenn er nicht mit Gewalt entfernt werden wollte. Er folgte dem Rathe ohne Anstand und überließ sich Wind und Wetter, was es aus ihm zu machen gedachte. Er that sich nach einer Gelegenheit um, um mit einem Sklaventransporte aus dieser Gegend zu kommen; doch auch diese Gefälligkeit versagte man ihm. Zulezt traf er einen Mitleidigen, der ihn mit sich nach Abissinien unentgeldlich zu nehmen versprach; aber im Grunde waren seine Bewegungsgründe nicht die mitleidigsten, wie die Folge beweisen wird. Er schickte ihn mit einigen von seinen Leuten und Kameelen voraus, die ihn an einer Gegend des Senegalstroms erwarten sollten.

Belphegor that seine Reise mit einer Niedergeschlagenheit, die seinem natürlichen Charakter zuwider zu seyn schien: das Unglück hatte ihn bisher mehr aufgebracht, als muthlos gemacht; doch izt war seine Lebhaftigkeit merklich gesunken. Er sezte sich mit tiefsinniger Selbstbetrachtung unter den Schatten eines Palmbaums, indem seine Reisegefährten die Kameele am Strome tränkten.

»Was für Seiten«, sprach er zu sich, »habe ich, seit Akantens Kniestoße, an dem *Menschen* gesehn! Seiten, die ich in dem Taumel meiner ersten Jahre mir schlechterdings nicht denken konnte! – Ja, Fromal, der Mensch ist ein Würfel mit unzählbaren Seiten; man werfe ihn, wie und so oft man will, so kehrt er allemal eine empor, auf welcher Neid und Unterdrückung mit verschiedener Farbe gemahlt steht. Fromal, *du* lehrtest mich das; ich glaubte dir nicht, ich glaubte nur meinem Herze, das mit stolzem Selbstzutrauen sich selbst verkannte. Du wolltest mir es benehmen, und ich schwur, weil mein Herz schwur. Ich Unglücklicher, ich habe dich selbst zum Beweise gemacht, daß ich ein Meineidiger bin. Hätte ich das geglaubt? – Geglaubt, daß unter dieser feurigen, freundschaftlichen Brust Eis genug liegen könne, die Flamme der Treue zu löschen, alle Regungen des Mitleids, der Liebe so lange zu ersticken? geglaubt, daß in einem Winkel meines Herzens Sauerteig des Neides genug liege, um die ganze lautere Masse desselben anzustecken? – Was bin ich denn nun besser als jene Grausamen, deren Unterdrückung meinen Zorn sonst reizte? Worinne besser? – blos daß ich nicht würgte und mordete; ich bin der Neidische, der Habsüchtige, der Unterdrücker gewesen, der sie insgesamt sind, nur daß der Neid mehr Mitleid in mir zu bekämpfen hatte als bey jenen, daß die Stärke meines Mitleids durch weniger Gelegenheiten weniger abgeschliffen ist als bey jenen. Vielleicht – eine traurige Vermuthung! – dürfen nur mehrere Reize, mehrere Verblendungen meiner Vernunft vorgehalten, die Fälle meines Lebens mit den Umständen andrer mehr zusammengeschlungen, verwickelter werden; vielleicht darf nur alsdann in der Bemühung für mein Interesse, für mein Recht dieses feurige, enthusiastische Gefühl der Menschenliebe, dieser Schwung der Einbildungskraft niedergedrückt werden; und ich bin so hartherzig, so fühllos wie die Unbarmherzigen, die ich tadle. Konnte ich es schon so sehr gegen meinen Fromal seyn? konnte der Neid so sehr alle Stimmen in mir überschreyen? – Doch bis zur Unterdrückung – nein, so weit ist mein Herz nicht böse noch schwach. – Neid? – leider muß ichs zugeben, daß ein blendendes Nichts, betäubende Ueberredungen, glänzende Vortheile die Vernunft des schwachen Menschen so verwirren, seine Eigenliebe so anspornen können, daß *sie* sich unser ganz bemeistert, alle andre Empfindungen verdrängt und alle Federn unsrer Thätigkeit allein nach *ihrem* Zuge spielen läßt. Doch den heiligsten Schwur thät ich gleich, ohne Furcht vor Meineid, daß ihre Obermacht in mir niemals bis zur grausen Unterdrückung anwachsen soll. – Welche Betäubung alles Sinnes gehört dazu, mit der Freiheit eines Geschöpfes von meiner Art ein Gewerbe zu treiben? es zu einem ewigen Sklavenstande zu bestimmen, wenn es weder Kenntniß noch Wahl leitet? es dem Tode auf dem Wege oder dem Elende in einem andern Welttheile entgegenzuführen? und auf diesen Ruin der Menschheit seinen entehrenden Vortheil zu gründen? – Ja, Fromal, du hast Recht: die Menschen sind Unterdrücker; dieser einzige Fall ist mir Beweises genug. Die Mutter, um sich ein elendes Leben weniger elend zu machen, unterdrückt schon in dem Alter der Unbesonnenheit, der Schwäche ihr Kind; der englische Sklavenhändler, um für die erworbnen Reichthümer zu schwelgen, unterdrückt den hülflosen, dürftigen Afrikaner, dem die mangelvolle Freiheit seines Landes weit über die etwas nahrhaftere Sklaverey eines fremden Himmels geht; raubt ihm die Freiheit, er, der mit Händen und Füßen kämpft, so bald die seinige in einem elenden Pamphlet nur von fern mit erdichteten Gefährlichkeiten bedroht wird. Der üppige Handelsmann der neuen Welt unterdrückt ohne alles Gefühl den gekauften Sklaven, läßt ihn halbhungernd arbeiten, stößt ihn unter sein Geschlecht zu den Thieren hinab, damit die Europäer ihre Tafeln mit wohlfeilem Konfekte besetzen, ihre Speisen wohlfeil mit einer angenehmern Süßigkeit würzen können als ihre Vorväter: ein Theil der Menschheit wird zu Tode gequält, damit der andre sich zu Tode frißt. – Himmel! wie schaudre ich, wenn ich diesen Gedanken, wie eine weite düstre Höle, übersehe. Je weiter sich mir die Aussicht der Welt eröffnet, je fürchterlicher wird das Schwarz, das diesen traurigen Winkel bedeckt. Ist von jeher die Bequemlichkeit und das Wohlseyn eines wenigen Theils der Menschheit auf das Elend des größern gegründet gewesen; hat immer jeder, in sich selbst konzentrirt, den Schwächern unterdrückt; hat immer der Zufall einen Theil der Menschen zum Eigenthume des andern gemacht und mußte dieser durch seine Bedrängung einem Haufen auserwählter Lieblinge des Glücks Bedrängnisse ersparen: was soll man alsdann denken? – Entweder, daß die Unterdrückung mit in dem Plane der Natur war, daß sie den Menschen so *anlegte*, daß einer mit dem andern um Freiheit, Macht und Reichthum kämpfen mußte; oder, daß der Mensch, wenn sie ihn nicht hierzu bestimmte, das einzige Geschöpf ist, das seit der Schöpfung beständig wider die Absicht der Natur gelebt hat; oder, daß die Natur mit ungemeiner Fruchtbarkeit Kinder gebar und sie mit stiefmütterlicher Sorgfalt nährte; denn diesem Elenden versagte sie nicht allein die blos *imaginative* Glückseligkeit, ohne die tausende glücklich sind; nein, selbst die thierische! Der Sklave, der bey einem kümmerlichen Stückchen Kassave oder Maisbrodte die beschwerlichsten Arbeiten tragen muß, der von seinem Tirannen nichts empfängt, sechs Tage für ihn arbeiten und den siebenten die Nahrung der übrigen betteln muß, der wie das Vieh behandelt und von seinem Besitzer als eine Möbel gebraucht wird – dieser Mitleidenswürdige, verglichen mit einem europäischen Schwelger, der Lasten auf seinem Tische und in seinen Zimmern aufthürmt, woran der Schweis und vielleicht das Blut jener Elenden klebt, der sich nicht speist, sondern mästet, in Bequemlichkeit, Ruhe und Sinnlichkeit zerfließt – und doch beide Kinder Einer Mutter! – welch ein Kontrast! Mir springt das Herz, wenn ich ihn denke: ich hätte Lust, ein Rebell wider Natur und Schicksal zu werden. Unmöglich kann der Mensch das erhabne Ding seyn, wofür ich ihn sonst ansah; er ist eine Karrikatur oder ein Ungeheuer. – O wenn doch die flammende Sonne dieses glühenden Erdstrichs mir meine Einbildungskraft und meine

Empfindung versengte, verbrännte, ganz zernichtete! Sonst mahlten sie mir die Erde als ein Paradies und izt als eine Mördergrube; sonst den Menschen als einen friedsamen, liebreichen Engel und izt als einen streitsüchtigen, unterdrückenden Wolf; sonst den Lauf der Welt als ein sanfttönendes, harmonisches Konzert, dessen Melodie in der abgemessensten Ordnung herabfließt, und izt als ein Chaos, als eine allgemeine, verwirrungsvolle Schlacht, als eine Reihe Unterdrükkungen, die nichts unterscheidet als weniger oder mehr Gräßlichkeit. – O Unwissenheit! einzige Mutter der Glückseligkeit, der Zufriedenheit! Könnte ich dich zurückrufen; die Hälfte meines Ichs gäbe ich um dich, um die andre überglücklich zu machen. Wäre es nur noch einmal mir vergönnt, meinen Blick ganz in mich zurückziehn, nur in meiner Einbildungskraft und meinem Herze zu existiren, mir mit meinem Fromal die ganze Welt zu seyn! Könnt ich die traurige Wissenschaft des Menschen und der Welt und die noch traurigere Kunst der Vergleichung ausrotten. O ihr glücklichen Seelen, die ihr innerhalb eures Selbst und eurer nächsten Gesellschaft mit eurer Erkenntniß stehen bliebt, denen die Natur ein kurzsichtiges Auge und einen engen Horizont gab; ihr seyd die Glücklichsten dieser Erde! – Ja, gewiß, Fromal, um glücklich unter der Sonne zu seyn, muß man Ignoranz im Kopfe oder kaltes Blut in den Adern haben; – man muß träumen oder sterben; denn zu wachen – wehe, wehe dem Manne, der dahinkömmt und nicht von Eis zusammengesezt ist!«
Er würde seine schwermüthige Selbstbetrachtung noch lange fortgesezt und sich vielleicht gar noch am Ende tiefsinnig in den Senegal gestürzt haben, wenn nicht seine Gefährten durch ihre Zurückkunft mit den Kameelen den trüben Strom seiner Gedanken unterbrochen hätten. Sie hielten sich nur wenige Tage an diesem Platze auf, während dessen Belphegor oft zu seinen Betrachtungen zurückkehrte. Der zweite Trupp, den sie erwarteten, vereinigte sich mit ihnen, und sie gelangten glücklich nach Abissinien, wo sie ihren Weg nach dem Orte

nahmen, den der mächtige *Neguz** mit seiner Hofhaltung damals beehrte.
Kaum waren sie angekommen, als plözlich alle sechstausend Zelte, die die Hofstatt ausmachten, von Einem allgemeinen Schalle ertönten, der dem Tone eines fernen Orkans nicht unähnlich war. Belphegor erkundigte sich voller Verwunderung nach der Ursache dieses Phänomens und bekam zur Antwort: »Der mächtige Neguz niest.« – »Niest?« rief er; »das muß wahrhaftig ein mächtiger Monarch seyn, der mit seiner Nase einen solchen Sturmwind erregen kann.« – »Ach«, erwiederte man, »der große Kaiser niest wie jeder Sterbliche, allein es ist hier die Gewohnheit, daß Unterthanen und Monarch in einer beständigen Uebereinstimmung leben. Jede Handlung, die *er* thut, muß das ganze Land thun; und wo sich das nicht schickt, wenigstens seine Hofstatt. Wenn *er* niest, so wird ein Zeichen von dazu bestellten Leuten gegeben; und der ganze Hof niest; in gewissen Entfernungen sind durch alle Provinzen Posten gestellt, die einander diese Zeichen durch einen weittönenden Knall mittheilen. Diese Mittheilung erstreckt sich durch das ganze Land, das ihm unmittelbar unterworfen ist, und bringt es dahin, daß eine halbe Stunde nach dem Niesen des Neguz das ganze Land herumgeniest hat. – So geht es mit vielen andern Handlungen, die ich nicht nennen mag«, sagte sein Belehrer, »und die das ganze Land gewissenhaft und pünktlich nachthut. Dieses ist unterdessen nur auf die hauptsächlichsten Verrichtungen der menschlichen Bedürfnisse eingeschränkt; doch die ganze Hofhaltung ist ein wahrhaftes Schattenspiel von dem Neguz. Wenn *er* liegt, liegt alles; steht *er*, steht alles; sizt *er*, sizt alles; *er* steckt einen Bissen in den Mund, *er* trinkt, und jedermann unter den sechstausend Zelten, der nur von einiger Beträchtlichkeit ist, thut zu gleicher Zeit das nämliche; welches alles vermittelst der ausgestellten öffentlichen Cerimonienmeister, die gleichsam den Takt zu

* Der Kaiser.

dem Leben der Hofstatt nach der Angabe des Kaisers schlagen, glücklich bewerkstelligt wird.«
Belphegor staunte nicht wenig über diese abgezirkelte Etikette und konnte sich nicht enthalten, sie zu belächeln. »O«, sprach der Andre, der ein Portugiese war und französisch sprach, »es giebt viel mehr Sonderbarheiten in diesem Lande, die jene weit übertreffen. Haben Sie noch keine bemerkt?« Belphegor besann sich: »– daß hier so viele Leute hinken?« fragte er. »Ja, und wissen Sie warum?« erwiederte jener. »Als der gegenwärtige *Neguz* den Thron bestieg, verbreitete sich das Gerücht, daß er hinke; sogleich hinkte ein jeder seiner Unterthanen: wer nicht theatralische Geschicklichkeit genug in den Beinen besaß, einen hinkenden Gang natürlich nachzuahmen, der verrenkte sich den Fuß, schlug sich einen Knochen daran entzwey, zerschnitt eine Sehne, eine Ader oder gebrauchte ein ander Mittel, wie es einem dienlich und bequem schien, sich zu lähmen. Als sich das ganze Land auf diese Art gebrechlich und dem großen Neguz ähnlich gemacht hatte, so kam man erst auf die Frage, mit welchem Fuße der mächtige Kaiser eigentlich hinke. Weil man in der ersten Hitze an diese wichtige Bedenklichkeit nicht gedacht hatte, so hinkte dieser auf die rechte, jener auf die linke Seite; zu ändern stund es bey denen nicht, die eine wirkliche Lähmung dem Neguz gleich machte: jede Partey mußte also mit Gewalt das Recht *des* Fußes durchsetzen, an welchem *sie* hinkte. Das ganze Reich zerfiel sogleich in zwo Faktionen, die mit der uneingeschränktesten Wuth sich verfolgten, bekriegten, ermordeten; das ganze Land war Ein Krieg; man vergoß sein Blut gern zur Ehre seines Kaisers, um auszumachen, ob das abissinische Reich mit dem rechten oder linken Beine hinken sollte. Endlich wurde man des Aufruhrs überdrüßig und wollte die Entscheidung des Streites dem großen Neguz auftragen, der allein mit Zuverlässigkeit berichten könne, welcher von seinen Füßen lahm sey. Es geschah; und man erfuhr, daß der Kaiser gar nicht hinke, sondern auf einem Auge

blind sey. Wirklich hatte sich auch das ganze Hoflager von dem Nächsten nach dem Kaiser bis auf den untersten Stallknecht aus Ergebenheit gegen ihren Herrn das linke Auge ausstechen lassen; und nur aus Neid, Misgunst und Unterscheidungssucht war von den Höflingen das Gerücht von dem Hinken des Kaisers ausgesprengt worden, damit der Hof allein mit dem Vorzuge einer wahren Aehnlichkeit mit dem Neguz prange. Aus alberner Begierde vergaß das tumme Volk sich zu erkundigen, welches Auge ihrem Monarchen fehlte, sondern sie liefen haufenweise wie in einer Trunkenheit zurück, und jeder stach oder stieß sich ein Auge aus. Manche nahmen aus Oekonomie das schlechteste unter ihren beiden dazu; die natürlich Blinden ersparten sich den Schmerz und ließen es bey ihrer angebornen Aehnlichkeit bewenden; andre, die wider keins von ihren Augen erhebliche Einwürfe zu machen fanden, ließen sich in ihrer Wahl vom Zufalle bestimmen. Da aber an allen Köpfen nicht *dasselbe* Auge schadhaft oder natürlich blind war oder vom Zufalle getroffen wurde, so waren abermals die Abissinier getheilt, abermals in der größten Verlegenheit. Sie waren wenigstens in so weit klüger, daß sie ohne Blutvergießen sich sogleich an den großen Neguz wandten, der sie belehren ließ, daß ihm das linke Auge ganz fehle. Welches Unglück für diejenigen, dic sich das rechte geblendet hatten! Sie mußten, wie Bastarte des Reichs, zu ihrer Kränkung Zeitlebens in ewiger Unähnlichkeit mit dem Neguz bleiben, wie Verworfne von den übrigen verachtet werden oder sich ganz blind machen. Einige brachten mit neidischer Verzweiflung viele ihrer glücklichen Mitunterthanen um, andre tödteten sich selbst, noch andre geriethen auf den sinnreichen Einfall, das linke Auge ausheben und in die leere rechte Augenhöle versetzen zu lassen, und da kein einziger geschickter Okulist unter dem abissinischen Himmel bisher aufgewachsen ist, so wurden sie insgesamt stockblind; kein einziges Auge wollte nach der Verpflanzung bekleiben. Ein kleiner Haufe begnügte sich mit der ersten

Thorheit und ertrug seine vermeinte Schande in Gelassenheit. War gleich der geringere Theil der Einwohner beruhigt, so brach nunmehr der Krieg am Hofe aus. Dem großen Neguz hatte die Natur gar kein linkes Auge mitgegeben: die beiden Augenlieder schlossen sich fest zusammen oder waren vielmehr zusammengewachsen und in den leeren Plaz des Auges hineingedrückt. Einige von seinen Hofleuten waren so glücklich gewesen, vermittelst eines feinen Leims die Augenlieder ebenfalls zu vereinigen und durch ein andres Hülfsmittel ihnen natürlich die nämliche Gestalt zu geben, als wenn es Werke der Natur nach Einem Modelle wären. Allen, die von ihnen hierinne zurückgelassen wurden, dienten sie zu einem Gegenstande des Neides und des Hasses: die Unglücklichen waren überzeugt, daß sie niemals mit ihnen zu gleichem Vorzug gelangen konnten, und erregten die häßlichsten Meutereyen, sie ihrer Zierde zu berauben. Jene Auserwählten durften nie ohne starke Wache schlafen, nirgends ohne Begleitung sich hinwagen, nichts ohne vorgängigen Versuch essen oder trinken, wenn sie nicht ermordet, geblendet, vergiftet seyn wollten. Man spielte sich, da Gewalt nichts wider die Vorsicht vermochte, die hinterlistigsten Kabalen, verläumdete, verkleinerte sich, einer untergrub des andern Kredit, beschuldigte sich der entsezlichsten Verbrechen, weil alle nicht auf *gleiche* Art blind waren, welche geheime Gährung um so mehr zunahm, als der große Neguz selbst diejenigen am vorzüglichsten ehrte und erhub, die ihm die meiste Aehnlichkeit mit seiner blinden Person werth machte: um ihm zu gefallen, mußte man gerade *so* blind seyn wie er. Nicht lange dauerte es, als diese Etikette zu den Höfen seiner Vasallen übergieng, die sie so weit trieben, daß sogar einer, dem ein Fall in der Jugend die Nase platt an den Kopf gedrückt hatte, allen seinen Hofschranzen das Nasenbein zerschlagen und ein andrer, dem ein kalter Brand den Arm verzehrt hatte, allen den seinigen den kalten Brand inokuliren ließ.

Belphegor sah sich seinen Portugiesen bey dieser Erzählung

etwas bedenklich an und erinnerte sich einer alten Geographie, wo der Nation des Erzählers die Aufschneiderey beygemessen wurde, weswegen er etliche Zweifel und Verwunderungen über seine Nachrichten äußerte, welches sein Mann so übel empfand, daß er sich auf der Stelle von ihm trennte und mit stolzem Unwillen fortgieng.

Zweyter Band

»Of all Animals of Prey, Man is the only sociable one. Every one of us preys upon his Neighbour, and yet we herd together.«

Gay

Sechstes Buch

Der Bewegungsgrund, warum Belphegor von seinem Patrone die Erlaubniß erhielt, ihn bis nach Abißinien zu begleiten, war nicht der löblichste: er wagte den Unterhalt auf der Reise an ihn, um diese Auslage dort tausendfach durch ihn wieder zu gewinnen. Einer von den Vasallen des großen Neguz, die bloß das Cerimoniell der Huldigung verrichteten, aber ihm keinen Gehorsam leisteten, der König von *Niemeamaye*, hatte ein Projekt unter der Hand, das das Projekt aller Projekte genennt zu werden verdient. Er konnte es nicht erdulden, daß einer seiner Nachbarn ein einziges Körnlein Gold außer ihm besaß, und weil durch sein Land nur ein einziger Fluß gieng, der Goldkörner bey sich führte, die er doch ungemein liebte, so wollte er es veranstalten, daß alle Goldkörner seiner Nachbarn in sein Gebiet gebracht werden und sie keine bekommen sollten. Er ließ deswegen den Fluß an der Gränze seines Gebiets mit einer standhaften, dreyfachen Mauer verdämmen und leitete ihn in unzählbaren Kanälen in seinem Lande herum; da er aber doch nothwendig endlich einmal ihn einen Ausgang wieder geben mußte, wenn er sein Reich nicht zu einer offenbaren See machen wollte, so ließ er in einiger Entfernung von seinem Ausflusse in das benachbarte Gebiet von Weite zu Weite tausend immer feinre Netze, von dem stärksten Baste geflochten, vorziehen, die das unnütze Wasser durchließen und den Sand mit den kostbaren Goldkörnern zurückhielten. Das Projekt wurde zwar ausgeführt, hatte aber einen so schlechten Erfolg, daß der Fluß entweder die Netze zerriß oder sich daneben einen heimlichen Ausgang grub oder gar die Wohnungen der Einwohner durch Ueberschwemmungen verwüstete. Ob man ihm gleich alles das vorstellte, so glaubte er es doch vor großer Herzensfreude nicht und triumphirte bey jeder Handvoll Goldkörner, die man ihm in seinen Schatz lieferte, daß er bald der einzige, glückliche Besitzer des Goldes und seine Nachbarn ganz entblößt davon seyn würden. Nichts schlug seine Wonne so sehr nieder, als daß er sich nicht des Flusses von seiner Quelle an bemeistern konnte und so viele Körner vor ihm schon fremde Hände bereicherten. Dieser widrige Gedanke brachte ihn eines Tages auf den tollen Anschlag, den Fluß von der Quelle weg mit einem ungeheuren Umschweife durch eine Sandwüste in sein Gebiet zu leiten, ohne daß er ein fremdes berühren sollte. Doch sehr bald, obgleich mit dem bittersten Widerwillen, verließ er diese ausschweifende Idee und begnügte sich, von der Nothwendigkeit gezwungen, mit dem Antheile, den er seinen Nachbarn abschnitt, die den Fluß von ihm empfiengen.

Demungeachtet bemerkte er zu seinem Leidwesen, daß für die Lebensmittel, die sein Land nicht hinlänglich lieferte und die Einwohner doch für unentbehrlich zu ihrem Daseyn hielten, ein mittelmäßiger Theil von seinem Golde wieder zu den Nachbarn übergieng, die ihnen mit den fehlenden Bedürfnisse aushalfen. Er verbot diesen Handel. Die Einwohner beschwerten sich über Mangel, und er gab den Befehl, daß künftig, um keines fremden Zuschusses zu bedürfen, jeder Einwohner des Tags nur *einmal* essen sollte.

Alle diese Anstalten waren noch nicht hinreichend, dem Golde jeden Ausgang zu verwehren: der Mensch hat Grillen; das Fremde gefällt ihm, *weil* es fremd ist, und er wünscht, es zu besitzen; auch für diese Einfälle flüchtete noch eine ziemliche Menge Goldes über seine Gränzen. Sogleich verbot er den Einwohnern dergleichen Einfälle auf immer und ewig, und wer sich derselben nicht enthalten konnte, mußte sich von *ihm* das verlangte Fremde einhandeln. Er gab ihnen für das Gold, das der fremden Waare bestimmt war, innländische Kleinigkeiten und gebot ihnen bey Vermeidung einer starken Strafe, sich einzubilden, daß es die verlangten fremden Kostbarkeiten wären. Er verkaufte ihnen die Zähne von wilden Katzen und befahl ihnen zu glauben, daß es Elephantenzähne wären, getrocknetes Schweinsblut mußte statt des Zibeths und Haasenfelle statt der Pantherhäute dienen. Damit aber die fremden Originalwaaren sich nicht unvermerkt einschleichen und heimlich etwas von seinem Golde herausziehen möchten, so zog er eine Mauer um sein Land, besetzte sie mit streitbaren Männern, die jedem, der seinem Verbote zuwiderhandelte, hundert Ruthenstreiche auf den bloßen Rücken stehendes Fußes mittheilen und ihn aus seinen Gränzen verjagen mußten.

Nachdem er durch dergleichen Veranstaltungen seine Goldbegierde zum Nachtheile der Nachbarn gesättigt hatte, so konnte er es eben so wenig dulden, daß jemand außer *ihm* in seinem Lande dieses herrliche Metall besaß. Er sann auf Mittel, auch diesen Vorrath, wo nicht ganz, doch zur Hälfte in seinen Schatz zu leiten. Da seine Unterthanen mit allen ihren Habseligkeiten sein Eigenthum waren, so maßte er sich das Monopolium aller ihrer Bedürfnisse an: von *ihm* mußten sie selbst die Früchte kaufen, die sie durch ihren Fleis auf ihrem Grund und Boden gezeugt hatten; sie mußten ihm sogar für den Durchgang der Luft durch ihre Lunge einen Zoll bezahlen, bis er endlich alles Gold in seinem Palaste aufgehauft und die Einwohner zu einem Lastviehe gemacht hatte, dem er das Futter umsonst gab, weil sie es ihm nicht mehr abkaufen konnten. Das ganze Land war Eine große Familie, dessen Hausvater der Regent vorstellte, der sein sämmtliches Gesinde mit den Früchten des Landes nährte, keine Auflagen, keine Taxen erhob, weil es in die glückliche Situation gekommen war, daß niemand mehr etwas geben konnte.

Alle Kanäle des Reichthums auf der Oberfläche der Erde waren versiegt oder doch so bekannt, daß sie ihm keine besondre Freude machen konnten. Er wollte auch die Eingeweide des Erdbodens plündern. Nur fehlte es ihm an Leuten, die die Kunst verstunden, der Erde ihre Schätze abzunehmen. In dieser Hinsicht ließ er aus allen Gegenden Künstler von dieser Art zu sich einladen und that ihnen Versprechungen, die jeden anlocken mußten, sich dafür auszugeben.

Von allen diesen Umständen hatte Belphegors Patron genaue Nachricht und war fest entschlossen, sie nicht ungenutzt zu laßen. So bald seine Geschäfte in Abißinien verrichtet waren, begab er sich mit Belphegorn auf den Weg nach *Niemeamaye*, in dessen Nachbarschaft er vormals schon einen Handel getrieben und eben bey dieser Gelegenheit die vorhergehenden Nachrichten von dem Könige jenes Landes gesammelt hatte. Auf der Reise dahin offenbarte er erst Belphegorn seinen Anschlag. »Wir wollen«, sagte er ihm, »uns für die erfahrensten Bergmänner ausgeben, dadurch das Vertrauen des Königs gewinnen, unter der Hand seine im Herzen mißvergnügten Unterthanen auf unsre Seite bringen, den geizigen Barbaren umbringen und uns in seine aufgehäuften Schätze theilen.« – Im Grunde aber – was er weislich in petto behielt – sollte Belphegor für seine Absicht nur zur Maschine dienen, auf die er, wenn der Streich mislänge, alle Strafbarkeit laden und die er nach einer glücklichen Ausführung ohne oder mit einer kleinen Vergeltung sich vom Halse schaffen könnte. Belphegor erschrak. Kaum merkte dies sein Gefährte, als er sich seine Bestürzung zu Nutze machte und ihn mit dem grausamsten Tode bedrohte, wenn er sich nicht zu dem Vorschlage bequemen wollte. Belphegor sträubte sich lange. – »Wohl! so verhungre hier in der Wüste!« sprach jener und machte eine Bewegung zum Abmarsche. Selbstliebe, Rechtschaffenheit, Abscheu gegen eine so grause That wie ein Mord stritten mit dem wildesten Aufruhre in dem verlegnen Belphegor: er wollte ihn zurückrufen, er setzte einen Fuß bedächtlich vorwärts und zog ihn hastig wieder zurück; er ächzte, er zitterte, er sann, und endlich eilte er dem bösen Manne nach, um ihm seine Hülfe zu versprechen, ob er gleich bey sich den festen Vorsatz hatte, nicht Einen Finger zu einem Morde anzulegen. Nur aus Liebe zur Selbsterhaltung that er ihm dies verstellte Versprechen und war willens, sich lieber einer Verrätherey gegen diesen Bösewicht als einer Mordthat schuldig zu machen. Der Listige, um sich ihn desto fester zu verbinden, schlug anfangs sein Anerbieten aus und versicherte, daß er einen solchen feigen Undankbaren nicht zu einer Unternehmung zulassen würde, für die er von einem so schlechten Werkzeuge alles fürchten müßte. Belphegor wurde ängstlich, die Qual des Verhungerns stellte sich ihm in der fürchterlichsten Schwärze vor, er setzte in ihn, beschwor ihn und erhielt endlich, doch als eine Freundschaft, die Erlaubniß, an der mördrischen That einen rühmlichen Antheil zu nehmen. Belphegor wünschte nur, durch diese Einwilligung mit ihm in bevölkerte Gegenden gebracht zu werden, um alsdenn sich seiner Gesellschaft, ohne Hungersnoth, heimlich entziehen zu können. Auch dieser Anschlag wurde ihm vereitelt: die Wüste dauerte bis an die Mauer, die die Gränze von *Niemeamaye* bezeichnete, und er mußte wider seinen Willen an die Betrügerey Hand anlegen.

Noch immer hoffte er, seinem Gefährten entwischen zu können, so sehr ihn dieser auch beobachtete und aus Furcht vor Verrätherey fast nicht von der Seite ließ. Sie wurden nach der Gewohnheit des Landes dem Könige hinter einem Schirme vorgestellt, der ihren profanen Augen seine geheiligte Person verdeckte und nur seine Stimme durchließ. Belphegors Gefährte verstund die Sprache des Landes, und jener mußte daher ein stummer Zuhörer seyn. In acht Tagen war es schon so weit gekommen, daß sie der König unter die Zahl der Auserwählten erhub, denen es vergönnt ist, ohne Schirm mit ihm zu sprechen. Doch bey *solchen* Unterredungen wußte es Belphegors Gesellschafter jedesmal dahin einzuleiten, daß er dieser Ehre allein genoß und Belphegor in einem verschloßnen Zimmer zu Hause bleiben mußte, weil seine Treue durch verschiedene bedenkliche Aeußerungen zu verdächtig gewor-

den war, um ihn bey dem Vorhaben eine spielende Person seyn zu lassen oder sich völlig von ihm zu trennen.
Der kritische Tag rückte heran, an welchem der König von dem Gefährten des Belphegors mit einem Dolche aufgeopfert werden sollte. Länger konnte er den Gedanken nicht ertragen, der Mitbewußte einer so nahen schrecklichen That zu seyn: er arbeitete sich aus seiner Gefangenschaft heraus, begab sich in den königlichen Palast, wo er auf das vorgewiesene Zeichen, daß er unter die Vertrauten des Königes gehöre, zu ihm eingelassen wurde und ihm die drohende Lebensgefahr eröffnete. Sobald er in den Saal trat, machte ihn die Physiognomie des Königs stutzig: sie schien ihm so bekannte Züge zu haben, die nur durch Zeit und Zufälle verdunkelt waren, daß er den unbeweglichsten Blick auf sie heftete. Die nämliche Aufmerksamkeit verwandte auch der König auf Belphegorn, und über der wechselseitigen, unaufhörlichen Betrachtung vergaßen sie lange, daß sie zusammengekommen waren, um sich zu sprechen. Belphegor ließ in der Verwirrung sich einen europäischen Ausruf entfahren, den der König in der nämlichen Sprache beantwortete, und sehr bald war es entwickelt, daß auf dem niemeamayischen Thron – der Herr Medardus, Magister der Philosophie und freyen Künste, sein bester Freund, saß. Sie bewillkommten und freuten sich einige Zeit, worauf Belphegor seinem wiedergefundenen Freunde die Absicht seines Besuchs bekannt machte; man kehrte sogleich Anstalten vor, dem gefährlichen Streiche zuvorzukommen, setzte den boshaften Unternehmer desselben gefangen, bestrafte ihn und that andre so alltägliche Sachen, daß ich mich schäme, eine darunter zu berühren. Nachdem man sich hinlänglich über das Unvermuthete dieser Zusammenkunft gewundert hatte, so fand sich bey beyden die Neubegierde ein, zu wissen, wie sie möglich war. Belphegor that seinem königlichen Freunde seiner Seits bald völlige Genüge und dankte ihm besonders mit vieler Rührung für die Befreyung vom Tode, die er ihm zu *Segelmesse*

unter dem Charakter eines heiligen Thiers hätte angedeihen lassen.
»Siehst du, Brüderchen!« unterbrach ihn Medardus, »davon weiß ich Dir kein Wort; in meinem Leben bin ich nicht in das Ding – *Selenmesse* oder wie Du es nennst – gekommen. Da ich von euch weggerissen wurde –«
»Um des Himmels willen! wie gieng das zu?«
»Wie das zugieng, Brüderchen? – Das mußte eine Hexerey oder eine andre Teufeley seyn. Da ich so mitten unter euch stehe, war mirs auf einmal, als wenn mir leise ein Strick um den Leib geschlungen würde, und siehst Du, Brüderchen? in der Minute hieng ich Dir in einem Walde an einer hohen Stange, zu welcher sie mich, wie ich hernach gewahr wurde, mit einem starken Seile und einer Rolle hinaufgezogen hatten. Kurze Zeit darauf wurde ich herabgelassen, um dem Löwen vorgesetzt zu werden, den Fromal kurirte. Doch was denkst Du wohl, Brüderchen? – Das närrische Thier ließ sich bey mir nieder, belekte mich, wie Fromaln, von der Stirn bis zum Kinne und brüllte so freudig, als wenn er seinen leiblichen Bruder in mir angetroffen hätte, legte die geheilte Klaue auf mich und behandelte mich recht freundschaftlich. Die Priester wurden stutzig, hielten mich für ein besondres Geschöpf und glaubten gar, daß die Seele eines nahen Anverwandten aus der Familie des Löwen auf ihrer Wanderung in mir herberge; denn anders konnten sie sich die glimpfliche Begegnung des Thieres nicht erklären, als daß er sich scheue, die Banden des Bluts in mir zu verletzen. Die Leute müssen eine Kolonie von den Aegyptern seyn oder ihren Glauben an die Seelenwanderung in Aegypten geholt haben; wer Lust hat, mag das untersuchen, – genug, *mir* schafte die Seelenwanderung herrlichen Nutzen. Sie thaten mir die Ehre an, mich als ein heiliges Thier zu bewirthen, und weil ich doch äusserlich die Menschenfigur hatte, so gab man mir menschliche Nahrung und einen eignen Stall gleich neben meinem vermeinten Blutsfreunde.

Nicht lange nachdem ich diese Würde zu bekleiden angefangen hatte, entstund Krieg, und weil das Königreich, wo ich mit meinen übrigen heiligen Kameraden lebte, das einzige heidnische war, so hielten es die mahometanischen Feinde desselben für ihre erste Pflicht, alle Spuren des heidnischen Gottesdienstes zu vernichten; und die Reihe traf vor allen Dingen zuerst uns heilige Thiere. Als man meine europäische Abkunft aus meiner Gesichtsfarbe schloß, so nahm man mich voller Freuden in Triumphe mit sich fort.* Doch mein Trupp wurde von den Feinden zerstreut, man ließ mich zurück, und ich entfloh den schwarzen Barbaren.

Ich irrte herum und stieß auf eine Karavane, die nach Nigritien gieng. Es waren Europäer dabey, die mich verstunden; ich bat um Aufnahme und erlangte sie. ›Was sollst du in Nigritien, unter den kohlschwarzen Kreaturen?‹ dachte ich. Siehst Du, Brüderchen? ich wußte aus einer alten Geographie, daß weiter herunter die Goldküste liegt: wo es Gold giebt, glaubte ich gewiß einen Europäer, wenigstens einen Spanier anzutreffen. Ich wußte auch, daß die edeldenkenden Engländer hier ein Monopolium mit ihren Nebenmenschen treiben; wenn also alles fehl gieng, hofte ich, wenigstens mit einer Ladung dieser Waare nach Amerika und von da nach Europa zu schiffen oder wie ich sonst dahin kommen möchte. In dieser Meinung, Brüderchen, suche und finde ich eine Gelegenheit, wie ich sie wünschte. Die Abreise verzögerte sich, und indessen machte ich eine Bekanntschaft, die mich ganz davon zurückzog.

Dem Manne, der mich nach Europa transportiren wollte, war durch seinen Abgeordneten, die den Einkauf besorgten, von den schwarzen Töchtern des Landes eine zugeführt worden, die in ihrer pechschwarzen Haut so schön war als jede europäische Venus von dem glänzendsten Marmor. Das Gesicht war zwar etwas afrikanisch; aber ihre runden, fleischichten

* Dies war vermuthlich einer von den Königen, die mit aller Gewalt eine weiße Gesandschaft aus dem Norden haben wollten.

Arme, ihr luxurirender Busen, ihre vollen Hüften, das – Brüderchen, alles, alles war schön an ihr. Ihr Herr hatte die keuschesten Absichten von der Welt auf sie; er fühlte nicht ein Fünkchen Liebe zu ihr, sondern sie gefiel ihm, weil ihm ihre Person mit allen ihren Schönheiten ein baares Kapital zu seyn schien, das er in Amerika mit reichen Interessen durch ihren Verkauf haben wollte. Deswegen enthielt er sich aller unerlaubten Begierden gegen sie, weil er für sie und daher auch für seinen Vortheil gefährliche Folgen davon besorgte. Er unterrichtete sie selbst im Französischen und Englischen, worinne es ihm aber nicht sonderlich glückte, weil ihm seine Geschäfte so vielfältig daran verhinderten. Er übergab sie meiner Unterweisung. Sie wußte wenig von den beiden Sprachen, die sie lernen sollte, aber doch zur Liebe und zur Erzählung ihrer Geschichte genug. Brüderchen, seitdem meine Frau von Gottes Erdboden weg ist, habe ich kein einziges Mädchen so lieb gehabt als die allerliebste niedliche *Zaninny*. Brüderchen, fühle einmal, wie mir das Herz pocht, indem ich sie nenne! Sie merkte wohl, ohne daß ichs ihr sagte, daß eine Revolution in meinem Herze vorgehn mußte, wenn ich sie sah; und daß es unter ihrer schwarzen Brust eben so zugehn mochte, das sagte ihr aufrichtiges Gesicht und Auge ohne Hülfe der Zunge: dem guten Geschöpfe stiegen gleich alle Empfindungen in die Mine, und wer ihr Gesicht buchstabirte, buchstabirte ihr Herz. Sie hatte ein Paar zärtliche, funkelnde Augen, die sie über der platten Nase so verliebt herumwälzte, daß ich manchmal mir nach dem Pulse fühlte, ob ich noch athmete oder von ihnen versteinert wäre. Ich wußte schon, daß sie ihren Eltern gestohlen worden war, und sie sagte mir durch Geberden und mit ihrem Bischen Französisch, daß sie ihr Land nicht gern verließe, und sagte mir noch oben drein – daß sie mich von Herzen lieb hätte, bat mich, sie wieder zu ihren Eltern zu bringen, und bat mich so, daß ich dachte: ›Nun, so bist du doch mit deiner guten *Zaninny* wahrhaftig fast so glücklich als mit deiner verstorbenen Frau, und wenn dich ihre Eltern zum Schwiegersohne annehmen und sich nicht daran stoßen wollten, daß ich so häßlich weiß bin – ja, ich bliebe mit meiner *Zaninny* in ihrer Hütte und würde ein Afrikaner, äß, tränk, schlief, spielte mit ihr, jagte, sammelte Datteln für sie, hütete das Vieh mit ihr oder was es sonst hier zu Lande zu thun giebt; die afrikanische Sonne würde ja wohl mit der Zeit einen hübschen Neger aus mir machen. – Kurz, in meinem Herze war sie schon völlig meine zweyte Frau. Endlich kamen zu ihren Bitten gar Thränen, so recht aus der Empfindung herausgeweinte Thränen, daß ich alter Narr neben ihr saß und eine nach der andern unter die ihrigen auf ihren Schoos fallen ließ. Sie schlang ihre Negerarme um meinen Hals, und während der Umarmung tröpfelte eine Thräne auf meinen linken Backen – Brüderchen, die brannte! die brannte, daß mir die Wärme bis zur Zehe herunter lief; ich schwitzte, das Herz klopfte, alle meine fünf Sinne waren in Bewegung, und in meinem Kopfe gieng es so verwirrt her wie in der Welt – alles unter und über einander! Ich konnte nicht anders, ich mußte ihr versprechen, sie von dem Sklavenhändler zu erretten. Was für eine Freude, als sie das hörte! wie unsinnig sprang und hüpfte sie und fiel mir um den Hals, um die Kniee, drückte mir die Hand, streichelte mir die Backen, daß ich wie ein alberner Tölpel da stand, unbeweglich, und nicht wußte, *daß* ich stand, nicht einmal, daß ich existirte. Des Nachts marschirten wir aus. Ich wollte sie, aus Mitleid zu ihren Füssen, auf die Schultern nehmen. Aber ehe ichs konnte, faßte sie mich in der Mitte, nahm mich auf ihren Rücken und galopierte wie ein Rennthier mit mir davon, so lange – ohne Aufhören, so sehr ich auch bat, auszuruhen –, bis sie mit ihrem africanischen Accente rief: ›Je meurs!‹ und entkräftet mit mir in den Sand niederfiel. Kein Tropfen Wasser, keine menschliche Hülfe, nichts war bey der Hand. Ich ängstigte mich, ich lief um sie herum, ich faßte ihre Hand, ich fühlte an ihr Herz, ob es noch schlug, ich bat sie nur ein Wort zu sprechen: umsonst, sie schlief vor Mattigkeit ein. ›Schlafe sanft‹, sagte ich, ›aber erwache mir nur wieder!‹ – Ich setzte mich neben sie und fächelte ihr das Gesicht. ›Ja, Mädchen, wenn du mir nicht wieder erwachst!‹ dachte ich immer; aber sie seufzte, und nun war ich froh; ich fächelte bis sie endlich erwachte; so müde ich war, konnte ich doch vor Sorge und Angst kein Auge zu thun. Hungernd und durstend wanderten wir von neuem durch lange Sandfelder, kamen dem Ufer zufallsweise nahe, wollten es nicht wieder verlassen und verließen es doch wider unsern Willen. Brüderchen, nichts war gewisser als unser Tod; und mir giengen die Augen schon über, wenn ich nur daran dachte, wer wohl zuerst sterben würde: was sollte aus meiner gutherzigen *Zaninny* werden, wenn ich vor ihr aus dem Leben müßte; und wenn *sie* voranging – daran konnte ich gar nicht denken. Plötzlich, da wir mit der größten Angst kämpften, kamen wir an Hütten: wir waren im Lande der *Maladellasitten.* Wir fanden wieder Datteln, und ich hielt mit meiner *Zaninny* die erste frohe Mahlzeit: wir labten uns, waren zusammen frölich und giengen tiefer ins Land. Auf einer Ebne, die mit grünen, einzelnen Sträuchen und Palmbäumen besetzt war, saß an einem Flüßchen, das sich vielfältig auf dem Platze herumschlängelte, ein Kreis von nackten Damen, die auf den kreuzweis untergeschlagenen Füssen mit einer Feierlichkeit und Ernsthaftigkeit da saßen, als wenn sie über die Staatsangelegenheiten des maladellasittischen Reichs rathschlagten. Ueber ihre Schultern hiengen ungeheure Maschinen von Fleische, deren eigentliche Beschaffenheit ich anfänglich nicht zu erklären wußte; allein bey näherer Bekanntschaft fand ich, daß es die Brüste dieser Damen waren, die hier zu Lande zu einer solchen Größe anwachsen, daß man sie über die Schultern wirft: auf welcher Gestikulation die vornehmste Grazie der dasigen Frauenzimmer liegt, weswegen viele, die besonders gefallen wollen, sich oft so künstliche Bewegungen zu geben wissen, daß jene schönen Auswüchse von den Achseln herunterfallen müssen, worauf man sie mit einer so annehmlichen, reizenden Nachlässigkeit zurückwirft wie mein ehemaliger Superintendent die Knoten an seiner Alongenperucke. Um den Kreis herum hüpften und sprangen eine Menge Meerkatzen von einer besondern Art. Brüderchen, die lustigsten Thierchen, die ich gesehn habe! Sie sprangen den Frauenzimmern auf den Rükken, knippen sie in die Ohren, guckten ihnen durch die Arme, bissen sie in die Backen, schlugen Burzelbäume über sie weg, setzten sich auf die Schultern und graueten ihnen mit den Tatzen sehr lieblich die Köpfe, kitzelten sie, balgten sich mit einander und spielten tausend andre kurzweilige Possen, welche von den ernsten, da sitzenden Frauenzimmern, die außerdem den Mund zu keinem Worte öffneten, mit der lustigsten Laune belacht wurden. Die drollichten Thierchen hatten von der Natur am Ende des Rückens ein glattes, polirtes Horn, wie der Spiegel auf den Rücken eines Hirschkäfers, nur vielmal größer, das völlig die Dienste eines Spiegels verrichtete. Nie war das Gesicht dieser Damen heitrer und ihre Mine frölicher, als wenn jene Lustigmacher ihnen ihre Spiegel zukehrten, worinne sie ihre ganze Figur in der schönsten Miniatur erblickten, so verschönert, daß ich selbst, als ich mich einst darinne besah, von meiner Gestalt begeistert wurde, ob sie gleich in Natur nicht sonderlich begeisternd ist; und die listigen Kreaturen sprangen alle Mal mit einer solchen Wendung, daß eine aus dem Kreise ihr liebes *Ich* in dem Spiegel zu ihrer großen Herzensfreude erblickte, worauf derjenige, der ihr diese Lust gemacht hatte, einen sanften Schlag mit ihrer rechten Brust empfieng, um sie alsdann mit einer zierlichen Grazie wieder über die Achseln werfen zu können. Das war noch nicht Bewundernswürdiges genug. Ein Theil von diesen Meerkatzen bediente die Nymphen so ordentlich und regelmäßig, als vernünftige Menschen nur hätten thun können. Sie reichten ihnen in Cocosschalen Erfrischungen, sie vertrieben die Fliegen von ihren Schönheiten, die vom Kopfe bis auf die Füße mit einem röthlichen Safte übertüncht waren, sie dienten statt der Pferde, wenn sie von einem Orte zum andern wollten, und wenn sie weiter nichts thaten, giengen sie wenigstens auf den zween Hinterfüssen neben ihnen mit sehr niedlichen Grimassen her. – Ich wollte mich nicht vor dieser Gesellschaft vorüber wagen, und gleichwohl konnten wir doch keinen Umweg nehmen, um sie zu vermeiden. Endlich faßte ich meine *Zaninny* bey der Hand und gieng mit ihr auf sie zu. Man sah uns an, lachte und schwieg. Die Meerkatzen bedienten uns mit Cocussafte, und wir ließen uns hinter dem Kreise, ein jedes auf seine gewöhnliche Art zu sitzen, nieder. Nicht lange währte es, als die Meerkatzen ihr Spiel um meine *Zaninny* trieben; sie kehrten ihr den Spiegel so oft und so vielfältig zu, daß das Mädchen mit ihrem ganzen Gesichte in Freundlichkeit und Wohlgefallen zu zerfließen schien. ›Was ist Dir denn, *Zaninny*?‹ fragte ich etliche Mal und schüttelte sie bey der Hand, als wenn ich sie aus dem Traume erwecken wollte, in welchem sie versenkt schien. Ich fragte noch einmal, und – Brüderchen! plözlich sezte sie sich auf eine Meerkatze und trabte davon. Ich gerieth vor Schmerz und Schrecken außer mir; ich lief ihr nach, ich rufte: umsonst! sie galopirte frisch hinweg und war mir in kurzer Zeit ganz aus den Augen. Ich wußte nicht, ob ich über sie weinen oder zürnen sollte. Ich wollte vor Unwillen allen Meerkatzen ihre verdammten Spiegel ausreißen, die doch einzig daran schuld waren; ich seufzte und schmähte, ich ächzte und tobte, warf mich auf den Boden und machte meiner Beklemmung durch einen Strom von Thränen Luft. Indem ich, vertieft in meinen Schmerz, dort liege und die Augen aufschlage – Brüderchen, so hat mich die ganze Gesellschaft umringt und lacht! und lacht! daß einer jeden zwo Meerkatzen die Hüften halten mußten. Ich lachte mit. Du weißt, Brüderchen, ein fröliches Gesicht macht das meinige gleich zu seinem Gefährten: ich *mußte* lachen, ob ich gleich vor Schmerz halb verrückt war. Denkst Du wohl, Brüderchen? – das brachte mich in ihre Gunst. Ich mußte in der Mitte sitzen bleiben: die Meerkatzen lagerten sich hinter den Damen, und diese lachten über jede Bewegung, jede Mine, die ich machte, über meine Art zu sitzen, und machten sich überhaupt auf meine Unkosten so lustig, turlepinirten mich bisweilen, um das Gelächter zu schärfen, stießen, warfen mich, ließen ihre Meerkatzen auf mir herumspringen, um über mich zu spotten, wenn mir eine einen losen Streich spielte: kurz, ich schien mir in meinen Augen eine *erbarmenswürdige* Figur, weil ich eine *lächerliche* abgeben mußte.«

»Ja, Freund«, unterbrach ihn Belphegor, »Du hast Recht. Aber welch ein trauriger Beweis von der Neigung des Menschen zum Unterdrücken! Fromal, wenn Du es hörtest, würdest Du nicht sagen: ›Wo der Mensch nicht mit ehernen Waffen, nicht in der That unterdrückt, da thut er es mit der Lunge, in der Einbildung, durch die Vorstellung, sich so lange andre *unter* sich zu *denken,* als er über sie lacht.‹ Mensch! Mensch!«

»Ach, Brüderchen, die Erniedrigung war mein Glück auf einige Zeit –«

Belph.: »Daran zweifle ich gar nicht. Weißt du noch, was du mir einst sagtest? – ›Gegen Kreaturen *unter* sich ist der Mensch gütig, gerecht, mitleidig, wenn sein Vortheil nicht in den Weg tritt, nur *über* und *neben* sich ist ihm alles verhaßt.‹«

Medardus übergieng diese Erinnerung mit einem erröthenden Stillschweigen und fuhr in seiner Erzählung mit dem Tone fort, wie ein Mensch, der sich bey einer Satyre getroffen fühlt. – »Ja, Brüderchen, sie war mein Glück«, sagte er. »Sie luden mich durch ihre Winke ein, ihnen zu folgen; weil ich für meinen Appetit dabey zu gewinnen hofte, nahm ich die Einladung ohne Bedenken an. Die ganze Gesellschaft ritt mit sittsamen Ernste auf ihren großen Meerkatzen fort, und ich hatte die Ehre, ihnen zu Fusse nachzuspatzieren.

Nach unsrer Ankunft in eine Hütte von Baumästen wurde die Tafel von Meerkatzen besetzt, die in dieser Gegend alle häusliche und galante Verrichtungen unter Händen haben und sehr frühzeitig dazu abgerichtet werden. Sie lernen ihre Wissenschaften so schnell, daß in einem Jahre eine Meerkatze den höchsten Grad ihrer Vollkommenheit erreicht. Siehst Du, Brüderchen? es wurde viel aufgetragen, von wenigem gegessen, und nichts füllte nur eine Viertelelle Hunger in meinem Magen aus. Man spielte nur mit dem Essen; und ich hatte Lust, im völligen Ernste damit zu verfahren. Man lachte abermals über mich; und da man sich überdrüßig gelacht hatte, sahe man mich mit keinem Blicke mehr an. Ich wurde aus der Hütte verwiesen, mußte eine ziemliche Strecke von dem Schlafgemache meiner Gönnerinnen in einer kleinen Kabane schlafen und mich mit Seilen von Bast fest anbinden lassen, – vermuthlich, damit sie ungestört und sicher für meinen nächtlichen Ueberfällen schlafen können, dachte ich. Aber es mußte wohl nur eine Cerimonie seyn; denn mit jeder Viertelstunde bekam ich von einer meiner überfirnißten Damen einen Besuch, der mich keine Minute ruhig schlummern ließ, so sehr meine ermüdeten Lebensgeister der Erhohlung bedurften. Ich ward ungeduldig, riß mich von meinen Banden los, ergriff die Muthwillige, die mich eben beunruhigte, um sie aus meinem Schlafgemache hinauszuwerfen: sie schrie Gewalt, und aus ihren ängstlichen Geberden konnte ich schließen, daß sie ihren herbeyeilenden Schwestern meine That als einen Anfall auf ihre Tugend abmalen mochte, ob sie gleich vorher mehrere auf die meinige gethan hatte. Sie schrieen, lärmten und tobten alle, steinigten mich, hezten ein ganzes Regiment Meerkatzen auf mich los, die mich mit ihren Tatzen elendiglich zerkratzten. Ich ertrug mein Schicksal mit Geduld; aber den Tag darauf wurde ich ausgelacht! Brüderchen, ausgelacht, bis zur ärgsten Beschämung! Ich forschte nach meiner *Zaninny*, ich lief allenthalben herum, sie aufzusuchen; ich fand sie nirgends: ich war untröstlich, doch wurde ich bald durch ein lächerliches Schauspiel wieder aufgemuntert. Die Meerkatzen haben das feinste Gefühl der Ehre: Neid und Vorzugssucht beherrschen sie ganz. Tages vorher hatte einer das Glück gehabt, daß über seine Kapriolen der Zirkel am lautesten und häufigsten gelacht hatte: alle übrigen wurden neidisch und versengten ihm mit einem Feuerbrande im Schlafe seinen Spiegel auf dem Rücken. Weil er aus einer harten, fühllosen Haut besteht, so wird er es nicht eher inne, bis der Brand die Hinterkeulen schon zu verwüsten anfängt. Das arme Geschöpf hinkte traurig herum und mußte mit seinen Schmerzen der Gesellschaft oben drein zur Kurzweile dienen, die sich in ein ausgeschüttetes Gelächter über seinen Zustand ergoß, das zunahm, je mehr seine Kameraden ihn neckten und quälten. Die ganze Erklärung des Vorfalles theilte mir eine von den rothen Nymphen durch ihre künstliche Geberdensprache mit; denn sie waren insgesamt geborne Pantomimenspielerinnen und sprachen deswegen selten anders als durch Minen und Gestikulationen. Durch eben diesen Weg erhielt ich auch die Eröffnung, daß in diesem Distrikte nichts als lauter Frauenzimmer mit ihren bedienenden und zeitverkürzenden Meerkatzen wohnten und daß sie bey andern Bedürfnissen der Natur ihre Männer aus einem nahegelegnen Gebirge zu sich beriefen, die dort das Land für ihren beyderseitigen Unterhalt bauen und Schminke für die Körper ihrer Damen sammeln mußten. Lange konnte ich in dem Lande nicht mehr ausdauern; unter lauter Meerkatzen bekömmt man leicht Langeweile; auch *ich* wurde den schönen Bewohnerinnen des Landes beschwerlich, weil ihnen alles so alltäglich an mir geworden war, daß sie nicht mehr über mich lachen konnten. Der ganze Himmelsstrich war mir verhaßt, weil er meine geliebte *Zaninny* ohne mich besaß: ich nahm meinen Abschied, und diejenige Dame, die ich in der ersten Nacht zu einem keuschen Geschrey genöthigt hatte und die mir seitdem gewogner als alle andre war, gab mir mit dem langen Nagel ihres Daumens, die sie dort zu der ansehnlichsten Größe anwachsen lassen, zum Andenken ihrer Gewogenheit einen Schnitt auf den rechten Backen, wovon du noch bis izt die Narbe siehst. Alle Mannspersonen mußten sich in dieser weiblichen Republik mit einem solchen Schnitte zeichnen lassen zum Beweise, daß sie diejenige Schöne, von welcher sie ihn empfiengen, als Sklaven unter sich gebracht hat; und wenn man der Meerkatzen überdrüßig ist, so ist es die einzige Zeitverkürzung unter ihnen, einander die Schnitte vorzuzählen, mit welchen eine jede ihre vermeinten Sklaven gebrandmahlt hat. Ich begab mich auf den Weg und wandelte langsam mit trauriger Beklemmung von dem Orte, wo ich meine beste *Zaninny* zurückließ. – ›Doch‹, dachte ich, ›wer weiß, wozu dies gut ist, daß du sie verlieren mußtest? Vielleicht – ach, wer kann sich alles Böse denken, dem ich dadurch entkommen bin, und alles Gute, das ich *möglicher* Weise dadurch erlangen kann? Wer weiß, wozu es gut ist?‹ – Mit diesem Gedanken beruhigte ich mich auf meinem Marsche und kam mit ihnen zu den *Emunkis,* einem elenden Volke, das unter dem abscheulichsten Regimente lebte. Ihr Herr war der geilste, geizigste, grausamste Tyrann der Erde.

Meine Ankunft fiel auf einen Tag, wo alles in der größten Feierlichkeit war. Der neue Despot hatte den Thron bestiegen und nach dem dasigen Staatsrechte seinen übrigen zwey und siebzig Brüdern goldne Stricke zugeschickt, an welchen sich ein jeder mit eigner Hand aufhängen mußte: das ganze Volk lief einer Gallerie zu, wo sie alle nach der Rangordnung des Alters an ihren goldnen Stricken schwebten, und der tumme Pöbel frolockte über diese ersten Opfer, die der Despot seiner Tyranney gebracht hatte. Ich habe mich lange Zeit an seinem Hofe aufgehalten, und ihm muß ich mein Königreich *Niemeamaye* verdanken.« – Medardus seufzte ein wenig bey dieser Stelle und fuhr sogleich wieder fort. – »Der dicke Götze saß unaufhörlich in einer dichten Wolke von Wohlgerüchen, die ihm alle Sinne so sehr benebelten, daß er nie zu sich selbst kam: unaufhörlich mußte ein Haufen Gold und eine von seinen Weibern zu seinen Füßen liegen. Seine Leibwache bestand bloß aus Weibern, die nie eine männliche Seele zu ihm ließen; die höchsten Stellen des Landes waren zwar mit Männern besetzt, allein die obersten Befehlshaberinnen der Leibwache hatten in allen Rathsversammlungen die ausschlagenden Stimmen, und jene mußten nur vortragen und vollstrecken, was diese geboten. Alle Mädchen von den ersten Augenblicken des Lebens waren im ganzen Reiche seine Leibeignen: die Vornehmern und Reichern hatten sich des Rechts bemächtigt, seine Leibwache auszumachen, und die Gemeinen oder Armen wurden in sein Serail nach dem Maaße ihrer Schönheit gewählt und die Häßlichen im Namen des Königs an die Liebhaber öffentlich verkauft. Der Despot hatte eine so unsinnige Liebe zum Golde, daß er nicht schlafen konnte, wenn nicht einige Haufen neben seinem Lager aufgeschüttet lagen.«

»Also war er dein Lehrmeister?« unterbrach ihn Belphegor etwas bitter.

Der gute Medardus erschrak; er wollte seine Erzählung fortsetzen und die Bitterkeit der Frage nicht zu fühlen scheinen; allein Belphegor faßte ihn stärker und ließ ihn nicht durchwischen. Er malte ihm mit den frischesten Pinselzügen, doch mit etwas Galle vermischt, den Neid und die Unterdrückung vor, die er, als der sonst treuherzige, wohldenkende Medardus, als Beherrscher von *Niemeamaye* gegen seine Nachbarn und Unterthanen ausgeübt hatte. Dem Monarchen wurde bange; er räusperte sich, er rückte sich auf seinem Sitze hin und wieder, er wußte nicht, ob und was er reden sollte, bald schien er sich entschuldigen, bald anklagen zu wollen, während dessen sein Moralist unaufhörlich fortfuhr, mit aller Stärke seiner Beredsamkeit sein eingeschläfertes gutes Herz aufzuwecken. – »Brüderchen«, sprach er endlich, »ich bitte Dich, schweig! Du machst mir so bänglich ums Herze, daß ich heute noch lieber zu einem Glase frischen Apfelwein mit Dir zurückgehn, als hier eine Minute länger befehlen möchte. Du übertreibst!«

»Nicht Einen Strich in dem Gemälde übertreibe ich«, antwortete Belphegor und ließ den Strom seiner Gesezpredigt von neuem hervorbrechen.

»Was bist Du denn besser?« schloß Belphegor; »worinne besser als der wilde Despot, an dessen Hofe du deinen Geiz lerntest? Weniger grausam, aber der nämliche Unterdrücker.« Sein Freund fiel ihm um den Hals, erbot sich, alles gesammelte Gold unter seine Nachbarn auszutheilen, allen seinen Sklaven das Ihrige wieder zu erstatten, wie der geringste unter ihnen zu leben, seine ganze Macht niederzulegen, mit ihm zu einem Kruge Apfelwein zurückzuwandern und so viel Gutes zu thun, als er könnte. Belphegor war mit seiner Reue zufrieden und fragte ihn, um ihre Aufrichtigkeit zu versuchen, welchen Tag er alle diese Versprechungen erfüllen würde. Er stutzte ein wenig über die Frage, doch setzte er lebhaft hinzu: »Morgendes Tages!« Belphegor nahm seine Hand darauf an und brach die Materie ab, doch sein Freund kehrte oft zu ihr wieder zurück. – »Brüderchen«, sagte er, »es ist ein verzweifelt schweres Ding, allein Herr von seinem Willen zu seyn und lauter Gutes zu thun. Sonst, wenn ich einem armen, durstigen Manne einen Trunk Apfelwein reichte, wünschte ich immer: ›O wer dich doch auf einen Thron setzte, daß du die Leute glücklicher machen könntest! Jämmerlich ist doch die Armuth, daß man nicht mehr für den armen Nebenmenschen thun kann, als ihm höchstens auf ein Paar Minuten den Durst löschen oder den Hunger stillen! wenn ich reich, wenn ich mächtig wäre – kein Mensch auf Gottes Erdboden, so weit nur mein Auge reichte, sollte mir Zeitlebens hungern oder dursten.‹ – Brüderchen, ich hab es erfahren. Ich habe sonst mit meinem Kruge Apfelwein Mehrern Gutes gethan als itzt mit meinem Golde. Das böse Menschenherz! Fromal sagte mir wohl, ich sollte nicht schwören, ich würde einen Meineid begehn; ich habe ihn begangen. Aber, Brüderchen, nicht ein Tröpfchen Menschenblut klebt an meinem Gewissen. Siehst Du? ich fand an dem gelben Unrathe so vielen Gefallen, ich wollte gern viel und immer mehr haben, ich nahm es, wo es zu bekommen war: ich habe doch wenigstens niemanden Leides gethan. Wenn man so bloß sich selbst, seine Begierden und seine Macht zu Rathe zu ziehn braucht, da läßt man leicht die Zügel schießen. Doch Du, Belphegor, Du sollst in Zukunft mein einziger Rathgeber seyn.«

Belphegor fand bey dieser Erklärung für seine moralisirende Laune eine herrliche Aussicht und nahm deswegen den Vorschlag zur Mitregentschaft mit Freuden an; und seit diesem Augenblicke theilten sie Macht und Ansehn mit einander.

Den ersten und zweyten Tag that Belphegor ernstliche Erinnerungen wegen der versprochnen Wiedererstattung, und es fanden sich tausend Entschuldigungen und Verhinderungen: Belphegor drang alsdann weniger ernstlich, seltner und endlich gar nicht mehr darauf; tadelte alle getroffne Anstalten als unbillig, unfreundlich, unterdrückend und behielt sie bey: es blieb alles, wie es war, und statt daß sonst alles Gold aufgehäuft wurde, ließ er etwas mehr von den gesammelten Schätzen in den Umlauf kommen, damit das Volk wieder die Ingredienzen zu *zwo* Mahlzeiten kaufen konnte. Unter seinen Leidenschaften war die Liebe zum Golde schwächer als bey seinem Mitregenten: er war freygebig und ermahnte auch diesen, es zu seyn. Aber desto heftiger war sein Ehrgeiz: allmählich vermehrte er die Ehrenbezeugungen, die er von seinem Volke foderte, und wenn er nicht reich zu seyn wünschte, so wollte er angebetet seyn, ohne zu fühlen, daß es auch eine Unterdrückung giebt, die dem Menschen seine Würde nimmt und ihn zum kriechenden Sklaven macht. Genug, der weise Moralist wurde zum Unterdrücker, haßte und liebte die Menschen nach ihrer größern oder geringern Kunst zu schmeicheln und sich zu demüthigen, der Kriechendste, der Hingeworfenste war ihm der Beste, und man mußte kriechen oder leiden – eine Alternative, die dem völligen Zwange gleich ist!

Inzwischen waren die benachbarten *Emunkis* von ihrer Sklaverey so übermäßig niedergedrückt worden, daß ihr betäubtes Gefühl rege wurde; sie empfanden, daß sie Menschen waren, stürzten ihren Tyrannen von dem Throne, ermordeten die Leibwache, die bisher den Meister gespielt hatte, wie vorhin der König von *Niemeamaye* erzählte, und da Faktionen unter ihnen entstunden, vertrieb eine die andre, welche izt mit dem wütendsten Ungestüme in das Reich einbrachen, dessen Herrschaft Belphegor und Medardus theilten. Der Sturm drang mit einer unglaublichen Schnelligkeit bis zur Hauptstadt, alles gerieth in Verwirrung und Unordnung, man setzte sich zur Gegenwehr, und niemand wußte, warum man angegriffen wurde. Die beyden Regenten, die nicht sonderlich kriegerischen Muth besaßen, hielten es für das heilsamste, sich mit der Flucht dem Ungewitter zu entziehn. Belphegor versorgte alle Taschen von dem aufgehäuften Golde und entkam glücklich. Doch Medardus, der sich zu reichlich damit versehen wollte, zauderte so lange, bis die Burg umringt wurde, die die aufgebrachten Vertriebnen einnahmen, plünderten und ansteckten.

Belphegor entkam wohl, aber der Sturm folgte ihm nach. Seine vorigen Unterthanen, die *Niemeamayen*, waren von den *Emunkis* vertrieben, jene brauchten einen andern Platz, sie vertrieben die nächsten Völker, deren sie mächtig werden konnten, und man vertrieb und ward vertrieben, so lange bis zwey Völker vernünftig genug waren, sich unter Einem Himmel neben einander in Friede zu vertragen.

Von dem Tumulte wurde Belphegor mit fortgerissen, machte sich aber glücklich davon loß und nahm seinen Weg allein nach Aegypten, wo er bey einem europäischen Kaufmanne sein rohes Gold in Geld umsetzte und sich sehr in seine Gunst empfahl, weil er sich nach seinem Verlangen nur die Hälfte des Werthes dafür bezahlen ließ. Er versprach ihm für höfliche Worte und einen mäßigen Vortheil seinen Schutz und seine Gesellschaft, in welcher er nach Asien übergieng. Weil der Werth seines Goldes nicht lange mehr aushalten zu wollen schien, so bot er seinem Beschützer seine Dienste an, der sie nicht ausschlug und ihm in kurzer Zeit einen Auftrag nach Persien gab, wo er gewisse Handlungsgeschäfte für ihn besorgen sollte.

Seine Reise gieng glücklich und ohne widrige Zufälle von statten bis zu seiner Annäherung an die persischen Gränzen. Bey der Gesellschaft, mit welcher er reiste, befanden sich einige Aliden,* die zu jeder Zeit des Tags, wenn es die Gesetze ihrer Religion foderten, seitwärts giengen, um ihr Gebet einsam zu verrichten. Belphegor ward von der Innbrunst, mit welcher er sie es verrichten sah, wenn er sie belauschte, so entzückt, daß er nur eine Ueberredung und ein Messer brauchte, um sich auf der Stelle beschneiden zu lassen und ein Jünger des Mahomed und Ali zu werden. Er gewann die Leute lieb, unterredete sich oft mit ihnen über ihren Glauben und bewies ihnen sehr viel Güte, welche sie ihm reichlich erwiederten. Die Freundschaft war geknüpft, und er ersuchte sie sogar, ihn einen Zeugen ihres Gebets seyn zu lassen, welches sie ihm bewilligten. Doch bediente er sich dieser Erlaubniß mit vieler Bescheidenheit, und nie gebrauchte er sie, ohne daß das Feuer ihrer Andacht ihn zu einem Kniefalle und zur Vereinigung seiner Innbrust mit der ihrigen hinriß. – ›Aber warum nennt man nur diese Leute Ungläubige?‹ dachte er oft bey sich selbst; ›sie, die mit den feurigsten Regungen Gott verehren, deren ein Christ nicht fähiger seyn kann? Kann ein Herz, das zu einer so rührenden Erhebung von seinem Schöpfer begeistert wird, das Herz eines Ungläubigen seyn? Mag er doch den *Mahomed*, den *Ali* oder *Abubecker* für große Menschen halten, mag er sich doch ein Stückchen von seinem Fleische verschneiden lassen, mag er doch nach Mekka oder nach Bagdad sein Gesicht bey dem Gebete kehren: wenn sein Herz nur zu Gott gekehrt ist, gilt jenes nicht alles gleich? – O daß doch die Menschen keine Gelegenheit entwischen ließen, sich zu entzweyen, sich zu trennen, sich zu hassen, zu verfolgen, sich zu schlagen, würgen, morden!

* Eine von den mahomedanischen Sekten.

Ja, Fromal, Recht hattest du: ›Die Menschen vereinigten sich, um sich zu trennen.‹ Konnten sie nicht alle in stiller Eintracht auf diesem weiten Erdenkreise sich niederwerfen und das ewige Wesen mit der vollen starken Empfindung anbeten, die es verdient? Konnten sie die Welt nicht einen allgemeinen, friedsamen Tempel seyn lassen, wo Millionen Menschen, Nationen und Völker in unübersehlicher Weise mit vereintem Gefühle ihren Dank zu dem Allgütigen emporsandten, der sie fähig machte, ihm zu danken? Konnte es nicht dem einen gleichgültig seyn, ob sein Nachbar das Gesicht nach Osten oder Westen kehrte, ob er sich im Staube wälzte oder auf den Knieen lag, sich dabey die Haut blutig rizte oder das schönste Festkleid anzog, die Hände erhub oder senkte, ein flammendes Opfer zu seiner Andacht hinzuthat oder sein Herz nur flammen ließ? Und sollte es nicht vielleicht dem Schöpfer und also auch dem Menschen gleichgültig seyn müssen, ob der *Höchste*, der *Größte*, dessen Begriff unser Gedanke doch niemals umfaßt, in dem Wurme, dem Stier, der rohen Misgeburt, der ungebildeten Phantasie, im Stein, Holze, Metall oder in der bloßen Idee, als Tien, Jehovah, Jupiter angebetet wird? Sollte dies nicht *vielleicht* seyn? Wenn so viele Tausende durch einen unvermeidlichen Zusammenhang von Ursachen unter die Stufe der Erleuchtung, der Aufklärung des Verstandes hinabgestoßen werden, sollte der Ewige ihre Empfindung verschmähen, die sie ihm in einem Bilde opfern, das ihre schwache Vernunft und wilde Phantasie nicht anders zu schaffen vermochten? Sollte er sie darum verschmähn, weil er sie durch eine Reihe von Begebenheiten zu tumm bleiben oder werden ließ, um sich zu den Begriffen eines christlichen Philosophen zu erheben? *Im Grunde*, bey genauerer Untersuchung war es nicht der Peruaner aus eigner Wahl, der seinen Schöpfer in der Sonne fand und das Blut seiner eignen Kinder zu ihr empor dampfen ließ, nicht der Mexikaner, der sich an dem geopferten Fleische seiner Feinde labte – nein, eine lange Reihe von *nicht selbst gewählten*

Ursachen gaben den Erkenntnißkräften dieser Völker eine solche Wendung, drangen ihnen solche Ideen in einem solchen Lichte auf, daß sie sich ihren Gott so und nicht anders, seine Verehrung so und nicht anders denken konnten: ihre Begriffe vom Guten und Bösen, von Recht und Billigkeit bildete das Schicksal, nicht *sie*. Sie deswegen strafen, weil ihr Geist zu schwach war, sich durch aufgedrungne Irrthümer hindurchzuarbeiten, hieße das nicht einen Menschen mit Stricken und Fesseln allmählich auf den Boden niederziehn und ihn züchtigen, daß er nicht gerade steht? Hieße das nicht einen Bucklichen peitschen, weil er seine verwachsne Brust nicht gerade ausdehnt? – Und gleichwohl unterstanden sich es Sterbliche, dem Richter der Welt dies Verfahren zuzuschreiben, ja sogar es an der Stelle des Richters der Welt zu thun! – Gewiß, die Menschen sammelten sich, um sich zu trennen, um zu kriegen, und weil es ihrem Neide und ihrer Vorzugssucht an hinlänglichen Platze fehlte, so peitschen sie sich auch herum, weil der Zufall in dem Kopfe des einen die Ideen anders geordnet hatte als in dem Gehirne des andern: o Unsinn! und oft zankte man sich oben drein nur deswegen, weil der eine etwas weniger einfältiges glaubte als der andre. – Eine Sekte, wo die dogmatische Sucht kein Herze nagt und seinen Leidenschaften zum Lanzenträger dient – wo ist eine solche, sie ist mir willkommen! sie ist mir die beste! – Freund«, rief er dem Aliden zu, der sich eben näherte, »Freund! wenn alle Jünger des Ali mit solcher Inbrunst beten wie Du, so werde ich noch heute ihr Bruder! Wenn sie sich selbst so lieben wie ihren Gott, so schneide mir ein Stück Haut ab, ritze mir die Backen, bade mich oder mache eine Cerimonie, wie du willst, um mich zu deiner Sekte einzuweihen oder mich zu zeichnen, daß ich zu ihr gehöre! – genug, ich will der Genosse deines Bekenntnisses seyn und unter Menschen leben, die sich weniger hassen als andre: denn daß sie sich mehr *lieben* sollten, das fodre ich von *Menschen* nicht.«

Der Alide erstaunte über den Eifer, mit welchem er diese Anrede hielt, und war im Begriffe, ihm seine Freude darüber auszudrücken, als eine Stimme aus dem Gesträuche hervorbrüllte: »Du Verworfner, der du die heilige *Sonna** verachtest und den triegerischen Ali über den erhabnen Abubecker setzest, stirb von meinen Händen, Ungläubiger!« Sogleich durchrennte ein hervorstürzender Mann schäumend mit einem Spieße den betäubten, erschrocknen Aliden, daß er leblos auf den Fleck niedersank, den kurz vorher sein Knie in dem Feuer seines Gebetes gedrückt hatte. –

»Blut!« setzte der Mörder hinzu, »gottloses Blut! fließe zur Ehre des großen Propheten und seiner rechtmäßigen Nachfolger!«

Belphegor war von Schrecken und Erstaunen einige Zeit überwältigt, doch bald kehrte sein Muth und seine Fassung zurück, und er sprang auf, den Tod seines Gefehrten zu rächen; allein er war ohne Waffen, und sein Gegner verwundete ihn mit der nämlichen Wuth, womit er jenen durchbohrt hatte, doch nicht tödtlich. Als Belphegor von dem Stoße niedergestürzt war und in der Ohnmacht von dem Sonniten für todt gehalten wurde, so begab sich dieser hinweg, nachdem er vorher in einem lauten Gebete dem großen Propheten und seinem Nachfolger Abubecker zu Gemüthe führte, was für eine wichtige Verbindlichkeit er ihnen durch die Ermordung dieser beiden Ungläubigen auferlegt und was für einen vorzüglichen Anspruch er sich auf die schönste *Huri* des Paradieses erworben habe. Sein Religionseifer war gesättigt, und nach einer so verdienstlichen Handlung gieng er an seine Berufsarbeit zurück und plünderte mit seinen Gesellen die Karavane, zu welcher Belphegor gehörte; denn er war ein Räuber vom Handwerke.

Belphegor lag ohne Besonnenheit in seinem Blute und erwachte nur, um seine Entkräftung zu fühlen; er sah sich um,

* Bey den Mahometanern dasjenige, was bey den Katholiken die Tradition ist.

er rief so stark er vermochte; alle menschliche Hülfe war von ihm fern. In einem so trostlosen Zustande war Geduld das einzige Uebrige, ihm die Erschöpfung seiner Lebensgeister zu erleichtern. Er war vor Mattigkeit in einen Schlummer verfallen, aus welchem ihn der Ruf einer Stimme erweckte. Er schlug die Augen auf und wurde einen Mann gewahr, der ihn arabisch anredete. So wenig er auch von der Sprache wußte, so konnte er doch seine Begebenheit und sein Verlangen nach Hülfe darinne ausdrücken. Der Araber machte sogleich die großmüthige Anstalt, ihn fortzuschaffen, und ließ ihn auf ein Kameel laden, das er kurz vorher nebst etlichen andern einer reisenden Karavane abgenommen hatte, wobey er seinen Leuten den Befehl gab, den Verwundeten in sein Schloß zu bringen und bis zu seiner Ankunft gehörig zu pflegen. Der Mitleidige war, wie man leicht merkt, gleichfalls ein Räuber von Profession, kam in einigen Wochen auf sein Schloß zurück und fand Belphegorn von seinen Wunden geheilt. Er war so edelmüthig, jeden Dank von sich abzulehnen, und bot ihm Wohnung und Tafel auf so lange Zeit an, als ihm beliebte. Belphegor wurde von Dankbarkeit über eine solche Begegnung um so viel lebhafter gerührt, weil die üble Behandlung, die er bisher von den Menschen in verschiedenen Welttheilen erdulden mußte, das menschliche Geschlecht in seinen Augen so erniedrigt hatte, daß er eine solche Denkungsart von einem Mitgliede desselben gar nicht mehr erwartete. Der Räuber schenkte ihm eins von den schönen Kleidern, die er mit seiner lezten Beute erobert hatte, gab ihm verschiedene andre Kostbarkeiten und ließ ihm nicht die mindeste Bequemlichkeit mangeln.

Belphegor wurde durch diesen freygebigen Räuber mit dem Menschen um vieles wieder ausgesöhnt; nur blieb es ihm ein unauflösliches Räzel, das oft sein Nachsinnen beschäftigte, wie man so vortreflich und so schlecht zu gleicher Zeit handeln, zu gleicher Zeit so gutdenkend und ein Räuber seyn könne. Da er keine befriedigende Erklärung dieses Phänomens zu finden im Stande war, so wandte er sich an seinen Wohlthäter selbst und legte ihm die große Frage vor, deren Beantwortung ihm so schwer fiel. Der Araber war ungemein erstaunt, daß er so fragen *konnte*, und versicherte, daß er nicht begreife, warum jene beiden Dinge nicht beysammen seyn sollten, da das eine sowohl wie das andre eine gute, wohlanständige Sache wäre. – »Gastfrey«, sagte er, »sind meine Voreltern vom Anfange her gewesen: der Mensch war in ihren Mauren ihr geheiligter, unverletzlicher Freund und außer denselben jederzeit ihr Feind. Der weise *Allah** theilte seine Güter unter seine Kinder aus; wer keine Portion davon bekam, muß sie sich verschaffen oder darben. Ich wage mein Leben, um eine zu *erhalten:* mein Gegner wage das seinige, um seine zu *behalten.* Wohlan! der Tapferste ist der Besitzer. Der Elende, der Arme, der Kranke, der sich nicht in den Streit mengen und Wohlseyn und Bequemlichkeit erkämpfen kann, muß der Sklave des Mächtigern seyn oder von seinen Wohlthaten leben. Jeder rechtschaffne Araber hätte Dich in sein Haus wie in eine Freystätte aufgenommen, weil Du ihrer bedurftest; Du warst zu elend, mein Sklave zu seyn: ich mußte also dein Wohlthäter werden; und so lange Du in *meinem* Bezirke wohnst, höre ich nie auf, dies zu seyn: Du bist der Sohn meiner Familie.«

»Aber außer demselben dein Gegner«, unterbrach ihn Belphegor, »den Du plünderst oder zum Sklaven erniedrigst?«

»Nicht anders! Ich und meine Familie sind zu Einem Körper vereinigt: was nicht mit diesem Bande an mich geknüpft wird, ist Feind. Denkt ihr unter euerm Himmel anders?«

»Allerdings! Ungestört genießt jeder den Antheil von Glück, den ihm der Zufall zuwarf: Gesetze und Henker sind seine Wächter.«

»Und Niemand raubt dem andern einen Pfennig? Einer darbt, wenn der andre sich füttert, ohne sich mit seinen Fäusten etwas zu erkämpfen?«

* Das höchste Wesen.

»Nein, wir kämpfen nicht mit Fäusten, sondern leider! mit unserm Verstande – wir *betriegen.*«
»Betriegen? Elende, feige Kreaturen! der listigste Haufe hat bey Euch also das Obergewicht? – Fi!«
»Der Mächtige, der Große genießt seinen Ueberfluß sorgenlos; denn er ist auf allen Seiten verschanzt: der Arme genießt das Brod seines Schweißes eben so ruhig; Mangel schützt ihn wieder Bevortheilung. Der ganze übrige Haufe ist im Krieg verwickelt, und der Hinterlistigste ist der glücklichste Sieger.«
»Was für jämmerliche Kreaturen ihr seyd! die niederträchtigsten Räuber des Erdbodens! Jede Beute ist bey uns der Preis der Tapferkeit, jede bey euch ein Denkmal einer niedrigen Seele. Trenne mein Haupt sogleich von meinen Schultern, wenn Ein Betrug darinne gebrütet worden ist! Was ich bin, wurde ich durch mich selbst, durch meinen Muth.«
Belphegor war wahrhaftig am Ende seiner Disputirkunst, und der zurückgebliebene Grad von Abneigung gegen den Menschen ließ ihn auch keine sonderliche Mühe nehmen, etwas für die *polizierten* Räubereyen zu sagen: er schwieg mit einem Seufzer und gab den Grundsätzen des Arabers Recht.
Eine so angenehme Ruhe störte nichts als der Einfall eines benachbarten Räubers in das Schloß, wo sie Belphegor genoß. Dieser Held hatte in Erfahrung gebracht, daß Belphegors Gönner bey dem letzten Meisterstreiche, den er spielte, zwo der herrlichsten cirkaßischen Schönheiten in seine Gewalt bekommen hatte. Ein solcher Preis war es wohl werth, daß man sein Leben einmal daran wagte: die Liebe setzte seiner Tapferkeit den Sporn in die Seite, und er zog mit seiner ganzen Mannschaft aus, jene zwo Nymphen entweder in seine Hände zu bekommen oder sie wenigstens ihrem gegenwärtigen, überglücklichen Besitzer zu entreissen, sollte es auch durch den Tod geschehen müssen. Er rückte an, überraschte seinen Gegner, der sich nicht in der mindesten Bereitschaft befand und sich schon ergeben mußte, ehe er sich zur

Wehre stellen konnte. Der Feind begnügte sich, alle Oerter zu durchsuchen, wo er die verlangten Schätze vermuthete, und ward nicht wenig ungehalten, da ihm allenthalben sein Wunsch fehlschlug. Er erhielt zwar die Nachricht, daß der überwundne Herr des Schlosses, den sein Alter über die Begierden der Liebe schon ziemlich hinwegsetzte, die schönen Cirkaßierinnen nach ihrer Erbeutung sogleich in Geld verwandelt habe. Allein da er dies bey seiner jugendlichen Lebhaftigkeit nicht begreifen konnte, so erklärte er es schlechtweg für eine Erdichtung, stellte seine Nachforschung noch etliche Mal an und fand jedesmal nichts. Um aber doch seinen Gang und seine hintergangne Hoffnung bezahlt zu machen, nahm er dem Ueberwundnen seine Sklaven und eine Auswahl von seinen besten Habseligkeiten mit sich hinweg, das Uebrige nebst dem Schlosse steckte er in Brand und war so großmüthig und gab Belphegorn und seinem Wohlthäter, weil er sie beyde zu nichts anzuwenden wußte, die Freyheit und völlige Erlaubniß, alles Glück in der ganzen weiten Welt aufzusuchen.

Sie giengen beyde mit einander fort, und es war schwer zu unterscheiden, welcher von ihnen eigentlich den Verlust erlitten hatte. Sie nahmen ihren Weg nach der Landschaft *Diarbek* und fanden sie bey ihrem ersten Eintritte mit Empörung und Blute überschwemmt. Kaum hatten sie ein Dorf erreicht, als sie schon mit dem Schwerdte in der Hand auf ihr Gewissen befragt wurden, ob sie sich zu *Dubors* oder *Misnars* oder *Abimals* oder *Ahubals* oder des Sultans *Amurat* Parthey hielten. – »Zu derjenigen, die das meiste Recht für sich hat, oder lieber zu keiner«, antwortete Belphegor. »Ich kenne weder Amuraten noch Duborn noch die du mir nennst; es herrsche über Diarbek, wer kann oder will!« – Da ein Türke keine andre als lakonische, positive Antwort annimmt, so wurde die Frage noch einmal und zwar peremtorisch gethan, und um ihn zu einer bestimmten Antwort desto schneller anzutreiben, schwangen die Examinanten ihre Säbel über ihren Köpfen und hielten sich zum Hiebe bereit. Jede entscheidende Antwort konnte ihnen den Tod bringen, und jede Verzögerung brachte ihn gewiß: sie wählten blindlings ihre Parthey und trafen glücklicher Weise diejenige, zu welcher die Fragenden sich bekannten. Diese vortheilhafte Wahl errettete sie vom Untergange: man ließ ihnen die Freyheit, in *Diarbek* zu existiren, und bekümmerte sich weiter nicht um sie. Bey dem Fortgange ihrer Reise geschah ihnen von Zeit zu Zeit die nämliche Anfrage, und der Zufall, auch zuweilen List, half ihnen jedesmal aus der Gefahr! Um sich ihr aber nicht länger auszusetzen, beschlossen sie, ein Land mit dem ehesten zu verlassen, wo die Neutralität schlechterdings unerlaubt war. An den Gränzen erfuhren sie, daß *Misnar* alle seine Nebenbuhler besieget, ermordet und sich auf drey Wochen die Herrschaft über Diarbek errungen hatte, nach deren Verlaufe der Sultan Amurat für gut befand, ihn vom Throne heruntertreiben und stranguliren zu lassen, nebst allen denjenigen, die die kurze Gnade seiner Regierung erhoben hatte.

Siebentes Buch

Einem Blutbade entgiengen sie, um in ein andres zu gerathen: bey dem ersten Schritte, den sie auf persischen Boden setzten, kamen ihnen schon blutige Ströme entgegen. Je weiter sie ihr Weg führte, desto mehr häuften sich die Spuren des Mordes und der Grausamkeit, und zuletzt gelangten sie an einen gräßlichen Wahlplatz, wo Schaaren über einander gestürzter Leichname in gräßlichen Haufen, mit getödteten Kameelen und Maulthieren vermischt, lagen. Belphegor fuhr mit Entsetzen vor dem schrecklichen Anblicke zurück, und sein Gefährte zitterte eben so sehr vor Furcht und Grauen, und beyde standen lange in einem stummen Erstaunen.

Bald aber machte die Furcht der Neubegierde Platz: sie verlangten außerordentlich, die Ursache zu wissen, die Menschen zu einem so unmenschlichen Todtschlage berechtigt haben konnte. Demungeachtet zog sie die Besorgniß, in die nämlichen unbarmherzigen Hände zu verfallen, bey jedem Tritte zurück. Sie faßten aber dennoch Muth, setzten ihre Wanderschaft fort und fanden hin und wieder halblebende Todte, aber nirgends einen völlig Lebendigen. – »Was soll das?« rief Belphegor. »Sind das Anstalten, die menschliche Gattung in diesen Gegenden auszurotten? Eine so ausgesuchte Begierde hat doch keiner der berühmtesten Tollköpfe noch gehabt. Wohlan, Freund! wir wollen weiter dringen! Werden wir unter dem allgemeinen Ruine begraben, was schadets? – Wir athmen die verpestete Luft dieses Erdkreises nicht mehr, deren kleinstes Theilchen durch den Hauch eines Unmenschen entweiht, durch die Lunge eines Barbaren gegangen ist. Gewinn ist ein solcher Verlust.«

Sie setzten ihren Weg noch einige Tage fort und trafen nichts mehr als die vorhergehenden Gegenstände an – Beweise der Unmenschlichkeit genug, aber keinen Menschen. Endlich wurden sie gewahr, daß die Einwohner aus den Dörfern nur geflüchtet waren und einzeln mit bedächtlicher Schüchternheit aus den Wäldern zu ihren Wohnungen zurückkamen. Sie forschten so lange, bis sie erfuhren, daß vor einigen Tagen eine schöne Europäerinn in dem Harem des großen Königes von Persien geführt worden sey: eine Karavane von Reisenden war dem Zuge begegnet, und da sie unglückseliger Weise ihm nicht ausweichen konnte, so hatten sich die Evnuchen einen Weg mit dem Schwerdte durch sie gebahnt. Das nämliche Schicksal betraf alle, die die Unvorsichtigkeit oder das Unglück hatten, sich auf dem Wege finden zu lassen: der klügere Theil war aus den Wohnungen, die an der Straße lagen, geflüchtet, um nicht durch einen unbedachtsamen Blick auf eine verschleierte Schönheit das Leben zu verwirken.
Belphegor hätte gern dem großen Sohne des Himmels für diese Barbarey den Kopf abgeschlagen, wenn er bey der Hand gewesen wäre, und machte verschiedene Anmerkungen in *seinem* Tone darüber, die bey andern als sklavischen, erstorbnen Gemüthern einen förmlichen Aufruhr veranlaßt hätten. Wenn es aber gleich nicht diese Wirkung that, so fühlten doch seine Zuhörer einen gewissen Schwung in seiner Denkungsart und seiner Beredsamkeit, welcher sie dunkel überredete, daß er keiner vom gemeinen Haufen, sondern ein Weiser seyn müsse, weswegen sie ihm riethen, die Bekanntschaft eines gewissen Derwisches zu machen, der in einer völligen Einsamkeit lebte und ihnen unter dem Namen des Derwisches in den Bergen bekannt sey. Sie setzten hinzu, jedermann, der ihn gesprochen, sey voller Bewundrung und Ehrfurcht zurückgekommen und habe versichert, daß sein Mund von einem unerschöpflichen Strome von Weisheit und heilsamen Lehren überfließe.
Eine solche Nachricht war für Belphegors Begierde ein Sporn:

kaum konnte er sie endigen lassen, als er um einen Wegweiser bat, der ihn zu dem glücklichen Orte führen sollte, wo er einen *Menschen* zu finden hoffte. Sein Gefährte, dessen Durst nach Weisheit nicht so heftig brannte, warnte ihn sehr eifrig, sein Leben und das wenige gerettete Geld nicht der Treulosigkeit dieser Bösewichter anzuvertrauen, die ihn in unwegsame Gebirge führen und in den ersten Abgrund stürzen würden. So sehr er ihm mit seiner arabischen Beredsamkeit zusetzte und so stark er seine Warnung mit Gründen unterstützte, so blieb doch Belphegor in seinem Vorsatze unbeweglich. Eben so unbeweglich blieb auch der Araber in dem seinigen und trennte sich von seinem Gefährten, um wieder in sein Vaterland zurückzukehren, wo man nach seiner Meinung viel edelmüthiger stiehlt und raubt als irgendwo.
Belphegor kletterte nebst seinem Wegweiser mit seinem gewöhnlichen Ungestüme über Felsenspitzen, steinichte, unsichre Wege, schlüpfrige, hervorragende Stücken Stein, wo ein einziger Fehltritt in unabsehbare Tiefen stürzte, wo den herabfallenden Millionen hervorstehende Spitzen erwarteten, um ihn zu zermalmen, durch stechendes Gesträuch von Wacholdern, die einen kleinen, verschlungnen Wald bildeten, über Wasserfälle, über Schnee, Eis und fast durch die Wolken, um zu dem Derwische der Berge zu gelangen. Nachdem sie drey Tage mit dem höchstmühsamen Wege gekämpft hatten, so wurde er selbst ein wenig mißtrauisch gegen seinen Führer. Doch drückte die Hitze seiner Erwartung und die Größe der gehofften Freuden bald jeden Argwohn nieder; er beruhigte sich damit, daß er dem Wegweiser alles bey sich habende Geld übergab und ihn versicherte, daß der ganze Schatz sein werden sollte, wenn er ihn durch Verkürzung des Weges nur etliche Stunden früher zu dem weisen Derwische zu bringen wüßte. Der Andre nahm es mit Dankbarkeit an und versprach, sein Verlangen so sehr als möglich zu erfüllen. Auch fanden sie sich beym Anbruche des Tages auf einem Felsenrücken, von welchem sie eine schöne, muntre, lachende

Ebne übersahen, die durch den Anblick schon ihnen die ausgestandnen Beschwerlichkeiten hinlänglich vergütete. Belphegors Herz schlug vor Entzücken, als er die Wohnung des Derwisches durch ein dünnes Palmwäldchen hervorschimmern sah. Gern hätte er mit Einem Sprunge die heilige Schwelle betreten: jedes Lufttheilchen, das er einhauchte, schien ihm reiner und heiliger zu seyn.

Wenn die Musen gegen einen Prosaisten nicht etwas spröde wären, so rief ich sie mit lautem Schreyen um ihren Beystand bey der Schilderung eines der schönsten Thäler an; aber so muß ein armer Verfasser in ungebundner Rede die Sache allein bestreiten. Will indessen eine sich herablassen, meinen Pinsel zu führen, so greife sie zu!

Die ganze Fläche des beynahe eyförmigen Thales war ringsum von Bergen umschlossen, die sich amphiteatermäßig in mannichfaltigen Absätzen erhuben: hier steilte sich eine schneeweiße Felsenspitze, wie ein Thurm, in die Höhe, hinter ihr dehnte ein brauner Berg den langen Rücken weg, und höher als beyde verlor sich eine Menge zackichter, gräulicher Gebirge mit ungleichen Höhen am Horizonte; dort hiengen Felsenstücken in der Luft, die nur Einen Stoß zu brauchen schienen, um herabzustürzen, neben ihnen bedeckte ein düstres Strauchwerk den phantastisch gekrümmten Berg, der sich mit einer Menge kahler Beugungen und Hölungen endigte, und die breitsten, weitschimmernden Häupter entfernter Gebirge darüber emporsteigen ließ; bald stürzte sich ein kleiner Bach beynahe hängend an einer Felsenwand herab, verschwand, brach eine weite Strecke davon wie ein brausender, schäumender Bach aus dem Felsen hervor, flog über ausgehölte, schwebende Steine hinweg und wurde von einem Schlunde gierig verschlungen, um nie in dieser Gegend wieder zu erscheinen; bald stieg eine allmähliche, schiefgedehnte, berasete Anwand bequem in die Höhe und thürmte sich plötzlich in unzähliche Höhen, die sich gleichsam wetteifernd über einander erhuben, hier nackt, dort in einem Mantel von gelbgrünem Gesträuche, bald als Pyramiden, bald als umgestürzte Kegel, hinter welchen eine weißgraue Kolonnade vom majestätischen Felsen den Gesichtskreis begränzten und weitgedehnt in ungleicher Größe allmählich verschwanden. Die Seite, von welcher sie in die Ebne hinabstiegen, war ein hoher, platter Berg, der an sich schon die Aussicht beschloß, mit einem Cedernwalde bedeckt, durch welchen sie hindurchwandern mußten, und kaum waren sie heraus – siehe! so stund, wie hinter einem eröffneten Vorhange, das ganze schöne Thal in seine vielfältigen Wälle von Gebürgen und Felsenwänden, wie sie vorhin gemalt worden sind, eingezäunt, mit etlichen kleinen, schmalen Wasserkanälen durchzogen, mit einzeln Bucketen von Obstbäumen, lichten und dunkelgrünen Büschchen, beynahe regelmäßigen Pflanzungen, frischgearbeitetem Acker, blühenden, kriechenden und aufgestengelten Gewächsen, Gruppen von Citronenbäumen mit goldnen, blinkenden Früchten, zerstreuten, kleinen Hüttchen gleichsam bestreut – kurz, das herrlichste, lachendste Mosaik der Natur vor ihren Augen.

Belphegor war überrascht, betäubt, überwältigt, hingerissen, er staunte, er war seiner Sinnen nicht mächtig; er warf sich vor Begeisterung auf die Erde und küßte den Boden als den Eingang zu einem Heiligthume. So bald seine Empfindungen weniger gewaltsam wurden, so besahe er die Gegend um sich mit unersättlicher Begierde, sahe und hatte nie genug gesehn. Sein Führer ermahnte ihn zur Eilfertigkeit, wenn er noch vor Abend bey dem Derwische anlangen wollte, weil seine Wohnung fast an dem andern Ende des Thales liege und noch viele Stunden erfodre, wenn sie gleich ihre Schritte verdoppeln wollten. Belphegor riß sich, wiewohl mit einigem Widerstande, von dem entzückenden Anblicke los, um einem noch entzückendern zuzueilen.

Kaum waren sie die langgedehnte Anhöhe hinuntergestiegen, als sie ein krummlaufender Gang einlud, durch einen kleinen, dunkeln Hain zu wandeln, an dessen Ende sich zwo vierfache Reihen von Pomeranzenbäumen anschlossen, die dahinterliegende Saatfelder von Mais durch die Zwischenräume der Stämme durchschimmern ließen. Am Ende derselben fanden sie etliche Hütten von Baumzweigen, doch ohne Bewohner. Belphegorn befremdete diese Entweichung, und er ward um so viel neugieriger, die Bewohner aufzusuchen. Sie giengen in der Folge über verschiedene kleine Kanäle, die mit Obstbäumen eingefaßt waren, durch kurze, ganz natürliche Wildnisse von Ahornbäumen, durch Felder mit funkelnden Kürbissen, Melonen und andern lachenden Früchten. Schöner als alles war der Zugang zu der Wohnung des Weisen: Reihen Maulbeerbäume, um die sich die herrlichsten Weinreben mit halbreifen, röthlichen, lang herabhängenden Trauben schlangen; hinter ihnen Beete mit Gartenfrüchten, besonders Melonen; darauf Pfirsichbäume mit rothschimmernden, samtnen Früchten beladen, Abrikosenbäume mit Reichthume überschüttet; die ganze Scene schlossen vier erhabne Zypressen, die über dem lächelnden Kolorite der Fruchtbäume mit ihrem melancholischen Grün in vier Spitzen emporstiegen und unter ihre Zweige die Wohnung des Derwisches gleichsam wie unter Flügel nahmen. Der ehrwürdige Alte saß mit zwo Töchtern in persischer Kleidung auf einem Steine vor seiner Wohnung und schaute mit entblößtem Haupte nach der Sonne hin, die eben hinter dem gegenüber stehenden Berge versinken wollte.

Belphegor hatte ihn kaum in der Ferne erblickt, als er mit seiner Hastigkeit auf ihn zuflog, sich ihm zu Füßen warf und mit der feurigsten Innbrunst seine Kniee umfaßte. Der Alte hub ihn lächelnd auf und nöthigte ihn durch ein freundliches Zeichen, sich neben ihm niederzusetzen. Das Gefühl einer gegenwärtigen Gottheit könnte kaum feuriger und mehr überwältigend seyn als Belphegors Empfindungen: er war sich seines Daseyns nicht bewußt, ein Schwarm ununterschiedner Vorstellungen und glänzender Bildern schwebten um seine betäubte Seele, und eben so viele verwickelte Gefühle fuhren durch sein Herz. Lange saß er, so außer sich gesetzt, neben dem Alten, der den innerlichen Tumult in seiner Mine las und darum ihn gerührt bey der Hand faßte, ohne sein Stillschweigen zu unterbrechen. Endlich machte sein Gast den Anfang: er schüttete ihm in einem Strome von persischen Worten sein Herz aus, die aber meistens halberstickt und abgerissen hervorkamen, weil er der Sprache zu wenig mächtig war, als daß seine Empfindungen und Gedanken die Geläufigkeit der Zunge nicht übereilen sollten. Der Derwisch bat ihn, von seinem Wege auszuruhn und alsdenn ein kleines Mahl mit ihm im Mondscheine einzunehmen. Belphegorn überlief ein süßer Schauer, als er dieses hörte, und er begab sich hinweg. Die älteste von den beyden Töchtern führte ihn in ein Kabinet, wo sie ihm ein reinliches Lager von Blättern mit einer Decke von einem orientalischen Halbtuche zu seiner Ruhe anbot und zu ihrem Vater zurückkehrte. So ermattet er war, so hatten doch die vorhergehenden heftigen Empfindungen seine Nerven zu sehr angespannt, als daß der Schlaf sie hätte überwältigen sollen. Er lag voller Gedanken in einem oft unterbrochnen Schlummer und konnte endlich seinem Verlangen nach dem Gespräche des Derwisches nicht mehr widerstehen: er sprang auf und gieng zu ihm.

Während der Mahlzeit entwickelte es sich bald, daß der vermeinte Derwisch ein Europäer war. – »Ein Europäer!« rief Belphegor voll Freuden. »Und aus welchem Lande?« »Aus Frankreich«, antwortete jener und seufzte. »Aus Frankreich, das mich mit vielen seiner Söhne undankbar ausstieß. Ich bin der Bruder der unglücklichen Markisinn von E.« – »Der Markisinn von E.!« unterbrach ihn Belphegor. »Der unglücklichen Markisinn, die die gräulichen Türken in vier Stücken spalteten, daß sie großmüthig den Prinzen Amurat bey sich aufgenommen hatte!« – »Ein Zug ihres Charakters! die gute Schwester!« sagte der Alte. »Freund! erzähle mir die Geschichte, daß ich höre und in meinen weißen Bart dazu weine.«

Belphegor gehorchte ihm; und sein Zuhörer hörte ihre widrigen Schicksale mit gerührter Aufmerksamkeit, erhub bey dem Ende der Erzählung seine Augen gen Himmel, indessen ihm etliche Thränen die Wangen heruntertröpfelten. »Diese«, sprach er, »weine ich dir!«

»Aber«, fieng Belphegor nach einer kleinen Pause an, »wie konnte dich, ehrwürdiger Vater, deine Flucht in diese himmlische Einsiedeley, so weit von deinem Vaterlande führen? Du flohest Frankreich.«

»Um einer Ursache willen«, unterbrach ihn der Alte lebhaft, »die die Menschheit mit ewigen Flecken brandmalt – Flecken, die keine Thränen auswaschen können. Wir wurden Opfer der Ruhmsucht eines stolzen Monarchen,* des eingewurzelten Vorurtheils, politischer Ränke und des Privathasses und wurden, nach dem *öffentlichen* Vorwande, der Religion, der Rechtgläubigkeit geopfert. Ich floh nach Deutschland mit einigen meiner vertriebnen Mitbrüder, um es zu bereichern und poliren zu helfen. Ich floh, aber mein Herz blieb in Frankreich, oder es irrte vielmehr mit meiner S** herum; denn unmöglich konnte ihre Liebe sie in einem Lande zurückbleiben lassen, das ihren zärtlichen Freund verstossen hatte. Ich lebte indessen nur zur Hälfte: ich bin von jeher ein Geschöpf gewesen, das mehr in der *Imagination* als in der *Wirklichkeit* lebte, glücklich und unglücklich war. Meine verlaßne Liebe erzeugte bald mit Hülfe meiner Einbildungskraft eine Melancholie in mir, die mich von aller Gesellschaft entfernte: ich lebte, dachte und fühlte in der tiefsinnigsten Einsamkeit, und ich dachte nichts als meine S** und fühlte nichts als meine Liebe. Geschäfte und andre Verbindungen zwangen mich häufig, meine Einsiedeley zu verlassen: ich that es mit Widerwillen, mit dem größten Widerwillen, weil keine andre S** in der ganzen schimmernden Gesellschaft, in welcher ich, wie ein Gespenst, täglich herumwanderte, anzutreffen war. Keine, auch nicht die schönste, auch nicht die

* Ludwig des 14.

bewundertste, bewegte den Perpendickel meines Herzens nur um eine Sekunde schneller: alles waren mir steife, unnatürliche Kreaturen, die den Mangel des natürlichen Reizes durch Kunst und Anstand ersetzen wollten, aber ihn für mein Gefühl unendlich wenig ersetzten, durch den falschen Anstrich nur desto mehr vermissen ließen; mein Herz fand nirgends anziehende Kraft und allenthalben Widrigkeiten. Je weniger mein Gefühl gleichsam ausgefüllt wurde, desto mehr verstärkte es sich! und zuletzt war gar nichts mehr übrig, das nicht, so zu sagen wie ein leichter Span auf einem Weltmeere, darauf geschwommen hätte: gar nichts *drückte* sich ihm ein. Geschwind zerriß ich alle Banden, die mich an die Menschen fesselten, und floh eine Gesellschaft, wo ich allzeit Gelegenheit zum Misvergnügen fand, weil kein Vergnügen meinen Foderungen gleich kam.
Nicht lange nach dieser Entfernung von den Menschen that ich einstmals eine kurze Ausflucht in die Gesellschaft: ich fand ein Mädchen, das gleich bey dem ersten Anblicke eine mehr als magnetische Kraft für alle meine Sinne hatte. Mein Gefühl, das in meiner einsamen Periode mit der Einbildungskraft in genauere Vertraulichkeit gerathen war, erhob sich plözlich zu einer solchen Stärke, daß ich mir selbst sagte: ›Ich habe sie gefunden!‹ – Ein Mädchen voll der süßesten Naifetät, mit der aufrichtigsten Mine, die mit der Zunge und dem Herze in Einer vollkommnen Harmonie stund, ohne Zwang, ohne studierte Höflichkeit, ohne galante Grimassen, voll Natur, voll der unschuldigsten Natur, ohne glänzenden Wiz, aber mit einem feinen Verstande und den gesundesten Grundsätzen geziert – alle diese Züge leuchteten mir auf einmal mit vereinigter Kraft in die Augen. Mein Herz wankte, alle meine Kräfte bis zu den innersten wurden erschüttert, meine Empfindungen vom Grunde aufgewiegelt, mein Kopf schwindelte, die Augen wurden trübe, ich schwärmte, ich schwatzte wie im Phantasieren des hitzigen Fiebers, ich taumelte und sank – durch eine geheime Veranstaltung des

Schicksals – an ihren Busen, an den Busen des Mädchens, das jenen Tumult in mir erregte. – O edler Freund! mein altes Herz schlägt noch itzt hurtiger, wenn ich an das Erwachen gedenke, das auf jenen Fall erfolgte. – Das unschuldige Mädchen entsagte aus natürlichem Mitleide allen Foderungen des Wohlstandes und ließ mich an ihrem Busen liegen, trieb alle zurück, die mich von ihr reißen wollten. ›Er ruhet hier sanft‹, sprach sie mit dem naifsten Tone der Gutherzigkeit, ›er liege, bis er wieder erwacht.‹ – Alles sagte sie, ohne zu wissen, daß sie das brennbarste Herz an das ihrige drückte und ein Feuer einsaugen ließ, das nie die Vernunft wieder löschen würde. Ich lag an sie gelehnt; und an sie gelehnt erwachte ich. Himmel! welche Empfindung, als ich um mich blickte! als ich bey meiner ersten Bewegung mit ihrem Blicke zusammentraf! Ich war nicht mehr mein: sie verstund meine Verwirrung, wollte sie mindern und vermehrte sie. Endlich ermannte ich mich; ich sprang auf und gieng hinweg.

Das gute Mädchen merkte genau, daß *sie* die Ursache meiner Unruhe und meiner Entfernung war. Aber unglücklich, daß diese Bemerkung sie selbst in die schrecklichste Unruhe stürzen mußte! Sie war schon verlobt: das ist mit Einem Worte alles gesagt. Meine natürliche Melancholie wuchs zu der höchsten Stärke an, ohne daß ich das Hinderniß meiner Liebe wußte. Alles war mir schwarz: ich quälte mich mit selbstgeschaffnen Schwierigkeiten; ich marterte mich mit Kummer, daß ich zu dem Besitze meiner Geliebten nicht gelangen konnte, ohne mich im mindesten erkundigt zu haben, ob ihr Besitz unmöglich oder schwer zu erlangen sey. Sie war arm, und eine kleine Ueberlegung wäre zureichend gewesen, meine traurigen eingebildeten Schwierigkeiten zu zerstreuen; allein mein schwermüthiges Gefühl ergötzte mich; die Vernunft würde mir meine Glückseligkeit geraubt haben, wenn sie es wegräsonnirt hätte. Oft genug unterbrachen es meine Geschäfte, auf die ich zürnte und die ich doch gut abwarten mußte, wenn ich nicht an meinem Einkommen leiden wollte.

– ›Gott!‹ dachte ich oft in meinen einsamen Stunden, ›warum ordnetest du deine Welt so an, daß tausend geschmacklose Geschäfte, Millionen mit der Empfindung nicht zusammenhängende Dinge den Menschen im Wirbel herumdrehen, daß elende Berufsarbeiten die Zahl der Stunden verringern müssen, die er in dem süßesten Schlummer des Gefühls und der Einbildung verträumen könnte?‹ – Freund! hast Du nie einen Mangel in Deinem Leben empfunden, der jede fühlende Seele unvermeidlich treffen muß? – Die Natur hat eine unendliche Menge Anlässe zur Empfindung in die Welt ausgestreut, aber zu *einzeln* ausgestreut, jeder Mensch trift auf seinem Wege nur selten einen an: der große Haufe, dessen Gefühl vom Sorgen und Geschäften zusammen gepreßt ist, vermißt nichts; er läßt sogar die aufstoßenden Veranlaßungen vorübergehn, ohne daß eine sich an seinem Herze einhängt und es auf sich zieht. Aber der Mann, bey dem Gefühl alle seine übrigen Kräfte überwiegt, bey dem sich, so zu sagen, alles in Empfindung auflöst, was soll *der* thun, wenn er allenthalben Sättigung sucht, wenn er seine Glückseligkeit gern haufenweise verschlingen möchte und sie ihm doch nur gleichsam in einzelnen Bissen zugezählt wird: muß ein *solcher* nicht bey der gegenwärtigen Einrichtung der Welt einbüßen? Konnte die Natur unsern Planeten und seinen Bewohner nicht so anlegen, daß er, mit wenigem, mit dem Nothdürftigen zufrieden, seine Bedürfnisse niemals erweiterte, niemals in die tolle Geschäftigkeit sich hineinwarf, zu welcher ihn itzt unzählige, unvermeidliche Nothwendigkeiten hinreißen? Wäre die Welt gleich weniger thätig, weniger lebhaft geworden, wäre sie nicht dafür glücklicher? Was nützt es, daß itzt jedermann eilfertig nach seinem Vortheile läuft, rennt und andre wegstößt? Nimmt man diese unglückliche Geschäftigkeit der Welt, diese Mutter so unzählbarer Uebel hinweg, müssen nicht alsdann alle die unseligen Leidenschaften wegfallen, die itzt Menschen von Menschen trennen und selbst den empfindenden *Zuschauer* dieses allgemeinen Kampfjagens der Welt das Leben verbittern? Die Menschheit ist gewiß nichts dadurch gebessert, daß sie sich zu den gegenwärtigen Bequemlichkeiten und dem Ueberflusse der Europäer emporarbeitete, daß man nicht mehr Eicheln, sondern die mannichfaltigen Schmierereyen der Mundköche genießt, daß man nicht mehr auf Stroh, sondern Matratzen oder Federbetten schläft, daß man statt des klaren Bachs in einen französischen oder venetianischen Spiegel sieht: gewiß *im Grunde* nichts gebessert, nichts glücklicher! Alles hierinne bestimmt die *Gewohnheit:* diese machte es, daß vormals englische Lords auf einem Schneeballen so sanft ruhten als itzt ein englischer Zärtling auf dem seidnen Kopfküssen. Nach meinem Wunsche und meiner Einbildung sollte der Mensch mitten auf seinem Wege zur Verfeinerung *stehen* bleiben, wenn er auch gleich nicht auf der ganz untersten ewig seyn wollte: die Materialien der Geschäftigkeit und der Begierden, die ihn itzt herumtreiben, sollte vor ihm verborgen und er ein ruhiger, sanfter Hirte, höchstens ein Ackersmann bleiben. Die Erde wäre nicht zu enge für die Beybehaltung dieser Lebensart gewesen, wenn nur die Menschen nicht die tollen Begierden besessen hätte, über und neben einander her zu kriechen. Und, Freund! bey jener geringen, mittelmäßigen Geschäftigkeit sein Leben unter dem Schatten der Empfindung ohne Politik, ohne Oekonomie, Jurisprudenz, Handel und andre Vervollkommungen, die den Menschen zum kalten, fühllosen Geschöpfe, leer von Imagination und Empfindung machen, ordentlich und ruhig hinwandeln, welch ein Glück! Welch eine Herrlichkeit, wenn ich damals für mich und meine *Lucie* die Erde so hätte umschaffen können! Wahr ist es, ich hätte geträumt. Aber süßer Traum ist doch besser als bittres Wachen. Meine Geschäfte verbitterten mir wirklich mein Leben außerordentlich: sie störten meine Melancholie und wurden von meiner Melancholie gestört; und am Ende meines Härmens erfuhr ich, daß Lucie verlobt und gar verheirathet war, daß sie an einen der verächtlichsten Männer des

Landes verheirathet war. Welch ein Donnerschlag für einen trübsinnigen Liebhaber! Ich empfieng täglich die schrecklichsten Nachrichten von seinem Betragen gegen sie. Der Unmensch, das unsinnigste Geschöpf des Erdbodens, das gar nicht aus der Hand Gottes gegangen seyn kann, quälte sie aus Eifersucht und zuletzt aus bloßem tyrannischen Muthwillen: er merkte, daß auf dem Boden ihres Herzens eine Zuneigung lag, die durch die aufgezwungene eheliche Pflicht nur niedergedrückt, aber nicht getödtet war. Er merkte dies blos, weil seine angeborne Eifersucht oder vielleicht das Bewußtseyn seines Mangels am Verdienst ihn voraussetzen hieß, daß sie ihn nicht ganz und jeden andern mehr lieben müßte. Ohne die mindeste Veranlassung zu diesem Argwohne behandelte er sie, als wenn er völlig bewiesen wäre. Er foderte eine Bedienung von ihr, die er kaum der niedrigsten Magd zumuthen konnte: sie mußte ihn auf seinen Befehl die Speisen auftragen, auf seinen Befehl fasten oder essen, ihn ankleiden und ausziehn und die schlechtesten Dienste verrichten, indessen daß die Aufwärterinn, die im Müßiggange zusah, von ihm geliebkost wurde und die Rechte der Frau genoß. Der Barbar wollte sich an seiner unschuldigen Ehefrau auf diese Art, gleichsam wie durch Repressalien, rächen; und da sie ohnmächtig, empfindlich, zärtlich und schwach zum Wiederstande war, so verdoppelte der Unbarmherzige seine Martern, jemehr er wahrnahm, daß sie dadurch niedergeschlagen und gekränkt wurde. Sie kam in die Wochen, sie wurde gefährlich krank; und während daß sie nach Troste und Wartung schmachtete, hetzte der Bösewicht Dachse mit seinen Hunden im Hause, ließ seine Pferde im Hofe unter ihren Fenstern herumführen und dazu trommeln, des Nachts, oder wenn sie sonst schlummerte, plözlich Töpfe oder Flaschen vor ihrem Zimmer entzweyschlagen oder ein andres heftiges Geräusch erregen, das sie aufwecken mußte – kurz, er marterte sie auf alle ersinnliche Weise und studierte darauf, sie nicht allein zu quälen, sondern jede Qual noch mit einer Bitterkeit zu begleiten, die stärker als die Qual selbst schmerzte. Er nahm ihr das Kind und übergab es fremden Händen, wo sie es ohne die ängstlichste Besorgniß nicht wissen konnte, da es unter den ihrigen die beste Erziehung, den nützlichsten Unterricht hätte genießen können. Sie bat, sie flehte auf den Knieen: der Tyrann lachte. Sie fiel ihm um den Hals, sie badete sein Gesicht mit Thränen, sie beschwor ihn bey der Wohlfahrt seines Kindes, bey seiner eignen Glückseligkeit, sie nicht von ihrem eignen Herze zu trennen, das allzeit mit ihrem Kinde an Einem Platze wohnte. Der tückische Bösewicht verbarg die Empfindung, die ihm eine solche Bitte wider seinen Willen aufdrang; er verließ sie, gab zwar Befehl, ihr das Kind zu überliefern, wiederrief ihn aber gleich, ehe es noch gebracht wurde. Seine Launen waren gewiß die einzigen unter dem Himmel: er war ihr beständiges Spiel und wurde von ihnen von einer Entschließung zur andern herumgeworfen; ehe er eine ausführte, riß ihn eine andere hin, so eine dritte, und nach einem weiten Zirkel kam er wieder auf den ersten Fleck. So gieng es ihm hier: seine Tochter blieb in den Händen, denen er sie zu ihrer Verwahrlosung anvertraut hatte, und ihre Mutter eine betrübte, ungetröstete Mutter.

Von allen diesen Drangseligkeiten empfieng ich Nachricht, so wie sie geschahen; und was denkst Du, das ich thun sollte, Freund?«

»Dem Henker den Kopf zerbrechen!« rief Belphegor und stampfte, »ihn erwürgen und mit dem unglücklichen Schlachtopfer auf dem Arme davon fliehn!«

»Nein, Freund meines Herzens, so hastig war ich nicht: ich nahm allen empfindlichsten Antheil an ihrem Unstern und grämte mich in Stillen für sie, da ich weiter nichts vermochte. Mein Kummer wollte mich tödten; die Liebe spornte mich an, die Unglückliche zu erlösen, aber Muthlosigkeit schränkte meine Ueberlegung und meine Kräfte ein; ich Feiger erlöste sie nicht.«

»Himmel! konntest du mich nicht rufen?« fuhr Belphegor hastig, wie aus einem Traume, empor.

Der Derwisch sah ihn lächelnd an. »Edler Mann! wo sollte ich dich suchen?« fragte er mit gefälliger Freundlichkeit.

Belphegor besann sich und merkte, daß ihm die Schwärmerey seiner Einbildungskraft den Streich gespielt hatte, ihn einen solchen Anachronismus begehen zu lassen. – »Nun, so fahre fort!« sprach er erröthend.

»Bester Freund«, sagte der Derwisch nach einer Pause, »dieser einzige Zug macht dich mir theuer. – O hätte ich dich damals gekannt, hättest du damals mit deinem Feuer meinen erloschnen Muth wieder anzünden können, wie glücklich wäre ich gewesen! ich wäre nicht die Speise eines heimlichen Grams geworden! – Doch das Schicksal half schnell: der Tyrann spannte seine Folter so stark an, daß alle Erduldung und Gelassenheit zerreissen mußte. Da alle seine Erfindungskraft im Quälen erschöpft schien, so gab ihm eine wollüstige Laune den tollen Gedanken ein, sie nackt sehen zu wollen. Er gebot ihr, sich auszukleiden und vor seinem und etlicher Freunde Angesicht – wie er es nannte – à la grecque zu tanzen. Sie wiedersetzte sich, sie stritt, sie focht: umsonst! sie wurde überwältigt: man riß ihr die Kleider ab, man entblößte sie, und sie, die leidende Unschuldige, stand, wie die Bildsäule der Geduld auf einem Monumente, mit bethräntem Gesichte und versteinertem Blicke da, um den Höhnereyen der Unsinnigen zum Ziele zu dienen. Sie gieng verwildert hinweg und gerieth in eine Verrückung, von welcher sie, bis an ihren Tod, zuweilen Rückfälle spürte. Zween Tage lang irrte sie zerstreut und ohne Besonnenheit im Hause herum, seufzte und sprach kein Wort; endlich warf sie in einem Anfalle von Raserey in der Nacht verzweiflungsvoll alle Bande der Mutterliebe von sich, vergaß sich selbst und entfloh, ohne bemerkt zu werden. Doch bey aller Verwirrung führte ihr das Gedächtniß mein Andenken zurück: sie fühlte in sich selbst, daß sie ehmals für mich empfunden. Ihre verunglückte

Liebe suchte in der meinigen Trost, und sie floh zu mir. In dem entsetzlichsten Zustande der Verwilderung, mit herumhängenden Haaren, rothen aufgeschwollnen Augenliedern, in offner, flatternder Kleidung, mit bloßen Füßen kam sie in dem fürchterlichsten Regenwetter eines Abends auf meine Stube, als ich tiefsinnig über Mittel, sie zu retten, nachdachte. Sie fiel auf die Kniee, sie flehte mich um meinen Beystand an: ich erkannte sie nicht, so sehr war sie entstellt und so wenig ließ mich die Betäubung des Schreckens meine Sinne gebrauchen. Sie stürmte wie unsinnig auf mich los; und noch kannte ich sie nicht, bis sie ihren Namen nennte, bis sie an meine Liebe mich erinnerte – da erwachte ich, aber nur wenige Augenblicke, um desto länger mit allen meinen Kräften niederzusinken. Ihr Bild erschütterte mich bis in das Mark; in einer todtenähnlichen Fühllosigkeit saß ich da: ich glaube, wir wären zu Monumenten unsers eignen Kummers versteinert, wenn uns nicht mein Nachbar, der neben meiner Stube wohnte und über die Stille, die so plötzlich das lauteste Wehklagen unterbrach, erstaunt war, durch seine Dazwischenkunft getrennt hätte. Er hatte Kaltblütigkeit genug, unsrer Sinnlosigkeit durch gesunde Ueberlegung zu Hülfe zu kommen: er schlug der unglücklichen Entlaufnen einen Zufluchtsort vor, wo sie weder Mann noch Gesetze wiederfinden sollten.

Es geschah; und ich beschloß, mich von meinen lästigen Geschäften loszureißen, mein Vermögen heimlich aus dem Lande zu bringen und mich in einer hinlänglich sichern Entfernung mit ihr niederzulassen. Ich wäre nicht stark genug gewesen, ein solches Projekt zu bewerkstelligen, aber mein Freund unterstützte mich. In einiger Zeit war alles vorbereitet, der Tag bestimmt, und ich eilte, meinen Anschlag ins Werk zu setzen. Ich komme in das Haus, wo ich sie abholen sollte und wohin ich, seit ihrem Eintritte darein, nicht gehen durfte; ich finde sie voller Erwartung und Zittern in den Armen eines Frauenzimmers, die vor Verwundrung oder

Schrecken zusammenfuhr, als ich hineintrat. Meine Aufmerksamkeit war auf mein Vorhaben zu sehr geheftet, um sie mehr als flüchtig zu übersehn. Ich bot meiner Lucie schon die Hand, um mit ihr fortzugehn, als mir ihre bisherige Beschützerinn die andre ergriff und in der Sprache meines Vaterlandes mir die Geschichte meines Lebens und meiner Liebe bis zu meiner Flucht aus Frankreich erzählte und zuletzt mich fragte, ob ich mich dazu bekennen wollte. Ich erstaunte, daß sie alles dies wissen konnte, und noch mehr, als ich in ihr – meine S** fand. Gütiger Gott! welche Begebenheit! Zu einer Zeit sie wieder zu finden, wo mein Herz schon ganz an ein andres geknüpft war! Die Liebe zu ihr war zwar durch die Länge der Zeit verdunkelt, aber ihr Andenken kehrte doch stark genug in mich zurück, um mich in einen Streit mit mir selbst zu versetzen. Ohne Anstand sprach sie mich, da sie meine Verlegenheit gewahr wurde, von meiner ersten Verbindung frey und kam mit mir überein, meine Liebe in Freundschaft zu verwandeln, die Alter und Zeit bey ihr von der ehemaligen Wärme zu einer kältern Gesetztheit herbeygebracht hätten. Sie begleitete uns eine kleine Strecke; in kurzem war ich mit meiner Lucie an Ort und Stelle und gleich darauf ihr Mann.

Ich hatte die Verwegenheit, in mein Vaterland nach einiger Zeit zurückzugehn, mich um Gelder zu bewerben, die ich dort zurückgelassen und in den Händen meiner Anverwandten glaubte. Doch wie betrog ich mich! Der Sturm der Verfolgung hatte aufgehört zu wüten, aber sie wütete noch durch die Gesetze. Allenthalben fand ich noch Spuren der Unmenschlichkeit, allenthalben hörte ich die vergangnen Gräuel noch erzählen, bald im triumphirenden, bald im klagenden Tone. Meine Mitbrüder, die sich noch heimlich dort aufhielten, zogen mich mit aller Mühe von dem Ansuchen um mein Rückgelaßnes ab; aber sie konnten mich nicht zurückhalten. Ich erlangte nichts und brachte mich durch meine Zudringlichkeit ins Gefängniß. Meine Frau und meine beyden Töchter, die mir itzt das Alter und die Einsamkeit versüßen, befanden sich in der kläglichsten Lage: sie mußten sich im Verborgnen bey einem meiner gutherzigen Anverwandten aufhalten, der mit der Grimasse ein Katholik und im Herzen der aufrichtigste Hugenott war, und mich der Willkühr einer blinden, zelotischen Justiz überlassen oder sich entdecken und mit mir zugleich dem Aberglauben aufopfern wollte. Gütiger Gott! wie wir litten! wie ich in meinem Kerker seufzte! Ich war schon beynahe von meinem Schmerze aufgezehrt und tröstete mich mit meinem nahen Ende, ich war schon gegen alle Vorstellungen von den künftigen Unglückseligkeiten meiner Familie abgehärtet, als ich plötzlich die entsetzlichste Nachricht erhielt, daß meine Frau und Kinder in dem Gefängnisse neben mir schmachteten. Auf einmal stürzten alle meine schlafenden Empfindungen wie ein Donnerwetter über mich her und warfen Besonnenheit, Leben und alle Kräfte darnieder: ohnmächtig lag ich da, und mein Wärter hielt mich für todt.

Als ich wieder zu mir zurückkam, verlangte ich nichts so angelegentlich, als meine Familie ein einziges Mal zu umarmen und dann zu sterben. Diese Güte war zu groß, um sie mir nicht zu verweigern: meine grausamen Richter schlugen sie nicht allein ab, sondern setzten sogar die grausame Bedingung hinzu, daß ich, um sie nur zu sehn, um nicht sie und mich auf ewig den Ketten zu überliefern, in vier und zwanzig Stunden das Bekenntniß meiner Väter abschwören und in den Schoos der Kirche, dieser verfolgenden Kirche, als in den Schoos einer Mutter zurückgehn müßte. Alles setzte mir zu, eine Heucheley zu begehn, um einer Grausamkeit auszuweichen. Ich überlegte und überlegte, kämpfte und stritt mit mir selbst. – ›Gütiger Gott!‹ rief ich endlich und sank auf meine Kniee, ›konntest du den Menschen so schaffen, daß nothwendig einer mit dem andern nicht gleichförmig denken mußte und daß doch gleichwohl jeder sich für den einzigen Besitzer der Wahrheit hielt, konntest du zulassen, daß einer den andern zu seiner Meynung zwingen wollte; warum solltest du es mir als ein Verbrechen anrechnen, wenn ich den Gesetzen deiner Einrichtung folge, wenn ich, der Schwächre, dem Stärkern mich unterwerfe und in die Anordnung füge, die von Ewigkeit her in deiner Welt geherrscht hat – daß der Schwächre Unrecht behielt, thun und selbst *glauben* mußte, was der Stärkre zu glauben gebot. *Glauben* kann ich nicht: aber um drey Menschen aus einem martervollen Leben zu erlösen, um sie nicht ewig in Banden seufzen zu lassen, um sie der Glückseligkeit fähiger zu machen, wozu du doch jedes Geschöpf auf diese Erde, nach unsrer aller Gefühle, gesetzt haben willst – kann ich nicht um solcher edlen Endzwecke willen, die dein eigner Wille seyn und deine Billigung haben müssen, den Stärkern ohne Sünde betriegen, thun, als wenn ich das Joch seiner Meynung annähme, und bleiben, was ich meiner Einsicht nach seyn muß? Nach den nämlichen Gesetzen der Natur, die meine Seele befolgt, wenn sie meine Meynung für wahr erkennt, handelt auch die seinige, wenn sie der ihrigen anhängt: du hast uns einmal so angelegt, daß unser Glaube von erlernten Vorurtheilen, Leidenschaften, unmerkbaren Neigungen und Trieben, wie eine Marionette, regiert werden soll, was kann *ich* dafür, daß mich die meinigen zur Linken ziehn und meine Feinde zur Rechten? Noch mehr! was kann *ich* dafür, daß meine Gegner die *Stärke* haben, mich nach ihrer Richtung hinzureissen oder zu würgen? – Ich schwöre: wer von uns beyden Recht hat, weißt *du* nur, du Richter der Welt; du willst es nicht unmittelbar entscheiden; ich bleibe also bey der Wahrheit, die mir die Nothwendigkeit des Schicksals als Wahrheit aufgedrungen hat, und entsage ihr mit dem Munde, weil ebendieselbe Nothwendigkeit der Stärkern mich dazu zwingen läßt. Wohl! mein Meineid muß das edelste Werk seyn; denn es rettet drey zur Glückseligkeit bestimmte Geschöpfe vom Elende.‹«

»Und du schwurst?« fragte Belphegor.

»Ja, ich that es! und mein Gewissen hat mir noch nie einen

Vorwurf darüber gemacht: ich glaube, ich that die nützlichste, die beste That. Sie machte mich und meine Familie frey, sie brachte uns der Möglichkeit, nicht unglücklich zu seyn, näher. Was konnte ich mehr? – daß meine Absicht nicht erreicht wurde, daß wir einem Unglücke entgiengen, um in ein andres zu fallen, war das *meine* Schuld?«

»Und, guter Mann, noch kamst du nicht zur Ruhe?« unterbrach ihn Belphegor.

»Nein, ich wurde herumgetrieben. Der Glaube der Europäer war damals in einer allgemeinen Gährung: niemand glaubte, als was er mußte, und wenige glaubten, was sie bekannten. Nirgends konnte man neutral seyn: allenthalben wurde man in den Krieg verwickelt. Meine Melancholie erneuerte sich; die düstre Vorstellung, daß ich, ein Geschöpf, das sich dem Engel gleich dünkte, nicht die Glückseligkeit des niedrigsten Insekts genießen sollte, daß meine Brüder um mich herum sich zerfleischten, erwürgten, elend machten, daß sie, wie Raubthiere, einander aufrieben, eins der entschloßne Feind des andern war und nur Gelegenheiten, untriftige Gelegenheiten ablauerte, um die Feindschaft in Thätlichkeit ausbrechen zu lassen – die noch schwärzere Vorstellung, daß dies der ewige Lauf der Menschheit gewesen war, womit sich tausend andre Ideen vergesellschafteten, die mir dieses Leben und unsern ganzen Planeten wild, öde, düster, neblicht abmalten – ein Gemälde, das nicht bloß in meiner Einbildungskraft wohnte, sondern das ich in der Wirklichkeit um mich, hinter und vor mir erblickte, so bald ich nur Einen Blick aus mir selbst that! – alle diese melancholischen Gedanken machten meine längstgefaßte Neigung zur Einsamkeit wirksam: ich beschloß, außer der Welt zu seyn, bloß in meiner Einbildungskraft zu existiren, für mich und meine Familie zu leben. Ich unternahm mit einem Kaufmanne, der Geschäfte in Persien hatte, die Reise, suchte den abgelegensten Winkel und suchte so lange, bis ich diesen Plaz fand, wo mein Haupt grau geworden und meine Schläfen eingesunken sind.

Mein Gefährte war unglücklich in seinen Geschäften, wurde geplündert, entfloh mit Mühe den Händen der Barbaren, die ihn zerstücken wollten, fluchte der Welt und begab sich mit zween seiner Gefährten zu meiner Gesellschaft. *Wir* haben diesen Platz angebauet, bepflanzt, wir haben uns in kleine Gesellschaften getheilt; wir haben glücklich, ruhig und im Frieden zusammen gelebt, weil wir klein an Anzahl und unsre Nahrung hinreichend war. Aber fürchterliche Aussicht, wenn dieser kleine Trupp zu einer Größe anwachsen sollte, die den Eigennutz anfachen und die schöne Ruhe dieses Winkels in eine kriegerische Scene verwandeln würde! Aber vielleicht sehe ich noch selbst den Tod diesen ganzen Schauplatz leer machen, und dann möge ein andrer tugendhafter Trupp ihn finden und bewohnen, aber nie zu einem Volke werden! – Freund! ich habe es dahin gebracht, wohin ich wünschte: ich habe mir in meinem Kopfe den Menschen zu den Vollkommenheiten eines höhern Geistes erhoben, ich ließ ihn in dieser glücklichen Illusion mit den Geschöpfen der höchsten Ordnung wetteifern, ich liebte diese Idee, ward stolz darauf und war – glücklich. Um in dieser Welt sich zu freuen, daß man ein *Mensch* ist, um sich und seinem Geschlechte Würde zu geben, um auf seine Natur stolz zu seyn, muß man sich *illudiren:* man muß die Augen verschließen, keinen Blick außer sich thun und dann in süßen Schwärmereyen dahinträumen. Itzt, da meine ganze Seele von ihrer Höhe und anschauenden Kraft heruntergesunken ist, itzt will sie nicht mehr träumen. Aber wohl mir! ich werde bald zu einem andern Traume hinüberschlummern.«

»O edler Mann!« unterbrach ihn Belphegor; »ich habe ebenfalls in deinem Traume gelegen; aber das Schicksal und Akante verscheuchten ihn; und seitdem habe ich gesehen! gesehen und gelitten! Ich mischte mich in das Gedänge und –«

»Und du bekamst Wunden und Beulen an Ehre, Vermögen und gutem Namen!«

»Noch mehr! kein Fleck ist an meinem Körper, den nicht

eine Narbe brandmarkt! und wenn ich aus dem Getümmel zur Stille kam, so verwundeten die gräßlichsten Vorstellungen meine Seele: die Welt sollte mir eine friedliche Wohnung glücklicher Kreaturen seyn, und die Erfahrung stellte sie mir als eine Höle auflauernder Räuber vor. In dem Menschen wollte ich einen guten freundlichen Bruder finden, und ich fand einen eigennützigen, habsüchtigen Wolf.«

»Lieber Fremdling! wenn du mit dem bloßen innern Geistesauge die Erde übersiehst, so findest du ein gewisses Leere, ein gewisses Geistliche darinne, daß dir ekelt, daß du sie ein *fades* Werk nennen mußt; gleichwohl ist es dein Beruf, auf ihr zu leben. Um das zu können, finde ich nur zween Wege: entweder stürze dich in das Gewirre, das Getümmel der Freuden, der Geschäfte, des allgemeinen Streites des Eigennutzes, ficht, siege oder stirb! Laß dich in dem Wirbel des Taumels herumdrehen, ohne zu denken, ohne anders als über die Oberfläche der Dinge zu reflektiren; zum ruhigen, stillen Anschauen der Sachen, zum Eindringen in sie laß es nie kommen! Lebe, wie die meisten Einwohner der Welt leben, das heißt, komme nie zu dem Grade des Nachdenkens, wo du mehr als einen kleinen Zirkel der Welt überschaust, siehe nicht über dich und deinen Nutzen hinweg! Sey ein menschliches *Thier*, kein menschlicher *Geist*! – Oder wähle den andern Weg: reisse dich von allen Banden loß, die dich an die Menschen fesseln, existire nur in deiner Seele, vergrabe dich in ruhige, einsame Stille! und dann alle Fittige deiner Einbildungskraft und Empfindung angespannt! laß sie fliegen so hoch sie die Luft trägt, bis zum Aether! überlaß dich ganz den süßesten Illusionen,* die die Menschheit ersinnen mag,

* Unter *Illusion* versteht der gute Alte wahrscheinlicher Weise die Meynungen, die nicht mit einer solchen Strenge bewiesen werden können, daß *gar* kein Zweifel mehr übrig bleibt, sondern wo im *Grunde* allemal der ausschlagende Grad Ueberzeugung *angenommen* und nicht durch die Beweise allein *gewirkt* wird; und in diesem Falle wäre im Grunde die ganze Philosophie Illusion. Alle *Meynungen*, die jemals von Philosophen erdacht sind oder

dem Glauben an Vorsicht, Unsterblichkeit und Erhabenheit der Seele; setze deine Natur und also auch dich selbst auf die höchste Staffel der Wesen, rücke sie der Gottheit nahe; weide dich an diesen Schauspielen der Imagination und der Empfindung; sey mehr *Geist* als *Thier,* lebe mehr in der Idee als in der Wirklichkeit und kenne nichts auf der Erde außer dir! – Einer von beyden Wegen muß dich zur Glückseligkeit führen: du mußt entweder mit der Welt rasen oder dich von ihr trennen! Der denkende Mann, mit starkempfindendem Herze, der nur zuweilen sich in ihr Spiel mischt und nur selten eine Karte zugiebt, der verliert allzeit an seiner Ruhe, besonders wenn er jedesmal den Fuß zurückzieht und nachdenkt und vergleicht und erwägt. – Ich betrat den zweyten Pfad, dich stieß das Schicksal auf den ersten, aber du verließest ihn, wie ich merke, du irrtest von einem zum andern, du wolltest rasen und auch vernünftig seyn; und siehe! die Stunden der Vernunft, des Nachdenkens wurden für dich Stunden der Angst, der Beunruhigung.«

»Weiser, ehrwürdiger Mann!« rief Belphegor entflammt, »führe mich auf den Weg meiner ersten Jugend zurück, in die Gefilde der Einbildung, in welchen du bisher gewandelt

künftig erdacht werden, sind nichts als verschiedene *Vorstellungsarten* von den Dingen. Die Dinge selbst kennt niemand: z. B. den Lauf der Welt stellen sich einige als die Wirkung eines blinden Zufalls, andre als die Folge einer festgeketteten Nothwendigkeit, eines Fatums, andre als die abgezweckte Anordnung einer nach Plan und Absicht handelnden Vorsicht vor. Jede unter diesen *Vorstellungsarten* hat Gründe für sich, aber keine so viele, daß sie die Beweise der übrigen und alle Zweifel ganz vernichtete. Es sind Vorstellungen von dem Laufe der Welt, aus verschiedenen Gesichtspunkten genommen: wer nun unter diesen eine für die *einzige wahre* hält, der setzt dem Gewichte ihrer Gründe etwas wissentlich oder unwissentlich hinzu – welches meistentheils unsre Leidenschaften und Ideen ohne unser Bewußtseyn thun – und illudirt sich, in so fern dieses zur Ueberzeugung ausschlagende Etwas nicht die reine Wirkung ist. *Glauben* kann man in dieser Welt nie ohne Illusion.

hast! Ich bleibe bey dir; ich baue statt deiner das Feld und erarbeite meine und deine Nahrung. Wenn der Abend mir den Schweis abkühlt, dann sitze ich mit dir unter dem Schatten dieser Zypressen und schwärme mit dir in bilderreichem Nachdenken und süßen Grillen herum; wir träumen wachend über unser Selbst, du lehrst mich deine alte Erfahrung, wir leben in uns, mit uns und denken nicht Eine Minute daran, ob Kreaturen, die sich mit uns zu Einer Art rechnen, außer unsern Bergen einander zerfleischen, würgen, braten, rösten, essen. Wehe euch, ihr Freunde, daß ihr noch auf der ofnen See der Welt herumgeworfen werdet, noch nicht wenigstens eine kleine Bucht gefunden habt, die euch vor den Gefahren sicherte, wenn ihr gleich das tolle Spiel der Welt mit *ansehn* müßtet. – O wüßtet ihr, welchen Hafen ich hier entdeckt habe, der mich vor Stürmen, selbst vor dem Anblicke der Stürme verbirgt, wie würdet ihr über mein Glück frohlocken und eilen, es mit zugenießen! Kommt, kommt! Meine Arme sind offen, weit ausgebreitet, euch zu empfangen! Hier wollen wir in seliger Entzückung, wie gekrönte Streiter, die Wunden zählen, die wir erfochten haben.«
Die Freude riß ihn so heftig hin, daß er den Alten umarmte, küßte und nicht aus seinen Armen lassen wollte. Mitten unter diesen Freundesbezeugungen hub sich der Alte empor und sprach mit ernster Mine: »Freund, noch eine Pflicht ist mir übrig – eine traurige, aber doch süße Pflicht: begleite mich! Du kanst *empfinden;* Du wirst also kein überflüßiger, kein müßiger Zeuge davon seyn.«
Belphegor staunte voller Erwartung, als die beiden Töchter den Alten unter die Arme faßten und ihn seitwärts durch einen gekrümmten Weg in ein dunkles Zypressenwäldchen führten, das jedem, der hineintrat, einen heiligen Schauer entgegen sandte: durch die Spitzen der Bäume fiel düstrer Mondschein auf den Weg und auf einzelne Plätze zwischen den Bäumen, wo ihn eine zufällige Oeffnung durchließ. Stille herrschte überall, und weit sahe das Auge in eine lang-

gedehnte Düsternheit hinab, die aber der Blick mehr vermuthen als sehen ließ. Der Greis gieng stillschweigend fort bis zu einem Steine, wo er sich seufzend niedersetzte und mit einem Tone, der Thränen vermuthen ließ, zu Belphegorn sprach: »Itzt, Freund, will ich Dir ihre Geschichte erzählen, dann tröpfle ein Paar Thränen auf diesen Stein! und wir gehn. – Eines Morgens kurz nach unsrer Ankunft in diesem Thale, als die frischeste Heiterkeit die ganze Natur belebte, saß ich, meine Lucie im Arme, auf diesem Stein und freute mich mit ihr über die Ruhe, die wir genossen, und die Drangsale, denen wir entgangen waren, und waren so zufrieden und liebten uns in der glücklichsten Trunkenheit und Vergessenheit unsrer selbst; wir dachten auf den Plan, wie wir unser kleines Feld bepflanzen und diesem freygebigen Boden unsre nothdürftige Nahrung abgewinnen wollten. – ›Siehe!‹ rief sie und wies auf ein blühendes Gewächs, das zwischen den Bäumen stund, ›auch dieses müssen wir pflanzen; es lacht so lieblich; wer weis, welche heilsame Kräfte es in sich verbirgt? Laß uns versuchen!‹ So sprach sie und langte darnach. ›Nein‹, sagte ich und hielt sie zurück, ›laß mich lieber zuerst sehn; wäre es Gift, es könnte dich tödten.‹ ›Wie könnte‹, erwiederte sie, ›unter einem so einladenden Blicke tödtendes Gift verborgen seyn? ich pflanze es um unser Haus, wäre es auch nur um seiner reizenden Blüthe willen.‹ – Sie pflückte einen Zweig ab, kostete die Frucht der herabhängenden Schote und fand ihren Geschmack weniger schön als die Mine, aber doch nicht übel. Sie kostete noch einmal und dann wieder, gab mir davon, ich konnte aber nichts genießen. Ich bat nochmals, die Frucht wegzuwerfen; allein sie fand den Geschmack süßer und angenehmer, je mehr sie genoß. Wir beschlossen, die Pflanze zu versetzen, sprachen und ergötzten uns an künftigen Einrichtungen noch lange Zeit. Plözlich verstummte sie, entsank sich windend meinem Arme, ich faßte sie auf, rief; umsonst! alle Glieder zitterten mit konvulsivischer Bewegung, die Muskeln des Gesichts verzerrten sich in schreckliche Minen, sie schluchzte noch einige unvernehmliche Worte, starrte dahin und – starb.«

Er verstummte, und die Geschichte selbst lehre den Leser seine Empfindung. –

Mitten in der Nacht, als die ganze kleine Kolonie in dem tiefsten, sorgenlosesten Schlafe lag – denn vor welchem Eigennutze sollten sie in der abgesondersten Einsamkeit sich fürchten? – weckte Belphegorn plözlich ein Getöse, das immer mehr sich verstärckte und näher rückte; er hob sich empor und wurde von einem Widerscheine erhellet, der die schrecklichste Feuersbrunst ankündigte. Er sprang auf, schaute herum und erblickte Wohnungen und Bäume vom Feuer ergriffen, und zahlreiche Truppe mit lodernden Harzfackeln über die Ebnen hinstreichen, um die Verwüstung noch weiter auszubreiten. Er erschrak, wollte seinen Freund retten, wurde inne, daß seine Hütte beinahe schon niedergebrannt war, vermuthete, daß er das Opfer der Flammen geworden sey, dachte an sich und floh.

der Ueberfall geschah von einem Truppe Einwohner, die jenseits der Berge zunächst angränzten. Die Ruchlosen vermutheten, daß Niemand einen so beschwerlichen Weg wie Belphegor unternehmen könne, wenn ihn nicht wichtige Reichthümer lockten. Da ihnen der Mann etwas ausländisch vorkam, so war der nächste Einfall, ihn für einen Zauberer zu erklären, der durch geheime Wissenschaften in den Bergen verschloßne Schätze in der Ferne gespürt habe und itzt gekommen sey, sie abzuholen. Aus dieser Ursache versammelten sie sich sogleich, als der vermeynte Schatzgräber seinen Weg in das Gebürge antrat, folgten ihm heimlich nach und beschlossen, seine Rückkunft mit den Schätzen zu erwarten. Da ihnen aber einfiel, daß der Mann, als ein Zauberer, wohl seine Rückreise auf geflügelten Drachen oder mit einer andern Art von Hexentransporte veranstalten könnte, so änderten sie weislich den Plan und faßten den Schluß, ihn noch die nämliche Nacht mit Feuer, als den sichern Waffen wider alle Zauberey, anzugreifen, wiewohl sie auch noch die menschenfreundliche Nebenabsicht hatten, ihn vermittelst desselben aus seiner Wohnung hervorzuscheuchen, sich die Schätze zeigen zu lassen und ihm alsdann zur Belohnung die verdammten Zaubergebeine zu Asche zu verbrennen. Noch mehr wurden sie in ihrer Meynung bestärkt, da der zurückkommende Wegweiser ihnen das empfangne Geld zeigte und, um seine Erzählung interessanter zu machen, hinzusetzte, daß ihm dieses der Mann durch einen Schlag mit seinem Stabe aus der Erde habe hervorspringen lassen. Jedermann brannte vor Verlangen auf diese Nachricht und sahe schon aus jedem Flecke, worauf er trat, Silber und Edelgesteine hervormarschiren, besichtigte jedes besondere Steinchen und vermuthete unter jedem abgefallnen Blatte eine verdeckte Kostbarkeit. Sie warteten in einem Hinterhalte bis der Zauberer schlafen würde, wo seine Kräfte nicht wirken könnten, und führten ihr schreckliches Stratagem aus. Sie zündeten die Hütten des Derwisches an, der wegen langer Sicherheit ungewohnt worden war, Feindselichkeiten von Menschen zu besorgen, und mit seinen Töchtern verbrannte, ehe sie ihr trauriges Schicksal wahrnahmen. Belphegor erwachte, ehe das Feuer seine Wohnung verheerte, und entrann in den nahen Wald, indessen daß die Feinde an der brennenden Hütte des Derwisches und den übrigen lauerten, um den herauskommenden Zauberer zu erhaschen. Sie lauerten bis alles niedergebrannt war, sie lauerten bis zum Morgen: der Zauberer erschien nicht, weswegen sie vermutheten, daß er durch die Lüfte entwischt sey, und da sie sich nicht getrauten, ihm auf diesem Wege nachzusetzen, so verfluchten sie ihn, giengen unwillig fort, machten eine Eintheilung von den Schätzen, die sie hätten bekommen *können*, und prügelten sich tapfer herum, wenn einer zu habsüchtige Ansprüche machte. So nahm die Komödie doch wenigstens ein würdiges Ende.

»So sind meine schönen Hoffnungen abermals zerstäubt?«

rief Belphegor, als er sich ein wenig gesammelt hatte. »Ich wollte erst anfangen zu träumen und habe schon ausgeträumt. Daß doch jede Glückseligkeit auf diesem elenden Planeten vorüberfliegender Traum ist und nur die Leiden nicht! – So will ich wenigstens die Umstände brauchen, wie sie sind: kann ich in diesem Winkel nicht mit meinem ehrwürdigen Freunde glücklich leben, so will ichs ohne ihn thun. Hier in diesen Bergen will ich wohnen, die Früchte der verscheuchten und getödteten Bewohner genießen und dann Tod! dann in deiner Umarmung glücklich werden!«

So beschlossen, so gethan. Er schlich schüchtern zu den Wohnplätzen zurück, fand alles verheert, verwüstet, verbrannt und keine lebendige Seele. Die wenigen Früchte, die er antraf, reichten auf einige Tage hin, und so eifrig er die Hülfe des Todes vorhin wünschte, so bekümmert war er itzt, da ihr Termin so nahe herbeyrückte. Er machte schon verschiedene Anschläge, wie er sich mit dem vorhandnen Vorrathe beladen und aus den Gebürgen hinausbringen sollte. – »Allein«, sprach er endlich unmuthsvoll, »ob mich der Hunger oder die Menschen tödten! Sollte ich ihrer Grausamkeit gar den Gefallen erzeigen und mich von ihnen umbringen lassen? Nein, hier sterbe ich! Hier, Tod, erwarte ich deinen hülfreichen Schlag!«

Mit dieser Entschließung setzte er sich unter einen Baum und wartete voller Verlangen auf den Tod. Mitten unter seinen Erwartungen hörte er das Geräusche eines Fußtrittes, hielt es für einen Feind, und weil er schlechterdings nicht von Menschenhänden umgebracht seyn wollte, so sprang er auf und floh. Der andre sezte ihm nach und erhaschte ihn. In der ersten Hitze, ehe sie einander erkannten, thaten sie sich ein Paar Feindseligkeiten an und wurden endlich zu ihrem Leidwesen gewahr, daß sie sich unnöthige Wunden gemacht hatten. Es war einer von der Kolonie des Derwisches, der Belphegorn bey diesem gesehn hatte und also wohl schließen konnte, daß ihn Eine Ursache mit ihm in die Flucht getrie-

ben habe. Sie verständigten sich hierüber, und Belphegors erste Frage war alsdann, wo der Derwisch hingekommen sey.
»Er ist nebst seinen beiden Töchtern zu Pulver verbrannt«, war die Antwort. »Ich habe in den Ruinen seiner Wohnung ihre Gebeine gefunden, gesammelt und dort unter jenem frischen Erdhügel verscharrt.«
»So verscharre mich neben ihm!« unterbrach ihn Belphegor, »denn ich will sterben, hier auf diesem Flecke sterben.«
Der andere that etliche unmaßgebliche Vorschläge, wie sie wohl mit Ehren beide noch länger leben könnten, und ermahnte in dieser Rücksicht Belphegorn, mit ihm sich durch das Gebürge durchzuarbeiten, französische Kaufleute aufzusuchen und dann nach Frankreich zurückzukehren.
»Nein, ich will sterben!« rief Belphegor. »In Frankreich sind Menschen; wo die sind, ist man unglücklich: ich will sterben.«
Sein Freund sezte ihm mit seiner ganzen Beredsamkeit zu, weil ihm daran lag, einen Gefährten zu seiner Reise zu haben, und brachte es endlich so weit, daß er wenigstens seine Vorschläge in Erwägung zog. – »Wir wollen als Gaukler, als Leute, die Merkwürdigkeiten zeigen, herumziehn, bis wir in eine Stadt kommen, wo uns die Zuflucht zu einem Konsul meiner Nation offen steht.« Das war sein Vorschlag. – Belphegor weigerte sich, wollte sterben, willigte drein und blieb leben.
Sie versorgten sich mit allem, was sie tragen konnten, traten den Weg an, und Belphegor sandte einen schwermüthigen Seufzer in das verwüstete Thal zurück, als sie in den Wald hineintraten, um es nie wieder zu erblicken.
Sie sannen nunmehr auf Projekte, wie sie die Neugierde der Perser reizen und ihnen für eine kleine Belustigung den Unterhalt abgewinnen könnten. Nachdem vieles Nachdenken verschwendet war, so brachte Belphegorn ein Einfall darauf, die Geschichte Alexanders des Großen nach seinem Tode zu

malen und sie als ein den Persern höchst interessantes Schauspiel für Geld zu zeigen – versteht sich, daß die Vorstellung nicht zum Vortheile des Macedoniers ausfallen sollte.

Belphegor war nun einmal geschworner Feind der Eroberer und aller, die jemals zum Würgen und Morden Anlaß gegeben hatten. Weil er beständig wider sie zürnte, so wollte er schon vor vielen Jahren in einer unwilligen Laune sie insgesammt der öffentlichen Verachtung aussetzen, doch glücklicher Weise hatte er die Idee aufgehoben, um izt sein Brod damit zu verdienen.

Die Komposition des Gemäldes war erfunden, und man schritt zur Ausführung; aber zur größten Bestürzung wurde man gewahr, daß man zum Malen Leinwand und Farbe brauche und doch kein Geld bey der Hand habe, um diese Materialien anzukaufen. Belphegors Gefährte wußte Rath zu schaffen: er schlich des Abends in ein kleines Dorf, kam zurück und überbrachte seinem Gefährten, so viel er für nöthig erachtete, was er aller Wahrscheinlichkeit gemäß gestohlen haben mußte. Es wurden Farben aus Wurzeln gepreßt, auf Erden zubereitet, die Leinwand aufgespannt, das Palet ergriffen und das Ganze meisterlich ausgeführt. Belphegor konnte etwas zeichnen und sein Gefährte hatte es ehemals gekonnt. Dieser wenigen Talente ungeachtet, brachten sie doch ein Werk zu Stande, dem man wenigstens mit Hülfe einer deutlichen Erklärung ansehn konnte, was der Künstler auszudrücken gemeynt gewesen war. Dies Meisterstück der Kunst wurde auf Stangen zusammengerollt getragen und jedem neugierigen Auge zur Ansicht geöffnet, sobald dafür etwas bezahlt war.

Ein neues Hinderniß! Beide waren nicht stark genug in der Landessprache, um ihr Gemälde mit der gehörigen Flüchtigkeit der Zunge redend zu machen; und gleichwohl war eine wörtliche Erklärung mehr als Licht und Schatten in ihrem Werke. Sie machten indessen einen Versuch. Belphegor er-

zählte in dem nächsten Dorfe den erstaunenden Zuhörern mit lauter Stimme von dem Wütrich, dem bekannten Alexander, der ganz Persien bezwungen, und versprach, ihnen zu zeigen, wie dieser Erzfeind des persischen Namens nach seinem Tode zur verdienten Strafe gezogen, wie sein Körper zerstückt und in die niedrigsten Gestalten verwandelt worden und wie er zulezt mit seinem übermüthigen Stolze sey gebraucht worden, um ein Mauslöchlein zuzustopfen u. s. f.
Niemand wußte etwas von diesem Bluthunde, dem Alexander: »Den Ali kennen wir wohl«, sagten die Anwesenden, »welcher hochgelobt und gepreist sey.« Andre glaubten, daß er den Ali lästern und von ihm so schändliche Aergerlichkeiten erzählen wolle. Diese machten dem Schauspiele ein plözliches Ende, huben Steine auf und bombardirten auf Gemälde und Künstler los, daß beide nicht ohne Löcher davon kamen: sie ergriffen die Flucht und besserten, als sie sich in Sicherheit sahen, Tapete und Malerey wieder aus.
»Die Leute sind hier zu devot«, sagte Belphegor. »Freylich muß man Plätze suchen, wo schon ein gewisser Luxus herrscht und wo die Menschen nicht mit ihren Bedürfnissen zu sehr beschäftigt sind, um am Vergnügen Geschmack zu finden. Dummheit und Devotion müssen Leute, die für den Geschmack und die Philosophie arbeiten, wie das Feuer vermeiden.«
Sie giengen in eine kleine Stadt, aber auch hier wußte niemand etwas von dem großen Alexander, doch sah man, um das Bedürfniß der Langeweile zu befriedigen, die wunderbaren Schicksale des todten Halbgottes auf der Leinwand an. Sie schauten also erstlich: wie dem seynwollenden Halbgott Alexander und großen Menschenwürger die Würmer aufm Leib herummarschiren und jedes sein Portionlein abzwackt. Ferner schauten sie: wie von dem großen Alexander und Erzfeind der Perser ein Theil in den Magen eines Schweins übergeht. – Die Idee, sieht man wohl, war sehr moralisch, und Belphegor bedeutete sein Auditorium dabey, daß die Theilchen Materie, die ehemals den Alexander ausmachten,

als er Persien schändlicher Weise bekriegte, nach seinem Tode zerflogen und verschiedenen Menschen, Pflanzen und Thieren zu Theil geworden wären. Er ließ daher seinen Helden unter einer Eiche begraben liegen, seine Bestandtheile in den Baum aufsteigen und zu Eicheln werden, dann unter dieser Gestalt in den Magen einer Sau hinuntersteigen, von dieser seinen Ausgang nehmen, einen Fleck düngen, zu Flachse aufwachsen und in dieser Form von einem alten babylonischen Weibe gebraucht werden, um ein Mäuseloch zu verstopfen. Auf ähnliche Weise mußte ein andrer Trupp von seinen Bestandtheilen eine Reise thun, so ein dritter und noch mehrere, und jede Reise endigte sich mit einer höchstunangenehmen Herberge. – So viel sinnreiches und wahres die Erfindung auch enthielt, so konnten die Einwohner doch nicht viel Belustigung daran finden, weil sie nichts davon begriffen; besonders wollten sie nichts mit dem Alexander zu thun haben, der nie einem unter ihnen den Kopf entzwey geschlagen hatte und ihnen also auch nicht bekannt war: der Gewinnst war ungemein geringe.

Sie machten einen dritten Versuch in einer größern Stadt: abermals Unwissenheit! keine Seele wußte nur Eine Sylbe vom Alexander; man konnte ihn nicht einmal aussprechen. Sie stellten sich auf einen Marktplatz, wo das Volk sich um einen Gaukler aufmerksam versammelt hatte, den es aber sogleich haufenweise um der Neuheit willen verließ, als die beyden Europäer ihre Stangen hoch in die Luft aufrichteten. Man wurde durch den Anblick der Gemälde nicht sonderlich ergötzt, man gähnte. Indessen hatte der Gaukler es doch einmal übel genommen, daß er durch die Ankunft dieser Leute einen Verlust an Zuschauern erlitte; er hörte also kaum die erste Sylbe von dem Namen des Alexanders, als er, um sich zu rächen, unter die Menge das Gerüchte ausstreute, daß diese Ruchlosen den großen Propheten Ali verspotten und lächerlich machen wollten. Das Volk, das ohnehin wegen seiner betrognen Erwartung wider die Europäer eingenommen war, fieng bald Feuer, gab eine Salve Steine und Knittel auf die Gemälde, stürmte darauf loß, eroberte und vernichtete es unter dem lautesten Jubel. Ein Glück war es, daß der Pöbel Gelegenheit fand, seine Wuth an der fühllosen Leinwand zu sättigen; denn während dieser Raserey erwischten die beyden Europäer eine Oeffnung in dem Gedränge, durch welche sie wohlbedächtig hindurchkrochen und mit leidlich heilen Gliedmaßen zum ersten Thore hinausliefen.

»O Wohnung des Neides und des Unglücks!«, rief Belphegor, »häßliche Erde! Auch in dem niedrigsten Gewerbe ist Krieg! findet sich Gelegenheit für Menschen, einander mißgünstig zu verfolgen! O Erde, du Wohnung des Neides! – Freund! was sollen wir nun thun?«

»Betteln!« sagte der Gefährte seines Unglücks.

»Betteln!« schrie Belphegor und seufzte.

»Nicht anders! Weg mit dem Stolze! Unverschämtheit her! das ist itzt unsre nothwendigste Brustwehr.«

Belphegor stieß einen Valetseufzer an den Stolz aus, ließ sich von seinem Freunde die Haare abschneiden und wanderte mit ihm auf gutes Glück hin.

Die Lebensart war nicht wenig einträglich für sie. Doch für Belphegorn weniger als seinen Gefährten, weil dieser die Kunst der Unverschämtheit besser inne hatte. Belphegor tröstete sich damit, daß er sein schlechteres Fortkommen einer höhern natürlichen Würde zuschrieb, und sein gesicherter Stolz hielt den Neid zurück. Plötzlich wandte sich durch einen Zufall das Glück. Der zurückgesetzte Belphegor gerieth auf den Einfall, das Frauenzimmer zu seiner Goldmine zu machen, und bediente sich dabey der bekannten Wünschelruthe – der Schmeicheley: jeder, die er ansichtig wurde, sagte er eine Süßigkeit – je häßlicher sie war, je stärker gab er die Dosis –, und er lebte im Ueberflusse. Sein Gefährte war schon zu sehr gewohnt, einen Vorzug vor ihm zu haben, als daß er sich itzt so ruhig von ihm überholen lassen sollte: es kam ihm als ein Eingriff in seine Rechte vor, sein Neid wurde rege, und da er ihm nichts entgegenzusetzen hatte, so wuchs er täglich im Stillen, bis er mit Sturm ausbrach. Er suchte Ursache zum Zwiste, und wie leicht kann jedem in dieser Welt damit gedient werden! Er fand sie, Belphegor gab nach, bis er endlich durch den Ungestüm des Andern gleichfalls erhitzt wurde; es wurde offner Krieg, worinne Belphegor den Kürzern zog: sein Gefährte plünderte ihn und versetzte ihn in einen Zustand, daß er ihm nicht sogleich nachfolgen konnte, entfloh und trennte sich von ihm auf ewig.

Belphegor lag mit blutendem Gesicht und halbgelähmten Lenden an einem kleinen Flusse, wo er abermals über Welt und Menschen sein Klagelied sang und von den Beschwerlichkeiten des vorigen Treffens ausruhte. Endlich, da er weiter nichts vor sich sah, als seinen Weg und sein Bettlergewerbe fortzusetzen, stund er unwillig auf und hinkte längst des Flusses hin.

Nach einer kleinen Strecke stieß er an ein Frauenzimmer, das an einem Scheidewege auf einem Steine saß und ihn schon in der Ferne mit den wollüstigen Geberden bewillkommte. Er merkte also leicht, daß es eine von den orientalischen Schönheiten war, die ihre Reize auf den öffentlichen Straßen selbst verhandeln. Sein Muth war zu sehr gesunken, um an ihren Einladungen Theil zu nehmen; er gieng also ungerührt vorüber und würdigte sie kaum eines Seitenblickes. Sie folgte ihm und beunruhigte ihn mit den Bemühungen, sein Felsenherz zu erweichen, so lange, bis er unwillig sie zurückwies. Sie verfolgte ihn unaufhörlich. Um wenigstens die Qual ihrer Zudringlichkeit zu mindern, bat er sie, ihm den Weg zur nächsten Hauptstadt zu zeigen, welches sie gern that, weil der nämliche Platz für ihre Geschäfte der vortheilhafteste war, und unterwegs, da sie durch seine Offenheit gleichfalls offen geworden war, unterhielt sie ihn mit ihrer Geschichte, den Beschwerlichkeiten ihres Handwerks und ihrem Ekel dafür. Sie bewies besonders bey dem letzten Punkte eine Empfindsamkeit, die sie ihrem Begleiter merkwürdig machte, und versicherte, daß sie nichts als die äußerste Noth in eine der schändlichsten, erniedrigendsten Lebensarten gestürzt habe, die sie haßte und verfluchte und nur, um nicht zu verhungern, emsig betreiben müßte. – »O«, setzte sie hinzu, »Schicksal! du bist der Schöpfer unsrer Vergehungen!«

Achtes Buch

Belphegors Begleiterinn fieng ungeheißen an, ihm etliche Stücke ihrer Geschichte mitzutheilen, und zwar mit dem Tone eines geheimen Kummers, der sich öffnen will, um sich zu erleichtern. Allein ihr Zuhörer war mit seinen eignen trübsinnigen Gedanken zu sehr beschäftigt, um von ihrer Erzählung intereßirt zu werden. Sie fuhr demungeachtet ungehindert fort und versicherte, daß der ganze unübersehliche Faden ihrer grausamen Schicksale von einem gewissen *Fromal* angesponnen sey, dem sie dafür allen Fluch des Himmels und der Erde zur Belohnung anwünschte.
Belphegor fuhr auf und sah sie unbeweglich an. »Von einem gewissen Fromal!« rief er, wie aus einem Traume erwachend.
»Ja, von diesem schändlichsten aller Bösewichter, der mich verleitete, einen gewissen *Belphegor* zum Hause hinauszuwerfen.«
»Einen gewissen Belphegor!« unterbrach sie ihr Gefährte erschrocken, doch ohne sich zu verrathen, ob er gleich merkte, mit wem er zu sprechen die Ehre hatte.
Sie erzählte ihm hierauf mit geläufiger Zunge ihre ganzen Schicksale bis zu der großen Wolkenreise,* wo sie von ihrem versöhnten Liebhaber und seinem Freunde Medardus getrennt wurde, und zwar mit den nämlichen Umständen, unter welchen meine Leser ihren Bericht bereits vernommen haben.
Belphegor konnte daraus nichts anders schließen, als daß die Geschichte wahr und sein Freund Fromal ein treuloser Freund sey, der ihn doppelt hintergangen, als er ihn nach seiner Verweisung aus Akantens Hause beruhigte und als er ihm die Ursachen herrechnete, warum er zu seiner Vertreibung

* Im ersten Bande.

etwas beygetragen hatte. Er nährte schon lange einen bittern Unwillen wider alles, was menschlich heißt, bey sich, und glaubte um so viel leichter, daß sein Schluß richtig und Fromal, wie alle Menschen, ein Bösewicht sey.

Während daß er mit einer geheimen, melancholischen Freude dieser Meynung beyfiel, fuhr Akante in ihrem Berichte fort und erzählte ihm, daß sie von ihrer Wolkenfahrt in die Türkey herabgelassen worden sey und sich, um ihrem gänzlichen Mangel abzuhelfen, an einen reichen Kaufmann als Sklavinn verhandelt habe.

»Mein Herr«, sagte sie, »ward meiner bald überdrüßig: so sehr ich selbst nach dem Verluste meiner hauptsächlichsten natürlichen Schönheiten in Europa gefiel, so wenig wurde dieser fühllose Türke von meiner marmornen Hand und meinem schön lackirten Gesichte gerührt, das leider! itzt nur noch Ruinen seiner vormaligen Schönheit aufzuweisen hat. Er verkaufte mich an einen Herrn, der sich besser darauf verstand, weil er ein Paar elende Goldstücke bey dem Handel gewinnen konnte. Mein neuer Herr nahm mich in sein Serail und verkaufte mich in etlichen Wochen an *Mulai Jassem*, einen Handelsmann aus Antiochien; *Mulai Jassem* verkaufte mich an *Abi Nizza* nach Bagdad; *Abi Nizza* überließ mich seinem Bruder, dem *Abi Esser; Abi Esser*, ein aufbrausender Mann, ward zornig auf mich, warf mich zum Hause hinaus, ließ mich wieder zurückholen, um mir hundert Peitschenhiebe mitzutheilen, und vertauschte mich gegen ein schönes, kastanienbraunes Pferd an einen Franken,* der mich endlich in die Hände eines persischen Herrn brachte, eines der mächtigsten Herrn im Königreiche; und ich wurde unter die Zahl seiner Beyschläferinnen aufgenommen. Ob er gleich aus besondern Absichten nur zwey Weiber hatte, so war doch sein Haus ein beständiger Schauplatz des Zanks und Tumultes; es theilte sich in zwo Faktionen, die einander tödtlich haßten und mit aller Erfindungskraft auf Mittel sannen, ihren Haß zur Thät-

* So werden die Christen im Oriente genennt.

lichkeit werden zu lassen. Sklaven, Sklavinnen, alles hatte den Groll von seiner Gebieterinn angenommen und verfolgte sich, als wenn es seine eigne Angelegenheit wäre. Vorzüglich äußerte sich diese Feindschaft bey der Geburt eines Kindes; die eine von den beyden Weibern war ganz unfruchtbar, und die andre hingegen hatte ihrem Herrn schon drey Kinder geboren: ein solcher Vorzug war des bittersten Neides werth. Als diese Glückliche zum viertenmale niederkam, so biß sich ihre Neiderinn vor Zorn und Unwillen bey der ersten Nachricht davon so heftig in die Unterlippe, daß man sie ablösen mußte, um eine Entzündung des ganzen Gesichts zu verhindern. Kaum hatte sie den Schmerz ausgestanden, als ihr die Rachsucht den grausamen Entschluß eingab, die Wöchnerinn nebst ihrer Frucht im Bette zu verbrennen: sie gab ihrer Partey Befehl dazu, die mit der größten Bereitwilligkeit eilte, ihn zu vollstrecken. Im Augenblicke loderten die Flammen in ihrem Zimmer und allen Ecken hervor, ergriffen die nächst daran stoßenden, verbreiteten sich weiter, und in wenig Minuten war der ganze Palast in Rauch und Flammen gehüllt. Man rettete sich, wie man konnte, und mit dem größten Theile der Sklavinnen entlief ich, um ein leichter Joch zu finden, als das wir bey unserm gegenwärtigen Tyrannen zu tragen hatten. Doch wir wurden von etlichen Verschnittnen eingeholt, gemustert und bis auf eine kleine Anzahl verkauft, bey welcher Gelegenheit ich in die Hände des großen, mächtigen *Fali* gerieth, um die Aufwärterinn einer seiner Beyschläferinnen zu werden. Er hatte dem Sultan, seinem Herrn, wichtige Dienste im Kriege gethan und noch vor kurzem etliche Provinzen erobert, weswegen ihm sein Herr mit vieler Achtung und Schonung begegnete. Einer von den Feldherren, der mit ihm eine gleich lange Zeit gedient hatte und es höchst übel empfand, daß ihm das Glück weniger gewogen war und ihn etliche Stufen niedriger in der Gunst seines Despoten sitzen ließ, hielt sich für verpflichtet, einen solchen Mann zu hassen, zu verfolgen und, wo möglich, unter sich zu erniedrigen. Er suchte jede Gelegenheit anzuwenden, ihn seinem Herrn verdächtig zu machen; und keine glückte ihm. Seine Mißgunst stieg zu einer solchen Höhe, daß es ihm genug war, seinen Nebenbuhler zu stürzen, wenn er gleich selbst in seinen Fall mit hinabgezogen werden sollte. Unter den vielen fehlgeschlagenen Listen erfand er endlich eine glückliche, wobey *ich* die Hauptrolle spielte.

Als ich eines Tages dicht an den Mauern des Harems Feldblumen für meine Gebieterinn suchen mußte, so näherte sich mir ein alter Evnuche und versprach mir gleich bey der ersten Anrede, mein Glück auf ewig zu machen, wenn ich mich in ein Verständniß von der äußersten Wichtigkeit mit ihm einlassen wollte. Ich wurde neugierig, und er verlangte von mir, daß ich mich schlechterdings in die Gunst des *Fali* einschmeicheln und zu der Ehrenstelle einer wirklichen Beyschläferinn erheben lassen müßte. ›Wie kann ich das?‹ fragte ich. ›Dafür laß mich sorgen!‹ war seine Antwort. ›Gieb mir nur dein Wort, daß du dich zu allen Schritten, die die Sache erfodert, gehorsam bequemen willst, ohne jemals zurückzuweichen oder furchtsam vor Schwierigkeiten zu erschrecken, die sich dir in Menge entgegenstellen werden. Ueberlaß dich meiner Führung und folge an meinem Arme jeder meiner Bewegungen ohne Widerstreben nach! In wenig Wochen sollst du im Triumphe auf dem Gipfel stehen, von welchem deine Gebieterinn itzo auf dich herabsicht.‹ – Ich versprach, ihm in allem zu gehorsamen: und sogleich verließ er mich, ohne mir das mindeste von dem Gange seines Anschlags zu entdecken. Ich war erstaunt, ich sann nach und gieng voll unruhiger Erwartung und Erstaunen mit meinen Blumen in den Palast zurück. Ich mußte jeden der folgenden Tage Blumen suchen; ich glaubte jedesmal, den alten Evnuchen zu finden, um etwas bestimmteres von meinem bevorstehenden Glücke zu erfahren. Allein statt seiner kam den dritten Tag der große Fali und eine kleine Weile darauf der alte Eunuche, der uns aber bald wieder verließ, nachdem er mir einen verstohlnen Wink gegeben hatte, die Gelegenheit zu nützen. Ich nahm die schönste unter meinen Blumen, überreichte sie ihm demüthig und warf mich vor ihm nieder. ›Herr‹, sprach ich, ›siehe in Gnaden das geringe Geschenk deiner Magd an und verschmähe nicht die Gabe ihrer Hände!‹ – Er befahl mir aufzustehn und versicherte mich sehr freundlich, daß ich Gnade vor seinen Augen gefunden hätte, worauf er mir zu meiner Arbeit zurückzukehren gebot und mich verließ. Ich pflückte gedankenvoll weiter und fand in diesem Räthsel alles unauflöslich: ich brachte vier und zwanzig Stunden in der quälendsten Ungewisheit zu, bis der alte Evnuche zu mir kam und mir das Geheimniß zum Theil entwickelte. ›Du sollst‹, sagte er mir, ›von Stund an zur Beyschläferinn des erhabnen Fali, des großen Feldherrn ausgerufen werden, und sogleich wirf die Sklavenkleider von dir und ziehe dieses Gewand an, das dich mit deiner bisherigen Gebieterinn in gleichen Rang setzt und, wenn du klug genug bist, meinen Rathschlägen getreulich folgst und die nöthige Vorsichtigkeit gebrauchst, dich an die Spitze des ganzen Harem emporheben wird.‹ – Ich zog das kostbare Kleid an, gelobte ihm den unverbrüchlichsten Gehorsam und folgte ihm, worauf ich in ein schönes möblirtes Zimmer kam, das mir nebst etlichen andern zu meiner Wohnung bestimmt war; die für mich bestellten Verschnittene und Sklavinnen empfiengen mich und stunden auf jeden meiner Winke in Bereitschaft – kurz, ich war die geehrteste, glücklichste Bewohnerinn des ganzen Harems und in der Gunst meines Herrn die oberste.

Guter Mann! Du weißt es vielleicht aus eigner trauriger Erfahrung, daß der Neid unmittelbar in die Fußtapfe tritt, wenn die Größe den Fuß von ihr aufhebt: ich erwartete ihn und trug ihn daher desto standhafter. Meine vorige Gebieterinn setzte den ganzen Harem wider mich in Aufruhr; ihre ehemaligen Feindinnen – welches alles ihres gleichen waren – wurden itzt die auserlesensten Freundinnen, die sich mit ihr zu meinem Untergang verschwuren. Der alte Evnuche stellte mir die Größe der Gefahr oft vor Augen, da ich sie ohne ihn nicht einmal erfahren haben würde, so versteckt waren alle Minen, die mich sprengen sollten, ermahnte mich zu vorsichtiger Standhaftigkeit und schwur mir theuer zu, daß mich nicht der mindeste Stoß von der angelegten Untergrabung treffen werde, weil *er* mein Beschützer sey. Sein Wort war mir um so viel sichrer, weil ich wußte, daß er der Liebling unsers Herrn war und so viel über ihn vermochte, daß auch die Neigungen des großen Fali von dem Willen und der Billigung dieses alten Geschöpfes abhiengen. Alle Unternehmungen wider mich giengen also fehl, nur die einzige, die unglücklichste unter allen wäre beynahe gelungen – man trachtete mir nach dem Leben. Weil man nirgends zum Zwecke gelangen konnte, so ließ man die Decke meines Schlafzimmers allmählich so zerwühlen und die Befestigung derselben so locker machen, daß sie unfehlbar herunterfallen und mich tödten mußte. Ob man gleich bey diesem mörderischen Anschlage die nöthigsten Maasregeln ergriffen hatte, um den völligen Einsturz zu veranstalten, wenn ich den Untergang nicht vermeiden konnte, so kam doch der Zufall ihren weisen Veranstaltungen zuvor und warf die Decke mit einem gewaltigen Krachen hernieder, als ich eben auf den glücklichen Sofa in den Armen des großen Fali in der vollsten Empfindung lag. Der Feldherr, der über diese Störung seines Vergnügens ergrimmte, forschte nach dem Thater; denn man fand deutliche Spuren, daß Kunst gebraucht worden war, den Fall zu befördern: er forschte mit aller Strenge nach ihm, doch ohne ihn zu entdecken. Diese Fruchtlosigkeit seiner Bemühung ließ ihm eine Verschwörung vermuthen, in welche, wo nicht das ganze Harem, doch wenigstens der größte Theil desselben verwickelt seyn mußte. Theils um zu strafen, theils um abzuschrecken, ließ er ein schreckliches Blutbad anrichten, das die Hälfte des Serails und mit derselben auch meine vorige Gebieterinn wegnahm. Ich bat, ich flehte; aber der rasende Fali war unerbittlich und ruhte nicht eher, als bis er die

Zusammenrottung in Strömen Menschenblut ersäuft hatte. Kurz nach diesem grausen Auftritte entzündete sich ein neuer Krieg: alles war in Zwietracht; und mein alter Evnuche berichtete mir, daß *er* der einzige Urheber dieser Unruhen sey und sie zu Beförderung seiner Absichten nie erlöschen lassen dürfe. – ›Und welche sind das?‹ fragte ich neugierig. – ›Absichten‹, erwiederte er, ›deren Reife herannaht. So höre dann! Den Mann, in dessen Umarmung du bisher die süßesten Empfindungen der Liebe geschmeckt hast, sollst du stürzen.‹ – ›Ihn?‹ fuhr ich auf. ›Ihn, von dessen Händen ich Glück und Wohlseyn empfieng, der mich auf die oberste Staffel seiner Gunst erhob, ihn sollte ich stürzen? Undankbar will ich nimmermehr seyn.‹ – ›So stürze dich!‹ war seine kalte Antwort. ›Wähle zwischen seinem und deinem Untergange!‹ – Ich wollte Einwendungen machen und Fragen thun, aber er schnitt mir meine Rede gerade zu ab, verbot mir alle Declamationen und befahl mir zu wählen und dann zu hören, was ich gewählt hätte. Keine Verlegenheit kann in der Welt größer gewesen seyn als die meinige damals: sich selbst oder seinen Wohlthäter schaden müssen, ein trauriger Wechsel! Ich gehorchte dem Verlangen meiner Selbsterhaltung und bezeigte mich zu den Anschlägen des bösen Evnuchen bereitwillig, der mich alsdann durch den schrecklichsten Schwur die Bewahrung des Geheimnisses angeloben ließ. ›Der große *Edzar*‹, fieng der Bösewicht an, ›der Nebenbuhler unsers Herrn, hat mich zu der Ausführung seiner Absichten ausersehen; ich habe mich ihm verpflichtet und muß schlechterdings seinen Auftrag zu Stande bringen. Er gebot mir eine von den niedrigsten Sklavinnen in die Gunst des Fali zu bringen, deren Glück in meiner Gewalt wäre und die also entweder sich in unsre Entwürfe fügen oder ihrer eignen Erhaltung entsagen müßte. Ich wählte dich dazu, und du hast dein Glück dem Glücke eines andern vorgezogen, was man leicht voraussehn konnte. Vernimm also, was dir weiter zu thun obliegt! Der große, mächtige Herr deines Herrn wird dich von ihm verlangen: es wird ihm schwer werden, und ich will machen, daß es ihm unmöglich wird, dich zu missen, eben so wie der Feldherr Edzar es bey seinem Herrn dahinbringen wird, daß es ihm unmöglich ist, dich nicht zu besitzen. Der erhabne Herrscher aller Herrscher wird über die Verweigerung deines Herrn ergrimmen und siehe! so ist sein Fall gewiß, und du wirst zu der Umarmung des mächtigsten Regenten erhoben.‹

Die so lange vorher ausgesonnene Bosheit wurde ihrer Ausführung täglich näher gebracht: in kurzer Zeit hatte der tückische Edzar seinen Herrn beredet, daß ich die größte Schönheit des Orientes sey, und diese Ueberredung war hinreichend, ihn bis zum Unsinne in mich verliebt zu machen, ob er mich gleich nie gesehn hatte. Er verlangte, mich schlechterdings zu besitzen, und erwartete nichts weniger, als daß sein getreuer Knecht Fali seinen Wünschen den mindesten Wiederstand entgegensetzen werde! Je mehr dieser wankte, dem Verlangen seines Herrn zu gehorsamen, je mehr feuerte der alte Evnuche seine Liebe an, je mehr suchte er ihm glauben zu machen, daß er ohne mich der unglücklichste Sterbliche sey und sich daher den ungerechten Zumuthungen seines Herrn gerade zu wiedersetzen müsse. Der alte Bösewicht, um den Untergang seines Herrn desto schneller zu befördern, rieth ihm sogar, den Antrag der Härte und Unwillen abzuweisen. Auf der andern Seite blies Edzar die Leidenschaft des Despoten unermüdet an, und die beiden Alten, der König und sein Feldherr Fali, waren wie zween gierige Raubthiere, die sich auf die Aufmunterung und Loshetzung jener beiden Verbrecher um mich, ihre Beute, haßten, verfolgten und lieber gar gewürgt hätten. Der König mußte meinen Herrn schonen, wenn er sich nicht der Gefahr eines Aufruhrs aussetzen wollte; denn Fali war der Liebling aller Soldaten, die ihn, wie ihren Vater, vor jeder Verletzung zu sichern suchten und für seine Erhaltung ihre eigne verachtet hätten. In dieser quälenden Verlegenheit griff er nach der List und wollte mich durch verdeckte Wege aus den Händen des widerspenstigen Fali reißen. Edzar erfuhr seinen Anschlag und begünstigte ihn. Man legte an dem Theile des Palastes, wo ich wohnte, Feuer an, und wenn ich mitten durch die Flammen mich retten würde, so sollten mich einige Auflaurer auffangen und dem Könige überliefern. Der alte Evnuche, der von allen diesen Ränken völlig unterrichtet war, ließ zwar die Flammen ungehindert auflodern und mich eben so ungehindert von meinen Entführern davontragen, allein auf seine Veranstaltung wurden einige von den königlichen Aufpassern eingefangen und vor dem Fali gebracht, der mit der Wuth eines Löwen wider seinen Herrn tobte, Schätze, Palast, Weiber und alles der Willkühr der Flamme überließ und davon eilte, um mich zurückzuholen oder alles zum allgemeinen Aufstande aufzuwiegeln und dann seine Beleidigung mit Blute zu rächen. Er raste wie sinnenlos, und Zorn und Rachsucht machten seine Liebe zu mir stärker als sie wirklich war: er lief, ohne zu wissen wohin, indessen daß ihm der Dampf von seinem verbrennenden Vermögen nachrollte. Wem er auf seinem Wege begegnete, dem erzählte er mit der äußersten Hastigkeit seine Geschichte, und jeder war schon auf seiner Partey, ehe er ihn noch dazu ziehen wollte: in kurzer Zeit verbreitete sich der Tumult allenthalben, Soldaten und andre Einwohner eilten in vermischter Ordnung einher, und alles rief: ›Es lebe Fali! Es sterben alle seine Feinde!‹ – Der beleidigte Feldherr selbst war an ihrer Spitze und schnaubte vor Zorn und Rache. Das Scharmützel fieng an und wurde bald zur offnen Schlacht. Man erwürgte sich, man schlug sich blutig, man hieb sich nieder, mir und dem Fali zu Ehren. Der Sieg schien ungezweifelt für den Feldherrn, als plözlich seine ganze Partey sich von ihm trennte und ihn der Wuth seiner Gegner überließ, die ihn gefangen nahmen. Dieser plözliche Unfall war Edzars Veranstaltung, der unter dem Hintertrupp von Falis Verfechtern das Gerüchte ausstreuen ließ, daß ihr Anführer in einer entlegnen Straße große Gefahr laufe, in

die Hände der Feinde zu fallen. Sogleich stürzte sich der getreue Trupp an den Ort, wohin sie das falsche Gerüchte rief; die Uebrigen, die dies für Flucht hielten, folgten ihnen zum Theil nach, um sich mit ihnen zu retten, zum Theil um die Entflohenen zu ihrer Schuldigkeit zurückzubringen. Diese Trennung verursachte bald allgemeine Unordnung und Verwirrung: dieser fürchtete sich, jener zürnte, dieser tobte, jener stand vor Zerstreuung unthätig; ein jeder wurde durch eine Leidenschaft von der Gegenwehr abgerufen, die Feinde drangen ein, trieben sie fort, umringten den verlaßnen Fali und brachten ihn vor seinen Herrn, der ihn gern mit dem Blicke vor Wuth getödtet hätte und ihn sogleich den gräulichsten Martern übergeben ließ.
Nunmehr, da der Sturm vorüber war, hatte er Muße, die Schönheit in Betrachtung zu nehmen, die ihn veranlaßt hatte: ich wurde zu ihm geführt. War es Unmuth und böse Laune oder entsprach meine Gestalt seiner überspannten Erwartung nicht! – ich mißfiel ihm im höchsten Grade, so sehr, daß er mich von zween Evnuchen zum Serail hinauspeitschen ließ und sogleich Befehl gab, dem Edzar, der die Wollust seines Herrn so unverantwortlicher Weise zu der falschesten Erwartung verführt hatte, den Kopf glatt vom Rumpfe herabzusäbeln.«
»›Da sieht man doch, daß die Vorsicht noch lebt!‹ würde Freund Medardus ausrufen«, sprach Belphegor, ohne zu überlegen, daß dieß ein Mittel seyn könnte, sich vor der Zeit zu verrathen. Allein Akante war zu sehr in ihre Geschichte vertieft, um sich ein solches Anzeichen nicht entwischen zu lassen. Sie hielt sich also blos an das Wesentliche des Ausrufs und fiel ihm hastig ins Wort: »Ja, so würde ich auch denken; aber warum mußte denn der unglückliche Fali umkommen, der treu für seinen Herrn gefochten und eine niederträchtige Beleidigung nicht als ein feiges Lamm erdulden, sondern den Urheber derselben muthig bestrafen wollte? warum ließ da deine Vorsicht nicht lieber den Streich des

Fali gelingen, der in seinem Herrn einen grösern Bösewicht gezüchtigt hätte als Edzar war?«
Belphegor wollte antworten, aber sie ließ ihn nicht zum Worte: in Einem unaufhaltsamen Strome fuhr sie zu fragen fort. »Warum mußte ich, die ich zu dem gottlosen Anschlage hingeschleppt worden war, die ich wie eine leblose Maschine dabey gleichsam fortgestoßen wurde, warum mußte ich ärger als Edzar, der gottlose Anstifter des Verbrechens, behandelt werden? Mit Einem kurzen Hiebe war sein Leben und seine Marter aus. Aber ich Elende wurde von zween wilden Evnuchen zum Serail unter tausend empfindlichen Hieben hinausgetrieben, dem Schmerze, dem Kummer, der Dürftigkeit und allen nur erdenklichen Unglücksseligkeiten übergeben; ich mußte vier und zwanzig Stunden lang unter freyem Himmel, allen Unfällen der Witterung ausgesetzt, mit einem von Blute unterlaufnen Rücken liegen, durch die Barmherzigkeit eines Fremden in ein Haus gebracht, geheilt und durch seine plözliche Abreise mitten in der Kur dem Elende von neuem ausgesetzt werden, ich mußte von Almosen leben und die meiste Zeit hungern, ich mußte endlich, um weniger zu hungern, mich der Willkühr eines jeden überlassen und –« Hier verstummte sie.
»Alles verdiente Strafen!« fuhr Belphegor hastig auf, »für die lahme Hüfte, die du mir –« Hier besann er sich; denn Akante sah ihn sehr ernsthaft und bedenklich an; und weil ein Argwohn leicht Gründe zur Gewisheit findet, so erblickte sie, aller Unkenntlichkeit ungeachtet, ungemein viele Aehnlichkeit in den Gesichtszügen des Mannes mit demjenigen, dem sie ehemals lahme Hüften gemacht hatte. Sie hielt es wenigstens der Mühe werth, einem Versuch mit einer Anfrage zu thun; und da ihr ehmaliger Liebhaber ein Bettler war, so konnte sie nichts dabey verlieren, sich ihn unter den Charakter einer Hure darzustellen. Sie sah ihn immer steifer an, sagte die ersten Sylben seines Namens, bis sie ihn ganz heraussprach, und der gute Mann aus angeborner Aufrichtig-

keit es ihr länger nicht verhelen konnte, daß *er* es war, den sie nannte. Beide, obgleich keins vor dem andern viel voraus hatte, schämten sich mit ihrem Reste von europäischem Gefühle, sich in so traurigem, erniedrigendem Zustande widerzufinden. Hätte auch gleich kein Ueberbleibsel von Liebe mitgewirkt, so wäre die Gleichheit des Elends und ihrer Abkunft schon kräftig genug gewesen, sie für einander anziehend zu machen. Doch mitten unter den Empfindungen, die ihre Wiedererkennung begleiteten, konnte Akante nicht vergessen, daß ihr bisheriges Ungemach eine Folge von den Hüftenschmerzen seyn sollte, die sie Belphegorn gemacht hatte, besonders da Leute, die viel gelitten haben, alle Beyspiele wider die Billigkeit der Vorsehung begierig auffangen, um sich gleichsam für ihr ausgestandnes Unglück dadurch an ihr zu rächen.

»Was?« rief sie; »so vieles Herzeleid soll ich durch zween oder drey Ribbenstöße verdient haben, die ich dir, verblendet von unwillkührlicher Leidenschaft und von Fromals ruchloser Ermunterung angetrieben, ohne deinen großen Schaden gab? indessen daß Edzar, dieser überlegende, studierte Bösewicht, mit Einem leichten Schwerthiebe davon kam, und sein niederträchtiger Herr, der keine Sonne ohne eine That der Grausamkeit untergehen ließ, noch lebt und in hohem Wohlseyn über Persien herrscht? – Welche Proportion? Oder hat vielleicht mein ganzes Geschlecht schon vor der Geburt lahme Hüften gemacht, daß es unter diesem ganzen Himmelsstriche zur elendesten Sklaverey verbannt ist? schon von dem ersten Augenblicke seiner Existenz dazu verdammt ist? Warum ist mein ganzes Geschlecht von ewigen Zeiten her der Jochträger des eurigen, eurer Bedürfnisse, eurer Bequemlichkeit, eurer üblen Laune gewesen? Wodurch hat es eine solche Zurücksetzung unter das eurige *verdient*? – Nichts als seine unglückliche Schwäche warf es in die allgemeine Unterdrückung! Uebersieh alle Zeiten und Länder! Mußte die Gattung vernünftiger Kreaturen, die ihr in Europa als Engel anbetet und vielleicht durch Schmeicheleyen einschläfern wollt, damit sie euch ihre Ueberlegenheit nicht fühlen lassen, der schönste Theil der Schöpfung, nicht beständig dienen, in jedem Verstande dienen? und nicht blos dienen, sondern der Sklave des rohen, grausamen, stärkern männlichen seyn? Allenthalben war dies, den einzigen kleinen Punkt ausgenommen, auf welchem wir das Leben empfiengen, und auch hier noch vor wenigen Jahren. Ihr Männer konntet in der tollsten Raserey zu Tausenden nach einem kleinen Striche steinichten, unfruchtbaren Erdreiches laufen* und Tod und Gefahren in jeder Gestalt entgegengehn; ihr konntet euch um eines leeren Titels, einer einfältigen Grille, eines blendenden Nichts würgen, zerfetzen, verstümmeln. Und doch kam keiner noch auf den edlern Vorsatz, das weibliche Geschlecht in *allgemeine* Freiheit zu setzen. Schämt euch, ihr Elenden! Um euern verfluchten Durst nach Golde, nach Ländern, Titeln oder andere noch niedrigere Leidenschaften der Rache, der Zanksucht, des Neides zu sättigen, macht ihr, so oft es euch beliebt, die Erde zum Schlachtfelde und wißt euren unmenschlichen Thaten tausend schimmernde Mäntel umzuhängen und tausend glänzende Anstriche von Edelmuth, Großmuth, Menschenliebe, Patriotismus zu geben. Doch für das Geschlecht, das euch mit Schmerzen gebar, wagtet ihr nie einen Schritt! vergoßt ihr nie einen Tropfen eures menschenfeindlichen Blutes! Wohl den guten, freundlichen Rittern, die während der Barbarey unsers vaterländischen Himmelsstrichs sich über alle Vortheile und Rücksichten des Eigennutzes emporschwangen und mit der Lanze in der Hand, von dem einzigen Triebe der Ehre und Menschenliebe begeistert, ausgiengen, die Banden der weiblichen Knechtschaft zu zerbrechen und rohen Unterdrückern des schwächern Geschlechts die Köpfe zu zerspalten! Wohl ihnen, sie waren die *edelsten* Krieger, die jemals die Waffen ergriffen, deren Namen in alle Felsen des Erdbodens mit unauslöschlichen Zügen hätten eingegraben werden sol-

* Nach Palästina in den Kreutzzügen.

len und welche die Verewigung mehr als alle berüchtigte Länderverwüster, Städtezerstörer und Menschenwürger verdient hätten. O daß ihr geheiligter Staub nicht hier unter meinen Füßen ruht! daß die Stätte unbekannt ist, die ihre edlen Gebeine bewahrt! Jedes Mitglied des weiblichen Geschlechts sollte zu ihnen eine Wallfahrt thun und sie mit Blumenkränzen und Räucherwerke ehren; jedes Mädchen sollte ihnen die ersten Locken weihen, jede an ihrem Hochzeittage ihnen ein Fest feiern. Dann würde einem unter euch vielleicht das eiskalte Blut genug erwärmt werden, um nach einem ähnlichen Lorber zu streben. Dann würde ein solcher Preiß vielleicht die Tapferkeit einiger ruhmsüchtigen Waghälse beleben, sich zu der größten Unternehmung zu vereinigen; dann würden Schaaren von edlen Streitern den nüzlichsten Kampf wagen, muthig über Seen, Berge und Schlünde hineilen, um in Norden und Süden, in Osten und Westen die Ketten zu zersprengen, womit mein Geschlecht an das Joch der männlichen Unterdrückung angeschmiedet ist. O Freund! hättest du Geist und Feuer genug, so könnten *wir* zuerst diese Lorbern einerndten! so könnten wir, wie der enthusiastische Peter,* über den Erdboden hinfliegen und Kaiser, Könige und Fürsten aufmuntern, dem halben Theile der Menschheit Friede, Ruhe, Freiheit und Glückseligkeit zu erkämpfen! Komm, Freund! Laß uns jeden, der Macht hat, das schwarze Gemälde der weiblichen Sklaverey mit den schauderndsten Farben vor die Augen halten, und wer dann keinen Sporn in seinem Herze fühlt, den treffe Fluch, den verzehre der Donner des Himmels! den Feigen! den Nichtswürdigen!«

Belphegorn schauderte bey dieser lebhaften Deklamation, und er fühlte in seinem Kopfe so etwas, als wenn seine Einbildungskraft anfienge, Feuer zu fangen; sein Herz schlug gleichfalls schneller, und in allen seinen Adern regte sich seine vorige Tapferkeit. Allein zu Akantens Begeisterung

* Peter der Eremit, der die Kreutzzüge veranlaßte.

konnte er sich doch nicht erheben, um das Mißliche und Phantastische in der vorgeschlagnen Unternehmung nicht zu fühlen. Die ganze Sache war: Akante hatte kurz vor ihrer Zusammenkunft mit Belphegorn von einem ihrer Liebhaber, weil er ihr seine Erkenntlichkeit nicht besser zu beweisen wußte, eine große Schachtel mit Opium empfangen, wovon sie in der Geschwindigkeit eine ziemliche Portion verschluckte, die ihre Nerven zu jenem Schwunge der Begeisterung anspannte, daß sie ein solches phantastisches Projekt entwerfen und Belphegorn mit solcher Lebhaftigkeit zur Ausführung antreiben konnte.

Da sie endlich nach vielen Zunöthigungen gewahr wurde, daß ihr Gesellschafter nie genug befeuert werden konnte, so bot sie ihm in einer Art von Trunkenheit das Mittel an, das bey ihr eine so wirksame Kraft geäußert hatte. – »Nimm«, sprach sie, »und iß! Diese Frucht muß deiner Einbildungskraft Flügel ansetzen, sie muß dich über dich selbst emporschwellen: nimm, iß! und wenn du dann zu der wichtigen Unternehmung dich nicht hingerissen fühlst, so bist du nicht werth, daß du aus der Brust deiner Mutter einen Tropfen Blut empfiengest.«

Der glühende Belphegor nahm den angebotnen Opium und verschluckte eine große Menge, die in kurzer Zeit eine flüchtige Anspannung aller seiner Gefäße veranlaßte, daß seine Imagination aufbrauste; und in diesem Taumel gab er Akanten die Hand, schwur ihr einen theuern Eyd, und nichts war gewisser, als daß sie beide, wie irrende Ritter, zu der Erlösung des weiblichen Geschlechts auswandern wollten. Da sie in einem Lande waren, das ihnen Gelegenheit genug anbieten konnte, ihre ritterliche Tapferkeit zu üben, so sollte das Kriegstheater zuerst dort eröffnet werden. Sie fiengen den Zug an, und ihre vier Arme dünkten ihnen in ihrer stolzen Berauschung so stark als hunderttausend zu seyn, weswegen sie nicht die mindeste Bedenklichkeit hatten, ohne Hülfstruppen mit dem ganzen Oriente allein fertig zu werden. Sie rückten an den nächsten Ort an, drangen mit Geschrey in ein Haus und verlangten von dem Manne die Befreyung seines Weibes und seiner Töchter aus der häuslichen Sklaverey. Der Mann, der weder ihre Anrede noch ihre Foderung verstand, aber doch aus ihrem Betragen schließen konnte, daß sie nichts weniger als in friedlichen Absichten zu ihm kamen, hielt es für rathsam, allen Gewaltthätigkeiten vorzubeugen, weil es noch in seiner Macht stünde, setzte sich zur Gegenwehr, und seine Weiber, zu deren Erlösung unsre Helden ausgereist waren, gesellten sich zu ihnen wider ihre Befreyer, die sie mit Faustschlägen, Nägelkratzen und andern Waffen zum Hause hinauskomplimentirten, vor der Thüre ließen und in Friede und siegreich wieder in ihre vier Mauern zurückkehrten.

Theils von ihren ritterlichen Thaten und den empfangnen Schlägen, theils von der Ueberspannung des Opiums ermüdet, blieben sie beide auf dem nämlichen Flecke liegen, wohin sie der letzte feindliche Stoß versetzt hatte, und im kurzen waren sie in dem tiefsten Schlaf, worinne sie unter den schwärmerischsten Träumen und Entzückungen bis zum Morgen verblieben.

Als sie erwachten, sahen sie sich voller Verwundrung an einem Orte, den sie vor ihrem Schlafe niemals gekannt hatten, entdeckten voller Verwundrung Beulen und geronnenes Blut eins in des andern Gesichte; erblickten mit Erstaunen Spuren eines Scharmützels, dessen Folgen sie deutlich fühlten, ohne daß sie nach ihrem lebhaftesten Bewußtseyn dabey gewesen waren. Das ganze kriegerische Projekt, wovon sie eine mislungene Probe geliefert hatten, war bis auf das kleinste Sylbchen aus ihren Köpfen verflogen: sie sannen, aber ihr eigner Zustand blieb ihnen ein unauflösliches Räthsel, weswegen sie ohne ferneres Kopfbrechen sich von der Erde erhuben und bedächtlich ihren Weg antraten.

Sie bettelten und waren bey diesem Gewerbe ehrlich und redlich in die chinesische Tartarey hineingerathen, wo neue

Unfälle auf sie warteten. Bekanntermaßen herrscht noch der völlige Naturkrieg unter dem tartarischen Himmel, und eben damals hatten die *Nunni,* weil sie an ihren Plätzen Langeweile hatten, sich es einfallen lassen, einen Spatziergang von etlichen funfzig Meilen zu den *Hiutschis* zu thun und sie aus ihren Wohnsitzen herauszutreiben: die *Hiutschis,* welche einmal auf Gottes Erdboden existiren sollten und zu ihrer Existenz Platz brauchten, thaten den *Niungis* ein Gleiches und nöthigten sie, ihnen zu weichen: die *Niungis* rächten sich dafür an den *Aldschehus;* allein diese waren so halsstarrig tumm, nicht weichen zu wollen, welches die *Niungis,* die ihrentwegen einen so weiten Weg nicht umsonst gethan haben wollten, so übel nahmen, daß sie alle umzubringen beschlossen. Da dieses aber nicht so schnell von statten gehen wollte, als sie anfangs vermutheten, und sogar ihnen selbst den Untergang zu drohen schien, so waren sie zeitig genug so klug, daß sie Friede anboten und den *Aldschehus* einen Plan vorschlugen, wo sie sich auf Unkosten ihrer Nachbarn für die Köpfe entschädigen konnten, die sie ihnen nicht entzweygeschlagen hatten. Die *Aldschehus* ergriffen begierig eine so schöne Gelegenheit, ihrem Schaden beyzukommen, und wanderten mit ihnen zu den *Mogolutschis,* die sie bis auf das kleinste Kind dem Vergnügen ihrer Tapferkeit aufzuopfern gedachten. Allein die *Mogolutschis* waren klüger als ihre Angreifer und entwischten ihnen, weil sie sich ihrer ungleichen Kräfte sehr wohl bewußt waren. Eine solche unverantwortliche Vereitlung aller ihrer Absichten machte sie höchst unwillig, daß die *Mogolutschis* ihre Hälse zu lieb hatten, um sie sich von ihnen zerbrechen zu lassen, und die vereinigten *Aldschehus* und *Niungis* faßten in ihrem Grimme den rühmlichen Vorsatz, alle ihre tartarischen Nebenmenschen, deren sie nur habhaft werden könnten, bis auf die Wurzel zu vertilgen. Sie hielten Wort: sie schweiften nach allen Himmelsgegenden zu, und welches Menschenkind in ihren Weg gerieth, das hatte gelebt. Durch diese erhabne

Tapferkeit brachten sie es in wenig Jahren dahin, daß in einem weitläuftigen Distrikte keine Spur von Gottes Schöpfung mehr anzutreffen war.

Gerade zu einer Zeit, als man eine Trophee von Erwürgten errichtet hatte, führte das Schicksal unsre beyden Wanderer unter Mühseligkeiten und Hunger dahin. Ihre Kleidungen waren sehr abgenutzt, sie hielten es also für dienlich, sie auf der Stelle von den Fragmenten, die an den Leichnamen hiengen, so gut zu rekrutiren, als es die Umstände erlaubten. – »Wohin sollen wir nun?« fragte Belphegor. »Wir wollen gehn, bis uns der Hunger tödtet, es sey wo es wolle.«

Kaum hatte er den Entschluß gefaßt, als sie ein Trupp *Niungis* umringte und auf ihre bittenden Zeichen, besonders wegen ihres friedfertigen, ausländischen Aussehns, mit sich zu ihrem Oberhaupte schleppte, der ihnen bey dem Truppe zu bleiben verstattete und sie dem Hauptanführer seiner Nation als eine Seltenheit vorzustellen gedachte. Die Märsche waren übermäßig schnell und eilfertig: sie wurden durch etliche vereinigte feindliche Horden getrennt, und diese hatten die Bosheit, den Trupp, zu welchem unsre Europäer gehörten, zu verfolgen, bis ihn ein Morast von der Gefahr der Nachsetzung befreyte, wo der größte Theil desselben stecken blieb und starb. Unsre Europäer waren mit einigen Tartarn seitwärts in einen Wald gesprengt, wo sie der Feind ruhig ließ und zu andern erhabnen Kriegsthaten wieder umkehrte.

Belphegor und Akante hatten nebst ihren Gefährten einige Zeit in dem Gehölze zugebracht, als diese sie plötzlich verließen und durchaus nichts mehr mit ihnen zu schaffen haben wollten.

»Trauriges Schicksal!« rief Belphegor. »Trauriges Schicksal!« rief Akante; und beyde wollten mit aller Gewalt sterben. Sie baten den Tod inständigst, mit ihren Körpern die Raubthiere der dortigen Gegend zu bedienen, aber der Tod war taub: sie erblickten Früchte, langten zu, erquickten sich und wurden durch die einzelnen Stämme der Bäume Wasser gewahr, giengen darauf zu und fanden – offenbares Meer. »Vielleicht«, sprach Belphegor wieder auflebend, »vielleicht hat uns hier über diese Fluthen der Himmel einen Weg gebahnt, um in das köstliche Europa wieder zurückzukehren. Lebe auf, Akante! Hier ist der Weg in unser Vaterland. Alles, was ich dort ausgestanden habe, von deinen Hüftenstößen bis zum Aufhängen unter den Lettomanern, ist nichts gegen die Schmerzen, die ich in andern Welttheilen habe ertragen müssen. Wenigstens kann man dort ruhiger Zuschauer von dem allgemeinen Kriege bleiben und so leidlich ohne Schmerzen leben, wenn man sich nicht in das tolle Spiel der Welt mischt, wenigstens die Leute nicht einen vernünftigern Weg führen will, als sie selbst zufälliger Weise oder aus eigner Wahl eingeschlagen haben. Ich sehe es wohl – leider zu spät! – daß ich selbst, von meinem warmen zelotischen Herze und von übertriebner Rechtschaffenheit verleitet, Millionen Schmerzen auf mich geladen habe. Aber wohl mir! dieses Meer führt mich nach Europa zurück, und da will ich mit dir, Akante, die gemeinschaftliches Ungemach an mich fesselt, glücklich leben; denn Erfahrung hat mich auch klug gemacht, mein Feuer ist verdampft, und selbst der Neid der Menschen soll mir meine Rechnung auf ein ruhiges, zufriednes Leben nicht verderben. – Akante! freue dich! Unser Schicksal heitert sich auf.«

Akante, die diese Aufheiterung in der Entdeckung eines offnen, weiten, unbekannten Meeres nicht finden konnte, blieb ungerührt und beschloß mit einem Seufzer und dem Ausrufe: »Trauriges Schicksal!«

Auch warteten sie wirklich lange auf den gehoften Beystand des Himmels und die Ueberfahrt nach Europa, nährten sich kümmerlich mit gesammelten Früchten und Wurzeln, bis endlich die Saiten der Hofnung schlaff wurden und der Muth gleichfalls. – »Trauriges ungerechtes Schicksal!« – dabey blieb Akante und beschloß verzweifelnd, sich in die See zu stürzen. – »Laß mich voran!« rief Belphegor. »Gab mir die Natur das Leben und doch keine Mittel, es zu erhalten, so werfe ich die unnütze Last von mir und sterbe.« – Mit diesem Worte sprang er unaufgehalten in die Fluth. Allein ein Rest von Liebe zum Leben oder eine andere Ursache machte, daß er sich unbewußt im Wasser, ohne zu sinken, fortarbeitete und nach dem Ufer zuschwamm, wo er ganz durchnäßt und kraftlos sich auf das Trockne hinwarf.

Er erholte sich; sein erster Blick gieng nach Akanten, aber fand sie nicht. Er suchte, er rief und fand sie eben so wenig. Nach langem, vergeblichem Bemühen blickte er endlich seufzend nach der See hin, als wollte er zum zweytenmale sich ihr übergeben – siehe! plötzlich wurde er ein Fahrzeug gewahr, das mit etlichen Personen an einer andern Seite des Ufers abfuhr. Er rief, er suchte das Geräusch des Wassers zu überstimmen, es glückte ihm, und man ruderte auf ihn zu. Es war ein Kanot aus einer benachbarten Insel, das ihn wiewohl weigernd einnahm und ihm seine geliebte Akante wiedergab. Sie hatte sich nicht entschließen können, nach seinem Beyspiele ihren Tod in den Wellen zu suchen, war trostlos am Ufer hinaufgeirrt und hatte in einer Bucht das Kanot mit zween Wilden gefunden, die Muscheln suchten. Sie wurde von ihnen aufgenommen, und auf ihr Bitten waren die Wilden Belphegors Geschrey zugerudert, ob sie gleich mehr wünschte als hofte, daß sie *seine* Errettung bewirken würde, weil er nach aller Wahrscheinlichkeit schon als Leichnam von den Wellen emporgetragen werden mußte. Sie ließen sich mit freundschaftlicher Freude fortrudern und liebkosten ihre Erretter mit allen ersinnlichen Zeichen der Dankbarkeit; doch konnten sie nicht den ganzen Rest von Mistrauen auslöschen, der ihrem Geschlechte eigen ist. Die Reise währte lang, und ehe sie sich es versahen, setzten sie ihre Führer unter einem listigen Vorwande an einem weitausgedehnten, festen Lande aus, an welchem sie hinfuhren, worauf sie in ihre Kanote sprangen und mit der größten Eilfertigkeit hinwegruderten. Die beiden Betrognen riefen ihnen nach, aber vergeblich.

»Abermals durch die Bosheit der Menschen unglücklich!« sprach Belphegor. »Von einem festen Lande zum andern fortgeschleppt, was haben wir gewonnen? – Daß wir nicht die Vögel jenes Landes, sondern die Raubthiere dieses Bezirkes füttern! – O Akante! welch ein Ungeheuer ist der Mensch! Unbeleidigt, bey den größten Zeichen des Zutrauens, der Dankbarkeit, der Freundschaft ist er doch, selbst außer dem Stande der Gesellschaft, der hartherzigste Feind von jedem, den er nicht kennt. Muß nicht tief in die Seele der Zug der wechselseitigen Feindschaft gegraben seyn, wenn er jeden als seinen Gegner behandelt, ihm als seinem Feinde nicht traut, so lange er nicht durch die Bande der Gewohnheit und der Gesellschaft mit ihm verknüpft ist? – O Fromal! du hattest Recht: die Menschen sammelten sich, um sich zu trennen. – Was sollen wir nun, Akante? – Wir wollen uns ins Land wagen; ob uns der Hunger und das unbarmherzige Schicksal im Stillesitzen oder auf dem Marsche aufreibt: gleich viel! Wohlan, wir gehn!«

Akante war es zufrieden: die Reise wurde angetreten, und in wenig Tagen hörten sie das Geschrey von Menschen. – »Höre, Freundinn«, sagte Belphegor dabey, »wohl ist mir beständig in der Einsamkeit. Aber so bald ich Menschen merke, so ist mein Wohlseyn vorüber: ich erwarte einen Feind. Wir wollen den Rufenden entgehn: eher will ich hier in der Wüste unter Thieren sterben, als unter Menschen leben.«

Plötzlich, als er noch redete, flog langsam ein glänzender, goldgelber Vogel nahe vor ihrem Gesichte vorbey: seine Federn warfen an der Sonne den Strahl eines Sterns von sich, und ihre Augen waren so sehr davon geblendet, daß sie seine schöne Bildung kaum bemerken konnten. Unmittelbar auf ihm folgte ein Paar nackte Menschen, die keuchend und mit aller Anstrengung des ganzen Körpers ihm nachsetzten, beide

Augen unverwandt auf ihn emporgerichtet, ohne neben sich mit Einem Blicke zu schauen. Der Vogel schien zuweilen nur zu schweben und ihre Ankunft zu erwarten; seine Verfolger sammelten ihre letzten Kräfte, eilten hinzu, und kaum glaubten sie mit ihren Fingerspitzen den strahlenvollen Spiegel seines Schwanzes zu berühren, als er langsam fortschwebte und sie entkräftet hinter sich zurückließ. Da das Schauspiel auf einer weiten, ausgebreiteten Ebne vor sich gieng, so konnten die beyden Zuschauer ungehindert jede Bewegung bemerken. Die Nachsetzenden rafften sich zwar jedesmal, daß ihnen der Vogel einen solchen Betrug spielte, wieder auf und verfolgten ihren Raub von neuem, allein, da ihre Kräfte ungleich waren, so kam ihm der eine meistens um etliche Schritte näher als der andre, worüber dieser sich so erbitterte, daß er alle seine Stärke anwandte, jenen Glücklichern von seinem Vorsprunge zurückzuziehn, und da eine solche Aufhaltung gleichfalls Erbitterung erregen mußte, so zankten sie sich so lange herum, bis keiner von beiden einen Schritt weiter gehen konnte oder der Vogel indessen so weit aus dem Gesichte gekommen war, daß sich keiner ohne Narrheit die Lust ankommen lassen konnte, seine Beine nach ihm zu ermüden, oder von den übrigen, die in verschiedenen Entfernungen gleichfalls nachfolgten, waren einige so weit zuvorgekommen, daß sie sich unmöglich überholen ließen. So jagten unzählige Truppe hinter dem goldnen Gefieder drein, keiner erhaschte es, und alle hatten am Ende – müde Beine.
Kaum hatten die beiden Europäer diese Lustjagd aus dem Gesichte verloren, als ein neuer Lärm ihre Aufmerksamkeit auf eine andre Seite zog. Sie horchten; und bald stürzte sich ein schlankes Reh, dessen Läufte aus Einem großen Kristalle gemacht zu seyn schienen und dessen ganzer Leib so hell leuchtete, daß die Gegend, wo es lief, Büsche und Bäume, wie von dem aufsteigenden Lichte der Morgensonne, übergoldet wurden: seine Augen strahlten wie Fixsterne, und wer in seinem Leben nie einem Rehe zu Gefallen sich wunde Füße

gemacht hatte, der mußte doch durch die Schönheit dieses Thiers gereizt werden, die seinigen einmal daran zu wagen. Belphegor war schon im Begriffe, darnach zu haschen, als ein Trupp Reiter in völligem Galope, mit verhängtem Zügel, schäumenden, schnaubenden Rossen über Büsch, Gesträuch, Hügel und Steine daherflogen und das funkelnde, strahlende Thier zu ereilen suchten. Alle Rosse hatten nicht gleichen Athem und alle Reiter nicht gleiche Geschicklichkeit; es mußten also einige zuvorkommen, einige zurückbleiben. Um sich nicht mehrere zuvorzulassen, wandten sie sich zu den Folgenden, und nun focht man mit allen Kräften, wer die Ehre haben sollte, voranzureiten: man verwundete, man verstümmelte, man lähmte, man tödtete sich, und wer die Oberhand behielt, gewann nichts als den leidigen Vortheil, seinen Weg und seine Thorheit weiter fortzusetzen. –

»Himmel! Wo sind wir?« rief Akante. – »In der *Welt*«, antwortete Belphegor, »denn man zankt, man ermordet sich.« – »Aber«, fuhr Akante fort, »was für ein herrlicher Theil der Welt ist das, wo solche kostbare, funkelnde Vögel und so strahlende Rehe angetroffen werden! Kaum kann ich glauben, daß wir noch auf unserm Planeten sind.« – »Wir sind es, mitten auf dem Kothhaufen, wo alles funkelt und glänzt und alles *nichts* ist. Laß uns weiter gehn!« – »O wer doch einen so reizenden Vogel oder so ein göttliches Thier fangen könnte! Was haben wir zu verlieren? Ich dächte, wir wagten eine Jagd mit.« – »Eine solche thörichte Jagd! die so viele Beschwerlichkeiten kostet, wo die Beute sich bald nähert, bald entfernt und, wie es scheint, nie erhascht wird! Und was hättest du am Ende, wenn du den goldnen Vogel auch gleich vor Tausenden einholtest? Nimm ihm das schimmernde Gefieder! und vielleicht hast du ein übelschmeckendes, unnahrhaftes Fleisch, als die verächtlichsten Federn bedecken. – Nein, ich kenne die Welt mit ihren Täuschereyen.« – »Aber sieh nur, Belphegor, das volle, feurige Gold, das dem Vogel vom Rücken blitzt! Ach, so ein göttlicher Vogel und ihm nicht nachzulaufen! Du bist erstaunend finster und träge. Ich gehe; willst du mit mir?«

Belphegor hielt sie zurück und schwur sehr nachdrücklich, daß er nie einen Fuß nach dem glänzendsten Vogel bewegen werde, sollte er sich gleich seinen Händen selbst darbieten. Sie ließ sich zwar durch ihn abrathen, weil keiner von den reizenden Vögeln bey der Hand war, allein sie wiederholte doch ihr Verlangen darnach so oft, daß sie bey jedem Schritte einen erwartungsvollen Blick auf die Seite warf, ob nicht vielleicht bald einer von den paradiesischen Vögeln erscheinen werde, um ihm sogleich nachzusetzen. Sie hofte und hofte, aber keiner wollte ihr diesen Gefallen erzeigen.

Nachdem sie sich indessen, bis auf günstigere Zeiten, die sich Akante völlig gewiß versprach und Belphegor völlig unmöglich glaubte, mit etlichen wilden Früchten gesättigt hatten, überließen sie sich von neuem dem Schicksale und dem Wege, die sie beide nach etlichen Tagen an einen Platz führten, wo alles den Hauptsitz des Landes vermuthen ließ. Eine zehnfache Mauer von hohem, dornichten Gesträuche umschloß den Platz, aus welchem die Stimmen der Freude und des Vergnügens so weit und so laut erschallten, daß selbst Belphegors Herz, so disharmonisch auch seine Stimmung war, wider Willen zu einer gleichlautenden Empfindung hingerissen wurde; und Akante war ganz Gefühl, sie brannte vor Begierde nach einem Orte, der schon durch die Annäherung so bezaubern konnte. – »Wir müssen hinein«, sprach sie zu ihrem Gefährten, »es koste, was es wolle! Wir müssen hinein! Was für Wonne muß an diesem Orte wohnen und jede Empfindung der Traurigkeit verdrängen, der uns so munter, so frölich, so himmlisch einladet!«

»Der Ort ist auf der Erde«, antwortete Belphegor; »es sind Menschen drinne: das ist genug, um alle diese verführerischen Töne für Sirenentöne zu halten. Nicht einen Schritt thue ich.«

»Aber wie kannst du einer so göttlichen Musik wiederstehn?

Du, der du sonst bey jeder leisen Berührung fühltest, der du nichts als Gefühl schienst! – Meine Seele erhebt sich über sich selbst; ich denke und empfinde ganz anders, seitdem ich jenen goldnen Vogel erblickt und diese reizende Musik gehört habe. Komm! deine Erfahrung hat dich mißtrauisch gemacht.«

»Menschen sind Menschen, und Welt ist Welt; und desto gefährlicher, wenn sie mit solchen Täuschereyen lockt!«

»Aber höre nur! Auf dem Todbette, unter dem Kampfe mit Hunger und Schmerz müßte dein Herz noch bey solchen Tönen erwachen und schneller schlagen. Komm! wir müssen hinein!«

Belphegor sträubte sich lange, setzte ihr noch manche schwarze und bittre Anmerkung über das arme Menschengeschlecht entgegen; nichts half! Je länger er ihr Vergnügen aufhielt, desto stärker wurde ihr Verlangen. Sie quälte ihn so lange, bis er sich endlich nach einem Eingange, und da er diesen nicht fand, nach einem bequemen Orte zum Durchbrechen umsah. Akante, die über seine saumselige Bedachtsamkeit höchst ungeduldig war, versuchte selbst allenthalben, den Weg zu eröffnen, rizte sich blutig, entkräftete sich und kam nie zum Zwecke. Indessen fand Belphegor eine kleine, schmale Oeffnung, wo die Dornen weniger dicht stunden und einer vorsichtigen Beugung nachgaben. Hier machte er einen Versuch, und es gelang ihm wirklich, mit etlichen leichten Verwundungen durchzuschlüpfen. So sehr er auch Akanten Behutsamkeit und Langsamkeit empfahl, so war doch ihre Begierde zu feurig, sie übereilte sich, schlüpfte zwar hindurch, aber zerriß sich das Kleid, und das ganze Gesicht war voller Ritze.

Der erste Dornenpallisade war durchkrochen; kaum hatten sie ausgeschnaubt, als sie eine zweite aufforderte. Sie thaten das nämliche mit dem nämlichen Glücke und Unglücke. – Es zeigte sich eine dritte: auch diese wurde überwunden; und so arbeiteten sie sich noch durch zwo Mauern hindurch, wo sich Belphegor ungeduldig hinwarf und schlechterdings nicht

weiter wollte. Allein Akante bat ihn mit allen weiblichen Künsten, mit einem Kniefalle, mit Thränen, mit Liebkosungen; er war unerbittlich. – »Sagte ich dir nicht«, sprach er unmuthig, »daß wir in Dornen und Sümpfe gerathen würden? Wo gehst du auf diesem Planeten Einen Schritt, ohne daß deine Füße nicht bluten? Verstopfe deine Ohren! verschließe deine Augen! sey kein Mensch, wenn du auf ihm ohne Ungemach leben willst! – War das nicht mein Rath? – Wer weis, wie viele Tagereisen lang wir ohne Nahrung, ohne Kleidung uns unter tausend Schmerzen durch diese vermaledeyten Dornenzäune durcharbeiten müssen, um zu dem Platze zu gelangen, wohin uns dieses Zauberkonzert ruft; und wenn wir angelangt sind, was wird alsdenn geschehn? – Entfliehn wird die Musik, wie die goldnen Vögel und die strahlenden Rehe! entfliehn, je näher wir kommen, und uns, wie alle Güter dieses Kothballes, zum Narren haben! herumführen, Mühe machen, um uns am Ende einsehn zu lassen, daß wir Thoren gewesen sind! – Ich gehe nicht weiter.«
Auch ließ er sich wirklich durch keine Vorstellung weiter bewegen, sondern übernachtete da, Akante konnte mit Mühe einschlummern, so beschäftigte sie ihre Erwartung und die Gewalt der Musik, die ihr mit jedem Augenblicke voller und hinreißender zu werden schien; und wenn ja eine kurze Zeit der Schlummer sie überwältigte, so rollten doch so viele Gedanken und Empfindungen unaufhörlich durch Kopf und Herz, daß sie nie zu einem anhaltenden, erquickenden Schlafe übergehn konnte. Kaum warf der Morgen den ersten Schimmer auf ihre Lagerstätte hin, als sie schon aufstand und Belphegorn mit neuen Kräften antrieb, seinen Weg fortzusetzen. Die Ruhe hatte seine Seele der Kraft der Musik und der Stärke von Akantens Vorstellungen geöffnet: es schien ihm gleich thöricht, umzukehren und weiter zu gehn: er wählte also, wohin ihn seine Empfindung zog; er fieng die Arbeit von neuem an. Sie legten noch den nämlichen Tag die fünf übrigen Dornenhecken zurück, und obgleich die Dornen

weniger verschlungen, die Oeffnungen häufiger und die Musik aufmunternder und entzückender wurde, je weiter sie kamen, so traten sie doch erschöpft und kraftlos aus der letzten hervor, besonders da sie auf ihrem heutigen Wege nur hin und wieder einige nicht sonderlich schmeckende Früchte zur Stillung ihres größten Hungers angetroffen hatten.
Bey ihrem Heraustritte aus der letzten Dornenwand eröffnete sich ihrem Blicke ein weites, merkwürdiges Theater; aber die Musik wurde nur noch leise in der Entfernung gehört, welches unsre beiden Wanderer um so viel weniger bemerkten, weil ihre Augen genug Beschäftigung hatten, um das Ohr sein Vergnügen nicht vermissen zu lassen. Eine weite, unübersehlige Ebne dehnte sich vor ihnen aus, und die Aussicht wurde durch eine Menge großer und kleiner Gebäude unterbrochen, worunter besonders eins in der Mitte derselben wegen seiner Schönheit und seines Umfangs hervorleuchtete. Alle waren von Reißig und Baumstämmen sauber geflochten, weitläuftig und kündigten auf allen Seiten Bewohner von Geschmack und Liebhaber des Schönen an. Auf der Ebne zeigte sich ihnen eine Menge großer, riesenmäßiger Figuren, die gravitätisch auf und abwandelten, indessen daß ihnen eine Menge Personen einen Platz für ihre Schritte frey machen mußten, worauf ein homerischer Gott mit seinem göttlichen Riesengange Raum genug gefunden hätte. Je mehr sie sich diesen Kolossen näherten, jemehr nahm ihre Größe ab, und als sie endlich ihrem Wirkungskreise so nahe waren, als es die abhaltenden, Platzmachenden Kreaturen zuließen, so fanden sie zu ihrer großen Verwunderung, daß es *Zwerge* waren, Zwerge von der kleinsten Art, die auf unmäßig hohen Stelzen daherwandelten. Ihr einziger Zeitvertreib war ein solcher gravitätischer Spatziergang, und ihre ganze Beschäftigung bestund darinne, daß einer den andern durch irgend ein Mittel von seiner Stelze abzuwerfen suchte. Je höher die Stelze ihren Mann emportrug, desto aufmerksamer waren aller Augen auf ihn gerichtet und desto eifriger waren die

Bemühungen, ihn herunterzustürzen. Einige zielten von Ferne mit Steinen und Stangen nach ihm, von welchem jeder, der zu ihrem Ziele geworden war, gewiß allemal Beulen und Quetschungen bekam, wenn er sich auf seiner Stelze im Gleichgewichte erhielt. Andre drängten sich so nahe zu ihm, daß sie, wie renomistische Studenten, bey dem Ausschreiten mit den Stelzen zusammenstoßen mußten, und wer fiel – fiel, oft der Angreifer, oft der Angegriffne. Noch andre ließen einem so vorzüglich hohen Stelzenzwerge plözlich Steine in in den Weg wälzen, die den Zirkel seiner Leibwache so schnell überraschten und mit dahin rissen, daß sie dieselben nicht fortschaffen konnten; und wenigstens stolperte der Mann mit der Stelze, wenn er auch nicht ganz stürzte, und die übrigen hatten wenigstens die Freude, über ihn zu lachen. So war dieser Platz ein bestänstig abwechselnder Schauplatz, wo neue Zwerge mit höhern Stelzen erschienen und andre von den ihrigen heruntergeworfen wurden, einige stolz daherwandelten und einige mit zerbrochnen Armen, zerquetschten Köpfen, beschundnen Beinen schmerzhaft sich im Staube wanden.

»Lustig ist es«, sprach Belphegor, »Zuschauer von diesem Stelzenkaruselle zu seyn; aber sich drein zu mengen! – bewahre dafür der Himmel jeden Mann, der solche Stelzen entbehren kann! – Aber sieh, Akante! was wimmelt dort?« Sie sahen beide hin und wurden einen Trupp kleinere Zwerge gewahr, die auf kurzen, niedrigen Stelzen das ganze Spiel der vorigen auf einem kleinen Platze nachäfften, sich wechselsweise herunter warfen und sich, um die Ehre der Gleichheit mit jenen größern Zwergen zu erlangen, Beine, Arme und Hälse zerbrachen. –

»Siehst du, Akante? das alberne Menschenvolk!« rief Belphegor. »Sonst würde mir dieser Anblick ein Lächeln abgenöthigt haben, izt zwingt er mich zum Aerger. Kannst du etwas rasenderes denken, als sich die Hälse zu zerbrechen, um sie sich wie andre zerbrochen zu haben? Fort! laß uns

keine Menschen sehn, so sehn wir keinen Unsinn! – Wo ist nun die Freude, die dir jene lockende Musik versprach? Horche doch! Wo ist es hin, das tönende Konzert? Verstummt! Nicht einen Laut, nicht ein Geschwirre hörst du izt mehr. – Was zu verwundern? Sagte ich dirs nicht? – Es ist eine Freude unsers Planetens und also eine Betriegerinn.«
Akante erstaunte, horchte und wurde itzo erst inne, daß sie sich durch einen so beschwerlichen Weg dem Vergnügen näher gebracht hatte, um es zu verlieren. Sie tröstete sich inzwischen mit der Möglichkeit, es mit einer doppelten Vergütung wiederzufinden, und munterte Belphegorn auf, sie zu den übrigen Merkwürdigkeiten des Ortes zu begleiten. Sie giengen weiter, und sogleich zog ein weitläuftiges Gebäude ihre Aufmerksamkeit an sich, besonders war Akante vor Entzücken ganz außer sich selbst gesetzt, da ihr aus demselben ganze Reihen von den goldnen Vögeln entgegenstrahlten, denen sie vor etlichen Tagen mit aller Gewalt nachjagen wollte, da sie ganze Truppe von den helleuchtenden Rehen erblickte und Schaaren Menschen bey ihnen, die mit ihnen vertraulich umgiengen.
»O Belphegor!« seufzte sie, »wie glücklich müssen diese Menschen seyn, die die schönen Vögel in solchem Ueberflusse besitzen, wovon mich ein einziger schon hinlänglich beglücken würde! Siehe! Diese Glückseligen können sie pflegen und warten, sie streicheln, sie liebkosen, den goldgelben Samt ihres Gefieders berühren, ihre Ohren an den lieblichen Liedern ihrer Kehle weiden – o wer ein Glied von diesem beneidenswürdigen Haufen wäre! Sie haben errungen, wonach vermuthlich so viele noch keuchend laufen, dem ich gern nacheilte – ach! komm! Laß uns wenigstens die Augen an diesen englischen Geschöpfen ergötzen!«
»Gute Akante! Du beneidest diese Leute; aber, aber! – ich sehe schon ein trauriges Anzeichen. Was gilts? Sie fühlen ein Glück dieser Erde, das heißt eine beneidete Last. Siehst du nicht?«

»Und was?« rief Akante hastig.

»Sie hängen ja alle die Köpfe. Deine Einbildungskraft berauscht sich bey dem Vergnügen gleich, und du vergißt, daß du auf der Erde bist.«

»Nein, da sind wir nicht! Weder bey dem Pabst Alexander dem sechsten noch bey dem Markgrafen, wo meine Schönheiten so jämmerlich verwüstet worden sind, weder bey dem großen Fali noch bey irgend einem Herrn, dessen Sklavinn ich gewesen bin, habe ich eine so entzückende Kostbarkeit angetroffen als diese goldnen Vögel oder diese strahlenden Rehe: sie sind über alle Herrlichkeiten dieser Welt erhaben, und wir müssen nothwendig in einem Paradiese seyn.«

»Wohl! aber wissen möchte ich nur, warum die guten Leute in ihrem Paradiese die Köpfe hängen.« – Sie giengen, um Erkundigung darüber einzuziehn, allein da sie die Sprache nicht verstunden, so erfuhren sie blos, was sie ihre Augen belehrten, nämlich daß die Leute mühsam die goldnen Vögel und Rehe warten und füttern mußten und nach aller Wahrscheinlichkeit *Langeweile* bey diesem Amtsgeschäfte hatten.

Weil ihre Neubegierde auf diese Art nicht weiter gesättigt werden konnte, so wandten sie sich auf die andre Seite, wo sich ihnen neue Merkwürdigkeiten darboten. Ein Zwerg, der die übrigen an Kleinheit merklich übertraf, lag auf einem sehr erhöhten, von Zweigen geflochtnen Sofa, an welchem eine Menge Zwerge zu ihm hinaufzuklettern versuchten. Ob er gleich nur von der Höhe war, daß ihn die beyden Europäer aufrecht stehend bequem übersehen konnten, so kostete es doch den armen Kreaturen unendliche Mühe, daran hinaufzusteigen, besonders weil einer dem andern aus Neid die Mühe vielfältig vermehrte; denn sobald einer nur um ein Paar Zolle mit dem Kopfe höher zu rücken schien, so beeiferten sich ganze Schaaren aus allen ihren Kräften, ihn hernieder zu reißen: man schlang sich um seine Füße, man hieng sich ihm an die Hüften, man suchte ihn durch Kützeln oder durch Gewaltthätigkeiten herunterzubringen, und meistentheils gelang es den Misgünstigen, ihre Schadenfreude an dem Falle eines solchen Gestürzten zu vergnügen. Die wenigen aber, die allen diesen Hinderungen wiederstanden, alle diese Beschwerlichkeiten überwanden und glücklich zu dem Sofa emporkamen, genossen für ihre angestrengte Bemühung kein andres Glück, als daß sie neben dem kleinen Zwerge, der den Sofa inne hatte, sich niedersetzen und ihn täglich und stündlich ansehn durften. Dabey waren sie unaufhörlich, ein jeder für sich, beschäftigt, den Blick des kleinen Zwergs durch alle nur ersinnliche Mittel auf sich zu lenken und seine Gesichtsmuskeln in eine lächelnde Mine zu versetzen. Zu diesem Ende zwickten ihm einige sanft die Ohren, andre hielten ihm starkriechende Essenzen vor, andre boten seinen Lippen die auserlesensten Früchte und wohlschmeckende Konfituren dar, diese belustigten ihn mit burlesken Grimassen und kurzweiligen Gaukeleyen, jene rieben ihn am ganzen Leibe mit kleinen Samtbürstchen so einschläfernd sanft, daß er oft durch ihre Dienstfertigkeit in einen wohlthuenden Schlummer versezt wurde. Sobald einer es durch sein angewandtes Mittel dahin brachte, daß er einen freundlichen Blick weghaschte, so mußte er sogleich mit allen seinen Kräften sich Festigkeit auf seinem Sitze verschaffen, um nicht hinuntergestürzt zu werden; denn sobald die Sehnerven des kleinen Zwergs nur anfiengen, sich in die Richtung nach ihm hinzuwenden, so war der ganze übrige neidische Haufe schon in Bereitschaft, Hand an ihn zu legen, um ihn durch einen wohlabgezielten Stoß aus dem Gleichgewichte von der Höhe hinabzuwerfen.

»O Akante!« rief Belphegor unwillig aus, »bin ich denn bestimmt, zu meiner Qual bestimmt, täglich mehrere – täglich abgeschmacktere Narrheiten zu erblicken? – Komm! ich muß mich dem schmacklosen, kindischen Spiele entreissen oder zu meinem Aerger hier bleiben. Thorheit oder Bosheit! daß ihr doch der ewige Wechsel auf diesem verhaßten Planeten seyn müßt!«

Obgleich Akante nicht so viel Aergerliches in jenem Schauspiele fand und es gern und mit Vergnügen noch einige Zeit genossen hätte, so mußte sie ihm doch nacheilen oder allein zurückbleiben; denn kaum hatte er die letzten Worte gesagt, als er hastig fortlief und einen Ausgang aus diesem für ihn widrigen Orte suchte, den er ohne Mühe entdeckte, und nicht den zwanzigsten Theil so viel Zeit brauchten sie, um herauszugehn, als sie nöthig hatten, um hineinzukommen: in wenigen Augenblicken sahen sie sich wieder auf freyem Felde, und die Musik erhub sich von neuem so lieblich als jemals und hätte sie es bereuen lassen können, daß sie dem Orte entflohen waren, wenn sie nicht gewußt hätten, daß es eine süßklingende *Täuscherey* war, die nur außer ihm in der Ferne anlockte, aber in ihm selbst ganz verloren gieng. Demungeachtet hielt sich Akante oftmals auf, um sich von dem lieblichen Konzerte entzücken zu lassen, allein Belphegor trabte frisch davon, daß sie jede Minute nutzen mußte, um ihm nachzukommen.
Belphegor konnte nicht aufhören, über das Gesehne zu eifern, und Akante unterließ eben so wenig, es zu bewundern: jenem schmeckte jeder Bissen übel, weil er – nach seinem Ausdrucke – in diesem Vaterlande der Thorheit gewachsen war, und diese war noch zu voll von Entzücken über diese nämlichen Abgeschmacktheiten, um Appetit und Speise zu fühlen.
Einen kleinen, schmalen Weg wurden sie gewahr; sie überließen sich ihm, und er führte sie in einen Wald. Sie giengen lange Zeit, und siehe! – plötzlich stießen sie auf eine große Gesellschaft Zwerge, die sich in verschiedene kleine Partien getheilt hatten. Belphegor, der in seiner misanthropischen Laune alles vermied, was mit dem Menschen verwandt war und ihm nach seiner Meynung nichts als Aerger erwarten ließ, drehte sich unwillig und fluchend um, als ihm ein Alter nacheilte und ihn durch Zeichen bat, mit seiner Gefährtinn näher zu kommen. Er ließ sich endlich bewegen und wurde von ihm in die Gesellschaft eingeführt. Man sollte vermuthen, daß die Zwerge, da sie nie andre Menschen als von

ihrer Größe gesehn hatten, über die Statur der beiden Europäer erstaunt seyn würden, allein weit gefehlt! Aus dieser Gleichgültigkeit konnte man schon schließen, daß sie die weisesten Zwerge im Lande seyn mußten, die vermöge ihres Verstandes wohl präsumiren konnten, daß der Kreis ihrer Erfahrungen nicht mit dem Kreise der Wirklichkeit und Möglichkeit Eine Peripherie habe.

Diese ehrwürdige Gesellschaft besaß ein Geheimniß, dessen Erfindung noch in unserm Jahrhunderte einem der größten europäischen Genies* Kopfschmerz und Nachdenken vergeblich gekostet hat – das Geheimniß der allgemeinen Sprache. Sie konnten sich mit den Menschenkindern aller Zonen und Mittagskreise unterhalten, ohne ihre Sprache zu wissen, wenn diese nur eine kleine Anzahl Zeichen verstehen lernten, die sie einem jeden durch eine eigne Methode schnell und leicht beyzubringen wußten. So bald diese Schriftzeichen gefaßt waren, deren ungemeine Simplicität ihre Erlernung außerordentlich erleichterte, so setzten sich die beiden Interlokutoren an eine Tafel, die mit feinem Sande bedeckt war, in welchem jeder mit einem weissen Stäbchen seine Gedanken zeichnete, die er ausdrücken wollte; der andre, so bald er den Sinn davon gefaßt hatte, machte den Sand mit einem platten Instrumente wieder eben und setzte das Gespräch durch die nämliche Zeichnung fort.

Auf diese Weise erfuhr Belphegor, der sich mit seiner Gefährtinn zu seinem Vergnügen und zu ihrem Leidwesen lange unter jenen weisen Zwergen aufhielt, eine umständliche Beschreibung von diesem sonderbaren Lande, der Lebensart und den Beschäftigungen seiner Einwohner, wovon der Leser hier das Vornehmste antreffen soll.

»Wir haben lange Zeit«, zeichnete ihm der Alte, der ihn bey seiner Ankunft so gütig aufnahm, auf dem Sande vor, »wir haben lange Zeit unser Land für das einzige dieser Erde und uns daher für die einzigen Bewohner derselben angesehn;

* Leibnitz

allein schon längst haben wir auch durch die tiefsinnigsten Schlüsse entdeckt, daß dieß ein ungeheurer Irrthum ist, der uns weit von der Wahrheit abgeführt hat. Der ganze Lebenslauf unser aller ist – daß wir geboren werden, eine Zeitlang in Dummheit und Unwissenheit herumwandeln, in einem gewissen Alter, wenn wir Thätigkeit und Stärke genug besitzen, auf die Jagd nach goldnen Vögeln, helleuchtenden Rehen und Hirschen, auf den Fang nach buntschimmernden Fischen ausgehn; oder die nicht Geist, Muth und Athem genug besitzen, sich in diese Jagd einzulassen, diese kriechen verachtet und abgesondert in einem Winkel herum, wo sie für sich und die übrigen Einwohner Wurzeln ausgraben, Früchte sammeln und andre Nahrungsmittel aufsuchen müssen. Wir andern, die wir zu jener Jagd und Fischerey tüchtig genug sind, wir wenden alle unsre Kräfte dazu an, wir verfolgen Vögel, Wild oder Fische, nachdem unser Geschmack oder die Gelegenheit uns bestimmt; keiner hat noch jemals eins erhascht, und doch sind tausende dabey umgekommen, weil ihnen der Athem ausgieng, tausende haben einander aus Neid darum gebracht; nur wenige erjagen zuweilen eine goldne Feder, die sie kaum besitzen, als sie des erlangten Besitzes überdrüßig sind. Demungeachtet bleibt keiner, der es nur im mindesten vermag, von diesem muhsamen Geschäfte zurück, läuft und läuft und hat am Ende – nichts oder wenigstens ein Etwas, das so gut als ein Nichts ist, sieht ein, daß es ein Nichts ist, und begiebt sich endlich an diesen Ort, der der letzte allgemeine Sammelplatz unser aller ist, wo wir über die Thorheit unsers Lebens weinen oder lachen, schmälen oder lächeln. Siehe! alle diese Truppe hier thun nichts, als daß sie mit lustiger oder trauriger Geberde sich über die Narrheit derjenigen aufhalten, die noch itzt goldnen Vögeln und rothschimmernden Fischen nachlaufen, ohne zu wissen, daß sie leeren Fantomen nachjagen, die sie am Ende eben so betriegen werden wie uns alle; und wenn wir einige Zeit so geseufzt oder gelacht und gelernt haben,

daß wir Narren Zeitlebens gewesen sind, so schlägt uns der große, mächtige Tod mit der Keule auf den Kopf – und weg sind wir! Wir gehn hinweg, um künftig unter andern Gestalten die nämliche Reihe unbewußt wieder durchzumachen.«
»So wärt ihr ja Menschen, wie wir alle sind!« dachte Belphegor bey sich, »und euer Land nicht ein Haarbreit anders als die übrige Welt! Das wahre Ebenbild unsrer *Erde*!«
Akanten lag nichts so sehr am Herzen, als den Ort kennen zu lernen, der sie mit dem schönen Konzerte entzückt hatte, und Belphegor bekam auf seine Anfrage folgende Antwort: »Das ist der Ort, der außen lockt und inwendig schreckt, außen lauter Vergnügen verspricht und inwendig lauter Langeweile giebt, wo ein Theil auf Stelzen stolz daherschreitet und sich wechselweise abwirft, ein andrer mühsam, mit Ueberdruß und Ekel goldne Vögel, Rehe und Fische pflegt und unter vieler saurer Beschwerlichkeit wartet und ein dritter sich um süße und saure Blicke zankt, beneidet, verfolgt; wo jeder ein beneideter *Lastträger* ist –«
»Und was für ein Ort ist das?« wollte eben Belphegor fragen – »Himmel! was für ein Krachen! welches Getöse!« rief Akante plötzlich. »Welche Erschütterung! Wir gehn unter! Die Erde wankt!« rief Belphegor; und im Augenblicke versenkte ein schreckliches Erdbeben eine unübersehliche Fläche Landes in den Abgrund, das Meer schwoll an seinen Platz in hohen, gethürmten Wellen empor, das Stücke Boden, auf welchem unsre Gesellschaft saß, riß sich mit der entsetzlichsten Erschütterung los und schwamm wie Delos, als es Latonen wider die Wuth ihrer Feinde schützen sollte, mit seinen Bewohnern auf der See fort und führte sie – der Himmel und das neunte Buch wissen es, wohin.
Dieses war der große Riß, den das liebe Schicksal, nach der Muthmaßung vieler Geographen, Historiker und Philosophen, in das feste Land unsrer Erdkugel gemacht hat, um alle diejenigen zum Aprile zu schicken, die trocknes Fußes aus Asien nach Amerika übergehen wollen; und wenn Bel-

phegor und die schöne Akante eine Zeichnung von dem Wege hinterlassen hätten, den die schwimmende Insel mit ihnen nahm, so würden wir ohne Zweifel mit Gewisheit erfahren, wie man aus Asien nach Amerika segeln soll.

Neuntes Buch

Wie, wenn der Fuhrmann, der seine Rosse durch Fluch und Peitsche zum unumschränkten Gehorsame gewöhnt hat, sein allmächtiges »O!« ruft, der ganze Postzug sogleich in einem Tempo, wie angemauert, stillsteht, so schwamm das abgerißne Stück Land mit Belphegorn und seinen Gefährten eine lange Strecke fort, und plötzlich ruhte es unbeweglich und ward zur festen Insel, nicht weit von Kalifornien; und wie verschiedene große Gelehrte an ihrem Schreibetische überzeugend eingesehn haben, so wurde der schwimmende Boden auf einen spitzigen Felsen aufgespießt, der ihn bis an den jüngsten Tag tragen kann, wenn nicht ein Erdbeben einen Strich in die Rechnung macht.

Die Gesellschaft, die diese bedenkliche Fahrt nicht ohne eine kleine Besorgniß, daß der Tod mit dem Spiele Ernst machen möchte, aber doch glücklich und wohlbehalten zurücklegte, bestund aus Belphegorn, Akanten und dem Alten, der in seiner Unterredung mit ihnen durch das gräuliche Erdbeben gestört wurde. Belphegor war nicht übel zufrieden, daß ihn das Schicksal so einsam, fern von allen Menschen, auf die offne See hingesetzt hatte, und ward es viel weniger, als er sich gegenüber ein großes, festes Land wahrnahm, welches die übrigen, weil sie nicht so viel Menschenfeindlichkeit besaßen, doppelt erfreute. Doch auch für ihn mußte das Vergnügen über seine Einsamkeit nur von kurzer Dauer seyn, wenn er die Dürftigkeit und Hülflosigkeit betrachtete, worinne sie sich befanden. Das Erdbeben hatte ihnen wohl einen guten Vorrath Brennholz mitgegeben, aber nicht einen einzigen Fruchtbaum, nicht ein einziges Gewächse, nicht eine

Staude, die nur im mindsten geschickt gewesen wäre, einen menschlichen Hunger zu stillen. Fische zu fangen, hatten sie keine Werkzeuge und eben so wenig Materialien, sie zu verfertigen; gleichwohl war dieß die einzige Nahrung, deren sie habhaft werden konnten. Zum Glücke hatte der Alte auf seiner Jagd nach goldnen Fischen in jüngern Jahren die Kunst gelernt, sie bey hellem Wasser mit der Hand zu fangen: der Hunger trieb ihn an, daß er eine Fertigkeit wieder versuchte, die er schon längst aufgegeben hatte, allein durch das Alter und die Ungewohnheit waren seine Hände unsicher und unstät geworden, daß er also mit der äußersten Anstrengung in einem Tage kaum genug fieng, um sich und seiner Gesellschaft das Leben zu fristen, aber nicht um sie zu nähren. Oben drein mußte das Unglück ihren Jammer vermehren und den Alten, dessen schwächlicher Körper einen so kümmerlichen Unterhalt nicht ertragen konnte, in wenig Tagen sterben lassen. Was nun zu thun? – Nichts, als zu hungern oder zu sterben!

In dieser schrecklichen Verlegenheit mußte sich Belphegor bequemen, den Ton seiner Menschenfeindlichkeit um vieles herabzustimmen: so sehr er sonst vor dem Anblicke der Menschen flohe, so eifrig spähte er itzt an dem Rande seiner Insel, um vielleicht an dem entgegenstehenden Ufer menschliche Figuren zu entdecken, denen er durch Rufen und Zeichen verständlich machen könnte, daß hier einige von ihren Brüdern ihres Beystandes bedürften. Er dünkte sich zwar, etwas bewegliches wahrzunehmen, allein sein Auge reichte nicht völlig bis dahin, um es gehörig zu unterscheiden. Endlich, nach langem, vergeblichen Warten, warf er sich verzweiflungsvoll nieder und rief:

»O Natur! O Schicksal! daß ihr doch in ewiger Uneinigkeit wider einander seyn müßt! Sollte das Unglück die Bande der Menschheit näher zusammenziehn, sollte es ein Geschöpf dem andern theuer und nothwendig machen, warum mußte das Schicksal wohl tausend Unglücksfälle in unser Leben hinwerfen, aber unter diesen tausenden kaum einen die Wirkung thun lassen, wozu er nach unsrer Meynung bestimmt ist? – Meine traurige Hülflosigkeit, die Nähe des Todes, die Möglichkeit der Rettung, die Zudringlichkeit der Gefahr – alles zusammen hat mein Herz wieder geöffnet: ich fühle einen Zug nach Menschen; ich würde sie vielleicht lieben, wenn sie mich retteten; ich hasse sie schon weniger. Aber wenn ich meine Hände gleich zu Freundschaft und Wohlwollen ausstrecke und Niemand mir die seinigen bietet? Wenn mich das Schicksal auf der einen Seite zu den Menschen hinstößt und auf der andern sie wieder von mir entfernt? – O Labyrinth! O Räthsel! Der Tod schneidet den Knoten am besten entzwey. Wohlan! zeugt die Natur Geschöpfe, um sie in Qual zu versenken; macht sie so herrliche Anstalten, um sie unter einander zusammenzuknüpfen, daß sie erst hungern, frieren, schmachten, die äußerste Erschöpfung der Kräfte durch Schmerz und Gefahren erdulden, sich kränken, verfolgen, martern, erwürgen müssen, damit der kleine Rest, der der Gefahr und dem ganzen tollen Spiele der Welt entrann, sich lieben und in Friede bey einander wohnen könne; durchwebte sie dieses Leben mit Dornen, um uns die einzeln blühenden Blümchen desto wohlthuender, einnehmender zu machen; gab sie ihren Geschöpfen eine so traurige Fruchtbarkeit, daß sie mehrere ihres Gleichen hervorbrachten, als nach der Veranstaltung des Schicksals ernährt und erhalten werden konnten – mag *sie* es verantworten! Ich kann nicht mit ihr rechten; denn – unglücklich genug! – wir haben keinen Richterstuhl, der über uns erkennt; der Mensch, ihre Kreatur, muß leiden, weil er der schwächere, weil er nichts ist. – O Akante! warum sollten wir uns nach Hülfe umsehen? Um noch einmal so lange unter Schlangen, Eidexen, Skorpionen herumzukriechen? Haben wir nicht Bisse und Stiche genug bekommen? – Laß das verächtliche Geschlecht, das zum Quälen allzeit und zur Hülfe nie bey der Hand ist, laß es! Wir wollen ihm fluchen und sterben!«

Mit diesen schwarzen Gedanken faßte er sie halb sinnlos in die Arme; sie weinte, er fluchte; sie dachte an alle Oerter der Freude zurück, wo sie jemals in Lust und Entzücken geschwommen hatte. – »O wie schön«, dachte sie, »war es im Serail des großen Fali! wie schön bey dem Markgrafen von Saloica, ob ich gleich alle meine Schönheiten dort einbüßte! wie schön bey Alexander dem sechsten! wie schön überhaupt in Europa in den Armen meiner Geliebten, Belphegors und Fromals und Stentors und Bavs und Mävs und Euphranors und andrer schönen Jünglinge! Ach, die glückliche Zeit ist vorüber; und hier soll ich nun auf dieser dürren, öden Insel ohne Gesang und Klang – nicht einmal begraben, sondern vermodern und von den Vögeln des Himmels zerstückt werden! kein Jüngling soll eine einzige Strophe auf meinen Hintritt singen! Kein Liebhaber eine Thräne auf meine erblaßten Wangen tröpfeln und sie wieder aufküssen! – Nichts, alles nichts! alles nichts! alles ist aus! Ich muß sterben, unbeklagt sterben! – Belphegor, du hast Recht: das lächerliche, thörichte Leben ist nicht werth, daß man es durchlebt, weil man es so bald missen muß. Ich habe von Heiden, Juden und Christen leiden müssen, und die gräulichen Keile waren alle eins; aber ich habe auch Freuden genossen, und da ich sie wieder zu erlangen hoffe, so soll ich gar sterben! sie auf ewig missen! – O du tolles, abgeschmacktes Leben! wärst du nur schon vorüber!« – Sie weinte bitterlich.

Beide wollten sterben; allein da der Tod mit seiner saumseligen Hülfe nicht allzeit auf die erste Bitte erscheint, so kam indessen zu Stillung ihrer Schmerzen sein Bruder – der Schlaf.

Bey ihrem Erwachen, das etwas spät des Tages darauf erfolgte, sahen sie einen Trupp Kanote nicht weit von ihrer Insel in Ordnung gestellt und mit einer Menge wilder Mannspersonen angefüllt; und so sehr sie Tages vorher unwillig waren, daß nicht zween Menschen zu ihrer Hülfe herbeyeilten, so sehr erschraken sie itzt, daß ihrer eine so große

Menge bey der Hand war. Wirklich hatten sie auch alle Ursache zu erschrecken; denn nicht aus brüderlicher Liebe, sondern aus Besorgniß für Feindseligkeiten waren sie herbeygekommen. Sie hatten ihre Schiffahrt mit der Insel angesehn und viel Bedenkliches dabey gefunden, daß sich in ihrer Nachbarschaft eine so große Masse niederließ, die vorher nicht vorhanden gewesen war. Da dieses verschiedne wunderliche Gedanken veranlaßte, besonders, daß es vielleicht gar eine Rotte böser Geister seyn konnte, die nicht in den besten Absichten auf die Nachbarschaft mit einer so ansehnlichen Wohnstätte angekommen seyn möchten, so beschlossen sie, nicht länger in einer quälenden Ungewißheit zu bleiben, sondern die Sache stehendes Fußes in Augenschein zu nehmen. Daher waren sie in der Nacht mit ihrer ganzen Flotte von Kanoten abgesegelt, einige hatten sich in der Entfernung gehalten, und andre waren gelandet, um heimlich die neue Insel zu untersuchen. Als sie aber so wenig erschreckendes und nur zween in tiefen Schlaf versenkte Sterbliche antrafen, so schien es ihnen das rathsamste, den Tag in Schlachtordnung abzuwarten und sie alsdenn die Probe ihrer Gottheit oder Sterblichkeit ablegen zu lassen. Zu diesem Ende wurden die beyden Schlafenden durch ein heftiges Geschrey, das alle anwesende Hälse zugleich anstimmten, bey Tages Anbruche aufgeweckt, und etliche tollkühne Wagehälse hatten sich schon in ihren Kanoten um die Insel herumgeschlichen, um sie von hintenzu anzufallen, zu binden und triumphirend in ihre Heimath zu führen, um ihren Stand und ihre Macht weiter zu untersuchen.

Sobald als Belphegor bey seinem Erwachen die Menge Menschen erblickte, so war seine erste Empfindung – Schrecken, wie bereits gesagt worden ist. Doch belebte die Nothwendigkeit der Hülfe und eine Art von Verzweiflung seinen Muth so sehr, daß er durch bittende Zeichen und demüthige Geberden sie auf seine Insel zu locken und ihnen zu gleicher Zeit verständlich zu machen suchte, wie sehr er ihres Beystandes bedürfe. Anstatt einer gütigen, freundschaftlichen Antwort tönte ihm ein fürchterliches Kriegsgeschrey entgegen, das bald hinter seinem Rücken wiederholt wurde, worauf etliche sie überfielen, mit Seilen von Baste fesselten und ihren Gefährten winkten, mit den Kanoten herbeyzurudern und die Gefangnen einzunehmen, welches im Augenblicke geschah.

Obgleich die Art, mit welcher diese Wilden die beiden Europäer bewillkommten und aufnahmen, nicht die erfreulichsten Aussichten versprach, so war doch Belphegor äußerst zufrieden, daß er auf ein langes, festes Land gebracht werden sollte, wo er wenigstens Einen Fleck mit hinlänglicher Nahrung anzutreffen hofte. Akante hingegen, deren Keuschheit eben keine sonderliche Mühe und Vorsorge mehr verdiente, weil sie schon leider! so sehr als ihr Gesicht zerfezt und verstümmelt war, dachte an alles, während der Ueberfahrt, nicht so sehr und angelegentlich als an die Gefahren, die unter so wilden Barbaren ihrer weiblichen Ehre drohen konnten. So natürlich, so tief mit dem weiblichen Wesen verwebt ist Sittsamkeit und Keuschheit, daß hier Akante so gar, nachdem sie schon in neun und neunzig Fällen besudelt worden sind, doch im hunderten noch für die Erhaltung ihrer Reinlichkeit sorgte!

Belphegor räsonnirte indessen unaufhörlich bey sich über die Feindseligkeit und das Mistrauen, das die Wilden bey ihrer Aufnahme blicken ließen. – »Ein neuer Beweis«, sagte er sich, »unter den vielen, die ich schon erlebt habe, daß die Natur ihren Söhnen keine angeborne brüderliche Zuneigung zur Mitgift ertheilte. Warum fühlt der Wilde diesen Zug zu keinem Fremden? Warum ist ihm außer der kleinen Gesellschaft, die lange Gewohnheit mit ihm eins hat werden lassen, alles Feind! – O Natur! Natur! *Du* mußtest dem Menschen dieses Mistrauen einpflanzen, um deine Kreaturen Selbsterhaltung zu lehren. Aber trauriges Mittel! damit jedes sich erhalte, muß jedes, des andern *geborner* Feind, von allen sich trennen und nur durch Gewohnheit, Eigennutz, Zwang der Freund von etlichen wenigen werden! Unglückliche Geselligkeit! magst du doch Instinkt oder vom Bedürfnisse erzeugt seyn, du bist allzeit ein trauriges Geschenk: du sammeltest die Menschen in Rotten, um sich zu befeinden und zu zerfleischen. War es aus Oekonomie oder um das Schauspiel blutiger zu machen, daß nicht Menschen gegen Menschen, sondern Trupp gegen Trupp streiten mußte? Doch weg mit den trüben Gedanken! Ich bin vom Hunger und vom Tode gerettet: diese unverdorbnen Kinder der Natur, die Unerfahrenheit fürchten und die Furcht feindselig verfahren lehrte, werden unsre friedlichen Gesinnungen kaum merken und uns eben so friedlich begegnen. Der Zunder der Feindschaft, der in der ganzen Welt glimmt, kann sich nicht bey ihnen gegen uns entflammen. Freue dich, Akante, wir sind wenigstens dem Tode, wo nicht fernern Ungemächlichkeiten entflohen! – Es muß doch so eine Anordnung, so ein geheimes Etwas seyn, das die menschlichen Begebenheiten zum Besten der einzelnen Mitglieder der Erde zusammenknüpft: ein Etwas, das aus den widerwärtigsten Saamen den entgegengesezten Vortheil, aus Mistrauen und feindlicher Furcht Errettung entwickeln kann.«

Die Freude, sich aus der augenscheinlichsten Todesgefahr so unvermuthet geholfen zu sehn, gab seiner Philosophie einen so geschmeidigen Fluß, daß sie bis zum Landen sich in diese Selbstbetrachtung ergoß.

Nachdem sie unter einem ununterbrochnen Jubel in das erste Dorf eingezogen waren, so glaubte Belphegor nichts gewisser, als daß man auf seine erste Bitte, sobald sie nur verstanden worden wäre, mit der größten Bereitwilligkeit seinen Hunger befriedigen werde. Er that zwar seine Bitte, aber niemand schien sie zu verstehen, sondern man sperrte ihn nebst Akanten nach einer langen Prozession in ein Gebäude ein; und eine kleine Weile darauf trug man ihnen Speisen im Ueberflusse auf, deren Ungewohntheit ihnen die Ueberladung ersparte. Die Einwohner, die sie genau beobachteten, frohlockten nicht wenig, als sie ihre Gefangnen mit so vielem Appetite essen sahen, welches Belphegorn, der es sich als eine Freude der Menschenliebe und des Mitleids ausgab, beinahe auf bessere Gesinnungen von der menschlichen Natur brachte und seine bisherigen Beschwerden über sie bereuen ließ. – »Hier«, sagte er zu Akanten, »hier ist unverdorbne Natur: in keiner sogenannten polizierten Gesellschaft würde man so naife Ausdrücke des Mitleids und vielleicht auch schwerlich eine so sorgsame Verpflegung, ohne alle Rücksicht auf eignes Interesse, angetroffen haben.«

Nur das einzige war ihm unbegreiflich, daß diese mitleidigen Versorger sie gleich anfangs aller Kleider beraubt hatten, beständig gefesselt hielten und auf das schärfste bewachten. Er sann tausend günstige Ursachen dafür aus, die insgesammt ganz wahrscheinlich, aber keine die wahre war.

Nach einer achttägigen Wartung und Beköstigung, die ihnen ihre Kräfte völlig wieder hergestellt hatte, wurden sie des Morgens unter dem Zusammenlaufe des ganzen Dorfs ausgeführt und jedes in der ganzen natürlichen Blöße an einen Pfahl gebunden. Beide zitterten nicht ohne Grund für ihr Leben; doch war ihnen alles noch Räthsel. Verschiedene von den Umstehenden waren mit bedenklichen Werkzeugen bewaffnet, die zu nichts als zum schneiden und sägen geschickt waren: ein großes Feuer loderte in hohe Flammen empor, und nichts war wahrscheinlicher, als daß sie beide gebraten werden sollten. Mitten unter dieser unseligen Vermuthung rennte eine Weibsperson, unsinnig wie eine Mänade, auf Belphegorn zu und zwickte ihm mit einem steinernen Instrumente ein Stück Fleisch aus dem Arme, daß er vor Schmerz vergehn mochte; das Blut quoll aus der Wunde, und schnell hielt einer der Dastehenden ein Gefäß unter, um es aufzufangen und zu verschlucken. Dem Beispiele des rasenden Weibes folgten einige andre, und in kurzer Zeit waren die beiden Leidenden vor Schmerz fast erschöpft und ganz mit

Wunden bedeckt, ihr Blut von verschiedenen getrunken und Stücken von ihrem Fleische im Triumphe davon getragen worden. Aus diesem tragischen Ende, das ihre gütige Verpflegung nahm, konnte man schließen, daß man nur die menschenfreundliche Absicht dabey gehabt hatte, ihr Blut und ihr Fleisch fetter und wohlschmeckender zu machen und ihnen Kräfte zu geben, daß sie durch ihre Martern desto länger ihrer Grausamkeit zur Kurzweile dienen konnten.

Von dem schrecklichen Schauspiele war kaum der erste Akt vorüber, als plözlich ein Schwarm von der benachbarten Völkerschaft eindrang, nach einem kurzen Gefechte die Barbaren vom Schauplatze fortschlug, das Dorf anzündete und die blutenden Europäer mit sich hinwegnahm, die diese Sieger sogleich nach der Ankunft in ihrem Dorfe verbanden und sorgfältig verpflegten. Weder Belphegor noch Akante trauten itzt dem Glücke mehr, sondern argwohnten eine neue Grausamkeit hinter dieser Gütigkeit. Da sie aber so sehr lange bis zur völligen Heilung anhielt, so wußten sie wenigstens nicht, was sie denken sollten, wenn sie auch gleich nichts Gutes erwarteten.

Ihre gegenwärtigen Verpfleger waren sehr religiöse Leute. Sie hielten es für höchstsündlich, einen Menschen zu essen, ohne ihn vorher den Göttern geopfert zu haben; und um ihre Nachbarn, die gewissenlose Leute waren und sie fraßen, ohne ihren Göttern einen Bissen davon anzubieten, von dieser ärgerlichen Gottlosigkeit abzuhalten, unternahmen sie beständige Anfälle auf sie: so oft sie durch Kundschafter erforschten, daß man eine solche Mahlzeit halten wolle, so brachen sie auf, befreyten die für die Gefräßigkeit jener Barbaren bestimmten Opfer mit Gewalt, kurirten sie sorgfältig wieder aus, opferten sie ihren Göttern und aßen sie mit der größten Anständigkeit. Kein andres Schicksal ist also von der Frömmigkeit dieser Leute für unsre beiden Europäer zu hoffen: und kurzer Zeit nach ihrer völligen Genesung erfuhren sie es selbst, daß kein andres auf sie wartete. Belphegor raste vor Zorn und Verdruß; er wollte nicht essen, und man zwang ihm die Speisen ein: er wurde gemästet, um ein würdiges Gericht für die Tafel der Götter zu werden. Der Termin des Opfers, das Hauptfest des Jahres, näherte sich, und die Vorbereitungen nahmen ihren Anfang.

Unterdessen fühlten ihre Nachbarn ein gewaltiges Jucken der Tapferkeit in Armen und Füßen, sie hatten lange müßig zu Hause gelegen und wie das unvernünftige Vieh nichts gethan, als gegessen, getrunken und bey ihren Weibern geschlafen. Um sie dieser unrühmlichen Ruhe zu entreißen, fand sich bey einem unter ihnen gerade zu gelegner Zeit ein Traum ein, der kaum erzählt war, als alle bis zum kleinsten Nervengefäße sich begeistert fühlten, nach den Waffen griffen und auszogen, als brave Menschenkinder ihre Gliedmaßen gegen ihre Nachbarn zu brauchen, die izt mit ihrem Feste beschäftigt waren und also ihren Muth nicht in der gehörigen Bereitschaft hatten. Sie kamen; sie fielen das Dorf an, wo Belphegor und Akante zum Opfer aufbewahrt wurden, sie ermordeten und erwürgten, was ihnen in den Weg kam, und um so viel hitziger und unbarmherziger, weil die lange Ruhe ihre Kräfte und ihren Muth thätiger gemacht hatte. Die Uebereilten wurden in die Flucht getrieben, und die Sieger bemächtigten sich der zum Opfer bestimmten Gefangnen, unter welchen auch Belphegor und Akante mit fortgeschleppt wurden. Allein da sie von den Einwohnern des Dorfs eine hinreichende Anzahl bekommen hatten, um ihr blutbegieriges Vergnügen an ihnen zu befriedigen, so gaben sie auf die übrigen weniger sorgfältig Acht. Als sie nach Hause kamen, wurden sie wegen großen Ueberflusses ausgetheilt, und jedermann, der einen Anverwandten im Treffen eingebüßt hatte, bekam einen von den Gefangnen an dessen Stelle: unter welchen die beiden Europäer zu einer Wittwe kamen, die ihnen die Ehre anthat, erstlich den Verlust ihres Mannes auf das empfindlichste an ihren Leibern zu rächen und dann sie zu ihren Sklaven zu machen.

Der gegenwärtige Zustand war unangenehm, aber in Vergleichung der nächstvorhergehenden vortreflich; wenigstens war das Leben sicher. In kurzer Zeit bekam das ganze Dorf einen neuen Paroxismus von Tapferkeit, und alles zog aus, sogar die Weiber waren nicht davon ausgenommen. Auch Belphegor und Akante mußten, so wenig sie auch den Kützel der Tapferkeit empfanden, den Zug verstärken helfen. – Da sie aber voraussehen konnten, daß das Ende des Feldzugs ihren Zustand wohl verschlimmern, aber nicht verbessern könne, so beschlossen sie, bey der ersten Gelegenheit zu entwischen, in eine Einöde zu fliehen und da lieber kümmerlich zu verhungern, als in beständiger Gefahr zu seyn, daß man der Grausamkeit eines Barbaren mit langsamen Martern zur Belustigung und endlich gar mit seinem Fleische zur Sättigung dienen müsse. Die Gelegenheit zeigte sich, und sie entflohen, versteckten sich lange Zeit, um der Nachstellung zu entgehn, in einem Moraste, und rückten, so oft sie sich sicher genug glaubten, weiter fort. Aber ihre Noth hatte nur eine andre Mine angenommen: der Tod drohte ihnen immer noch, nur unter einer neuen Larve. Ihre Nahrung mußten sie mühsam suchen und fanden sie nicht einmal in zureichender Menge, und die Beschwerlichkeiten der Witterung machten ihre traurige Situation vollständig.

Wer hätte sich in solchen Umständen nicht den kummervollsten Reflexionen überlassen sollen, auch ohne so viele Misanthropie wie Belphegor im Leibe zu haben? – Um so viel mehr mußte *er* es thun: der Strom seiner ärgerlichen Klagen ergoß sich von neuem über den Menschen und die Natur. Als er eines Morgens sein Kummerlied unter einem Brodfruchtbaume sang, so hörte er plözlich einige Stimmen und erschrack, wie leicht zu vermuthen, weil er izt bey jeder unbekannten Stimme einen Menschen vermuthete, der ihn schlachten wollte: er verkroch sich und horchte. Der Ton hatte nichts barbarisches, und bey seiner Annäherung wurde er inne, daß es Akante war, die zween Fremde in europäischer Kleidung zu ihm führte. Er verließ also seinen Schlupfwinkel und erfuhr, daß es zween Spanier waren, die man mit einem Schiffe von *Panama* abgesendet hatte, um Untersuchungen in dieser Gegend anzustellen, Fahrten und Länder zu entdecken. Akante, die bey dem Don, dessen Mätresse sie ehemals gewesen war, ein wenig Spanisch gelernt hatte, wußte wenigstens noch genug davon, um zu erkennen, daß es Spanisch war, was diese beiden Leute miteinander sprachen, als sie ihrer bey einer Quelle ansichtig wurde, wo sie tranken: sie wagte sich zu ihnen, entdeckte ihnen die Verlegenheit, in welcher sie nebst Belphegorn hier schmachtete, nebst einigen andern Umständen so deutlich, als ihre kleine Fertigkeit in der Sprache es zuließ. Die Fremden ließen sich bewegen, zu Belphegorn mit ihr zu gehn, kamen zu ihm und erboten sich, sie beide auf das Schiff mit sich zu nehmen. Der Vorschlag wurde freudig angenommen und der Marsch zu dem Schiffe angetreten.

Sie kamen an den Ort, wo sie das Boot befestigt hatten, das sie über einen nicht allzu breiten Fluß wieder zurückführen sollte; aber sie suchten umsonst: das Boot war unsichtbar. Sie riefen, sie sahen, und siehe da! in einer weiten Entfernung sahen sie es mit Hülfe eines Fernglases den Fluß hinuntertreiben, und nur einen einzigen Menschen auf ihm, der, so viel sich unterscheiden ließ, durch unaufhörliche Bewegungen, die auch von einem Geschrey begleitet werden mochten, seine Rettung vermuthlich zu bewirken suchte. Man eilte, so schnell man konnte, an dem Rande des Wassers hin, es einzuholen, und bemühte sich durch beständiges Schreyen, theils die Leute herbeyzubringen, die es verlaßen hatten, theils dem armen Hülflosen, der darauf zurückgeblieben war, Hofnung zu machen, daß seine Errettung vielleicht nicht weit mehr sey. Das Boot stieß indessen an eine kleine Sandbank an, wo es aber der Strom bald wieder losarbeitete. Dieser Umstand ließ wenigstens die, welche ihm nacheilten, Zeit gewinnen, und sie waren ihm itzt schon so nahe, daß sie mit dem Verlaßnen darinne sprechen konnten. Man wollte ihm helfen und wußte nicht wie. Man hielt sich indessen mit Stangen in Bereitschaft, um sie bey der ersten günstigen Gelegenheit anzuwenden. Der Strom näherte zuweilen ihrem Ufer das Boot und einmal so sehr, daß einer von den Spaniern es mit seiner Stange erreichen konnte; er zog es ein gutes Stück näher, der darinne sitzende frohlockte schon, Belphegor warf sich ins Wasser, schwamm zu dem Taue, womit es am Ufer befestigt gewesen war und das itzt nicht weit vom Rande schwamm, ergriff es, nahm es zwischen die Zähne und schwamm zurück, der andre Spanier haschte es mit seiner Stange, man griff zu, und nach etlichen Drehungen und Wendungen war man so glücklich, es mit vereinten Kräften so nahe zu bringen, daß man es bis zu einem Aussteigeplatze von dem Strome forttreiben lassen und mit dem Taue zurückhalten konnte, daß es sich nicht zu weit vom Ufer wieder entfernte. Mit einer unbeschreiblichen Freude sprang der Errettete aus dem Boote und dankte seinen Errettern so lebhaft, daß man beynahe das Fahrzeug, das ihnen zu ihrer eignen Zurückfahrt zu dem Schiffe unentbehrlich war, hätte entwischen lassen: besonders wurde Belphegor für seine muthige Handlung mit Liebkosungen überschüttet und in Umarmungen fast erdrückt. Man besichtigte das Tau und wurde mit Erstaunen überzeugt, daß es entzweygeschnitten war. Jedermann war deswegen um so viel mehr begierig, die besondern Umstände von der Losreissung des Bootes zu wissen: man stürmte von allen Seiten auf den Erretteten mit Fragen zu, und er versicherte sie, daß er weiter nichts von dem traurigen Vorfalle sagen könne, als daß die vier übrigen, die sie im Boote bey ihm zurückgelassen, unter dem Vorwande, daß sie Enten auf einem nahen Sumpfe schießen wollten, aller seiner Vorstellungen und Verweise ungeachtet, ausgestiegen wären und mit einem Jagdmesser hinterlistig den Tau entzweygehauen hätten, um ihn der Willkühr des Stroms zu übergeben. Die Ursachen ihrer Bosheit waren ihm unbekannt;

wenn er aber eine vermuthen sollte, so mußte es nach seiner Meynung Unzufriedenheit seyn, daß man *ihm* die Aufsicht über das Boot anvertraut und ihn, einen Fremden, jenen Eingebornen vorgezogen habe. Die Spanier, die man itzt für ein Paar Offiziere erkannte, wüteten wider die Bösewichter und am meisten darüber, daß sie sich durch die Flucht ihrer Strafe entzogen hatten.

Unterdessen flog der Gerettete, den seine Dankbarkeit noch ganz begeisterte, noch einmal auf Belphegorn zu und versuchte – als er merkte, daß er kein Spanisch verstand – eine Sprache zu finden, worinne er ihm seine Empfindungen frey und geläufig auszudrücken wußte: es gelang ihm, und dann empfieng Belphegor eine feurig warme Danksagung, eine so freundschaftlich warme, als sie ihm sein vertrautester Freund hätte geben können, und oben drein die Versichrung, daß er nebst seiner Gefährtinn in Karthagena so lange bey ihm bewirthet werden sollte, als es ihm nur gefiele. – »Die Vorsicht lebt noch«, sprach der dankbare Mann mit frölichem Tone, »sie hat mir mit meinem Bootchen aus dem grimmigen Flusse geholfen, warum sollte sie mir denn nicht nach Karthagena wieder verhelfen, um dir für deine Wohlthat zu danken? – Ja, die Vorsicht lebt noch; wenn wir zum Schiffe kommen, Brüderchen, so wollen wir ihr zu Ehren eine Flasche zusammen ausleeren.«

Das Boot wurde unterdessen bestiegen, und man ruderte den Strom hinab, um wieder zu dem Schiffe zurückzukehren, und jeder spannte dabey seine Geschicklichkeit und seine Kräfte an. Sie erreichten das Schiff, und Belphegor wurde mit Akanten von ihrem neuen Freunde auf das herrlichste bewirthet. Die Flasche lößte allen die Zunge, und jedes ließ seinen Gedanken und Worten ungehinderten Lauf: man erzählte sich und erzählte sich so lange, bis der Bewirther die Flasche vor Hastigkeit hinwarf und Belphegorn um den Hals flog. »Brüderchen«, schrye er, »bist *Du* es? bist *Du* es? Gewiß? *Du*, Brüderchen? der mich, deinen *Medardus*, in dem abscheulichen

Palaste zu *Niemeamaye* mitten in den Flammen zurückließ? – Sagte ich doch: die Vorsicht lebt noch. Wir dachten, einander nimmermehr wieder zu finden, aber siehe! hier sind wir beysammen. Wer hätte das denken sollen? – Und Du auch, Akantchen? – Wohl uns! wenn wir erst wieder in Karthagena sind! Dann solls euch gehn! – so gut, als ihrs itzt schlecht gehabt habt! Glückliches Wiedersehn und nimmermehr wieder Verlieren!« – und so trank er munter sein Glas aus.

»Aber«, sprach Belphegor, »wenn die Vorsicht noch lebt, wie Du noch immer fest glaubst, warum ließ sie mich erst so lange Zeit zweifeln, ob überhaupt eine existirte? Warum mußte ich geschunden, zerschnitten, gesengt und beynahe gefressen werden, um davon überzeugt zu werden? und noch kann unser Wiedersehn eben so sehr die Wirkung eines Ohngefehrs, eines zufälligen Schicksals als einer Vorsicht seyn? Meine Leiden machen meinen Glauben an sie kein Haarbreit stärker; ja, so gar – sie schwächen ihn.«

»Bist Du noch so ein Grübelkopf, Brüderchen?« unterbrach ihn Medardus. »Ersäufe Zweifel und Grillen in der Flasche: genug, ich glaube, daß eine Vorsicht ist, und wers nicht glaubt, den soll der Teufel holen! – Nun, Brüderchen!« – und so stieß er an sein Glas – »alle, die eine Vorsicht glauben, sollen leben!«

Man merkte es, daß die Flasche den jovialischen Medardus begeistert hatte; und da Belphegors Rausch ein trüber, melancholischer Rausch war, so hätten beyde beynahe über Schicksal und Vorsicht in einen unseligen Zwist verwickelt werden können, wenn nicht Akantens Dazwischenkunft sie getrennt und im Frieden erhalten hätte.

Als der Rausch ausgeschlafen war, so kehrte zwar die alte Vertraulichkeit wieder zurück, allein Belphegor blieb doch trübsinnig. Akante heiterte sich mit jeder Stunde wieder auf: mit jeder Erzählung, die ihr Medardus von dem Reichthume und den Schönheiten zu Karthagena machte, mit jeder Aussicht auf Ruhe, Bequemlichkeit, Ergötzlichkeit, die er ihr eröffnete, verschwand das Andenken der überstandnen Beschwerlichkeiten, und es verstärkte sich ihre Munterkeit und Lebhaftigkeit; sie quälte sich nicht, ob diese angenehme Erwartungen ein Geschenk des Schicksals oder der Vorsehung seyn möchten: genug, sie sollte sie genießen und war damit zufrieden, *daß* sie sie genießen sollte. Belphegor hingegen lief täglich und stündlich die traurige Geschichte seines vergangnen Lebens durch, fand überall Gelegenheit, zu klagen und mit seinem Glauben sich auf die Seite eines blinden Schicksals zu neigen, wozu Medardus mit seinem unumschränkten Vertrauen auf eine Vorsehung nicht wenig beytrug, weil er ihm dadurch immer Gelegenheit gab, zu seinen Zweifeln und dem Nachdenken darüber zurückzukehren.

Indessen hatte das Schiff seinen Weg nach Panama angefangen, und jede Stunde, die Medardus missen konnte, brachte er mit Belphegorn zu, um einander zu erzählen und Anmerkungen darüber zu machen.

»Was findest Du nun in meinem ganzen Lebenslauf?« fragte Belphegor eines Abends, als er seine Geschichte von dem Brande in *Niemeamaye* bis auf den gegenwärtigen Augenblick geendigt hatte, »was findest Du darinne, blindes Schicksal oder überlegte Vorsehung? Ich wollte durch eine Reihe Beschwerlichkeiten dahin, die Neid und Bosheit meistens nur gelegentlich über mich ausgossen. Keins hängt mit dem andern zu einem gewissen Zwecke zusammen, sondern ich wurde gequält, weil die Menschen nun einmal so gemacht sind, daß sie nach ihren Gesinnungen und Leidenschaften, die auch nicht *ihr* Werk sind, nicht anders als mich quälen mußten. Die Barbaren, die mich und Akanten nach einer langsamen Marter fressen oder die uns ihren Göttern opfern wollten – was können diese dazu, daß sie dieß nicht eben so sehr wie wir für die schrecklichste Grausamkeit halten? Eine fortgesetzte Reihe von Begebenheiten, nebst ihren ursprünglichen, *natürlichen* Anlagen, Trieben und Neigungen, stellten ihnen allmählich jenes als zuläßig und dieses als vortreflich vor, so wie uns eine andre lange Reihe von Begebenheiten die Handlung, einen Menschen zu schlachten, als abscheulich abmalte. Was für ein Plan ist es aber, Menschen so anzulegen, daß aus ihrem ersten Triebe der Selbsterhaltung Leidenschaften aufwachsen müssen, die solche barbarische Grundsätze erzeugen? Was sind diese in jenem vorgeblichen Plane? Zweck oder Mittel? – *Zweck* können sie nicht seyn; denn welche Idee, Kreaturen zu schaffen, damit sie einander fressen! – *Mittel* eben so wenig; denn wozu führen solche Unthaten im Ganzen oder im Einzelnen? – Entweder müßte also hier in dem Plane der Begebenheiten ein thörichter Zweck oder ein thörichtes Mittel angenommen werden, oder die ganze Sache muß ein *zufälliger, nicht intendirter* Umstand seyn; und, und! – vielleicht war die ganze Reihe meines, deines Lebens, die Begebenheiten der ganzen Erde nichts als dieses – Wirkungen des Zufalls und der Nothwendigkeit, wo Leute, die diese Wörter nicht leiden konnten, *Zweck* und *Mittel* herauskünstelten und, wie die Wahrsager, auch zuweilen diese beyden Sachen selbst herausbrachten.«

»Brüderchen, Du schwatzest zu subtil: Du grübelst und grübelst und hast am Ende nichts als Unruhe und Ungewisheit zum Lohne. *Ich* glaube frisch weg, ohne mich links oder rechts umzusehen, daß alles gut und weise angeordnet ist, und wenn mich die Kerle, die Dich verschlingen wollten, schon halb hinuntergeschluckt hätten, so dächte ich doch: ›Wer weiß, wozu das gut ist?‹ Ich komme am besten dabey zu rechte. Ist auch wirklich alles Nothwendigkeit und Zufall; muß ich mich von diesen beyden Mächten herumstoßen laßen – wohlan! ich wills gar nicht wissen, daß sie mich blind herumstoßen. Der Kopf wird so dadurch wirblicht genug, soll ich mir ihn noch durch Grübeleyen wirblicht machen? – Nein! jede Freude genossen, wie sie sich anbietet, jeden Puff angenommen, wie er kömmt, und immer gedacht: ›Wer weiß, wozu er gut ist?‹ – das heißt *klug* gelebt! – Und das kannst Du mir doch nicht läugnen, Brüderchen, daß die gottlosen

Kerle, die mich mit dem Boote fortwandern ließen, mich in die Angst versetzen mußten, damit ich dich wiederfände? Wäre ich in dem Palaste zu Niemeamaye nicht beynahe verbrannt, hätte ich nicht so viele Gefahren zur See und in Amerika ausgestanden, so wäre ich itzt nicht bey Dir, so freueten wir uns itzt nicht –«

»Bester Freund!« unterbrach ihn Belphegor, »dieser Zweck ist auf deiner Seite erreicht, aber auf der meinigen nicht. In dem Sturme der Leidenschaften, unter dem Gefühle der Widrigkeiten wütete meine Seele wie ein Betrunkener; alles war mir schwarz, ich *deklamirte,* aber ich *räsonnirte* nicht. Itzt, da sich durch dein Wiedersehn meine Aussichten erheitern, da der Taumel des widrigen Gefühls verfliegt, itzt tritt eine Stille ein, die tausendmal quälender als der Sturm ist – überlegtes Räsonnement in dem trüben Tone, in welchem ich vorher deklamirte. Kurz, ich bin aus dem Getümmel der Schlacht, Wunden und Schmerzen herausgerissen worden, um an mir selbst zu nagen. Soll dieses Zweck oder Mittel von einem künftigen Zwecke seyn? – und so wird wohl der letzte, auf dem alles abzielt, der Tod seyn.«

»Wer weiß, wozu Dir das gut ist, Brüderchen?« sprach Medardus. »Du mußt nur Muth schöpfen –«

»Lieber Mann! heißt das nicht zu einem lahmen Fuße sagen: ›Hinke nicht!‹? – Führe *ich* die Federn meines Denkens und Empfindens an der Schnure, um sie nach Wohlgefallen lenken zu können?«

»Brüderchen, mir war bange, als ich in dem Palaste zu Niemeamaye mitten unter den Flammen, wie in einem Feuerofen, steckte. Aber ich dachte doch: ›Wenn Du gleich zu Pulver verbrennst, wer weiß, wozu das gut ist? wo nicht Dir, doch *einer* lebendigen Kreatur auf der Erde itzt oder in Zukunft.‹ Und siehst Du? ich kam glücklich durch.«

»Aber *wie* kamst Du durch, Freund?«

»Durch einen besondern Zufall. Du weißt, der Bösewicht, der mit Dir nach Niemeamaye kam, um mich schändlicher Weise zu tödten, wurde zu einem ewigen Gefängnisse verdammt, weil wir kein Blut vergießen wollten, ob er gleich den Tod verdient hatte. In dem Tumulte, als ihn seine Wache verließ, hatte er sich durchgearbeitet, strich durch die Burg, fand die Kleidung, die Du von Dir geworfen hattest, zog sie an, weil sie ganz mit Goldkörnern angefüllt war, und wollte so in ihr entfliehen. Da aber die königlichen Insignien darauf waren, so hielten ihn die Feinde für den König, nahmen ihn gefangen, und während daß alles jauchzte und nach dem Orte zulief, wo man den gefangenen König zeigte, erwischte ich eine Oeffnung und entkam glücklich. Ich wanderte bis zur Hauptstadt des großen abißinischen Reichs, wo ich mir durch die mitgebrachten Goldkörner die Bekanntschaft einiger Kaufleute erwarb, die mir nach *Neuguinea* zu helfen versprachen, damit ich von da nach Europa zurückgehn könnte, wohin ich mich außerordentlich wieder wünschte. Mein Verlangen wurde befriedigt: ich gieng mit einem englischen Sklaventransporte ab, aber um zwischen zwey Elementen, Wasser und Feuer, beynahe umzukommen. Siehst du, Brüderchen? Den schwarzen Afrikanern wurde in ihrem engen Loche bange: sie wollten mit Gewalt in ihr Vaterland zurück, sollten sie auch durch den Tod dahinkommen; denn die närrischen Kreaturen bilden sich ein, daß sie sicher ihre Heimath wieder finden, so bald sie gestorben sind. Um diese Reise zu thun und sich zu gleicher Zeit an den Leuten zu rächen, die sie wider ihren Willen in eine andre Gegend versetzen wollten, stiegen sie in der zwoten Nacht nach unsrer Abreise einer dem andern auf die Schultern, um die Fallthüre ihres Behältnisses aufstoßen und herausklettern zu können. Der Raum von dem Boden bis an die Thür war so hoch, daß wenigstens drey Mann über einander stehen mußten, um sie zu öffnen. Der böse Streich gelang ihnen wahrhaftig: einer von ihnen kletterte heraus und fand die Sklavenwache schlafend. Hurtig warf er seinen zurückgebliebnen Kameraden eine Strickleiter hinunter, ergriff das Gewehr der Wache und

brachte sie mit einem guten Degenstoße um, worauf er den Getödteten mit Hülfe der übrigen herzugeeilten Negern über Bord warf. Zum Unglücke schlief alles, was schlafen durfte, fest, weil jedermann die ganze vorhergehende Nacht hatte arbeiten müssen, und die wenigen Wachenden wachten nur halb. Dieser Umstand verstattete den Negern, durch das Schiff zu streichen. Sie fanden einen schlafenden Matrosen, der seinen Tabaksbeutel mit dem Feuerzeuge an sich hängen hatte: sie schnitten ihn los und brachten wirklich ein Stück Schwamm zum brennen; durch etliche andre brennbare Materien brachten sie es zur Flamme, die sie in verschiedene Theile des Schiffs ausstreuten. Damit aber niemand *sie* für die Urheber des Bubenstücks erkennen möchte, krochen sie in ihr Behältniß zurück und waren bereit, in dem Feuer mit umzukommen, wenn es das Schiff ganz zu Grunde richten sollte, welches sie von Herzen wünschen mochten. Die Flamme griff auch schon wirklich weit um sich, verwüstete hin und wieder, als man es erst gewahr wurde. Brüderchen, das war ein Schrecken! das war ein Tumult! – Verbrennen oder ertrinken! das schien die einzige Wahl. Aber, Brüderchen, ich sollte Dich wiedersehn: das Feuer wurde gedämpft und die Urheber entdeckt. Die einfältigen Geschöpfe hatten vergessen, die Strickleiter an ihrer Fallthüre wegzuschaffen; kurz, der böse Handel wurde ausfündig gemacht und hart gestraft.
Waren wir dem Feuer entgangen, so war es nur, um in die Hände der Feinde zu fallen. Die Spanier und Engländer hatten damals das Recht, einander allen ersinnlichen Schaden und Feindschaft anzuthun; denn kurz vorher war zwischen beiden ein Krieg ausgebrochen. Siehst Du, Brüderchen? wir wußten nichts davon und erwarteten also gar nicht, daß jemand unser Feind seyn wollte, weil wir niemanden etwas zuwider gethan hatten. Allein da die beiden Mächte uneinig waren, so mußten wir arme Unschuldige ihren Zorn entgelten und uns – mochten wir, mochten wir nicht – als Feinde behandeln lassen, weil uns ein englisches Schiff trug. Ein

spanisches griff uns an und führte uns glücklich nach Karthagena, wo ich bewies, daß ich kein Engländer war und auch nicht einmal den Namen nach an dem Mißverständnisse zwischen den beyden Königen einigen Antheil hätte. Auf diesen Beweis gab man mir die Erlaubniß, mein Glück zu suchen, wo ich es finden konnte. Ich fand einen Platz bey einem Kaufmanne, wo ich mich gegenwärtig noch befinde und auf dessen Verlangen ich diese Reise nach dem kalifornischen Busen mit unternehmen mußte. – Glückliche Reise! ich habe Dich wiedergefunden; ich bringe Dich nach Karthagena, und nun leben und sterben wir beysammen.«

Seine Wünsche wurden erfüllt: sie erreichten glücklich Panama und machten alsdann in kurzer Zeit den Weg bis nach Karthagena, wo Medardus seinem Freunde eine anständige Versorgung verschafte und dieser Akanten, die Gefährtinn seiner Schmerzen und seines Unglücks, zu seiner wirklichen Ehegattin erhub.

Belphegor glaubte sich nunmehr am Ende seiner Leiden, heiterte sich durch seine Zerstreuungen und Geschäfte genugsam wieder auf, um seine bisherige trübe Laune ziemlich zu vergessen; allein der herrschende Ton seiner Empfindungen und seiner Gedanken blieb beständig der schwermüthige, der melancholische, und seine Unterhaltungen mit seinem Freunde betrafen meistens das große Labyrinth – die Begebenheiten und Schicksale der Menschen. Er wankte mit seinem Glauben zwischen Nothwendigkeit und Vorsehung hin und wieder, und seine eigne Ueberzeugung zog ihn allezeit zu der erstern, ob ihn gleich sein Freund zu der letztern zu ziehen suchte. Wenn aber auch sein innerlicher Zustand nie völlig ruhig werden konnte, so glaubte er wenigstens, daß die Menschen und das Schicksal seinen äußerlichen nicht weiter beunruhigen würden; aber auch hierinne glaubte er falsch: die Menschen mußten ihn in seiner Ruhe stören, weil er sie im Laster und der Unterdrückung stören wollte.

Seine Geschäfte führten ihn oft in solche Verbindungen, daß

er das ganze Spiel der Leidenschaften und des Eigennutzes in dem deutlichsten Lichte sehen konnte: er fand, daß auch in dieser neuen Welt, wie in der alten, der Neid beständig den Bogen gespannt hielt und jeder seine Obermacht zur Unterdrückung mißbrauchte. Anfangs ließ er sich zwar von der Klugheit zurückhalten, allein in kurzem häuften sich die Reizungen so sehr, daß sein Unwille alle Klugheit überstimmte: er riß ihn hin und stürzte ihn in tausend Unannehmlichkeiten und eben so viele Gefahren.

Der Herr, in dessen Diensten er stand, war ein Kreole* und hatte deswegen den Haß aller gebornen Spanier auszustehn: bey jeder Gelegenheit, wo von einem unter diesen das Interesse oder die Ehre seines Herrn gekränkt wurde, focht Belphegor mit allen Kräften seiner Beredsamkeit und seines Leibes, ihn zu vertheidigen. Sein Eifer machte ihn bey seinem Herrn beliebt und wurde dadurch um so viel stärker angefacht.

So lange er wider die Ungerechtigkeiten und den Stolz der gebornen Spanier deklamirte und mit seiner gewöhnlichen Heftigkeit auf die Verachtung loszog, die sie gegen alle Kreolen blicken ließen, auch zuweilen dadurch, daß er zu heftig die Partie der Kreolen nahm, sich blaue, braune, gelbe und rothe Flecken, Wunden und Beulen verursachte, so überhäufte ihn sein Herr mit Liebkosungen und Geschenken, Belphegor empfieng die freundlichsten, gütigsten Blicke unter allen im ganzen Hause, sein Gespräch war die liebste, die einzige Unterhaltung seines Herrn, und dieser konnte ihm stundenlang zuhören, wenn er eine Strafpredigt über Welt und Menschen hielt und die Züge in seinen Gemälden des kindischen menschlichen Stolzes von gebornen Spaniern entlehnte. Sobald er aber Einen Zug der Unterdrückung einfließen ließ, die der Kreole so gut als der Spanier begieng, so schwieg man anfangs still, und wenn er seine Schilderungen mit solchen Dingen gar zu sehr überladete, so wurde die

* Ein in Amerika von europäischen Eltern geborner.

Unterhaltung abgebrochen. Belphegor, der seinen Herrn, im Durchschnitte gerechnet, für gut hielt, dünkte sich verpflichtet, ihm auch die kleinen Flecken abzuwischen, die die Grundfläche seines Charakters beschmuzten und die sich nur durch die Länge der Gewohnheit so tief eingefressen hatten, daß er sie, wie alle Menschen seines Schlages um ihn, für keine Flecken hielt. Dahin gehörte vorzüglich diese Art von Grausamkeit, die auch Menschen begehen, wenn sie nichts als gerecht sind, andern zwar sehr pünktlich ihre eignen Obliegenheiten entrichten, aber auch mit der äußersten Strenge ihr Recht von andern verlangen. Da diese Strenge sich am meisten da äußert und auch, ohne gerichtliche Straffälligkeit, am meisten da äußern kann, wo eine alte, verjährte Unterdrückung zum Recht geworden ist und ein Trupp armseliger Kreaturen, so bald sie zu existiren anfangen, schon die Möbeln eines andern sind – kurz, wo Leibeigenschaft und Sklaverey herrschen, so fand Belphegor für seinen Strafeifer nirgends reichlichern Stoff als in seinen gegenwärtigen Umständen. Die Indianer, diese armen Lastträger, diese Soufredouleurs von Amerika und, man möchte sagen, der ganzen Menschheit, reizten seinen Unwillen am heftigsten. Er sah, daß alles sich vereinigte, auf die Kosten dieser Elenden wohl zu leben, und sein Ungestüm, da er so viele Nahrung fand, brach von neuem los. – »Ihr seyd Unmenschen«, sprach er einst zu seinem Herrn; »ihr macht eure Schultern leicht und legt alle Lasten der Menschlichkeit diesen Kreaturen ohne Mitleid auf: ihr drückt sie, weil sie keine rechten Christen sind, ohne zu bedenken, daß sie Menschen sind. Laßt diesen Unglückseligen ihren Pachacamac* oder wie sie ihn sonst nennen wollen und erleichtert ihnen die Mühe zu leben, und ihr seyd ihre wahren Wohlthäter. Ist es nicht ewige Schande, eine halbe Welt zu erobern, ihre Einwohner zu Sklaven zu machen und dann noch an ihrem dürftigen Unterhalte zu saugen? – Aber warum konnte nun die Natur ihr Werk so anlegen, daß

* Gott der Peruaner

alle diese Härte eine nothwendige Folge von seiner Einrichtung seyn mußte? daß ein Theil der Menschen von dem andern nicht allein zur Arbeit gezwungen, sondern auch überdieß noch hart behandelt werden mußte? daß ein Theil ganz erniedrigt werden mußte, damit der andre desto höher sich emporhebe? – O Gott! mir schwellen alle meine Adern, wenn ich diesen tollen Lauf der Welt überdenke! – Was sind diese Befehlshaber, diese Corregidoren anders als privilegirte Unterdrücker? Was seyd ihr, die ihr den Reichthum des Landes der Erde abgewinnt, anders als immerwährende Unterdrücker? als vom Recht geschüzte Unterdrücker, wenn ihr auch noch so gelinde verfahrt? Und wenn der Elende diese beiden Ruthen bis zum Verbluten gefühlt hat, dann setzt noch der geistliche Blutsauger den Rüssel an und zieht dem armen Einfältigen den wenigen Saft aus, der ihm übrig blieb, verkauft ihm schnöde nichtsnutze Possen und pflanzt ihm den häßlichsten Aberglauben ein, damit ihn Gewissen und Blödsinn zum Kaufe zwingen. – Ist es erhört, o Natur, daß du eine Gattung von deinen Geschöpfen so ganz stiefmütterlich vernachlässigen konntest? Waren die Indianer nicht auch dein Werk? Und doch ließest du sie vielleicht viele tausend Jahre in Dummheit und dem grausamsten Aberglauben herumkriechen, Sklaven ihrer Tyrannen und ihrer Götter seyn, dann sie zu tausenden erwürgen, in das Joch der Europäer stecken und nun langsam von allen Seiten bis zur Vernichtung quälen: du schufest sie, um sie langsam aufzureiben.«
Einen solchen Sermon hielt natürlicher Weise sein Herr nicht länger aus, als bis er sich das erstemal getroffen fühlte, wo er sich meistentheils wegwandte, räusperte, eine Beschäftigung vornahm, jemanden rief, das Zimmer verließ oder etwas anders that, das ihn darauf zu hören hinderte. Eine jede solche Unterhaltung schwächte bey ihm den Geschmack an Belphegors Umgange, und obgleich dieser sich sehr oft durch ein kleines Lob auf die Gutherzigkeit des Mannes wieder in Gunst sezte, so hieß das doch nur, einen schlimmen Eindruck

benehmen, aber keinen guten geben. Diesen Umstand nüzten seine Kameraden, die schon längst mit schielen Augen die Vorzüge angesehn hatten, die er von seinem Herrn genoß, ihn dieser Vorzüge zu berauben. Sie stellten Belphegors Deklamationen von der schlimmen Seite vor, erdichteten etliche, die er wider seinen eignen Herrn namentlich in seiner Abwesenheit gesagt haben sollte; sie fanden leicht Glauben, und bald wurde Belphegor zurückgesezt, verachtet und jedes, auch das mindeste seiner Worte übel genommen, man machte ihm, ob er gleich von Wunden und Beulen verschont blieb, das Leben doch so schwer, daß er diesen innerlichen Schmerz gern gegen alle körperliche vertauscht hätte. Er wurde es endlich müde, verlies das Haus und lebte von der Gütigkeit seines Freundes Medardus, der sich mit der größten Bereitwilligkeit seiner annahm und auf einen andern Platz für ihn dachte.

So schwer ihm diese Bemühung wurde, so gieng sie ihm doch endlich glücklich von statten: er verschafte seinem Freunde einen andern Platz, aber keine Ruhe. Er brachte ihn in das Haus eines Mannes, der recht dazu geschaffen schien, seinen bisherigen Unwillen über die amerikanische Unterdrückung zu erhöhen und den ganzen Belphegor in Feuer und Flammen zu setzen. Ein Mann war es, der sein Leben in der wollüstigsten Trägheit dahinschlummerte, und wenn er ja handelte, doch nie über die Gränzen der Sinnlichkeit hinauswich: wenn er geschlafen hatte, so aß oder trank er, und wenn er gegessen oder getrunken hatte, so schlief er, und wenn er dessen überdrüßig war, so ließ er sich von einem Pferde tragen oder von etlichen ziehen. Zuweilen gebrauchte er sogar Sklaven hierzu, um zugleich seinen Stolz zu kützeln, wenn er Geschöpfe, die mit ihm einerley Figur hatten, so unter sich erniedrigt sehen konnte. Wenn er speiste, mußte einer von seinen Hausbedienten ihm mit lauter Stimme seinen Stammbaum, der von Erschaffung der Welt anhub, vorlesen, desgleichen jede Lobrede, die auf einen seiner Vorfahren gehalten worden war; und da er meistens über dem Lesen einschlief, so war es kein Wunder, daß die Geschichte seiner Abstammung seine einzige Lektüre schlafend und wachend ausgemacht hatte, ohne daß er mehr davon wußte, als daß Adam sein erster Stammvater gewesen sey, weswegen er es bey jeder Gelegenheit mit großem Stolze zu rühmen wußte, daß seine Familie unmittelbar von Gott selbst gemacht worden sey.

Der Anblick eines so vegetirenden Geschöpfes mußte Belphegorn natürlich aufbringen, besonders wenn er es mit den hülflosen Mitgeschöpfen verglich, die ihm die Mittel zu einer so weichlichen Bequemlichkeit erarbeiten mußten. Er wollte nicht mehr dieselbe Luft mit ihm athmen oder von Einem Dache mit ihm bedeckt seyn, und als er eines Tages den Auftrag bekam, ihn mit der Vorlesung seines Geschlechtsregisters einzuschläfern, so that er ihm mit dem Eifer eines Bußpredigers eine so nachdrückliche moralische Vorhaltung seiner noch weniger als thierischen Lebensart und der Unterdrückung, die er begehn müßte, um sie genießen zu können, daß der Mann kein Auge zu thun konnte, worüber er so ergrimmte, daß er den armen Belphegor als einen unbrauchbaren Bedienten zum Hause augenblicklich hinausweisen ließ. Das Schicksal war hart, aber ein kleiner Rest von Stolze, der ihn überredete, für die Wahrheit eine Aufopferung gethan zu haben, stärkte ihn hinlänglich, daß er so aufgerichtet und frölich wie ein Märtyrer über die Schwelle schreiten konnte.

Er nahm seine Zuflucht zu Akanten, die noch, so sehr sich ihre Reize auch vermindert hatten, aus dem nämlichen Grunde gern mit der Liebe spielte, aus welchem ein alter Fuhrmann gern klatschen hört, wenn sein Arm zu steif ist, die Peitsche selbst zu regieren. Sie war – wenn man ihre Verrichtung bey dem eigentlichen Namen nennen darf – eine Kupplerinn und genoß die Freuden ihrer Jugend wenigstens in der *Einbildung*, wenn sie den fremden Genuß derselben vor sich sahe, da das unbarmherzige Alter sie leider! unfähig gemacht hatte, sich in der Wirklichkeit daran zu vergnügen. Ihr Mann, der mit seinem Kopfe immer auf irrendritterliche Fahrten ausgieng, konnte über dem Eifer, die ganze Welt zu bessern, nicht daran denken, sein Haus zu bessern, das durch die Geschäftigkeit seiner Frau einem Bordelle nicht unähnlich geworden war. Er merkte nicht das mindeste hiervon, sondern lebte nunmehr von der Einnahme seiner Frau, unbekümmert, daß sie der Gewinst einer Unterdrückung war, die alle andern überwiegt – der Unterdrückung der Tugend. Indessen daß diese ohne sein Bewußtseyn täglich hinter seinem Rücken geschah, schwärmte er mit seinen Gedanken in der Welt herum, suchte Materialien zum Aerger auf und zürnte, daß die Natur nicht *ihn* um Rath gefragt hatte, als sie eine Welt schaffen wollte.

Mitten unter seinem traurigen Zeitvertreibe gerieth er in die Bekanntschaft eines Mannes, der sein Haus oft besuchte, Akanten reichliche Geschenke machte, ohne jemals mehr zu thun, als bey ihr ein und auszugehen. Da er also bey den Lustbarkeiten, die an dem Orte vorgenommen wurden, blos ein überflüßiger und oft lästiger Zuschauer war, so bekommplimentirte ihn Akante so lange, bis er sich zuweilen bereden ließ, sich zu ihrem Manne zu begeben und mit ihm zu unterhalten.

So zurückhaltend und lakonisch der Fremde war, so offenherzig aus der Brust heraus redte hingegen Belphegor. Und bald fanden sie beide, daß ihre Denkungsart nicht ganz disharmonisch war; sie wurden einander interessant und in kurzem Freunde, doch lange nicht so sehr, daß der Fremde auf die vielen Zunöthigungen sich entdeckt hätte. Endlich machte einstmals die Flasche, womit er Belphegorn häufig bewirthete, seine Zunge so geläufig, das er folgendes Bekenntniß ablegte: »Ich war ehemals ein Herrenhuter, konnte aber den verschleierten Despotismus, der diese Gemeine unter den heiligsten Benennungen tyrannisirt, nicht länger mehr erdulden und trennte mich deswegen von ihr. Menschen geboten uns willkührlich und wollten uns überreden, daß die Stimme des heiligen Geistes durch sie gebiete. Ich glaubte dem heiligen Geiste nicht mehr blindlings und wurde deswegen gemishandelt: ich verlies eine Sekte, wo die natürliche Freiheit ungleich mehr eingeschränkt ist als in der despotischsten Monarchie und die Schranken ungleich schwerer erweitert werden, weil sie mit der Heiligkeit überfirnißt und zugleich die Stützen des Ganzen sind, um dessentwillen sie je länger, je mehr vervielfältigt werden müssen, so daß zuletzt entweder ein Pabst mit etlichen listigen Füchsen den übrigen Haufen ganz abrutiren muß, um ihn in Ruhe nach Willkühr, wie Marionetten, zu regieren, oder die ganze Gesellschaft ein Trupp so verdorbner Christen voll Zanks, Uneinigkeit und Tumult werden wird wie die übrigen alle. Solltest du denken, daß unter der stillen, friedfertigen Mine des Bruders das nämliche Herz lauscht und daß seine Gesellschaft eine Welt ist, wo der Schwächre eben so sehr unter schönen Namen betrogen und tyrannisirt wird als in andern Gesellschaften? – Glaube mir, es ist so! Ich entsagte dem separatistischen Despotismus und durchlief Königreiche, Herzogthümer und Fürstenthümer, Aristokratien und Republiken, allenthalben begegnete ich dem Despotismus im Großen oder im Kleinen, unter dieser oder jener Maske, versteckt oder offenbar. In jedem, auch dem kleinsten Staate lauschte dieß vielköpfichte Ungeheuer, und ganz Europa schien von ihm verschlungen zu werden. Regierungsgehülfen, denen die Gunst des Fürsten mehr galt als die Glückseligkeit des Volks, untergruben listig die Schutzwehren, die die Monarchie vor den Eingriffen des Despotismus sichern sollten, oder warfen sie aus eigner Herrschsucht mit Gewalt nieder: sie legten der Nation Lasten auf, daß sie sich unter der Bürde krümmte, und beschwerten sie, um sie glücklich zu machen.«

»Um sie glücklich zu machen!« rief Belphegor verwundert.

»Ja, Freund! Man ersann eine Philosophie, deren oberster

Grundsatz *im Grunde* war: man muß den Menschen das Leben sauer und schwer machen, um sie glücklich zu machen. Man hatte bemerkt, daß Staaten durch Industrie und Geschäftigkeit blühend und glänzend geworden waren: man hielt den Glanz des Staats und die Glückseligkeit seiner Mitglieder für untrennbare Dinge! oder man würdigte vielleicht nicht einmal die leztern einiger Rücksicht und sezte es also als einen Grundsatz fest, daß die Glückseligkeit eines Volks mit seiner Industrie zunehme; und jedermann dachte auf Mittel, sein Volk auf diesen sichern Weg zur politischen Glückseligkeit zu führen. Sogar Junker, die eine Hand voll Bauern unter ihrem Kommando hatten, die ihnen ihr Feld pflügen und ihr Vieh hüten mußten, sprachen von *Industrie* und wollten ihre Arbeiter *industriös* machen, weil sie alsdann noch mehr faullenzen zu können hoften. Indem man allenthalben Mittel zur Industrie aufsuchte, bemerkte man, daß die Einwohner einiger Länder mit wenigen Auflagen beschwert und nicht industriös gewesen waren. Sogleich erklärte man dieß für die Wirkung von jenem, was es vielleicht in einigen einzelnen Fällen wirklich seyn mochte, ob es gleich in den meisten nur ein *begleitender* oder höchstens *mitwirkender* Umstand war. Das Geheimniß war gefunden, und jeder Politiker, der rechnen gelernt hatte, machte es zum Glaubensartikel, daß man dem Volke viel nehmen müsse, damit es viel gewinne; und ein junger Sekretär einer Kammer fertigte mich, da ich aus meinem gesunden Menschenverstande Einwendungen dawider machen wollte, frisch weg damit ab, daß ich das Ding nicht verstünde. – Freund! heißt das nicht einen Esel mit Peitschenschlägen zum Laufen bringen? Gut! er läuft stärker nach Empfang der Hiebe; aber ist nicht ein gewisser Punkt, wo das gute Müllerthier nicht stärker laufen *kann*, wo er entweder unter den Schlägen erliegen oder seinen Führer sich wiedersetzen muß? und ist nicht ein gewisser Punkt, innerhalb dessen die Industrie durch die erschöpften Kräfte der Menschen, durch die besondre Lage und

Beschaffenheit des Landes und tausend andre Ursachen eingeschränkt wird, über die sie nie hinausgebracht wird, man lege dem Volke jeden Tag neue Lasten auf? – Und ist denn die Glückseligkeit der *einzelnen* Mitglieder bey der Berechnung eine bloße Null? Sollen die Menschen nichts als Lastträger seyn, denen man täglich mehr auflegt, damit sie täglich mehr tragen lernen? Sollen sie immer gieriger nach Gewinn trachten, um immer mehr geben zu können? Heißt das nicht, sie zu allen den Lastern hinstoßen, die man für Schandflecken der Gesellschaft erkennt? zur Habsucht, List, Betrug – kurz, zu allen Vergehungen, die durch den leichten Zaun der Gesetze durchschlüpfen können?«

»Verflucht sey die Industrie!« rief Belphegor. »Je mehr sie steigt, je mehr raubt sie der Gesellschaft Annehmlichkeit, Zierde und den einzelnen Mitgliedern die Glückseligkeit. – Was thut sie? Sie schieb einigen wenigen das Kopfküssen der Bequemlichkeit unter, macht alle, mehr oder weniger, zu habsüchtigen Wölfen und listigen Füchsen und wirft den größten Haufen auf den harten Pfühl der Arbeit, der Beschwerlichkeit, der Kümmerniß, des Mangels. – Wohl euch! ihr Tiere und ihr Menschen, die ihr ihnen gleicht, denen thierisches Bedürfniß den ganzen Kreis ihrer Glückseligkeit schließt!«

»Freund! Du bist voreilig. Die Industrie rottet eben so viele Laster aus als sie giebt –« »Was ist da gewonnen?«

»Was bey jedem Wechsel auf unserm Planeten gewonnen wird – man tauscht ein *andres* Uebel ein. Daran kann ich mich gewöhnen, nur an die Unterdrückung nicht. Mein Gefühl von Freiheit, das bey jeder Spur von ihr bis zum Tumulte aufrührisch wird, trieb mich aus der alten Welt, wo despotische Grundsätze die Schranken derselben immer enger zusammenzogen, so enge, daß an manchen Orten kein Mensch mehr ein freies Wort zu *flüstern* wagte. Aber Freund! welch ein Wechsel! hier fand ich die Unterdrückung in roher, unbekleisterter Gestalt und mit feiner Tünche überzogen; gerade dieselbe Welt wie auf der andern Halbkugel, an manchen Orten besser, an manchen schlimmer. Ebendieselbe Kraft, die in der Bewegung der körperlichen Welt ein gewisses Gleichgewicht erhält, muß auch die moralische und politische Vollkommenheit des Ganzen in einer gewissen Temperatur erhalten, daß alle Zeiten und alle Orte im Besitz und Mangel sich die Wage halten.«

»Leider!« seufzte Belphegor, »ist die Welt sich allenthalben gleich. Aber *muß* es so seyn? Oder ist nicht zu vermuthen, daß einst ein Mann, der mehr Geist ist als seine Mitbrüder, die *groben* Fesseln zerbrechen wird, die diesen und jenen Theil der Menschheit an den Bock der Sklaverey anketten; denn die *feinen*, gewohnten Banden, an welchen der Gewaltige den Schwachen allzeit führt, diese zu zerreissen, ist Gott und Mensch zu schwach, so lange die Natur keine Umschaffung unternimmt. Aber ein solcher Mann, der die Indianer an ihren Unterdrückern rächet, zwar tausend Unschuldige bey seiner Rache mit hinraft, aber sie doch zu einem edlen Zwecke hinraft –«

»Diese Erlösung wird die Zeit bewerkstelligen.«

»O die leidige, langsame Zeit, die erleichtern, aber nicht erlösen kann! – Die Menschen kämpften um Herrschaft, bis der Mächtigere obsiegte und den Schwächern niederwarf. So lange diesem das Joch neu war, trug er es unwillig und regte sich, wenn jener zu hart drückte; mit der Zeit wurde er durch die Gewohnheit eingeschläfert und fühlte gar nicht mehr, daß ihm der Druck auf dem Halse lag – siehe! das ist *bisher* die Hülfe gewesen, die die träge, langsame Zeit gereicht hat.«

»O Freund! ich bin nicht der Mann, der diese hohe Unternehmung wagen könnte; aber eins kann ich! ich kann Vorschläge und Projekte thun. Von jeher war es meine Lieblingsbeschäftigung, über die Gebrechen der Regierungen nachzudenken und Plane zu ihrer Verbesserung auszusinnen. Keine darunter sind ausgeführt worden, aber die Welt befände sich gewiß wohl dabey, wenn sie alle ausgeführt wären. Ich habe einen Entwurf ersonnen, wie alle Kriege, wenigstens in Europa, auf immer unthätig gemacht und ganz vertilgt werden könnten.«

»Willkommnes Projekt! O Natur! warum gabst du mir nicht Kräfte in meinen Arm und Muth genug in mein Herz, ein so erhabnes Projekt zu bewerkstelligen?«

»Es braucht weder Muth noch starken Arm dazu, um die Uebereinstimmung aller Mächte von Europa über die Beylegung ihrer Fehden etlichen aus ihrem Mittel den Auftrag zu geben.* Herrliches Projekt, das Schwerdt und Kanone unschädlich, einen ganzen Welttheil ruhig, bevölkert, wirklich polirt machen und jedes empfindende Herz mit dem Menschengeschlechte aussöhnen wird! Freund, wenn ich den Anfang eines solchen Glücks erlebte! und sich dabey bewußt zu seyn, daß man die Idee dazu im Kopfe gehabt hat, was für eine Freude müßte das sein!«

»Bester Freund! eine überschwengliche Freude! Allein Krieg ist seltner, doch Unterdrückung dauert Tag für Tag. Hättest Du ein Projekt, dieß Ungeheuer zu vertilgen.«

»Auch dafür weiß ich eins. Alle Regenten dürften nur mehr für die Glückseligkeit ihrer Staaten als für ihren eignen Glanz sorgen, alle despotische Grundsätze aus sich und ihren Dienern verdrängen, das Leben und Wohlseyn des geringsten Unterthans höher schätzen als allen Pomp, sich und das Volk nicht als zwo Parteyen betrachten, worunter eine die andre immer feiner zu überlisten sucht, eine nicht geben und die andre nehmen will, sondern sich als eine Gesellschaft behandeln, die ein gemeinschaftliches Interesse vereint –«

»Wenn soll dieß Projekt ausgeführt seyn?«

»Ja«, wollte er antworten, aber man rief »Feuer« im Hause, und die Antwort blieb unvollendet.

* Vermuthlich ist seine Meynung, daß eine Veranstaltung getroffen werden sollte, die den *Austrägen* der Fürsten im deutschen Reiche gleich kämen, wo bey entstehenden Zwistigkeiten die Untersuchung und Entscheidung einigen selbstgewählten Mächten von Europa aufgetragen würde. Freylich ein herrliches, aber schweres Projekt!

Zehntes Buch

Das Feuer war bald gedämpft, und die beiden Unterredenden kehrten beruhigt zu ihrem Gespräche wieder zurück. Belphegor nannte kein Gebrechen in dieser Welt, wofür sein Gesellschafter nicht ein Recept wußte: er wußte eins für die Unordnung der Finanzen in Deutschland, Frankreich und andern Ländern; er konnte habsüchtige Minister kuriren, er wollte müßige Regenten von ihrer Liebe zum Vergnügen heilen, er wollte ihnen Kraft und Willen zur Ausübung ihrer Pflichten einpfropfen – ach, was weiß ich, was für trefliche medicinische Geheimnisse er weiter noch in seiner Gewalt hatte? Doch ließ sich seine Kur niemals unter einen Fürsten, einen Minister oder einen ganzen Staatskörper herab und war so ziemlich den Verfassern politischer Systeme gleich, die Fürsten und Königen vorschreiben, was sie thun sollen, um uns zu lehren, was sie nicht thun.* Demungeachtet mußte sich ein Mann wie Belphegor ungemein über so künstliche Spinneweben freuen und brachte manche Nacht schlaflos hin, um ähnliche Gespinste aus seinem Gehirne zu erzeugen. Er erzählte sie seinem neuen Freunde und ließ sich die seinigen erzählen, wodurch ihre gegenseitige Zuneigung täglich fester wurde, wiewohl auch der Fremde noch eine andre Absicht hatte, warum er Belphegors Haus so oft besuchte und mit welcher er gleich anfangs hineingekommen war.

Auch dieses war nichts geringers als ein Projekt, das aber nicht die weitläufige Besserung eines Fürsten oder Staats, sondern die Kur eines Anverwandten betraf, der sich allen Ausschweifungen überließ, ihm, um sie desto freyer zu genießen, entlaufen

* Sagt, ich weiß nicht wer.

war und den er darum Schritt vor Schritt betrachten wollte. – »Wir hatten«, erzählte er eines Tags Belphegorn, »ansehnliche Besitzungen in *New Wight:* mein Verwandter und ich sollten eine Erbschaft heben, auf die wir längst gewartet hatten; allein der Befehlshaber des Gebiets, der ungerechte *Fromal* –«

»Fromal?« rief Belphegor erstaunt.

»Ja, er selbst, dieser gewissenlose Mann, verwickelte uns in feingewebte Schwierigkeiten, die uns den Besitz der Erbschaft lange Zeit aufhielten.«

»Fromal! *Er* that das?«

»Ja, und zwar aus einem Grolle wider den Erblasser und aus Habsucht, ein Stück Landes zu besitzen, welches an einem seiner Gärten stieß, den er dadurch zu erweitern wünschte. Der Verwandte, den wir beerbten, schlug ihm sein Ansuchen darum etliche Mal ab, aus welchen Ursachen, weiß ich nicht; und hätte der ruchlose Fromal ihn nicht gefürchtet, so würde er ohne Bedenken Gewalt gebraucht haben, zu seinem Zwecke zu gelangen; allein da ihm seine eigne Sicherheit dieses widerrieth, so versteckte er sich hinter tausend Kunstgriffe, die ihm aber unser Verwandter glücklich zu vereiteln wußte; doch ließ die Vereitelung einen Groll in ihm zurück, den nichts als unser Verlust versöhnen konnte –«

»Alles dieß that Fromal?«

»Ja, alles that er, der Ungerechte! Er legte uns mannichfaltige Fallstricke, als unser Verwandter starb, wovon jeder eine rechtmäßige Foderung zu seyn schien; die Schwierigkeiten waren unendlich, und wir würden unsre Erbschaft noch nicht gehoben haben, wenn wir uns nicht entschlossen hätten, ihm das Stück Landes zu überlassen, das die Ursache seiner Verfolgung war. Wir mußten unsern Bedrücker liebkosen, ihm ein Geschenk damit machen und noch oben drein allen Schein der Bestechung sorgfältig vermeiden, und in kurzer Zeit waren wir die ruhigen Besitzer unsrer Erbschaft.«

»Alles dieß that Fromal?«

»Er that noch mehr als alles dieß; wir sind nicht die einzi-

gen, zu deren Unterdrückung er seine Gewalt mißbrauchte.«–
»Komm! wir müssen ihn bessern oder strafen! – Er war mein Freund, sein Herz war gut, ich will ihn sprechen, er wird mich hören; schon einen meiner Freunde habe ich von dem Wege der Unterdrückung zurückgebracht, warum nicht auch diesen? – So bald Du in sein Gebiet wieder gehst, so nimm mich mit Dir! Er muß ein gerechter oder kein Befehlshaber seyn.«
»Wenn dieß möglich zu machen wäre, Freund! Ich habe schon über manchem Entwurfe gebrütet, wie man ihn bessern könnte, aber wer will sie ausführen?«
»*Ich*!« unterbrach ihn Belphegor hitzig.
»Einen schlafenden Löwen mag ich nicht wecken. Die Schuld einer Ungerechtigkeit, die er an uns begangen, liegt auf ihm. Ich werde, so bald ich meinen Anverwandten gewonnen habe, in sein Gebiet zurückkehren und dem Götzen opfern müssen, damit er mich nicht verschlingt: siehe! das ist das Grundgesez des Schwächern. Alles, was man thun kann, ist – Plane entwerfen; aber sie ausführen zu wollen, dafür bewahre der Himmel!«
»*Ich* will meinen ausführen«, sagte Belphegor, und seitdem war er unaufhörlich mit seiner Reise zu Fromaln und mit seiner Besserung beschäftigt, deren Anfang er so sehnlich wünschte und wovon er so gewiß einen glücklichen Erfolg hofte, daß er mit Ungeduld und oft mit Härte seinen Freund ermahnte, die Abreise zu beschleunigen.
Nachdem dieser seine Geschäfte abgethan, seinen Neffen, dem er ungekannt in alle lüderliche Häuser nachfolgte, wieder gewonnen und von seinen Ausschweifungen abgezogen hatte, so wurde die Fahrt angetreten, und Belphegor erhielt unter *der* Bedingung die Erlaubniß, der Reisegefährte seines Freundes und sein Hausgenosse zu werden, wenn er sein Projekt, den ungerechten Fromal zu bessern, aufgeben wollte, wenigstens sich es nicht befremden ließ, wenn er, so bald Ungelegenheit von seinem Verfahren zu besorgen stünde, sein

Haus und seine Freundschaft meiden müßte. Belphegor versprach alles, vergaß Akanten, seinen Freund Medardus, sein Haus und folgte allein dem Triebe seines warmen, Gerechtigkeit liebenden Herzens.

Sie erreichten die Insel *New Wight* glücklich; und Belphegors erste Bemühung war, seinen alten Freund zu besuchen. Er glaubte, daß seine Person seinem Vortrage ein großes Gewicht geben werde, und suchte sich darum so gleich zu entdecken, als er sich um den Zutritt zu ihm bewarb. Fromal empfieng ihn mit der lauen Höflichkeit eines Vornehmen, begegnete ihm freundlich, aber nicht freundschaftlich. Belphegor vermißte die ehemalige Wärme der Vertraulichkeit bald und gab sich alle Mühe, ihn zu befeuern: Er lenkte das Gespräch auf die Vorfallenheiten seines Befehlshaberamtes, und sein Freund wurde noch zurückhaltender. Er kam auf die Begebenheit des Mannes, der ihn mit sich gebracht hatte, ließ etliche hingeworfne Worte verrathen, daß er von der Sache wohl unterrichtet war und sie als eine Ungerechtigkeit verabscheute. Er erzählte ihm die Geschichte davon unter veränderten Namen und mit starken, lebhaften Ausdrücken der Mißbilligung. Fromal schien dabey zu empfinden: er machte die gewöhnlichen Geberden eines Menschen, der sich getroffen fühlt, und eben als Belphegor die Moral zu seiner Erzählung hinzusetzen wollte, brach er ab und entschuldigte sich mit dringenden Geschäften, daß er sich von ihm beurlaubte. Sein Gesezprediger war zwar mit dieser Entwickelung des Gesprächs nicht sonderlich zufrieden, doch hoffte er einen glücklichen Ausgang seines Vorhabens, weil sein Freund noch Gefühl hatte.

Er wiederholte seinen Besuch zum zweyten, zum dritten und mehrmalen; allemal wurde es mit der größten Höflichkeit beklagt, daß unaussezbare Geschäfte die Annehmung seines Zuspruchs nicht verstatteten, und wenn der gute Mann von der Vortreflichkeit seines Unternehmens nicht zu sehr geblendet gewesen wäre, so hätte er leicht darauf verfallen können, daß man jemanden oft abweist, um ihn nicht wieder zu sehn. Allein eine so ruhige Bemerkung verstattete ihm die Hitze, womit er seinen Zweck verfolgte, nicht zu machen; er ließ sich getrost abweisen und setzte getrost seine Anfragen fort. Endlich merkte er wohl, daß er mehr Schwierigkeiten bey Fromals Bekehrung fand als bey dem ehrlichen, treuherzigen Medardus und begriff den Bewegungsgrund, der den Befehlshaber gegen eine Unterredung mit ihm abgeneigt machte. Seinen Plan aufzugeben, was für ihn der Tod; er entschloß sich kurz und nahm seine Zuflucht zur Feder. Er schrieb ihm die lebhafteste, angreifendste Vorhaltung seiner Ungerechtigkeiten, bat, beschwor, drohte in schauernden Ausdrücken und verlangte nichts als eine Wiedererstattung aller begangnen Bedrückungen. »Gieb«, schloß er, »gieb den Bedrückten, die Du vor Räubereyen schützen solltest und selbst beraubt hast, gieb ihnen alles wieder, sey künftig gerecht, billig, menschenfreundlich! – und Du bist wieder mein Freund; wo nicht, so soll Dich meine Nachkommenschaft bis in Ewigkeit verfluchen und jeder Tropfen meines Blutes, so lange er noch in einer Ader fließt, um Rache wider Dich schreyen.«

Der Brief that seine Wirkung. Belphegor hatte sehr sorgfältig verhelt, daß er der Urheber von ihm war, und Fromal, der dieß nicht vermuthete, hatte bereits zu viel gelesen, um wieder aufhören zu können, als er den Verfasser desselben errieth. Er las ihn unruhig und zitternd durch, mußte es noch einmal thun und wurde in ein tiefes Nachdenken versenkt, las ihn wieder und sann, konnte nicht essen und nicht schlafen. Die schauerhaften Beschwörungen seines Freundes schlichen unaufhörlich, wie Gespenster, vor seiner Seele vorüber: er wünschte, sich bey dem Manne rechtfertigen zu können, der einen solchen Aufruhr in ihm gemacht hatte, und doch schämte er sich, ihm in die Augen zu sehn. In dieser unruhigen Unentschlossenheit ließ er zween Tage verstreichen, und Belphegor seufzte und trauerte schon, daß ihm sein Zweck so *ganz* fehl gegangen und sein Freund so verhärtet sey. Mitten in seiner Unzufriedenheit darüber bekam er die Nachricht, daß der Befehlshaber ihn zu sprechen verlange: er gieng nicht, er flog. Ob sich gleich eben so leicht vermuthen ließ, daß seine Vorstellung beleidigt habe und daß man ihn nur rufen laße, um ihn den Unwillen über seine Besserungssucht zu empfinden zu geben, so war doch bey allen schmähenden Deklamationen, die ihm eine gegenwärtige Mishandlung wider den Menschen auspreßte, noch zu viel Rest guter Meynung von der menschlichen Natur aus den ersten Jahren der Einbildungskraft bey ihm übrig, als daß er insbesondre seinen ehmaligen Freund einer gänzlichen Verhärtung fähig halten sollte.

Seine gute Erwartung wurde zum Theil erfüllt: Fromal dankte ihm für die wohlmeynende Absicht seines Briefs und verbarg ihm keine von den Regungen, die er in ihm erweckt hatte; er erkannte sich aller Vorwürfe werth, die ihm darinne gemacht wurden, hatte aber auch für jede eine schöne Entschuldigung in Bereitschaft und bat Belphegorn, sein Freund wieder wie vormals zu seyn, welches gewissermaßen ein stillschweigender Vertrag seyn sollte, ihn ins künftige mit solchen Unruhen zu verschonen. – So legte es auch Belphegor aus und sprach daher mit dem ganzen Ernste eines Bekehrers: »Nicht Eine Minute kann ich Dein Freund seyn, so lange Deine Reue nicht wirksamer ist: nicht bloß vergessen, sondern wieder gut machen mußt Du Deine Ungerechtigkeiten, nicht bloß unterlaßen, sondern besser handeln.« – Fromal wiederholte die Versichrung seiner Reue nochmals und glaubte damit wegzukommen, allein Belphegor wich auch nicht Einen Punkt von seinen Foderungen ab und gieng in dem Feuer der Unternehmung so weit, daß er von ihm, wie ehmals vom Medardus, verlangte, seine Befehlshaberstelle aufzugeben, um sich vor neuen Mißbräuchen zu hüten. Die Anfoderung war übertrieben und verdarb darum die Hälfte der gemachten guten Wirkung: Fromals Eigenliebe fühlte etwas zu widriges dabey, um ihm nicht ein Vorurtheil wider den Mann einzuflößen, der sie thun konnte. Aus dieser Ursache brach er kurz darauf abermals das Gespräch ab, ohne weiter einen Anspruch auf Belphegors Freundschaft zu machen, der ihn ungern verließ, weil er von dieser Unterredung den entscheidenden Ausschlag gehoft hatte.

Indessen blieb doch Fromaln, so schwer es ihm fiel, sich mit seiner Eigenliebe ganz zu entzweyen, ein Stachel zurück, der ihn von Zeit zu Zeit an Belphegors Vorhaltungen erinnerte: er liebte ihn wegen seines Eifers für seine Besserung, er wollte ihn gern oft sehen, und gleichwohl fürchtete er eben diesen Eifer zu sehr, um ihn oft sehen zu können. Endlich schlug seine Eigenliebe einen Mittelweg ein: er bemühte sich, ihn durch Liebkosungen, Geschenke und Ehrenbezeugungen zu gewinnen oder seine ernste Beredsamkeit einzuschläfern; er zerstreute ihn durch verschiedene Vergnügungen; er kützelte ihn durch Wohlleben und dachte seine ernste Tugend im Weine zu ersäufen. Zur Hälfte gelangs ihm; aber mitten unter Ergötzlichkeiten mußte er sichs oft gefallen lassen, einen verwundenden Stich zu empfangen. Doch muß man es zu Fromals Ehre rühmen, daß er oft selbst den Faden zu ernsten Betrachtungen anspann und mit seiner vorigen Stärke und Lebhaftigkeit über Welt und Menschen philosophirte. Er berührte so gar oft seine eignen Vergehungen, tadelte und entschuldigte sie. Belphegor ließ keine Gelegenheit vorübergehn, die Wiedererstattung für alle zu verlangen, die Fromals Unterdrückung gefühlt hatten. Um sich auch diese beschwerliche Anfoderung zu ersparen, bot er Belphegorn das Stück Land zum Geschenke an, das er seinem Hausherrn durch Bedrückungen abgenöthigt hatte. Belphegor weigerte sich, und seine Gerechtigkeitsliebe stellte ihm den Besitz dieses Geschenkes als einen zweyten Diebstahl an. Doch Fromal, der den Menschen kannte, machte ihn durch häufige Zunöthigungen, durch die Vortheile und Annehmlichkeiten, die er ihm dabey versprach, mit der Idee davon so vertraut, daß er wirklich nach langem Weigern das Geschenk annahm, ohne es weiter für einen Diebstahl zu halten. Der Genuß mannichfaltiger Vergnügungen bey dieser Besitzung und die Erkenntlichkeit dafür minderten allmählich den Unwillen wider Fromals begangne Ungerechtigkeiten, und bald wurde nur davon gesprochen, um darüber zu spekuliren. So war nach vielfältigen, meistens selbsterregten Leiden Belphegor in Ruhe, besaß ein kleines Landgütchen mit einer für ihn bequemen Wohnung, mit schattichten Bäumen, um darunter philosophisch zu träumen, über sein Leben nachzudenken, die Welt nach Maaßgebung seiner Laune zu schimpfen oder zu bewundern – mit einem Gärtchen, um darinne, wie die Patriarchen, zu graben, zu säen, zu pflanzen – mit einem Felde, um darauf seinen Unterhalt von etlichen Negern erbauen zu lassen, die ihm Fromal dazu geschenkt hatte. Itzt, da er selbst die Nützlichkeit dieser Schwarzen genoß, verschwand das Düstre in der Vorstellung von ihrem Zustande ganz: ob er sie gleich als Menschenfreund beklagte und behandelte, so schienen sie ihm doch nicht mehr so unglücklich wie ehmals, und die Idee von einem Sklaven, von dem Verkaufe desselben, diese sonst für ihn so aufbringende Idee, familiarisirte sich so sehr mit ihm, daß sie ihm gleichgültig wurde. Er lebte in der glücklichsten Einsamkeit, in der beneidenswürdigsten Ruhe; was ihm mangelte, ersetzte ihm sein Freund, und beide waren itzt wieder mit ganzer Seele einig und vertraut.

Belphegors Glückseligkeit weckte bald in Fromaln ein Verlangen nach einer ähnlichen Ruhe auf, welches die Ermüdung von Geschäften verstärkte, besonders da er von Natur eine starke Neigung zur Spekulation hatte, die itzt durch Belphegors Beispiel wieder aufgelebt war.

Lange blieb sein Verlangen ein bloßer Wunsch, und Belphegors Auffoderung vermochte nicht, ihn zu einem Entschlusse zu bringen, zu welchem ihm eine widrige Begebenheit zwang. Schon lange hatte einer von seinen Unterbedienten, vermuthlich von Neid und Eifersucht angetrieben, heimlich eine Partie wider ihn gemacht, die itzt zu seinem Schaden ausbrach. Man wollte ihn durch Verdrießlichkeiten abmatten und nöthigen, die Befehlshaberstelle niederzulegen, zu deren Erlangung sein Nebenbuhler schon die nöthigen Veranstaltungen getroffen hatte. Er sah ein, worauf es angefangen war, und um einem gewaltsamen Sturze zu entgehen, stieg er selbst von seiner Würde herunter und vergrub sich mit seinem Freunde Belphegor in der Einsamkeit. Da er aber die Schikane und Beunruhigung des neuen Befehlshabers fürchtete, so verließ er mit Belphegorn die Insel und kaufte sich eine mäßige Besitzung in Virginien, die er auf den Rath seines Freundes in drey gleiche Theile zerschnitt, um sie so mit seinen zween Freunden zu besitzen; denn man hatte sich schon Mühe gegeben, Akanten und den guten Medardus gleichfalls zu der Gesellschaft zu ziehn. Die Nachfragen blieben lange fruchtlos; man schrieb und schrieb und erfuhr nichts, bis endlich, da sie bereits verzweifelten, sie wiederzufinden, Fromal die Nachricht erhielt, daß sie einer seiner Bekannten auf seinem Schiffe zu ihnen führe. Die Nachricht wurde bald durch ihre Ankunft bestätigt, und die glücklichste Stunde vereinigte drey Freunde wieder, die Schicksal und Leidenschaften oft von einander getrennt hatten, um hier in stiller Ruhe dem Tode langsam entgegenzuwandeln.

Akante erschien nicht; sie hatte kurz vor der Abreise eine verliebte Kuppeley unternommen, und da der Mann, dessen Frau sie durch ihre Bemühungen zur Untreue verleiten wollte, die Sache sehr übel nahm, so rächte er sich mit einem guten Schlage an ihr, der so übel abgepaßt war, daß sie nach langen Schmerzen verschied. Aus alter Liebe und weil er ihre schlimme Seite nicht genug kannte, betrauerte sie Belphegor und beklagte ihren Tod als einen Verlust für sich. Allein Medardus unterbrach sein Klagelied und rieth ihn, nicht Einen Seufzer an ein schändliches Weib zu verschwenden, das nicht verdient hätte, Athem zu holen. »Brüderchen«, sprach er, »sie hätte die Minute nach ihrer Geburt einen so gesunden Schlag auf den Hirnschädel bekommen sollen, so wären viele Menschen weniger unglücklich und Du nicht betrogen worden. Sie war eine Falsche, die listig die Grundsätze und Neigungen desienigen annahm, dessen Hülfe sie eben brauchte: in einer Minute war sie zärtlich, feurig verliebt und bis zur Uebertreibung einschmeichelnd, die folgende Minute, wenn es ihr Vortheil verlangte, kalt, verachtend stolz und warf vielleicht einen Liebhaber zum Hause hinaus, in dessen Umarmung sie kurz vorher den Himmel zu fühlen vorgab.«

Belphegor seufzte. –

»Sie trieb«, fuhr Medardus in seiner Parentation fort, »zuletzt die schändlichste Kuppeley und war so geschickt, Dir ihr abscheuliches Gewerbe zu verbergen. In Einem Hause unter Einem Dache mit ihr wußtest Du am wenigsten davon, und oft, wenn Du in Deiner Stube spekulirtest, wurden vielleicht unter oder neben Dir der Wohllust die schändlichsten Opfer gebracht. Sie hat mich, sie hat Dich hintergangen durch Lügen und durch That. Wie führte Dich nur das liebe Schicksal wieder zu ihr?«

Belphegor ertheilte ihm darüber die gehörige Nachricht, und am Ende seiner Erzählung rief Medardus aus: »Da sieht man doch, daß die Vorsicht noch lebt! Betrügerey und Laster finden am Ende allezeit solchen Lohn.«

»Aber«, unterbrach ihn Belphegor, »ist das Vorsehung, ein Geschöpf, das tausend andre unglücklich gemacht hat, mit einer Keule vor den Kopf schlagen zu lassen? Wenn heute, wenn morgen einen unter uns ein herabfallender Stein quetscht oder die Keule eines Räubers verwundet, daß wir unter langen Schmerzen sterben müssen, so sind wir Akanten gleich. Was ist aber bey uns die Absicht der Vorsehung? – Ist es Strafe? – warum soll *ich* oder *Du*, die wir nicht zur Hälfte so viel Böses begangen haben, warum sollen *wir* mit jener ungleich größern Verbrecherin gleich gestraft seyn? und das ist eine üble Gerechtigkeit, wo alle Vergehungen auf gleichen Fuß behandelt werden: wenn wenig oder viel mit Einem Grade von Bestrafung wegkömmt, so hätte ich Lust, lieber *viel* zu begehen. – Ist es in unserm Falle keine Strafe? – desto schlimmer! warum trift den Unstrafbaren mit dem Strafbaren ein Gleiches? Woher weiß *ich* das, daß Einerley Begebenheit in einem Falle es ist, im andern nicht? und wie kann ich aus Akantens Vorfalle schliessen, daß eine Vorsicht *mit Absicht* ihr dieses Schicksal wiederfahren ließ?«

»Brüderchen, Du disputirst mir nichts aus dem Kopfe. Vielleicht würden wir von einem Steine erschlagen, um großen Lastern und Unglückseligkeiten zu entgehn. Wer weiß! wozu es gut ist?«

»Elende Ausflucht! Warum wurde denn Akante, die dadurch von ungeheuren Lastern und vielem Unglücke hätte bewahrt werden können, wie man nun deutlich sieht, nicht im sechsten oder siebenten Jahre erschlagen? und warum geschah dieß so vielen, deren wohlgeführtes Leben es nicht vermuthen ließ, daß ihnen durch ihren Tod große Laster erspart wurden? Sollten *wir* Akantens Geschick erfahren, um großem Unglücke zu entgehn? – Wahrscheinlich keinem größern, als wir schon erduldet haben! – Nach Deiner Philosophie, Freund, wäre es der höchste Grad der Vorsehung, alle Kinder unmittelbar nach der Geburt vor den Kopf schlagen zu lassen.«

»Aber, Brüderchen, wenn viele, die es nicht verdienten, eben so gestorben sind, so ist ja das nichts sonderbares: es braucht nicht Strafe zu seyn; sie mußten einmal sterben, so galt es ja gleich, ob ihnen eine Krankheit die Kehle zudrückte oder ein Stein den Kopf zerquetschte.«

»Alles gut, Freund! Aber woher weißt du, daß dieß bey Akanten nicht eben derselbe Fall war? Woher weißt Du, daß Eine Begebenheit in zween Fällen zwo verschiedene Absichten hatte? – Das kannst Du nicht beweisen; Du kannst gar nicht beweisen, daß eine Absicht dabey war, Du kannst –«

»Freund«, unterbrach ihn Fromal, »darf ich auch meine Meynung sagen? – Ich erblicke in den Begebenheiten der Erde und jedes einzelnen Menschen einen Zusammenhang, der sie so zusammenkettet, daß eine wirkt und die andre gewirkt wird, um wieder zu wirken. Dieß ist das einzige, was ich *mit Gewisheit* sehe, und wenn ich daran zweifeln wollte, so würde ein Stein, der auf meinen Kopf fällt, mich lebhaft davon überzeugen: es ist eine Bemerkung, die eine leichte Aufmerksamkeit macht, und sie hat, deucht mich, die nämliche Evidenz, die das Zeugniß unsrer Sinnen giebt. Dieser bemerkte Zusammenhang soll einen Namen bekommen: richte ich meinen Blick bloß auf die *Nothwendigkeit* und Unwiderstehlichkeit dieses Zusammenhangs, daß ein Glied in der langen Kette der Begebenheiten genau an das andre schließt, daß ich keins herausnehmen kann, ohne die Ordnung und Folge des Ganzen zu ändern und also eine andre Kette zu machen, daß durch lange Vorbereitungen eine günstige und widrige Begebenheit, der Sturz vom Pferde und der Gewinnst eines großen Looses seit dem Anbeginne der Dinge schon gewiß war und izt, wenn sie geschieht, unvermeidlich ist, so nennen wir den Zusammenhang der Dinge, von *dieser* Seite betrachtet – *Schicksal, Fatum.* Betrachten wir ihn aber auf einer andern, in so fern eine jede Wirkung die abgezielte Absicht von dem Urheber der Dinge bey der Anordnung aller vorhergehenden Ursachen seyn *konnte,* so nennen wir es *Vorsehung.* In beiden Fällen bleibt der Zusammenhang derselbe, gleich nothwendig und unausweichbar, nur der *Name* und die *Vorstellungsart* wird geändert. In dem ersten Gesichtspunkte ist die Welt ein von dem Urheber der Welt veranstaltetes Spiel der natürlichen Kräfte: er warf Schwerkraft, Centralkraft, elektrische, magnetische und andre Kräfte der Körperwelt zusammen, er warf denkende und wollende Vermögen, Neigungen und Leidenschaften in die Geister und gab einer jeden Kraft eine bestimmte Regel für ihre Wirkungen. Das Spiel begann: Ideen, Neigungen, Leidenschaften kämpften unter einander, Körper stritten mit Körpern; die Maschine der Welt ist ein perpetuum mobile, wo Stoß auf Stoß, Wirkung auf Wirkung unausbleiblich folgen, der Gerechte und Ungerechte von einem Steine zerquetscht wird, wenn er gerade vorübergeht, indem ihn seine Schwerkraft zur Erde herabzieht, wo der Böse und Gute von der Kanonenkugel weggerissen wird, wenn sie ihn auf ihrem Wege antrift – kurz, wo aus dem verwirrten, streitenden Haufen der Weltkräfte eine Wirkung nach der andern hervorsteigt und jede der ihr angewiesnen Regel allein folgt. – Im zweyten Gesichtspunkte ist die Welt eine künstlich ausgesonnene Maschine, wo Rad in Rad greift, der Gang und die Wirkung eines jeden nach einem Risse ausgerechnet und bestimmt ist, es sey nun, daß der Künstler durch unsichtbare Federn unaufhörlich bey jedem Rädchen mitwirkt oder daß er nur einige dieses Einflusses würdigt oder daß sein Werk nach seiner ersten bestimmten Anlage ohne fernere Beyhülfe seinen angewiesnen Gang *vor sich* fortgeht. Da nun jede Wirkung auf die vorhergehende Ursache so gut paßt, daß diese um jener willen dazuseyn scheint, so stellen wir uns vor, daß der Stein *darum* einem Menschen auf den Kopf fällt, weil er getödtet werden soll: die Einbildungskraft hat hierbey Raum die Menge zu ihrem Spiel; wenn der Stein einen Menschen trift, den wir nach unserm Urtheile für böse halten, so nennen wir es Strafe; trift er einen guten, so nennen wir es Schickung oder wie es uns sonst beliebt. Aber allzeit ist es blos *unsre* Erfindung, *unsre* Vorstellung, die wir nie zu einiger Evidenz erheben können. – Jeder Mensch wird durch Erziehung, Unterricht, natürliche Anlagen und Neigungen zu einer von diesen Vorstellungsarten hingerissen und gleichsam so gestellt, daß er den Zusammenhang der Welt in einem von jenen Gesichtspunkten sieht. Dich, Freund Medardus, leiteten die Umstände auf das System der Vorsehung, mich auf das andre. Wir wollen nicht über *Namen* und *Vorstellungsarten streiten:* darinne kommen wir alle überein, und dieß sehen wir alle so evident, als unsre Augen uns von dem Daseyn einer Sonne überzeugen, daß ein festgeketteter, nothwendiger, unwidertreiblicher Zusammenhang in den Be-

gebenheiten der Erde und jedes Bewohners derselben vorhanden ist. Wer dieß läugnet, spielt mit Worten. Wer sich eine von den beiden Vorstellungsarten dieses Zusammenhangs wählt, wähle diejenige, die ihm nach seiner Lage Thätigkeit zur Handlung und Beruhigung in der Widerwärtigkeit mittheilt; und er hat wohl gewählt. Aber wessen Gewalt ist es überlassen, eine solche Wahl zu treffen? Allmählich erzeugt sich aus seinen Kenntnissen, Schicksalen und Beobachtungen darüber ein gewisser lichter Schimmer der größern Wahrscheinlichkeit, der eine von jenen Meinungen in seinem Kopfe hervorstechender macht; und ich kann mir vorstellen, daß dieser Mann bey dem Fatum eben so viele Beruhigung findet als ein andrer bey der Vorsehung.«
Medard.: »Unmöglich, Brüderchen! Das trockne, leere, geistlose Fatum verglichen mit einer lebenden, thätigen, wirksamen Vorsehung – welch ein Unterschied!«
From.: »Ja, Freund, für die Einbildungskraft! die freylich ein freyeres Feld für sich findet, wenn sie den Zusammenhang der Dinge personificiren und ihn mit allen Eigenschaften eines sorgsamen Vaters ausputzen kann. Ich tadle dieß nicht: da die meisten Menschen *blos* durch Einbildungskraft und Empfindung geleitet werden, so muß das System der Vorsehung für sie ein unendlich wohlthätiges und vorzügliches System und die Menschen desto glücklicher seyn, je ausgebreiteter es wird. Und doch besizt es nur der kleinste Theil der Menschheit.«
Medard.: »Ganz Europa besizt es ja.«
From.: »Dem Namen nach! Der größte Haufen, Gelehrte und Ungelehrte, möchte ich behaupten, hat im Munde und in der Imagination die Vorsehung und im Verstande das Fatum. Prüfe sie, und du wirst finden, daß die Vorsehung der meisten ein personificirtes, mit etlichen glänzenden Eigenschaften der Vorsehung ausgeschmücktes Fatum ist. Von Europa fällt also ein großer Theil wahre Anhänger dieses Systems hinweg; und welche Menge in den übrigen Welttheilen, die ins-

gesammt bey der ersten einzig *gewissen, evidenten* Beobachtung stehen geblieben sind, dem Grunde, von welchem alle unsre Erklärungen und Vorstellungsarten entstanden sind und in welchen sie sich alle auflösen lassen, nämlich: daß ein festgeketteter, unwidertreiblicher Zusammenhang in den Begebenheiten der Welt ist. Frage den Neger, den Indianer, den Kalmucken! und wenn er seine dunkle Empfindung hiervon auszudrücken weis, so wird er dir diese Idee geben; und doch, obgleich das Fatum der herrschende Glaube von mehr als der halben Menschheit ist, streitet der Türke mit der Kühnheit eines Löwen, und jedermann glaubt, er habe seinen Muth seinem Glauben an das unausweichbare Schicksal zu verdanken. Das System der Vorsehung scheint mehr die Stärke zum Dulden als zum Handeln zu geben; und, Freund, du wirst herrlichen Trost von ihm empfangen haben?«

Medard.: »Herrlichen Trost? ›Wer weis, wozu mir das gut ist?‹ – so dachte ich bey dem fürchterlichsten Sturme des Unglücks, und ich konnte getrost hindurch gehn.«

Belph.: »Glückliche Illusion! Wie wohl wäre mir gewesen, wenn sie mein Unmuth nicht aus meiner Seele getrieben hätte. Aber mein Unglück war zu ungestüm; eine eiserne Seele hätte es kaum tragen können. Und wenn ich gleich alle Fittige meiner Einbildungskraft ausgespannt hätte, um mich zu überreden, daß alles zu etwas gut sey, wie hätte ichs vermocht? – Wozu konnte es gut seyn, daß die Natur die Menschen so anlegte, daß sie in dem allgemeinen Handgemenge auch *meinen* Scheitel so oft verwundeten? Wozu konnte das gut seyn?«

Fromal fiel ihm ins Wort: »Du hast erfahren, Belphegor, daß die Menschen nicht das sind, wofür wir sie uns in dem ersten Rausche der Jugend ausgaben: keine friedlichen Geschöpfe, die vom Verlangen, wohl zu tun, glühn, die in Ruhe und Eintracht neben einander leben, sich über ihr wechselseitiges Glück freuen und heiter, froh, zufrieden den muntern Tanz des Lebens dahinhüpfen. Du hast sie gefunden, wie ich dir verkündigte – eine Heerde Raubthiere, die Eigennutz, Herrschsucht, Neid ewig zusammenhetzet, die sich in Truppe versammelten, um einander desto wirksamer befeinden zu können, durch ihre natürlichen Anlagen, durch die Oekonomie ihres Wesens zum immerwährenden Kriege bestimmt, den sie beständig in roher, grausamer oder minder grausamer oder verkleideter Gestalt fortsetzen, blutig oder unblutig, so wie Gesetze, Sitten und Verhältnisse es ihnen erlauben; eine Heerde Raubthiere, wo eins über das andre will, eins das andre zu unterdrücken sucht und wo die meisten auch in einer beständigen, verjährten Unterdrückung gehalten werden – denn übersiehe die ganze Fläche der Erde, ob nicht blos kleine Flecken von der Sonne der Freiheit mit schwächerm oder stärkerm Schimmer erhellt werden, indessen daß große, weite Ebnen von der tiefsten Finsterniß der Sklaverey überdeckt sind, wo jedes muthige Wort auf der Zunge stirbt, wo der Geist der Freundschaft nie athmet und jeder mit rückhaltender Kälte den andern in langer Entfernung von sich hält, wo der Elende nicht einmal das Eigenthum seines Lebens besitzt. Uebersieh alle Zeiten, und sie werden Dir das nämliche Trauerspiel der Unterdrückung vorstellen; übersiehe Dein eignes Leben, Freund, und hast Du nicht allenthalben, wenige gute, edlere Seelen ausgenommen, die Menschen *im einzelnen* und *im Ganzen* mit meiner Schilderung passend gefunden?«

Belph.: »Ja, leider! sind mir Lähmungen, Narben, Beulen unverwerfliche Zeugen davon!«

From.: »Wovon Du Dir aber den größten Theil erspart hättest, wenn Du der Partie jenes londner Jungen gefolgt wärest, dessen Beispiel für mich die goldne Regel meines Verhaltens jederzeit gewesen ist. Ein Haufen größerer Buben, in deren Mitte er stund, geriethen in Zank: das Handgemenge wurde allgemein, man schlug sich blutrünstig, man riß sich Haare aus, nur mein Knabe bückte sich und kroch mit besondrer Geschicklichkeit durch die erhobnen Arme der Streiter hindurch und kam allein unversehrt aus dem Kampfe. Laß den

Menschen die wilde Lust ihres Kampfjagens, laß sie sich balgen und raufen, mit dem Degen, mit der Feder, mit Verläumdungen, mit den Nägeln! schleiche dich durch sie hindurch und laß dich nie gelüsten, ihnen zu sagen, daß sie Narren sind, noch vielweniger, sie gescheidter machen zu wollen! Die Maschine kann nichts mehr oder weniger und nichts anders thun, als wohin sie der Stoß der auf sie wirkenden Räder treibt, und wer sie aus ihrer Richtung herauslenken will, muß Kräfte genug zum Wiederstande haben, oder er bekömmt Stöße, wovon ihn vielleicht der erste schon zu Boden wirft. – Entdeckte ich Dir nicht diese Erfahrung, Freund? Und warum folgtest Du ihr nicht?«

Belph.: »Folge einer kalten Erfahrung, wenn dein Herz in lichten Flammen lodert und die Gluth Dich ersticken oder den Busen zersprengen will! Folge ihr, wenn Du keinen Schritt thun kanst, ohne daß Dich nicht tausend Gegenstände umgeben, die Dich durch ihre Narrheit oder Schändlichkeit zum Unwillen reizen, wenn du bessern oder nicht sehen, kein Mensch seyn, kein Gefühl von Recht und Unrecht, vom Guten und Bösen haben mußt!«

From.: »Alles dieß besitze für *Dich*, zu *Deinem* Gebrauche, um Dich in Deinem eignen Verhalten davon leiten zu lassen, und danke der Natur und dem Schicksale, daß sie sich beide vereinigten, Dich zum warmen, gefühlvollen, denkenden Manne, zum Kenner und Verehrer des Guten und Rechtschafnen zu machen! daß sie unter Deinen übrigen Mitgeschöpfen nur wenigen diese Wohlthat erzeigten, ist das *Dein* Werk? oder kannst *Du* das ändern? Es ist im Laster und in der Thorheit eine gewisse *Fatalität* – hier in Virginien zwischen zween Freunden kann ich dieß sagen –, die Erfahrung lehrt es, man folgre daraus, so viel schädliches man wolle: was kann *ich* dafür, daß die Erfahrung mich eine Wahrheit lehrt, die aus schädlichen Folgen beschwängert ist? – Mein eignes Beispiel lehrte mich sie. Ich habe zwo Hauptvergehen in meinem Leben begangen: ich habe Dich, Belphegor, meinen Freund, hintergangen und bin ein Unterdrücker geworden. *Ich* war es – ich gestehe dieß, Freund –, *ich* war es, der Akanten antrieb, Dich aus ihrer Liebe und ihrem Gesichte, obgleich nicht mit der gebrauchten Härte, zu verbannen; allein die Liebe riß mich hin, sie überwältigte meine Freundschaft für Dich so ganz, daß ich Dich unmöglich ohne Neid in ihren Umarmungen die süßeste Wohllust genießen sehen konnte. Die Freundschaft kämpfte wider die Eifersucht, und ich war blos ihr Tummelplatz: ich konnte nichts wollen und nichts beschließen; die Leidenschaft siegte, ich verdrängte Dich und wurde ein Falscher, um mir die Scham vor Deinen Vorwürfen zu ersparen, hintergieng Dich zweimal mit Lügen. Doch Akantens Treulosigkeit strafte mich dafür. – Freund, vergiebst Du mir einen Fehltritt, zu welchem mich alles hinriß? Ich war meiner nicht mächtig, ich *mußte* ihn thun, in *meiner* Lage war er unvermeidlich, nothwendig.«

Belph.: »Meine Freundschaft vergab Dir ihn, ehe Du ihn thatest. Umarme mich! Verzeihung geben und empfangen ist die Geschichte des Menschen. Jeder dieser Fehltritte ist mir begreiflich; allein wie Du, ein so entschloßner Feind aller Unterdrückung, verleitet werden konntest, Handlungen zu begehn, die Du jederzeit verabscheutest, das, das ist mir unerklärbar.«

From.: »Nicht unerklärbarer, als da Du über den Tod eines einzigen Schwarzen einen Krieg mit mir, Deinem Freunde, anfangen konntest –«

Medard.: »Oder da ich eine Mauer um Niemeamaye ziehen und allen Einwohnern ihr Gold abnehmen ließ. Siehst Du, Brüderchen? dazu wird man Dir durch die Gelegenheit so hingerissen, daß man hinter drein sich nicht einmal erzählen kann, wie es zugieng.«

From.: »Als Sklave verkauft, kam ich unter den weißen Knechten nach Amerika, in die Pflanzung eines Tyrannen, der uns das Joch seiner Gewalt bis zur Uebertreibung fühlen ließ. Ich wurde durch eine solche Behandlung gewissermaßen wild und grausam gemacht: ich faßte oft den Entschluß, den Mann umzubringen oder selbst zu sterben und ein qualvolles Leben zu endigen. Während daß ich unentschlossen mit diesem Gedanken umgieng, entstund ein Aufruhr auf der Insel: man hatte sich allgemein zu dem Untergange des Befehlshabers verschworen, dessen Bedrückungen und Kränkungen alles Rechts schon längst unerträglich geworden waren. Man stürmte sein Haus, man nahm ihn gefangen, man steinigte ihn, und er wurde im Getümmel erdrückt. Diesen Tumult nüzten einige Banden weiße Knechte, setzten sich in Freiheit, erschlugen ihre Herren, und unter diesen Streitern der Freiheit war auch ich. Da das Volk sich selbst einen Befehlshaber wählen wollte und doch in zwo Parteien getheilt war, so stellte ich mich mit meiner Bande an die Spitze der mächtigern, half ihr siegen, und ihre Wahl, weil sie keinem unter sich einen so wichtigen Vorzug gönnten, fiel auf mich: ich wurde ihr Befehlshaber und blieb es so lange, bis mich die Kabalen eines Nichtswürdigen befürchten ließen, daß ich, da mir die Bestätigung des Hofs fehlte, zulezt unterliegen würde. Mein Sklavenstand und die rohe Behandlung darinne hatten mir einen Theil meiner Menschlichkeit genommen: drücken und bedrückt werden, hatte sich mit mir so familiarisirt, daß es mir nicht mehr wie sonst einen Schauer abnöthigte, sondern ich konnte es mit kältern Blute sehen und denken, weil es mein täglicher Anblick und mein tägliches Gefühl gewesen war. Ich kam mit dieser verminderten Menschlichkeit in meine Würde, erhielt einen weitern und freyern Wirkungsplatz, mehr Gegenstände der Begierden und mehr Gewalt, meine Begierden wuchsen, wuchsen über meine Kräfte hinweg und – Freunde, soll ichs euch weiter erzählen? Meine Geschichte ist die Geschichte aller Menschen. Ich wurde die Marionette meines Eigennutzes und meiner Eigenliebe; und Belphegor, Du weißt es, wie sehr ich unter ihrem Befehle stund, als Du mir Deine freundschaftliche Hülfe zur Besserung anbotest. Wegen dieses einzigen glücklichen Erfolgs laß Dich alle Wunden und Beulen nicht gereuen, die Dir Dein zu feuriger Eifer für Recht und Gerechtigkeit geschlagen hat. Du hast mich zum Menschen wieder umgeschaffen, Dir bin ich mehr als mein Leben – meine Rückkehr zur Vernünftigkeit schuldig. Freunde! laßt uns unsre Erfahrung nicht umsonst mit dem Verluste unsrer Tugend eingesammelt haben! Wir haben bewiesen, daß man nie gut genug seyn kann, um es beständig und in allen Vorfallenheiten zu seyn, daß der Sauerteig des Neides und der Herrschsucht in jedem Herze liegt und bey stärkrer oder schwächrer Veranlassung die ganze Masse unsrer Begierden durchsäuert, daß Freundschaft, Rechtschaffenheit und selbst die Religion zu schwach ist, seiner beißenden Schärfe zu wiederstehen. Wir wollen es nicht ohne unsern Nutzen bewiesen haben. Hier auf diesem Flecke laßt uns in froher Einsamkeit und ruhiger Eintracht den Rest unsrer Tage hinleben und unsern Begierden jeden Sporn, jeden Reiz benehmen, die sie aufwiegeln könnten, diese schöne Ruhe zu stören. Wir wollen diesen Flecken Erde, der unser Eigenthum geworden ist, zu gleichen Theilen besitzen; unsre Bedürfnisse können nicht über unser thierisches Selbst hinausreichen, und sie werden uns nicht entzweyen, so lange uns nicht gänzlicher Mangel um Leben und Nahrung kämpfen läßt. Wir wollen uns von unserm Geschlechte trennen, damit nicht ein neidischer Anfall von ihnen unsre Glückseligkeit unterbricht. So sind wir von innen und von außen verschanzt und machen für uns allein eine Welt aus – eine Welt, wie wir sie in den ersten Jahren unsers Lebens träumten, Belphegor – eine Gesellschaft, die Freundschaft, Liebe, Sympathie des Kopfs und des Herzens zusammenknüpft, die so arm ist, daß keine neidische, habsüchtige Begierden sie zu trennen vermögen, und so reich, daß sie außer sich selbst nichts weiter bedürfen.«

Alle billigten den schönen Plan, und Belphegor fiel seinen beiden Freunden vor Entzücken um den Hals, segnete und preiste sie, daß sie ihm das goldne Alter seiner Jugend wieder zurückführten. »So werden wir«, sezte er hinzu, »die einzigen Glücklichen auf der Erde seyn, die im Himmel sind, während daß alles außer unsrer Gesellschaft im Aufruhr der Leidenschaften herumgetrieben –«

»Ja«, unterbrach ihn Fromal, »wir können es seyn, so lange nicht die Menschen uns unsre Freude misgönnen. Du weißt, Belphegor, in dem Rausche unsrer frühen Jahre schufen wir uns ein Ideal von Glückseligkeit, womit wir aus Mangel an Erfahrung die Wohnung des Menschen ausschmückten: ich suchte sie, als ich in die Welt trat, allenthalben und erblickte sie nirgends. Je mehr ich von der Erde kennen lernte, je mehr mußte sich meine Vorstellung von der menschlichen Glückseligkeit verengern, und zuletzt schrumpfte sie gar bis auf das magre Etwas zusammen – Abwesenheit wirklicher Leiden; wer diese errungen hat, der ist *menschlich glücklich.* Die Freuden des Lebens sind dünne wie die Frucht eines sandigten Ackers, verstreut: es gehört zu beiden gute Oekonomie. Freiheit, dieses hauptsächlichste Ingredienz einer *positiven* Glückseligkeit, wie wenige genießen sie! Die meisten müssen sich mit dem Schatten und dem Worte begnügen. Macht die Rechnung und ziehet die Summe, und unter allen Völkern der drey Welttheile unsrer Halbkugel werdet ihr nicht bey dem zehntausendsten Theile die Illusion der Freiheit finden. Der nackte Wilde kämpft mit Hunger, Durst, Kälte und Regen; der polizierte Europäer mit tausendfachem künstlichen Mangel, mit Arbeit, mit dem Eigennutze, der unterdrückenden Gewalt und Millionen Leidenschaften; Asiater, Afrikaner und Amerikaner sind mehr oder weniger vom Despotismus und Geize ihrer Beherrscher gequält; nirgends sind die Bewohner der Erde zufrieden, und nirgends können sie es seyn: Die Glückseligkeit unsers Planetens scheint in die gemäßigte Zone der Glückseligkeit des Ganzen zu gehören, eine mittlere, laue Temperatur, nicht befeuernd und auch nicht ganz kalt. Gewohnheit und Unwissenheit sind ihre beiden Endpunkte. Wer die Erde zum Garten, zur Heimath der Glückseligkeit macht, ist ein Schwärmer oder ein Unwissender; wer sie als eine Wüste, ein Jammerthal schildert, ist ein Milzsüchtiger oder ein Bösewicht. Sie ist ein Mittel zwischen beiden, ein what d'ye call it –«

Belph.: »Das aber doch bisweilen mehr der letztern Schilderung gleicht.«

From.: »Ja, es scheint, besonders wenn man den Lauf der vergangnen Begebenheiten im Ganzen überschaut. Aber merke auch, daß die Geschichte derselben ein *gedungnes,* voll gruppirtes Gemälde ist, dessen Theile sich in der Natur nicht so nahe berührten, wo zwischen den armseligen Spitzbübereyen und Mördereyen etwas heitre Intervalle waren. – Doch laßt uns alle diese leidigen Kenntnisse wegwerfen! Laßt uns nichts als unsern kleinen Zirkel der Freundschaft übersehen und, wenn sich unsre Spekulation über ihn hinauswagt, mit Medardus Auge alles anschaun, in der Absicht alles *gut* zu finden: sich so belügen ist eine Pflicht, die unsre Zufriedenheit fodert.«

Belph.: »Oft war dieß meine Rede. Glückliche Menschen, ihr Unwissende, ihr, denen der Himmel bloß schlichten Menschenverstand und keinen forschenden, grübelnden Geist gab! Ihr schleicht den Pfad eures Lebens dahin, weint oder lacht, wie euch die Umstände gebieten, ihr laßt euch gewisse, für eure Ruhe heilsame Meinungen einpfropfen, sie durch die Länge der Zeit zum festen, unverwelkenden Glauben aufwachsen, ohne zu untersuchen; und wohl euch! Da euer Auge nicht weit reicht, so erblickt es in dem kleinen Horizonte wenig Böses, von der Unordnung der Erde nur kleine, einzelne Fragmente, die euch nicht eher stark rühren, als bis sie auf euern Scheitel fallen. Freund, wenn es möglich wäre, den lästigen Plunder der Erfahrung von uns zu werfen, das Auge unsers Geistes zu stümpfen und seinen Gesichtskreis so sehr als möglich zu verengern, wären wir nicht glücklich?«

»Ja«, unterbrach ihn Medardus, »wir werden dieß seyn, Brüderchen; und wenn mein gutes Weibchen oder meine Zaninny oder das schöne Negermädchen in Karthagena bey uns wäre – wir wären doppelt glücklich; und dann einen Trupp kleine Nachkommenschaft um uns herum – Brüderchen, das wäre Dir ein Himmelreich.«

Fromal nickte und schwieg.

Beschluß

So war der Plan für ihre Einsamkeit, die für sie ein Zustand der erfreulichsten Ruhe und der süßesten Zufriedenheit, die glücklichste Periode ihres ganzen Lebens war. Sie suchten sich je länger, je mehr von dem Geiste des Nachforschens und der grübelnden Untersuchung abzuziehn, weniger zu denken und mehr zu handeln, sich in alle die kleinen Beschäftigungen des Gartenbaus, der Feldarbeit zu zerstreuen, zu säen, zu pflanzen, zu begießen, zu erndten und dadurch ihre Lebensart derjenigen nahe zu bringen, die die geringste an Achtung und die oberste an Glückseligkeit ist, der friedlichen Lebensart der ersten Väter, des arkadischen Dichterlandes und des Landmanns in den Zonen der Freiheit. Ein jeder hatte in seiner Besitzung eine kleine, reinliche Wohnung, worinne er nebst seinen Sklaven Raum hatte, ein jeder machte mit seinen Sklaven eine Familie aus, wovon er der Vater war, der seine Kinder nur so lange in leichten Einschränkungen erhielt, bis sie erkannt hatten, wie liebreich ihr Vater war. Hinter jeder Wohnung breitete sich ein Garten in eine längliche Fläche aus, mit Küchenkräutern und Gewächsen, auch mit einigen Blumen, die das Klima vertrug, geschmückt, den jeder Besitzer mit eigner Hand pflegte und bearbeitete. Jeder aß das Werk seiner Hände, und jede Staude, die auf seinem Tische erschien, schmeckte ihm doppelt süß, weil er sie mit dem Schweiße seines Angesichts erkauft hatte. Wenn sie die Arbeiten des Gartens ermüdeten, giengen sie auf das Feld, die Verrichtungen ihrer Sklaven – wiewohl sie ihnen nie diesen Namen gaben – zu übersehen, sie durch ihre Gegenwart zum Fleiße und durch Freundlichkeit zu Muth und Geduld anzufrischen. Zu gewissen Jahrszeiten und nach Endigung gewisser Arbeiten, des Pflanzens, des Säens, der Erndte stellten sie kleine Feste an, wo sie unter hohen Bäumen oder am Eingange ihrer Wohnung saßen und sich väterlich an den Ergötzlichkeiten ihrer Angehörigen vergnügten. Diese spielten die rohen Spiele ihres Vaterlandes, sangen mit rauher Kehle und mit der vollsten Empfindung, tanzten mit unabgezirkelten Schritten, wilden Sprüngen, hüpften sich lustig, mengten in alles ihren ungebildeten Scherz und plumpe Schäkereyen und lachten sich frölich, frölicher als die Tafel der auserlesensten witzigen Köpfe. – Oft versuchten ihre Herren, ihre Spiele und Tänze nachzuahmen, und wurden für jeden Fehler der Ungeschicklichkeit mit einem lauten Gelächter bestraft. Die kleine Bande wurde durch diese Ermunterungen belebt und erfindsam: sie strengten oft ihren Wiz an, ihre Herren gleichfalls mit kleinen Freuden zu ergötzen. Sie überraschten sie unvermuthet mit einer vorzüglich großen oder schönen Frucht, mit einem ansehnlichen Gewächse, das sie entdeckt und verborgen oder mit Fleiß und in der Absicht heimlich gewartet hatten, ein unvermuthetes Vergnügen damit zu erwecken. Sie sannen neue Tänze und Verschönerungen für die alten aus, um sie bey dem nächsten Feste aufzuführen, und die Erwartung des Vergnügens machte ihre Hände und Füße thätig. Während daß in der Entfernung etlicher Meilen von ihnen, längst der ganzen Küste von Nordamerika, Sklaven von ihren Herren und die Herren von ihren Sklaven geplagt und beide ein Paar feindliche Parteien ausmachten, die sich wechselseitig quälten und wechselseitig dafür rächten, saß hier Herr und Knecht, in Eins vereinigt, beysammen und machte sich das Leben angenehm: niemand ließ die Subordination fühlen, und niemand fühlte sie, und jeder, der sich eines solchen Glücks unwerth machte, wurde aus der Gesellschaft verbannt und an einen Herrn verkauft, der ihn den Unterschied zwischen hartem und leichtem Joche lehrte. Auf diese Weise, ohne politisches Regiment, beynahe

in dem Stande der Gleichheit, wie er nie war und Philosophen ihn träumten, in der bloßen Familienunterwürfigkeit der Natur, entgieng diese kleine Gesellschaft allen den beschwerlichen Folgen zweyer Dinge, die dem Menschengeschlecht die größten Wohlthaten erwiesen und den größten Schaden zugefügt haben – der Geselligkeit und des Eigenthums.
Belphegorn zerstreute diese ruhige, unangefochtene Lebensart allmählich die düstern Wolken, die seine Widerwärtigkeiten um seine Seele versammelt hatten; er sahe die Dinge der Welt weniger schwarz, weil der Zirkel um ihn erheiterter war, und weil er sich gewöhnte, mehr das Gegenwärtige zu empfinden, als darüber nachzudenken, seinen Blick mehr in sich und den kleinen Umkreis seiner kleinen Bedürfnisse und Freuden zurückzuziehn und überhaupt den Horizont seines Nachdenkens mehr und mehr zu verengern, mehr sinnlich als geistig, mehr empfindendes und handelndes als denkendes Thier seyn zu wollen. Zu gleicher Zeit nahm er unvermerkt die gutherzige Philosophie seines Freundes Medardus an, sich zu *überreden*, daß alles gut sey und daß vielleicht die größten Unordnungen der moralischen und körperlichen Natur zu einem unbekannten Guten abzwecken, nichts der Natur zur Last zu legen, zu glauben, daß sie ganz Nordamerika Jahrhunderte hindurch sich bekriegen, fressen, schinden lassen kann – denn das konnte er sich nicht ausreden, daß die Natur die *erste* Urheberinn dieser *hergebrachten* Grausamkeiten sey, daß sie die Mexikaner Jahrhunderte durch viele tausend Menschen schlachten und überhaupt den Menschen zum *grausamsten* Raubthiere schaffen konnte, um ihn langsam nach den schrecklichen Unthaten zum listigen, feinen Fuchse oder zum friedsamen Schafe werden zu lassen –, zu glauben, daß alles dieses die Natur wollen mußte, da sie der menschlichen Gattung die Disposition dazu gab, ohne daß sie dabey etwas anders als die heilsamsten, besten Endzwecke vor Augen hatte, und daß sie die Menschen recht schlimm werden ließ, um sie leidlich gut werden zu lassen,

ohne daß sie deswegen Tadel verdiene. So unverträglich auch jene gesammelten Erfahrungen mit dieser medardischen Philosophie scheinen, so stiftete doch die Liebe zur Ruhe nebst der Abwesenheit aller Widerwärtigkeiten, wie auch die Senkung seiner Imagination, die vollkommenste Vereinigung zwischen ihnen, die nur zuweilen eine düstre Stunde unterbrach, aber nicht trennte.

Fromal war stets ein kältrer Räsonneur gewesen als Belphegor und diente auch itzt noch dazu, Wasser in die Flamme zu giessen, wenn sie zuweilen bey diesem aufloderte. Er gestund frey, daß er sich nicht in die glückliche Illusion versetzen kann, welche seinem Freund Medardus so vielfältig das Leben erleichtert habe und noch erleichtere, daß ihm aber sein Glaube an Nothwendigkeit und unvermeidliches Schicksal die nämlichen wohlthätigen Dienste erzeige und daß auch überhaupt seine Meynung hierüber von der medardischen nur im *Namen* und der *Vorstellungsart* unterschieden sey. Zugleich verbat er aber, mit Einwilligung seiner übrigen Freunde, anders als mit Kälte über diesen Punkt zu sprechen, um sich nicht durch warme Imagination und durch ein warmes Herz in eine neue Tiefe von Zweifeln und Beunruhigungen stürzen zu lassen.

Medardus erhielt sich in seiner Heiterkeit und Zufriedenheit bis an sein Ende, und da er im Begriffe war zu sterben, war noch sein letztes Wort: »Wer weiß, wozu mirs gut ist?« – Er hatte vor seinem Tode noch zwo für ihn sehr erfreuliche Begebenheiten erlebt. Der Kaufmann, der Fromals und Medardus Gelder unter sich hatte und ihnen von Zeit zu Zeit Provisionen zuschickte, die sie in ihrer kleinen Kolonie nicht besaßen, sendete ihnen solche einstmals unter der Aufsicht eines jungen Menschen, der sein Faktor war und andre Materialien, die in der Kolonie erbaut wurden, mitnehmen sollte. Medardus, ein Freund vom Gespräche, ließ sich mit ihm ein, erzählte ihm, wie gewöhnlich, sein Leben und ließ sich das seinige erzählen; und aus deutlichen Beweisen erhellte es sonnenklar, daß der Fremde des Herrn Medardus – leiblicher Sohn war, der ihn berichtete, daß seine Geschwister außer einem alle verblichen, seine übriggebliebne Schwester verheirathet und er hieher geworfen worden sey. – »Alle gestorben?« sprach Medardus. »Siehst Du, mein Sohn? wer weiß, wozu das gut ist?« – Er sollte mit der Zeit in die Kolonien aufgenommen werden, allein ehe es geschah, starb sein Vater, und die folgenden Unruhen hintertrieben es.

Die zwote angenehme Begebenheit war das Wiederfinden seiner geliebten *Zaninny*, die als Sklavinn nach Amerika verkauft, unter einem harten Herrn gelitten hatte, ihm entlaufen war und sich in die Kolonie unsrer Europäer rettete, wo sie ihren geliebten Medardus an der Narbe erkannte, die ihm eine von den gleißenden Damen im Lande der Meerkatzen mit dem Nagel ihres Zeigefingers geschnitten hatte; und da der Schnitt in einer eignen Figur gemacht war, die sie in diesem Lande oft gesehen hatte, so brachte es ihr das Andenken ihrer alten Liebe zurück: doch umsonst! Denn sie war so häßlich geworden oder der Geschmack ihres Liebhabers hatte sich so geändert, daß er ihr einen Platz in seiner Wohnung aus Wohlthätigkeit, aber nicht aus Liebe anwieß.

Kaum drang zu Anfange des gegenwärtigen Krieges das Gerücht bis in die Kolonie, daß jeder Kolonist für die Freyheit wider ein unterdrückendes Vaterland fechten müsse, als Belphegorn sein Enthusiasmus von neuem ergriff; er riß sich, ungeachtet aller Vorstellungen seines Freundes Fromals, der ihn mit Gewalt und mit List zurückhalten wollte, aus seinen Armen und ward unter einem andern Namen einer von den Vorfechtern der kolonistischen Armee. – *Er* war es, der einige der kernhaftesten Reden in einigen Versammlungen hielt; *er* erlangte etliche ansehnliche Vortheile über die Engländer; der Auszug des Krieges wird lehren, wer von beyden Theilen Recht behalten und ob Belphegor als Patriot und Menschenfreund allgemein bekannt werden oder im Streite für die Freyheit ungerühmt umkommen soll.

Nachwort

Glosse zu Wezels ›Belphegor‹

Auf eins der bösesten Werke der deutschen Literatur machte 1961 Arno Schmidt aufmerksam. Der unermüdliche Anwalt vergessener Autoren empfahl, neben ›Gullivers Reisen‹ und dem ›Candide‹, Johann Carl Wezels Roman ›Belphegor‹ zu lesen: »Das dritte dieser alten Bücher des ehrwürdigsten Gott-, Welt- und Menschenhasses«. In seinem leidenschaftlichen Traktat versuchte er, den Roman für die Gegenwart zu gewinnen, indem er dessen Wirklichkeit auf Analogien zur heutigen hin unter die Lupe nahm. Freilich bestand für die literarische Öffentlichkeit nur geringe Möglichkeit, die Reize dieser Geisterbeschwörung auszukosten. Seit seinem Erscheinen im Jahr 1776 war der ›Belphegor‹ nicht wieder gedruckt worden. Ein solches Los kommt einem Ausscheiden aus dem Kanon des Gelesenen gleich, bedeutet literarischen Tod.

Manche Gründe, die dazu führten, daß man Wezel und sein Werk aus dem Gedächtnis verlor, lassen sich schon in seinem Lebenslauf ermitteln. In Sondershausen, einem engen thüringischen Residenzstädtchen, 1747 als Sohn eines Hofbediensteten geboren, hungerte er sich zwar durch ein schöngeistiges Studium im galanten Leipzig, blieb aber zeitlebens der Rolle eines gesellschaftlichen Außenseiters verhaftet. Trotz eines gewissen literarischen Erfolgs, den er vor allem mit seinen komischen Romanen ›Tobias Knaut‹ (1773/76) und ›Hermann und Ulrike‹ (1780) errang, konnte er dem sozialen Fatum eines Arme-Leute-Kinds nicht entrinnen. Jahrelang mußte er die Misere des Hofmeisterdienstes auf sich nehmen oder als Brotschriftsteller fronen. Zu diesem Hemmnis seiner literarischen Karriere kam ein zweites: Er blieb unverbesserlicher Parteigänger der Aufklärung und ging nicht auf den zum Irrationalismus sich hinwendenden Zeitgeschmack ein. Auch verwickelte er sich in maßlose Querelen mit Zensoren und Kritikern, provozierte schließlich gar den Unmut Wielands, des Literaturpapstes der Zeit. So manövrierte er sich immer mehr in eine mißliche literaturpolitische Situation. Und als er 1786 dem Wahnsinn verfiel, verlor das Lesepublikum ihn aus dem Gesichtskreis. Vernichtet tauchte er in Sondershausen unter, wo er als unzurechnungsfähiger Sonderling dahinvegetierte. Eine Zeitlang beschäftigte der wunderliche Fall Wezel noch die Zeitschriften. Dann erlahmte das Interesse an dem Autor, der nicht über das Stadium eines hoffnungsvollen Anfängers hinausgelangt war. Er gehörte längst der Vergangenheit, als er 1819 starb.

Die Hauptursache für das Vergessen, das sich über Wezel in der Nachwelt ausbreitete, ist wohl in dem Unbehagen zu suchen, das sein ›Belphegor‹ schon bei den ersten Lesern hervorrief und das sich in vehementer Ablehnung ausdrückte. Der Verdacht einer kollektiven Abwehrreaktion drängt sich auf. Die Ächtung des Romans, die Wieland etwa dem Autor gegenüber aussprach, verrät, daß man sich im Glauben an die Menschheit bedroht fühlte. »Was zum Henker ist Sie nun wieder angekommen«, schrieb er, »diesen neuen Frevel an der armen Menschheit zu begehen, diesen verwünschten *Belphegor*, ... der für Ihren Ruhm en pure perte geht, Sie ihrem Jahrhundert mehr verhaßt als lieb macht und Ihnen nicht einmal den Trost giebt, *Wahrheit* verkündiget zu haben. Denn ... es ist beynahe kein wahres Wort an Ihrer ganzen Menschenfeindlichen Theorie; und sie haben aus der Menschl. Natur und der Geschichte der Menschheit ein so verzogenes, verschobenes, affentheurliches und Naupengheurliches Unding gemacht, daß unser Herr Gott gewiß seine Arbeit in Ihren Gemählden nicht erkennen wird.«

An einem Buch, das sie einer »Menschenfeindlichen Theorie«

verdächtigten, konnten die Zeitgenossen mit ihrem Glauben an die Entwicklung des Menschen zum Besseren, Höheren, Vollkommeneren, keinen Geschmack finden. Ebensowenig Chancen hatte das Werk in der Folgezeit, als man den Menschheitstraum des Rationalismus sich anbequemte und mit den Gedanken des Idealismus verschönte, bis er in der selbstgefälligen Fortschrittsgläubigkeit des Spätbürgertums erstarrte. Noch in den Schmähungen, mit denen der ›Belphegor‹ in der wilhelminischen Epoche bedacht wurde, verrät sich kollektive Betroffenheit und die Automatik des Selbstschutzes; die Literaturwissenschaft der Zeit formulierte nur noch einmal den eingefleischten Reflex: »Das Ganze ist ein Chaos von Ungeheuerlichkeiten, von denen wir uns schaudernd abwenden und entsetzt fragen, wie ein Mensch solches hat schreiben können.«

Wenn der ›Belphegor‹ fast zwei Jahrhunderte lang nicht wieder aufgelegt wurde, so hat das seinen tieferen Grund nicht in der Nachlässigkeit von Verlegern und Lesern. Der Roman ist das Opfer einer Abwehr geworden, die sich lange Zeit auf die bestimmenden Werte des Allgemeinbewußtseins berufen durfte. Heute, da die Verdrängung entdeckt ist, bietet der Neudruck des verfemten Buchs die Möglichkeit, alte Urteile zu überprüfen.

Was erzählt der Roman? Belphegor, Muster eines empfindungsseligen Jünglings, wird aus seinen schönen Träumen von der geliebten Akante und dem Herzensfreund Fromal in die häßliche Wirklichkeit gestoßen. Er irrt durch die Welt und erlebt sie als blutiges Schlachtfeld, er erfährt, daß Neid und Herrschsucht die Haupttriebfedern alles menschlichen Handelns sind. Überall trifft er nur auf Mißgunst, Unrecht, Grausamkeit; und da sein flammender Idealsinn ihm nicht erlaubt, dem Weltspektakel gegenüber teilnahmsloser Zuschauer zu bleiben, kollidiert er unentwegt mit der Realität. Immer wieder will er jemand zu Recht und Freiheit verhelfen, und folgerecht gehen dann die Schläge der Unterdrücker auf seinen Rücken nieder. Schon nach zwei Dutzend Romanseiten ist der Held zum Krüppel geschlagen. Aber unermüdlich hinkt er weiter auf der Suche nach dem Schönen und Guten im Menschen. Als seine Illusionen endlich verrauchen und ihm genügend Erfahrungen eingebleut sind, wird aus dem schwärmerischen Aktivisten der Humanität ein überspannter Misanthrop: »Laß das verächtliche Geschlecht, das zum Quälen allzeit und zur Hülfe nie bey der Hand ist, laß es! Wir wollen ihm fluchen und sterben!« Außerstande, in den »verwirrten Scenen der Welt« ein »harmonisches, zweckmäßiges Ganze« zu erkennen, erklärt er in seiner Verzweiflung alles für ein sinnloses Chaos: »die ganze Sache muß ein *zufälliger, nicht intendirter* Umstand seyn; und ... vielleicht war die Reihe meines, deines Lebens, die Begebenheiten der ganzen Erde nichts als dieses – Wirkungen des Zufalls«. Wenn sich ihm dann doch »*anscheinende* Spuren einer abgezweckten Anordnung« zeigen, verfällt er in quälende Grübeleien. Der Widerstreit zwischen Herz und Intellekt erlaubt ihm keinen Seelenfrieden. Er hinkt weiter: ein Ritter von der traurigen Gestalt, ein nicht totzuschlagender Idealist in der schlechtesten aller Welten.

Von ganz andrem Schlag ist der schafsdumme, aber lebenstüchtige Magister Medardus, der sich ihm auf der Irrfahrt beigesellt. Er ist nur auf ein Ämtchen aus und hat statt des Wohls der Menschen ewig bloß seinen Krug Apfelwein und seine Ruhe im Kopf: »wenn *wir* nur erst glücklich durch wären, dann möchten sie sich schlachten, wenns ihnen nun ja so beliebt.« Um ethische Werte und um die Wahrheit sorgt er sich nicht und angesichts der häßlichen Wirklichkeit wendet er einfach die Augen ab. Bauernschlau legt er sich alles Durcheinander in der Welt als Vorsehung zurecht, duckt sich unter den Schlägen des Schicksals und kommt durch: »Du grübelst und grübelst und hast am Ende nichts als Unruhe und Ungewisheit zum Lohne. *Ich* glaube frisch weg, ohne mich links oder rechtsumzusehen, daß alles gut und weise angeordnet ist... Ich komme am besten dabey zurechte... Jede Freude genossen, wie sie sich bietet, jeden Puff angenommen, wie er kömmt, und immer gedacht: ›Wer weiß, wozu er gut ist?‹ – das heißt *klug* gelebt!«

Beide Romanfiguren verfehlen die Wirklichkeit. Ihre Ansichten von der Welt sind durch entgegengesetzte Vorzeichen bestimmt und gleichweit von der vernünftigen Mitte entfernt. Auf der einen Seite handelt es sich um Täuschung durch »Schwärmerei«, auf der andern durch »Beschränktheit«. Die Darstellung dieser Haltungen läßt sich in den Romanen des 18. Jahrhunderts auf Schritt und Tritt entdecken, etwa in Wielands ›Don Sylvio von Rosalva‹. Sie sind nach dem Modell von Cervantes ›Don Quijote‹ eingesetzt, wo der Titelheld und sein Diener Sancho Pansa sie verkörpern. Ironische Darbietung und allmähliche Annäherung dieser Weltanschauungsweisen dienen den Erzählern im Zeitalter der Aufklärung als Kunstgriff bei ihrer Auseinandersetzung mit der Wirklichkeit. Als Propagandisten der Vernunft wollen sie zu Einsichten in die Welt der Tatsachen führen, den »Sieg der Natur über die Schwärmerei« fördern, wie das der Titel des ›Don Sylvio‹ verspricht. Doch wissen sie, daß mit dem Medium der Dichtung absolute Wahrheit nicht zu liefern, sondern nur zu umspielen und einzukreisen ist. So setzen sie zwei extreme Perspektiven ein, damit der Leser am Modell der Entwicklung der Helden sich auf die goldene Mitte besinnen kann.

Doch aus Wezels Roman spricht wenig Zuversicht auf den Triumph der Vernunft. Es gibt keine Annäherung Belphegors an eine vernünftige Mitte. Dessen Idealismus und Misanthropie sind nur verschiedene Ausdrucksformen derselben schwärmerischen Haltung. Auch wenn er gegen Ende des Werkes sich anscheinend mit der Wirklichkeit arrangiert, so versucht er doch nur, den Standpunkt des Medardus zu beziehen. Er argumentiert: »Erfahrung hat mich auch klug gemacht, mein Feuer ist verdampft und selbst der Neid der

Menschen soll mir meine Rechnung auf ein ruhiges, zufriedenes Leben nicht verderben.« Aber die ersehnte Ruhe und Empfindungsarmut ist ihm verwehrt; im Ausklang des Romans wird noch berichtet, wie »Belphegorn sein Enthusiasmus von neuem ergriff«. Und Medardus bleibt seiner beschränkten Perspektive bis zum Ende treu, wo er mit seinem denkfaulen »Wer weiß, wozu mirs gut ist?« den Geist aufgibt.

Die unbelehrbaren Protagonisten des Romans erweisen sich als »menschliche Maschinen«; sie funktionieren nach den Gesetzen der sensualistischen und materialistischen Seelenmechanik eines Hartley und Condillac, eines Lamettrie und Helvetius. Ihr Verhalten soll demonstrieren, daß der Mensch durch seine körperlichen Anlagen in Meinungen und Handlungsweise determiniert ist, daß er allezeit im Bannkreis seiner Triebe und Vorurteile gefangen bleibt. Wezels ›Belphegor‹ legt dar, daß es keine Veränderung des Menschen, keine Zunahme an Einsicht, keine Entwicklung gibt.

Gewisse Einsichten in die Welt der Tatsachen besitzt nur Fromal. Da ihm »die Natur einen Zusaz von Kälte in die Masse seines Körpers geworfen« hat, gelingt es ihm, ein bloß reflektierender Zuschauer des Welttheaters zu bleiben. Anders als Belphegor nimmt er die Menschen hin, wie sie sind, weil er weiß, daß sie »durch ihre natürlichen Anlagen, durch die Oekonomie ihrer Wesen zum immerwährenden Kriege bestimmt«, daß sie Maschinen der Ichsucht sind. Sein Weltbild ist dem Materialismus des 18. Jahrhunderts verpflichtet. Die Welt erscheint ihm als ein »perpetuum mobile«, das aufgrund der »Kräfte der Körperwelt« und nach dem Kausalitätsprinzip funktioniert und als Fatum zu begreifen ist: »Die Maschine kann nichts mehr oder weniger und nichts anders thun, als wohin sie der Stoß der auf sie wirkenden Räder treibt, und wer sie aus ihrer Richtung herauslenken will, muß Kräfte genug zum Wiederstande haben, oder er bekömmt Stöße.« Getreu seinem Glauben an die Fatalität der Welt verhält er sich als Taktiker, der sich mit kalter Vernunft durchschlägt. Seine Lebensmoral ist aalglatt: »Laß den Menschen die wilde Lust ihres Kampfjagens, laß sie sich balgen und raufen... Schleiche dich durch sie hindurch und laß dich nie gelüsten, ... sie gescheidter machen zu wollen!« So nachdrücklich auch die Ereignisse im Roman Fromals Ansichten zu bestätigen scheinen, so wenig ist es erlaubt, diese Figur für den verbindlichen Sprecher des Dichters zu halten, das heißt, aus seiner Lebensmoral eine positive Lehre abzuleiten. Denn die Rolle, die er im Roman spielt, verbietet das; sie ist so angelegt, daß sie beim Leser wenig Sympathien für ihren Träger erweckt. Fromal ist es, der seinem Freund Belphegor die Geliebte abspenstig macht und den Hilflosen in das unbarmherzige Getriebe der Welt stößt. Von allen Personen des Romans verstrickt er sich am meisten in Schuld. Er begeht Mord und Gewalttaten. Seine Kaltsinnigkeit stößt ab, seine Lebenstaktik mutet als Verschlagenheit an und seine Räsonnements von der Fatalität alles Geschehens scheinen bloß der Entschuldigung seiner Verbrechen zu dienen. Wenn am Ende der Erzähler kühl die Summe aufstellt, wird schließlich ganz deutlich, daß auch die Erkenntnisse, die Fromal vorträgt, als perspektivisch gebunden zu verstehen sind. Dort entlarvt sich Fromal als raffinierter Gesinnungskumpan des Medardus im Geständnis, daß ihm »sein Glaube an Nothwendigkeit und unvermeidliches Schicksal die nämlichen wohlthätigen Dienste erzeige und daß auch überhaupt seine Meynung hierüber von der medardischen nur im *Namen* und in der *Vorstellungsart* unterschieden sey«. Genau betrachtet ist also auch Fromal nur Figurant einer negativen Demonstration. Er soll belegen, daß es keinen vernünftigen Standpunkt gegenüber der finsteren Wirklichkeit gibt. Auch die Vernünftigkeit ist nach Wezels Darlegung nur eine Form der Beschränktheit.

Das Fazit aber, das der Leser selber ziehen muß, ist noch bitterer. Es bedeutet, daß ein vernünftiges und zugleich sitt-

liches Verhalten in dieser Welt unmöglich ist. Entweder man jagt ethischen Traumbildern nach, dann erfährt man am eignen Leib die Unvernünftigkeit solchen Strebens. Oder man operiert mit der Vernunft, dann kommt man vielleicht mit heiler Haut durch, erliegt aber der Entsittlichung. Mit dieser Aussage macht Wezels Roman Front gegen allen optimistischen Rationalismus, der auf eine unumschränkte Erkenntniskraft und auf eine daraus notwendig resultierende sittliche Vervollkommnung des Menschen vertraut. Der ›Belphegor‹ demonstriert Vernunft und Sittlichkeit als divergierende Kräfte, die den Menschen zu zerreißen drohen.
So betrachtet mutet das böse Buch nicht als ein Produkt des Menschenhasses an, sondern legt Zeugnis von einer maßlosen Teilnahme am Schicksal jener Kreatur ab, die an der Widersprüchlichkeit und Unvollkommenheit ihrer Einrichtung krankt. Die Frage, die den Roman bewegt, die er verzweifelt dreht und wendet, heißt letztlich: »Was für ein Plan ist es aber, Menschen so anzulegen...?« Wezels unüberhörbare Schmähung richtet sich nicht gegen das Geschöpf.

Hubert Gersch

Anmerkungen

Zur Textgestalt: Der Neudruck folgt möglichst getreu der einzigen Ausgabe (2 Bde, Leipzig: Crusius 1776). Die Rechtschreibung der Vorlage ist dem Reiz des historischen Bildes zuliebe bewahrt; auch ihre Unregelmäßigkeiten sind bewußt übernommen. Nur offenbare Druckfehler wurden stillschweigend verbessert. Die Interpunktion wurde um der leichteren Lesbarkeit willen mit Vorsicht modernisiert: Die Kommasetzung erfolgte nach heutigen Gepflogenheiten. Langatmige Perioden wurden durch Einfügen von Punkten gestrafft. Doppelpunkte wurden, wenn sich kein spezifischer Ausdruckswert erkennen ließ, durch Semikola oder Punkte ersetzt, Gedankenstriche und Ausrufezeichen dagegen möglichst beibehalten, selbst dort, wo nach heutigem Geschmack Kommata stehen müßten. Die wörtliche Rede, im Original meist durch Gedankenstriche markiert, wurde einheitlich durch Anführungszeichen gekennzeichnet. Die häufig an Zeilenanfängen vorkommenden Gänsefüßchen, wohl zum Herausstreichen von Sentenzen und Maximen gesetzt, wurden nicht übernommen. Fettdruck erscheint als Kursivdruck. Auf eine typographische Hervorhebung fremdsprachlicher Elemente, wie sie das Original durch Antiqua-Einsprengsel im Fraktursatz bietet, wurde verzichtet.

34 *Pygmäer und Kraniche:* Nach Homer und anderen antiken Autoren ziehen im Herbst die Kraniche nach Süden, um die Pygmäen unbarmherzig zu bekriegen.

37 *Ziska:* Jan Žiška von Trocnov (1370–1424), militärischer Führer der Hussiten, besiegte 1422, obgleich durch Verwundungen erblindet, die Kaiserlichen Truppen.

39 *Türenne:* Henri de Latour d'Auvergne, Vicomte de Turenne (1611–1675), französischer Feldherr des Dreißigjährigen Krieges und der Eroberungskriege Ludwigs XIV.

45 *Rechenbergs Kompendien:* Adam Rechenberg (1642-1721), Theologieprofessor in Sachsen, verfaßte mit seinem ›Hierolexikon reale, hoc est biblio-theologicum, historico-ecclesiasticum‹ (1714) als erster eine theologische Enzyklopädie.

46 *symbolisches Buch:* Bekenntnisschrift der evangelischen Kirche, z. B. Glaubensbekenntnis, Katechismus.

54 *Aliden:* vgl. S. 179 ff. und die entsprechenden Anmerkungen.

63 *kostnitzer Konzilium:* Konzil von Konstanz (1414–1418).

66 *Ment-see:* Meng-tsi, chinesischer Philosoph des 4. Jahrhunderts, vertrat den Konfuzianismus.

Kings: Altchinesische kultische Musikinstrumente aus Steinplatten, die mit einem Hammer geschlagen wurden.

67 *Theodora:* Vornehme Römerin, beherrschte Rom und das Papsttum während der ersten Hälfte des 10. Jahrhunderts.

Marozzia: Tochter der Theodora, wie ihre Mutter eine politische Intrigantin.

Mathildis: Mathilde, Markgräfin von Tuscien (1046–1076), Bundesgenossin der Päpste im Investiturstreit; auf ihre Burg Canossa flüchtete sich Gregor VII. vor Heinrich IV.

Olympia: vermutlich Olympias, Gattin Philipps II. von Makedonien und Mutter Alexanders des Großen, war an der Ermordung ihres Gatten beteiligt und besaß während Alexanders Feldzügen die Macht in Makedonien.

69 *Ritter Mengs:* Anton Raphael Mengs (1728–1779), berühmtester deutscher Maler seiner Zeit.

78 *Ottomanen:* Osmanen.

84 *Mutter Gans:* Charles Perrault (1628–1703) veröffentlichte eine Märchensammlung unter dem Titel ›Contes de ma mère l'oie‹.

98 *Meroväus:* Merowech, sagenhafter Stammvater des Merowingergeschlechts.

110 *Prise:* als Seebeute weggenommenes feindliches Privatgut.

113 *stereographische Projektion:* ebene Projektion dreidimensionaler Objekte.

116 *Ninus:* sagenhafter Begründer eines assyrischen Großreichs, Gatte der Semiramis.

Sesostris: Sesostris III., Pharao um 1860 v. Chr., legendärer Eroberer.

Königin Tomiris: Tomyris, Königin der Massageten; nach Herodots Bericht besiegte sie den in ihr Reich eingedrungenen Kyros und warf das Haupt des Getöteten in ein mit Blut gefülltes Gefäß, um seinen Blutdurst anzuprangern.

120 *Algonquinen:* Algonkin, indianischer Stammesverband.

124 *Trenscheen:* Belagerungstechniken.

125 *terra australis incognita:* sagenhaftes Südland.

Froschmäusekrieg: antike Homer-Parodie, die in der Sprache des Heldenepos einen Kampf zwischen Mäusen und Fröschen beschreibt.

126 *Episkopus oekumenikus:* Prestigetitel des Patriarchen von Konstantinopel gegenüber dem Bischof von Rom.

Filioque: Zusatz zum Niceanisch-Konstantinopolitanischen Glaubensbekenntnis, den Ursprung des Heiligen Geistes betreffend; Streitpunkt zwischen Ostkirche und Westkirche.

131 *die Kriegskunst des Königs von Preußen:* ›L'art de la guerre‹, militärisches Lehrgedicht Friedrichs des Großen von 1752.

138 *homanische Karte:* Johann Baptist Homann (1663–1724), Nürnberger Kartenstecher und Begründer eines bedeutenden Landkartenverlages.

143 *Duns:* engl. dunce; Schwachkopf.

148 *Polirung:* sittliche Verfeinerung.

159 *Kassave:* Aus den Knollen des tropischen Kassavestrauches gewinnt man ein Stärkemehl, das zu Brot verarbeitet wird.

163 *bekleiben:* wurzeln, anwachsen.

182 *turlepiniren:* über jemand schlechte Späße machen.

190 *Ali:* Ali ibn Abi Talib (602–634), vierter Kalif; die Schiiten und Aliden betrachteten ihn als ausschließlich berechtigten Nachfolger Mohammeds.

Abubecker: Abu Bekr (573–634), erster Kalif; die Sunniten betrachteten ihn als ersten Anhänger Mohammeds.

191 *Tien:* chinesisch Himmel.

193 *Sonna:* Sunna, orthodoxe Überlieferung der Sunniten.

215 *Anstand:* Zaudern, Schwierigkeiten, Bedingung.

268 *schwamm wie Delos:* Einem homerischen Hymnus zufolge diente die schwimmende Insel Delos der Göttin Leto als Zuflucht vor der eifersüchtigen Hera.

293 *Corregidoren:* Magistratsvorsteher der spanischen Verwaltung, mit der Rechtspflege betraut.

297 *abrutiren:* verdummen.

298 *Industrie:* anhaltender Fleiß, Rührigkeit, Betriebsamkeit.

301 *Austräge:* Schiedsgerichte für Streitigkeiten zwischen deutschen Fürsten seit dem 14. Jahrhundert.

311 *Parentation:* Totenrede.

Romane, Erzählungen, Prosa

Hans Christian Andersen. Glückspeter
Mit Scherenschnitten von Alfred Thon. it 643

Bettina von Arnim. Bettina von Arnims Armenbuch
Herausgegeben von Werner Vordtriede. it 541
– Dies Buch gehört dem König
Herausgegeben von Ilse Staff. it 666
– Die Günderode
Mit einem Essay von Christa Wolf. it 702

Apuleius. Der goldene Esel
Mit Illustrationen von Max Klinger zu »Amor und Psyche«. Aus dem Lateinischen von August Rode. Mit einem Nachwort von Wilhelm Haupt. it 146

Jane Austen. Emma
Aus dem Englischen von Charlotte Gräfin von Klinckowstroem. it 511

Honoré de Balzac. Die Frau von dreißig Jahren
Deutsch von W. Blochwitz. it 460
– Das Mädchen mit den Goldaugen
Aus dem Französischen von Ernst Hardt. Vorwort Hugo von Hofmannsthal. Illustrationen Marcus Behmer. it 60

Joseph Bédier. Tristan und Isolde
Roman. Deutsch von Rudolf G. Binding. Mit Holzschnitten von 1484. it 387

Harriet Beecher-Stowe. Onkel Toms Hütte
In der Bearbeitung einer alten Übersetzung herausgegeben und mit einem Nachwort versehen von Wieland Herzfelde. Mit 27 Holzschnitten von George Cruikshank aus der englischen Ausgabe von 1852. it 272

Ambrose Bierce. Aus dem Wörterbuch des Teufels
Auswahl, Übersetzung und Nachwort von Dieter E. Zimmer. it 440
– Mein Lieblingsmord
Erzählungen. Aus dem Amerikanischen von G. Günther. it 39

Die Blümlein des heiligen Franziskus von Assisi
Aus dem Italienischen nach der Ausgabe der Tipografia Metastasio, Assisi 1901, von Rudolf G. Binding. Mit Initialen von Carl Weidemeyer. it 48

Romane, Erzählungen, Prosa

Blumenschatten hinter dem Vorhang. Von Ting Yao Kang. Aus dem Chinesischen übertragen und mit einem Nachwort versehen von Franz Kuhn. Mit 18 Holzschnitten. it 744

Giovanni di Boccaccio. Das Dekameron
Hundert Novellen. Ungekürzte Ausgabe. Aus dem Italienischen von Albert Wesselski und mit einer Einleitung versehen von André Jolles. Mit venezianischen Holzschnitten. Zwei Bände. it 7/8

Hermann Bote. Ein kurzweiliges Buch von Till Eulenspiegel aus dem Lande Braunschweig. Wie er sein Leben vollbracht hat. Sechsundneunzig seiner Geschichten.
Herausgegeben, in die Sprache unserer Zeit übertragen und mit Anmerkungen versehen von Siegfried H. Sichtermann. Mit zeitgenössischen Illustrationen. it 336

Clemens Brentano. Gedichte, Erzählungen, Briefe
Herausgegeben von Hans Magnus Enzensberger. it 557

Emily Brontë. Die Sturmhöhe
Aus dem Englischen von Grete Rambach. it 141

Giordano Bruno. Das Aschermittwochsmahl
Übersetzt von Ferdinand Fellmann. Mit einer Einleitung von Hans Blumenberg. it 548

Gottfried August Bürger. Wunderbare Reisen zu Wasser und zu Lande. Feldzüge und lustige Abenteuer des Freiherrn von Münchhausen
Mit Holzschnitten von Gustave Doré. it 207

Hans Carossa. Eine Kindheit. it 295
– Verwandlungen einer Jugend. it 296

Lewis Carroll. Geschichten mit Knoten
Herausgegeben und übersetzt von W. E. Richartz. Mit Illustrationen von Arthur B. Frost. it 302
– Alice im Wunderland
Mit 42 Illustrationen von John Tenniel. Übersetzt und mit einem Nachwort versehen von Christian Enzensberger. it 42
– Alice hinter den Spiegeln
Mit Illustrationen von John Tenniel. Übersetzt von Christian Enzensberger. it 97

Romane, Erzählungen, Prosa

Charles Dickens. Oliver Twist
Aus dem Englischen von Reinhard Kilbel. Mit einem Nachwort von Rudolf Marx und 24 Illustrationen von George Cruikshank. Vollständige Ausgabe. it 242
– Weihnachtserzählungen
Mit Illustrationen von Cruikshank u. a. it 358

Denis Diderot. Die Nonne
Mit einem Nachwort von Robert Mauzi. Der Text dieser Ausgabe beruht auf der ersten deutschen Übersetzung von 1797. it 31
– Erzählungen und Gespräche
Aus dem Französischen von Katharina Scheinfuß. it 554

Die drei Reiche. Roman. Aus dem Chinesischen von Franz Kuhn. Mit 24 Holzschnitten. it 585

Fjodor M. Dostojewski. Der Idiot. Aus dem Russischen von Hermann Röhl. Mit einem Nachwort von Hermann Hesse. it 740
– Schuld und Sühne. Roman in sechs Teilen. Aus dem Russischen von Hermann Röhl. Illustrationen von Theodor Eberle. it 673
– Der Spieler. Aus den Erinnerungen eines jungen Mannes. Aus dem Russischen von Hermann Röhl. it 515

Annette von Droste-Hülshoff. Bei uns zulande auf dem Lande. Prosaskizzen. Herausgegeben von Otto A. Böhmer. it 697
– Die Judenbuche. Ein Sittengemälde aus dem gebirgichten Westfalen. Mit Illustrationen von Max Unold. it 399

Alexandre Dumas. Der Graf von Monte Christo. Bearbeitung einer alten Übersetzung von Meinhard Hasenbein. Mit Illustrationen von Pavel Brom und Dagmar Bromova. Zwei Bände. it 266
– Die Kameliendame. Aus dem Französischen von Walter Hoyer. Mit Illustrationen von Paul Garvani. it 546

Joseph Freiherr von Eichendorff. Aus dem Leben eines Taugenichts Mit Illustrationen von Adolf Schrödter und einem Nachwort von Ansgar Hillach. it 202
– Novellen und Gedichte. Herausgegeben von Hermann Hesse. it 360

Romane, Erzählungen, Prosa

Eisherz und Edeljaspis
Aus dem Chinesischen von Franz Kuhn. Mit Holzschnitten einer alten chinesischen Ausgabe. Mit einem Nachwort und Anmerkungen von Franz Kuhn. it 123

Paul Ernst. Der Mann mit dem tötenden Blick und andere frühe Erzählungen. Herausgegeben von Wolfgang Promies. it 434

André Ficus/Martin Walser. Heimatlob
Ein Bodenseebuch. it 645

Harry Fielding. Die Geschichte des Tom Jones, eines Findlings
Mit Stichen von William Hogarth. it 504

Gustave Flaubert. Bouvard und Pécuchet
Mit einem Vorwort von Victor Brombert und einem Nachwort von Uwe Japp. Mit Illustrationen von András Karakas. it 373
– Die Versuchung des heiligen Antonius
Aus dem Französischen übersetzt von Barbara und Robert Picht. Mit einem Nachwort von Michel Foucault. it 432
– Lehrjahre des Gefühls
Geschichte eines jungen Mannes, übertragen von Paul Wiegler. Mit einem Essay »zum Verständnis des Werkes« und einer Bibliographie von Erich Köhler. it 276
– Madame Bovary
– Revidierte Übersetzung aus dem Französischen von Arthur Schurig. it 167
– Salammbô
Herausgegeben und mit einem Nachwort versehen von Monika Bosse und André Stoll. Mit Abbildungen. it 342
– Ein schlichtes Herz. it 110
– Drei Erzählungen/Trois Contes
Zweisprachige Ausgabe. Neu übersetzt von Cora von Kleffens und André Stoll. it 571
– November. Aus dem Französischen von Ernst Sander. it 411

Theodor Fontane. Allerlei Glück
Plaudereien, Skizzen, Unvollendetes. Ausgewählt und herausgegeben von Otto Drude. it 641
– Cécile. Roman. Mit einem Nachwort von Walter Müller-Seidel. it 689

Romane, Erzählungen, Prosa

Theodor Fontane. Effi Briest
Mit Lithographien von Max Liebermann. it 138
– Frau Jenny Treibel. Roman. Mit einem Nachwort von Richard Brinkmann. it 746
– Meine Kinderjahre. Autobiographischer Roman. Mit zahlreichen Abbildungen und einem Nachwort von Otto Drude. it 705
– Der Stechlin
Mit einem Nachwort von Walter Müller-Seidel. it 152
– Unwiederbringlich
Roman. it 286
– Vor dem Sturm. Roman aus dem Winter 1812 auf 13
Mit einem Nachwort von Hugo Aust. it 583

Georg Forster. Reise um die Welt
Mit einem Nachwort von Gerhard Steiner. it 757

Anatole France. Blaubarts sieben Frauen und andere Erzählungen
Aus dem Französischen von Irmgard Nickel. Mit Illustrationen von Lutz Siebert. it 510

Johann Wolfgang Goethe. Erfahrung der Geschichte
Historisches Denken und Geschichtsschreibung in einer Auswahl herausgegeben von Horst Günther. Mit Zeichnungen des Autors. it 650
– Dichtung und Wahrheit
Mit zeitgenössischen Illustrationen, ausgewählt von Jörn Göres. Drei Bände in Kassette. it 149/150/151
– Italienische Reise
Mit vierzig Zeichnungen des Autors. Herausgegeben und mit einem Nachwort von Christoph Michel. Zwei Bände. it 175
– Maximen und Reflexionen
Text der Ausgabe von 1907 mit den Erläuterungen und der Einleitung Max Heckers. Nachwort von Isabella Kuhn. it 200
– Reise-, Zerstreuungs- und Trostbüchlein
Herausgegeben von Christoph Michel. it 400
– Über die Deutschen
Erweiterte Ausgabe mit Illustrationen, einem Nachwort, Nachweisen und Register. Herausgegeben von Hans J. Weitz. it 325
– Goethes Letzte Schweizer Reise
Dargestellt von B. Schnyder-Seidel. Mit zeitgenössischen Abbildungen. it 375